D1719723

Christian Riesslegger, geboren und aufgewachsen in Innsbruck, verschlug es nach der Matura (Abitur) zum Studium an die Montanuniversität nach Leoben. Nach Beendigung des Studiums kehrte er wieder nach Tirol zurück, wo er seitdem bei einem Schleifwerkzeughersteller sein Geld damit verdient, dass er so tut, als ob er sich mit Glas und Keramik auskennt. In seiner Freizeit mixt er Cocktails, hält Ratten und anderes Kleinzeug als Haustiere und liest ganz offensichtlich die falsche Art von Büchern.

Christian Riesslegger

Cash Flow

Ein Roman in der Welt von
Shadowrun™

Originalausgabe

FanPro
Band 21014

Titelbild: Karsten Schreurs

Redaktion: Catherine Beck
Lektorat: Catherine Beck
Satz und Layout: Sarah Nick
Umschlaggestaltung: Ralf Berszuck
Druck und Bindung: Ebner & Spiegel, Ulm

Copyright © 2006 by Fantasy Productions
Verlags- und Medienvertriebs-GmbH, Erkrath
Besuchen Sie unsere Website *http://www.fanpro.com*

Shadowrun™ ist ein eingetragenes Warenzeichen von
WizKids Inc.

Alle Rechte vorbehalten. Der Nachdruck, auch auszugsweise, die
Verarbeitung und die Verbreitung des Werkes in jedweder Form,
insbesondere zu Zwecken der Vervielfältigung auf fotomechanischem,
digitalem oder sonstigem Weg sowie die Nutzung im Internet dürfen
nur mit schriftlicher Genehmigung des Verlags erfolgen.

Printed in Germany 2006

1 2 3 4 09 08 07 06
1. Auflage

ISBN 3-89064-4483-X
ISBN 978 380964 472 1

Mein Dank geht auch bei diesem Buch an Maike Hallmann und Christina Scholz für blitzartiges Testlesen und hilfreiche Kommentare sowie an Catherine Beck von *FanPro*, weil sie die Sache mit dem Abgabetermin nicht ganz so dramatisch genommen hat...

Ein wenig ›Dank‹ mag an dieser Stelle auch demjenigen unserer Spitzenpolitiker gelten, der mitten in der dunkelsten Breschnjew-Zeit am Flughafen in Moskau seinen Heimatgefühlen so lautstark Ausdruck verliehen hat, und mir solcherart die Inspiration für diese Geschichte geliefert hat.

Kapitel I

Irgendwo hoch droben im Gesäuse, 5. Feber 2063

Wenn du in Ohnmacht fällst und später irgendwann wieder aufwachst, wenn du ganz langsam mitkriegst, wie sich das Dunkel lichtet und die verschwommenen Farbflecken vor deinen Augen anfangen, sich zu einem Bild zu überlagern – wenn du das mitkriegst, und wenn dann das Erste, was du siehst, die überdimensionale, vor Geifer triefende Fresse eines erwachten Monsters ist, das mit gebleckten Reißzähnen über dir kauert – Sapperment! –, dann würdest du genauso schrill und genauso panisch herumkreischen wie das die Peperoni tut, kaum dass der Nurmi mit schweißüberströmten Fell sein magisches Heilungsritual beendet hat.

Aber wenn du ein riesenhaftes, unförmiges, erwachtes Monstrum wärst, das nie was Böses im Schilde führt, dem das Herz übergeht vor lauter Nächstenliebe, vor dem aber leider ständig jedermann in schierer Panik davonrennt, wenn du also so Furcht erregend aus der Wäsche schaust wie der Nurmi, und du heilst ein schwer verletztes Orkmädel, und besagtes Orkmädel hat dann nichts Besseres zu tun, als in Panik loszukreischen und nach dir zu treten – dann, mein lieber Freund, dann würdest du genauso auszucken und die Geduld verlieren wie der Nurmi das tut, kaum dass er mit schweißüberströmten Fell das magische Heilungsritual für die Peperoni beendet hat. Und du würdest genauso mit deinen riesenhaften Tatzen zum tödlichen Schlag ausholen und deine ellenlangen Reißzähne

7

blecken, wie der Nurmi das tut, als die Peperoni in Todesangst wild um sich tritt und kratzt und schlägt und kreischt und spuckt.

Allerdings, wenn du genau so mit Chrom und laborgezüchteter Wetware voll gestopft wärst wie die Karo Ass, dann würdest du halt ebenfalls keinen Augenblick zögern und dich zwischen den Nurmi und die Peperoni schieben und ein für alle Mal für Ruhe sorgen.

Und wenn du wirklich genau so mit Chrom voll gestopft wärst wie die Karo Ass, und wenn sich wie aus dem Nichts ein Glock Drachentöter in deiner Hand materialisieren tät, dann würden ein zu Tode verängstigtes Orkmädel und ein geiferndes erwachtes Monstrum genau so zu Salzsäulen erstarren, wie sie das tun, als die Karo Ass explosionsartig hochschießt und sich zwischen sie zwängt.

»Hey, hey, hey, hört's sofort auf und kriegt's euch wieder ein, oder ich werd' euch zeigen, wo der Bartl den Most herholt, kein Drek!«

Und eins ist klar: Mit solchen Chromgöttern spielt man nicht, nicht einmal, wenn du eine quirlige Rattenschamanin bist, aber genauso wenig, wenn du ein überdimensioniertes, mit Stahlmuskeln bewehrtes und mit Titanenkräften ausgestattetes, erwachtes Bärenwesen bist.

»Wo ...?« Ein rascher Blick umher zeigt der Peperoni, dass sie sich in einer riesigen Felsenhöhle befindet. Von draußen kann sie das Heulen und Pfeifen eines ausgewachsenen Schneesturms hören, aber sehen kann sie das Unwetter nicht, wie ein Koloss ragt der Rumpf eines Hubschraubers direkt vor ihr in die Höhe und versperrt ihr die Aussicht. Zu Füßen des Rotorvogels flackert ein mageres Lagerfeuer im frostigen Wind, der unter dem massigen Fluggerät hindurch in die Höhle fegt.

Mühsam, mit zittrigen Bewegungen, versucht sich die Peperoni aufzurichten, die vor Schreck geweiteten Augen starr auf den Nurmi gerichtet, der sich grummelnd in die eisig kalte Dunkelheit der Höhle zurückzieht.

»Was...?«, keucht die kleine Rattenschamanin erschöpft.

»Schhhhh!« Die Karo Ass deutet ihr, ruhig zu sein und liegen zu bleiben. »Brauchst keine Angst haben, ist alles in Ordnung, alles totaler Schlagobers. Hab dich grad noch rechtzeitig aufgestöbert, kein Drek. Warst recht arg beieinander, der Schutzbund hat dich ganz schön aufgemischt, Mäderl. Hab dich zum Nurmi gebracht, zwecks magischer Heilung.«

»Hä? Zum ... zum *Problembär*?«

Die Karo Ass schnaubt verächtlich durch die Nase. »Problembär, dass ich nicht lache. Propaganda und Hetzartikel in den Medien, das tut halt immer noch seine Wirkung, nicht wahr? Damit sich keiner dieser kleingeistigen Spießer in diesem Land aufregt, wenn man ein denkendes Wesen für einen enormen Batzen Effektive zum Abschuss durch sensationslüsterne Ölscheichs freigibt.« Die Karo Ass seufzt resigniert und packt die Peperoni bei der Schulter: »Weißt du, Mäderl, so problematisch ist er gar nicht, der Nurmi. Unter seiner rauen Schale steckt ein weiches Herz. Der Nurmi hat ganz sicher noch niemandem etwas zu Leide getan. Jedenfalls niemandem, der es nicht auch verdient hätte. Im Gegenteil, er rettet immer wieder Menschen, die in Bergnot geraten sind.«

»Und ... wer bist du?«

Erst jetzt bemerkt die Peperoni, dass außer ihr, der Karo Ass und dem Bärenmonster noch jemand anwesend ist. Der Topolino, der klein gewachsene Rigger, der bisher schweigend dagesessen ist und sich möglichst nah an das Lagerfeuer gekauert hat, räuspert sich. Mit einer Hand zieht er eine Spielkarte aus der Jackentasche und hält sie der Rattenschamanin entgegen.

Die Peperoni starrt ein paar Sekunden lang ungläubig auf die Karte. *Soso*, denkt sie sich, *daher weht also der Wind.* Sie ist zwar ziemlich jung und darum noch eine unbekannte Außenseiterin in den Schatten, aber sie hat verdammt scharfe Ohren und ein sicheres Gefühl für die Türen, bei denen es sich rentiert zu lauschen. Natürlich hat sie schon von der Karo Ass flüstern gehört.

Mühsam wechselt das Orkmädchen in eine bequemere Sitzposition und streicht sich die zerzausten Haare aus dem Gesicht. Kleine, funkelnde Punkte flimmern vor ihren Augen, und ihr ist ein wenig schwindlig. *Bist du deppert*, denkt sie sich griesgrämig, *der Bobby, den ich gebaut hab, der war nicht von schlechten Eltern!*

Aus der Dunkelheit weiter drinnen in der Höhle kommt plötzlich lautes Knurren. Krallenbewehrte Pranken tappen klatschend über nasskalten Fels. Gleich danach herrscht wieder Stille im Inneren der Höhle. Die Peperoni schluckt und rückt möglichst unauffällig ein bisschen zur Seite, näher zur Karo Ass rüber.

Sicher ist sicher.

Trotz der Beteuerung der Karo Ass, dass der Nurmi ein harmloser Zeitgenosse sein soll.

Da fällt der Peperoni ein, dass ihr der Teddy, ihr Ziehvater, vor urlanger Zeit einmal von den Geschichten erzählt hat, die in den paar verbliebenen Bergbauerndörfern kursieren. Wild übertriebene Stammtisch-Angebereien von Furcht erregenden Fabeltieren, die allerlei Menschen aus Todesnot gerettet haben sollen. Der Teddy hat so komisch gegrinst, wie er das erzählt hat, auf diese wissende Art, die so typisch für ihn ist. Wo du nicht weißt, ob er dich nun verarscht oder dir die Wahrheit verzählt. Nun, Bergbauerndörfer sind jetzt nicht unbedingt das bevorzugte Lieblingshabitat von Rattenschamanen, also hat die Peperoni das Gequatsche nicht weiter beachtet – und schon gar nicht mit dem Nurmi in Verbindung gebracht, dem Problembären, über den im Trid und in den Zeitungen so arge Schauergeschichten berichtet werden.

Aber da schrillt urplötzlich eine Alarmglocke im Kopf der kleinen Rattenschamanin. In rascher Folge fetzen Bildfragmente der Erinnerung durch ihr Hirn, sie sieht sich nach Salzburg fahren, zu Quid Pro Quo, diesem abgedrehten

10

Techfreak, der ihr elektronisches Einbruchswerkzeug etwas aufgemotzt hat. Sie sieht sich, wie sie sich durch den dicht stehenden Menschenauflauf drängt, der sich zur Wahlkampfveranstaltung des Herrn Vizekanzlers Hacklhuber eingefunden hat. Und sie sieht das mordgeile Glitzern in den Augen der Schläger vom Radikaldemokratischen Schutzbund, die ihr die Seele aus dem Leib prügeln. Und dann sieht sie die Karo Ass lässig gegen eine vergammelte Hauswand gelehnt, rank und schlank und bis über beide Ohren verchromt, mit einem Glock Drachentöter in der Hand.

Drek-Drek-Drek!

Die Augen vor lauter Misstrauen zu schmalen Schlitzen verengt, fährt die Peperoni die Karo Ass an: »*Wieso???*«

Die Schattenläuferin zieht eine ihrer Augenbrauen hoch. »Wieso was?«

»Na, wieso hast dich wegen mir mit dem Schutzbund angelegt? Wieso der Hubschrauberflug zum Nurmi? Wieso hast mich magisch heilen lassen, kennst mich doch gar nicht, verdammt noch mal!«

Oha, das sind nun wirklich eine Menge guter Fragen. Auf ihre ruhige, fast schon ein bisserl gelangweilte Art schaut die Karo Ass auf die Peperoni herab und lächelt: »Novatech, sag ich nur. Vor einigen Tagen gab's einen Schattenlauf gegen die Novatech-Fabrik in Leoben-Hinterberg.«

Ratte ist eine gewiefte Diebin, hinterlistig und voller Schläue. Natürlich ist sie auch eine großartige Lügnerin. Darum ist es nicht weiter verwunderlich, dass der Peperoni nicht das kleinste Zusammenzucken, Blinzeln oder Zittern unterläuft, als sie lakonisch mit den Achseln zuckt: »Na und? Was hat das mit mir zu tun?«

»Na, schau'n wir mal. Der Schattenlauf ist einfach perfekt durchgezogen worden, kein Alarm, keine Augenzeugen, keine verwertbaren Spuren, keine Bilder oder Daten von irgendwelchen Überwachungssensoren. Ein Bruch wie aus dem Bilderbuch.«

»Ach so?«

Ganz kurz sieht man, wie die Mundwinkel der Karo Ass spöttisch nach unten zucken. »Gestohlen wurde nur ein Magschloss, ein ziemlich heißes Magschloss, so ziemlich das Beste, das Novatech überhaupt herstellen kann. 's war sozusagen die Mutter aller Magschlösser, das da gestohlen wurde. Nachdem die Konzernsicherheit nicht in der Lage war, das Schattenläuferteam aufzuspüren und die Diebesbeute sicherzustellen, geht die Konzernführung davon aus, dass dieser Typ Magschloss demnächst von irgendeinem anderen Konzern auf den Markt gebracht wird.«

Immer noch keine verräterische Reaktion von der Peperoni, aber ein klitzekleines bisschen stolz ist sie schon auf sich und Rattes grandiose Diebesfertigkeiten.

»Aber Novatech liegt völlig falsch, weil erstens war's kein Schattenläuferteam, das den Bruch durchgezogen hat, sondern ein Einzeltäter, und zwotens wird kein anderer Konzern in absehbarer Zeit diesen Typ Magschloss auf den Markt bringen. Übrigens, dein Magschlossknacker ist echt leiwand, du. Der volle Mörderhammer, Quid Pro Quo hat ganze Arbeit geleistet!« In den kühlen, geschäftsmäßigen Gesichtsausdruck der Karo Ass schummelt sich ein verhaltenes, verschmitztes Grinsen, als sie in ihre Jackentasche greift und ganz langsam Peperonis aufgemotztes Einbruchswerkzeug rauszieht.

Es dauert einen kleinen Moment, bis die Peperoni geschnallt hat, was Sache ist, aber dann schnellt sie blitzschnell vor, um sich den Magschlossknacker zu krallen und das unersetzliche Ding wiederzukriegen. Aber die Karo Ass ist halt schneller, viel schneller, und so pflügen die Pratzen der kleinen Orkschamanin nur durch leere Luft.

»Hey! Gib's her, das ist meins!« Die Augen vor Zorn funkelnd, bebend vor Wut, greift die kleine Gossenschamanin blitzartig nach dem Mana, das rings um sie herum durch den Astralraum schwirrt, rafft davon zusammen, so viel sie kriegen kann und fängt an, es zu einem Zauber zu formen. Ihre Augen werden zu schwarzen Knöpfen, fangen an in einem zornig roten Licht zu funkeln. Ihr Gesicht scheint irgendwie spitz zu werden, wird zu einer langen, grauen Schnauze.

Allerdings ist todesverachtender Heldenmut aus verletztem Stolz heraus nicht gerade Rattes Art. Das kühle Lächeln der Karo Ass, die eine Augenbraue, die sie hochzieht, ihre unbekümmerte Gelassenheit sowie die Tatsache, dass die Schattenläuferin die rechte Hand in der ausgebeulten Tasche ihrer weiten Jacke stecken hat, bringt die Peperoni wieder zur Vernunft. Dort hatte sie ihre Hand schließlich auch stecken, als sie von den Schutzbündlern angepöbelt worden ist. Und die Peperoni kann sich noch ganz genau erinnern, was mit den Arschgeigen vom Schutzbund passiert ist. Nope, Zeit, das Ganze noch mal zu überdenken! Rattes Stärke liegt im Täuschen und Tarnen, in gewieften Illusionen und sinnesscharfen Wahrnehmungszaubern, Kampfzauber dagegen sind nicht grad Peperonis Stärke. Also lässt sie das Mana im Astralraum verpuffen.

Die Karo Ass nickt ihr kurz zu, ein nicht unfreundliches Funkeln in den kalten Chromaugen: »Gemach, gemach, nur die Ruhe.«

Aus dem Handgelenk heraus wirft sie der Peperoni das Stück Elektrospielzeug in den Schoß. »Da hast das Teil wieder, und jetzt kommst mit mir mit. Hab einen Auftrag für dich. Brauch nämlich jemanden, der zaubern kann.« So wie die Karo Ass das sagt, klingt das nicht so, als ob die Peperoni eine Wahl hätte. Hastig verstaut die kleine Rattenschamanin den Magschlossknacker in der Innentasche ihrer ramponierten NeoPov-Jacke.

»Wirst schnell Gelegenheit kriegen, das Ding auszuprobieren«, meint die Karo Ass zur Peperoni, und zum Topolino: »Schmeiß dich ins Cockpit, wir fliegen zurück. Doktor Nowak und seine Effektiven warten!«

Das braucht die Karo Ass dem Rigger nicht zweimal sagen. Die Aussicht darauf, den Problembär und den Schneesturm hinter sich zu lassen, lässt das Gesicht des Riggers aufstrahlen wie einen Halogenscheinwerfer, als er aufspringt und zur Cockpittür stürmt. Aber die Glückseligkeit auf Topolinos Visage verfliegt genauso schnell, wie sie gekommen ist, als der Karo Ass einfällt, dass sie sich erst noch vom Nurmi verabschieden und recht nett Dankschön sagen müssen.

Kapitel 2

Villach, 27. Feber 2033

Im Süden Kärntens, entlang der zerklüfteten Grate der Karawanken, tobt ein erbarmungsloser Stellungskrieg. Ohne mit der Wimper zu zucken wirft Mullah Sayid Jazrir Welle um Welle seiner mordgeilen, von der islamistischen Propaganda aufgepeitschten Heerscharen gegen die Stellungen der europäischen Armeen, die unter der Wucht der Angriffe erbeben, manchmal einknicken und kleinräumig nachgeben, nie jedoch komplett zusammenbrechen. Jeder einzelne Angriff der Moslems wird von den polnischen, tschechischen und ungarischen Jagdbombern abgeriegelt, von den Panzern und Kampfhubschraubern aufgerieben und mit verheerenden Verlusten für die Angreifer zurückgeschlagen. Jedes Mal treten die Europäer zum Gegenangriff an, stürmen im Schutz des apokalyptischen Stahlregens ihrer Geschütze die Berghänge hoch, brechen durch die Linien der Islamisten, stoßen durch das magere Sperrfeuer von Jazrirs unzureichender Artillerie nach Slowenien vor, nur um sich dort ein jedes Mal aufs Neue in den Wäldern und Hügeln zu verfransen, den Schwung zu verlieren, weil mühsam Heckenschützen, Sprengfallen und Minenfelder ausgeschaltet werden müssen, bis es dem Mullah mit frischen Truppen aus Syrien und der Türkei gelingt, den Angriff zu stoppen und seinerseits zur Offensive überzugehen.

Woche um Woche wogt der Kampf solcherart hin und her, niemand kommt voran, die eingesetzten Waffen sind entsetzlich – Napalm und Splitterbomben sind da glatt noch was Harmloses. Senfgas, Phosgen, Tabun, alles wird verwendet und den Gotteskriegern der Allianz für Allah auf die Köpfe gekippt. Die lassen sich jedoch nicht lang bitten und schlagen mit allem zurück, was die chemische Industrie des vorderen Orients herzustellen in der Lage ist. Weil das ist schon eigenartig an diesen Ländern der Dritten Welt wie Syrien und der Türkei: Brauchbares Penicillin bringen sie nicht zustande, aber die Herstellung von Sarin klappt seit jeher prima.

Quer durch das brodelnde Chaos, das derzeit in Österreich tobt, strudelt der Kajetan Schiefer an den Rockschößen seines Senior-Partners Novotny hängend von einer brenzligen Situation in die nächste. Wien, Graz, Salzburg – das Heeresnachrichtenamt ist ganz schön aktiv. Linz, Innsbruck, Wiener Neustadt, und – man fragt sich, wie's dazu kommt –, Sinabelkirchen. Der Schiefer erlebt nun den Schattenkrieg, den sich die Geheimdienste dieser Welt unerkannt von der Öffentlichkeit liefern, am eigenen Leib. Und dazu kommen noch die Unbotmäßigkeiten und kleineren Eskapaden, die der Agent Novotny anleiert, um ein paar Kriegsverbrechen oder andere Schweinereien zu verhindern. Seit Wochen hat der Schiefer nicht mehr genug geschlafen, lebt mehr oder weniger von einer Mischung aus Lupinenkaffee, Aufputschmitteln, Zigarettenersatz aus Buchenlaub und getrocknetem Klärschlamm und den ominösen Tabletten aus den unbeschrifteten Kartonpäckchen, die dem Novotny nie auszugehen scheinen. Brennen dir die Müdigkeit aus den Knochen, dass es eine Freud ist, aber brennen tut's dem Schiefer mittlerweile auch schon beim Wasserlassen, weil diese Art von Chemtech schlecht für die Nieren ist. Aber gut, was soll man machen, allzu unerbittlich ruft das Heeresnachrichtenamt zum Dienst am Vaterland, da bleibt dir selten die Zeit, dich auf's Ohr zu hauen und dich geziemend auszuschlafen, also greifst halt doch wieder zur chemischen Keule ...

Und zu tun gibt's wirklich genug. In Rekordzeit stöbern sie eine Zelle fanatischer Radikalpazifisten auf, die sich einbilden, dass ein groß angelegter Terrorschlag gegen ein Feldlazarett die Menschheit aufrütteln und den Krieg schlagartig beenden würde. Sie schnüffeln hinter Politikern her, hören in enervierend faden und nervtötenden Überwachungsjobs ihre Gespräche ab und sammeln Schmutzwäsche für die Zeit nach dem Krieg. Hinter der Geldscheffelei und den Machenschaften der Konzernwelt hecheln sie her wie eine Meute englischer Jagdhunde hinter einem Fuchs, brechen in Büros und Konzerngebäuden ein, kopieren ganze Ordner voll mit dubiosen Buchhaltungsbelegen, tragen allerlei Beweise zusammen, Fotos, Geschäftsunterlagen, abgehörte Telefonate und Zeugenaussagen, bereiten das Zeug fachmännisch auf und schicken es dann via SatCom an die Zentrale, wo es im nimmersatten Mahlstrom der Datenspeicher verschwindet.

Das SatCom ist Segen und Fluch zugleich, die Entität, die, wenn man vom Novotny einmal absieht, seit kurzem das Leben vom Kajetan Schiefer bestimmt. Ein brutal leistungsstarker Taschencomputer, der ihm auf den linken Unterarm gepfropft worden ist und ihn über eine Breitband-Satellitenverbindung rund um die Uhr mit der Zentrale verbindet. Das hat den Vorteil, dass er nun ständig auf die Ressourcen, die Logistik und die sagenhaft ausgedehnten Datenbanken des Geheimdiensts zurückgreifen kann. Allerdings, das muss man an dieser Stelle schon sagen, der Zugriff, den der Doktor Schiefer auf den Datenbanken und die Maschinerie des Geheimdiensts hat, ist stark beschränkt, in Summe gesehen doch eher bescheiden. *Restricted area* und *Access denied* sind die Schlagwörter, dass wir uns hier richtig verstehen. Der Schiefer kriegt nur das zu lesen, von dem das Heeresnachrichtenamt will, dass er's erfährt, eh klar, weil ein jeder so seine Geheimnisse hat, und da wiederum ganz besonders ein Geheimdienst.

Und dieses SatCom ist ein ganz heißes Stück Hightech, das arbeitet nicht mehr mit so altmodischen Zöpfen wie Tastatur und Monitor, nein, wo denkst du hin! Die Tech ist so brandheiß, die kommt ohne diesen antiquarischen Plunder aus. Stattdessen gibt's ein Elektrodennetz, das man sich über den Kopf zieht. Der ganze Input läuft direkt über die graue Masse in deinem Schädel, kriegst alles direkt ins Blickfeld geblendet. Die Augen musst halt zumachen, sonst gibt das ein schönes Kuddelmuddel an überlagerten Sinneseindrücken. Das Zeug ist eben noch nicht ganz ausgereift, aber dem Schiefer bleibt trotzdem die Spucke weg, als er das erste Mal mit dem Ding in den Weiten des Datenuniversums herumschweift.

Auf der anderen Seite ist der Zugriff, den die Zentrale durch das SatCom auf den Schiefer hat, so gut wie unbeschränkt. Zu jeder Tages- und Nachtzeit trudeln neue Befehle ein, kaum dass ein Auftrag abgeschlossen ist, folgt schon der nächste.

»Und was haben sich die Chefitäten diesmal für uns ausgedacht?«, will der Schiefer gähnend vom Novotny wissen, als das SatCom wieder einmal piepsend zum Leben erwacht und einen neuen Marschbefehl ausspuckt.

St. Pölten, Graz, Bregenz und wieder retour nach Graz. Ausländische Agenten neutralisieren, Wirtschaftsbonzen erpressen, Daten klauen und, auf Novotnys Geheiß hin, so nebenbei das Lagerhaus eines Konzerns plündern. Die dabei erbeuteten Medikamente gehen an ein paar Kapuzinerpadres in der Obersteiermark, die sich um die ganzen Flüchtlinge vom Balkan kümmern, die dort gestrandet sind.

Ein paar Stunden wenig erquickender Schlaf auf der Rückbank ihres Geländewagens, und wieder wird der Schiefer vom SatCom geweckt. »Wasnschowiederhm?«

»Wien, zur Abwechslung.« Gähnend dreht sich der Novotny, der vorne am Fahrersitz gedöst hat, zu seinem Kompagnon um. »Einen durchgeknallten Imam und seine An-

hänger stoppen, die eine Reihe groß angelegter Sabotage-
akte planen, um dem Sayid Jazrir den Einmarsch in Österreich zu erleichtern.«

Mühsam reibt sich der Schiefer den Schlaf aus den Augen. Einsätze wie diese gab's in letzter Zeit mehrere. Zwar
sind vor Beginn des Kriegs abertausende gemäßigte Moslems aus der Liga von Damaskus nach Österreich geflohen,
entweder, weil sie nicht wirklich an Allah und Mohammed
glauben, oder weil sie Metamenschen sind und deshalb
von den Mullahs verfolgt werden. Auch diejenigen, die
schlicht der Meinung sind, dass es nicht unbedingt notwendig ist, jemanden umzubringen, bloß weil er eine andere Religion hat, mussten aus der Liga von Damaskus fliehen, genauso wie alle, die finden, dass Sprengstoffgürtel
ein eher blödsinniges modisches Accessoire sind. Und es
vertschüssten sich auch solche, die ihre liebe Not mit den
abstrusen Gesetzen der Scharia haben, für die es beispielsweise schon ein bisserl grenzwertig ist, vergewaltigte Frau-
en wegen Unkeuschheit zu steinigen und so.

Nicht wenige dieser Flüchtlinge haben sich sofort zur
Armee des Kaisers gemeldet, um mitzuhelfen, das Land
zu schützen, das sie aufgenommen hat. Viel gebracht hat's
ihnen nicht, die allermeisten sind ziemlich schnell verreckt.
Ein paar brauchbare Helme, Flakwesten und die eine oder
andere Gasmaske hätte ihnen vielleicht das Überleben ermöglicht, aber zur Anschaffung solch abscheulichen
Kriegsspielzeugs konnten sich die Österreicher beizeiten
halt nie durchringen.

Aber neben diesen Flüchtlingen gibt's auch noch andere
Moslems in Österreich, diejenigen Gastarbeiter und Ein-
wanderer, die die Verfolgung durch den aufgebrachten
Volkszorn bislang überlebt haben. Um der Wahrheit die
Ehre zu geben muss man schon zugeben, dass nicht wenige
von ihnen von Anfang an mehr oder weniger offen zum
Jazrir gehalten haben, weil die Aussicht auf eine Islamisie-
rung Österreichs auch eine Aussicht auf eine deutliche Auf-

wertung ihrer sozialen Rangordnung bedeutet hat. Das gute, alte »Ich Chef, du nix« – aber diesmal mit umgekehrten Vorzeichen, gemäß der Scharia, verstehst schon.

Und das Wüten des geifernden einheimischen Mobs, in Kombination mit der erpresserischen Habgier der Gewerken, die nur dann Schutz vor Verfolgung garantieren, wenn man mörderische Summen an Schutzgeld zahlt – ja, diese Dinge haben halt auch nicht dazu beigetragen, die Moslems auf die Seite des Westens zu ziehen und die Gründung von Terrorzellen zu verhindern.

»Sollen wir die Typen bloß gefangen nehmen und einsperren? Oder sollen wir etwas, äh, *endgültiger* vorgehen?«, will der Schiefer wissen. Ist ja nicht so, dass er sich die Antwort nicht eh selbst denken könnte, aber zur Sicherheit fragt man halt doch nach.

»Letzteres. Die Lösung, die der Zentrale vorschwebt, ist für die Ewigkeit gedacht.«

Aha. Der Kajetan Schiefer schluckt schwer. Ist nicht das erste Mal, dass nach einem ihrer Jobs der örtliche Bestattungsunternehmer zu tun kriegt, er hat sich damit abgefunden, dass solche Aufträge zu erledigen sind, aber schön findet er sie deshalb trotzdem nicht.

»Und wie packen wir's an?«, will er wissen, »Gehen wir diesmal direkt vor und erledigen die Sache persönlich? Sorgen wir dafür, dass dem Prediger der Haarfön ins Badewasser fällt? Ein Autounfall mit Fahrerflucht, vielleicht das gute, alte Scharfschützengewehr? Oder machen wir's doch wieder nach Ihrer Methode?«

Betont langsam putzt der Novotny nicht vorhandene Fussel von seinem zerknitterten Nadelstreifanzug. »Meine Methode, der indirekte Weg, Sie wissen ja, ich will mir die Hände nicht schmutzig machen.«

Okay, das soll dem Schiefer bloß recht sein. »Wie sieht Ihr Plan aus?«

»Hmmmm«, grübelt der Novotny ein wenig, ehe er den Kopf schüttelt. »Eine direkte Eliminierung fällt sowieso flach. Das würde doch bloß Märtyrer schaffen, und der Rest der Zelle würde voller Enthusiasmus weiterkonspirieren. Dann haben wir genau das Gegenteil erreicht. Nein, wir müssen da mehr auf Nachhaltigkeit abzielen.«

»Und wie wollen Sie das machen?«

Eiskalt, ohne jede Gefühlsregung, schaut der Novotny zum Kajetan Schiefer rüber. »Was wär, wenn diese angehenden Nachwuchsmujaheddin plötzlich draufkommen würden, dass ihr großes Idol, der Imam, dem sie nachfolgen, in Wirklichkeit ein Agent provocateur des Mossad wäre, also quasi das, was sie als Abgesandten des Teufels betrachten? Und was würde passieren, wenn es für besagten Imam plötzlich so aussähe, als ob zwei oder drei von den Gefolgsleuten, die er bisher für besonders zuverlässig gehalten hat, in Wirklichkeit Agenten des Mossad wären, Verräter an der Sache Allahs?«

Dem Kajetan Schiefer kommt das Grinsen. O ja, das würde *wirklich* Zwietracht in der Gruppe der Saboteure säen, und wenn man dann noch geschickt ein paar archaische Bräuche wie etwa Blutrache und Ehrenmorde ins Spiel bringt, dann hat man eine Gruppe von Saboteuren, die schwer damit beschäftigt ist, sich gegenseitig auszurotten.

»So, Herr Schiefer, dann setzen Sie sich mal schön mit der Zentrale in Verbindung und bestellen uns ein bisserl Israel-lastiges Beweismaterial!«

Keine zweiundsiebzig Stunden später wird der Kajetan Schiefer schon wieder vom SatCom an seinem Handgelenk aus dem viel zu kurzen Schlaf gerissen.

»Ah geh, was wollen's denn diesmal von uns?«, will der Schiefer wissen, als er fluchend aus dem Schlafsack krabbelt, in dem er es sich auf der Rückbank ihres Wagens bequem gemacht hat.

»Ach, diesmal wollen sie wirklich nichts Besonderes«, ätzt der Novotny giftig, kaum dass er einen Blick auf den neuen

Einsatzbefehl geworfen hat. »Wir zwei beide sollen bloß die ganze Zivilbevölkerung von Villach und Umgebung evakuieren, weil sich dort eine größere Schlacht anbahnt.«

Kapitel 3

Leoben, 6. Feber 2063

Das Ziel des Schattenlaufs steht fest, ihre Aufgabe ist klar umrissen, und die Peperoni hat ehrlich gesagt keinen blassen Schimmer, wie viele Nullen die Summe an Effektiven hat, die sie grad als Vorschuss gekriegt hat. Aber du musst nicht unbedingt eine besondere Leuchte in Mathematik sein, um zu wissen, dass einhunderttausend Euro ein unvorstellbar großer Batzen Geld ist!

Bei dem Gedanken an den ganzen Zaster wird die kleine Schamanin ganz zappelig, flippt unruhig herum, total aufgeregt, weil sie halt einfach noch nie mit so astrolon..., so astronolo... weil sie einfach noch nie mit so abartig hohen Summen zu tun gehabt hat! Lass dir das mal auf der Zunge zergehen, Freunderl: Einhunderttausend Effektive – als *Anzahlung*!!!

Der Doktor Nowak dieser Unternehmung ist scheinbar der Türk, aber so ganz kann die Peperoni das nicht glauben. Der Türk, dieser legendäre Hightech-Schieber, steht viel zu sehr unter dem Pantoffel der Karo Ass, um der Kopf hinter dem Clou sein zu können. Da muss sie bei Gelegenheit noch etwas genauer hinter die Kulissen schauen, soviel steht für die kleine Rattenschamanin fest. Das viele Geld macht sie misstrauisch, frage nicht. Sie kennt den Türken, eh klar, sie kennt sich aus in den Schatten dieser kleinen Provinzstadt, aber umgekehrt hat sie der Hightech-Schieber bisher noch nicht gekannt. Sie hat eben nie mit solchen Kalibern zu tun gehabt. Und jetzt sitzt sie da, mitten im festungsartig ausgebauten Unterschlupf vom Türken, und tüftelt mit einigen legendären Schattenläufern, die sie bisher nur vom Hörensagen gekannt hat, einen Plan aus. Draußen zieht wattig dicker Nebel durch die übereinander getürmten Buden und Hütten der Bahndammsiedlung, so ein bräunlich-grünlicher Mischmasch aus Smog und den grässlichen Dämpfen, die von der Mur aufsteigen und die ganze Stadt mit ekelhaften Gerüchen fluten. Niemand, der nicht unbedingt muss, treibt sich bei diesem Gestank draußen herum, selbst die Kiberer haben sich in die relative Sicherheit ihrer Polizeistationen zurückgezogen und ziehen es vor, die Stadt via Drohnen, Kameras und Sensoren zu überwachen. Bloß die ewig aktiven Werbedrohnen schwirren noch in der stinkenden Nebelsuppe herum und stürzen sich mit sturer, autopilotengesteuerter Verbissenheit auf die kärgliche Anzahl Passanten, um ihnen die Ohren voll zu plärren.

Kaum, dass der Topolino sie aus seinem Landrover geschmissen hat, sind die Schattenläufer, geschützt durch sündteure Atemfilter aus der Schweiz, völlig ungesehen über die bröckeligen Lärmschutzwände des Bahndamms geklettert und in den wirren Windungen zwischen den Hütten, Löchern und Buden der Bahndammsiedlung verschwunden.

Drinnen, in der Bude des Türks, ist von dem Gestank draußen kaum was zu schmecken. Die Filtersysteme, die der Schieber in seinem Domizil installieren hat lassen, sorgen mit unablässigem Surren dafür, dass die Luft im Gebäude ständig denselben abgestandenen Mief aufweist, garniert mit einem dezenten Hauch Ozongeruch.

Die Peperoni sitzt zusammengekauert in einer Ecke auf einer der grellrosa Schaumstoffmatratzen, die der Türk im ganzen Verkaufsraum vor dem Tresen ausgebreitet hat, und kratzt sich den Knöchel, während sie nachdenklich auf ihrer Unterlippe herumkaut. Vor ihr schwebt ein detailgetreues holografisches Abbild ihres Zielgebäudes mitten in der Bude des Türks. Die so genannte Kugel, das markante Bürogebäude von Y-Link Datacom im Norden von Graz. Ein dünner Stamm aus hellem Beton, auf dem das glasverkleidete Stahlgerippe einer riesigen Kugel aufsitzt, in der sich die Büros und Arbeitsnischen der Konzerndrohnen von Y-Link befinden.

Der Türk fläzt lässig auf einem Designer-Fauteuil, das so aussieht, als ob's mal von einem ziemlich noblen Lastwagen gefallen wär. Daneben blubbert eine Wasserpfeife am Boden. Das Mundstück in der linken Hand, hantiert der Schieber umständlich mit der anderen an seinem Holo-Projektor herum. Will das Ding dazu bringen, das Abbild der Kugel rotieren zu lassen, der Angeber. Die Karo Ass sitzt verkehrt herum auf einem Stuhl, die Ellbogen auf der Rückenlehne aufgestützt, und nippt an einer Styroportasse mit Lupinenkaffee. Und der Click, der verrückte Decker, liegt hinter dem Tresen reglos am Boden herum. Das rote Licht in seinen VisionBlocks ist zu einem matten Glimmen verkommen, er hat sich auf Stand-by-Betrieb geschaltet, weil er grad im Netz herumgeistert und so viele Daten wie möglich über die Sicherheitsvorkehrungen von Y-Link zusammensucht.

Die Matrixsicherheit des Datenkonzerns mag ja vielleicht echt Spitzenklasse sein, maßgeschneidert von der Yamatetsu Austria AG, aber Y-Links physische Sicherheitsvorkehrungen machen der Peperoni keine Angst. Keine Frage, der Konzern gehört der FNF, der Freiheitlich-Nationalen Front, und hat eine Menge Gardisten, aber man braucht sich die Wappler bloß einmal genauer anzusehen, um zu wissen, in welcher Liga die spielen. Unterbezahlte, unmotivierte und schlecht trainierte Brutalos, aus irgendwelchen provinziellen Bürgerwehren rekrutiert, ohne Aussichten auf eine richtige Karriere bei einem Megakonzern. Außer Kunstmuskeln praktisch keine Cyberware, eine Flakweste halt und ein Baseball-Kapperl mit einem großen Ypsilon drauf, das war's dann schon. Ein Funkempfänger im Ohr, ein drahtloses Mikro vor der Gosche und schwere Armee-stiefel. Eh klar, weil diese Dinger müssen einfach sein, sonst kommt das paramilitärische Flair nicht richtig rüber. Neuerdings tragen sie außerdem Buttons mit der Aufschrift ›PEÖ‹, Partei für das Erbe Österreichs, wie sich der seltsame Schulterschluss der Bürgerlich-Konservativen mit Rechtsaußen nennt, der unter Führerschaft einer Habsburgerin das Land regiert. Die Loyalität der Schläger von den Bürgerwehren gehört aber immer noch in erster Linie ihrer eigenen Fraktion, der FNF, so schnell legt nämlich niemand seine Ideologie ab, auch wenn sich die gute Frau Habsburg ihre G'spaßlaberl ganz hübsch zurechtschustern hat lassen.

Die Waffen der Konzerngardisten von Y-Link Datacom sind Billigschrott aus Jakarta, Nanjong Armament, Inc., das sagt ohnehin schon alles. Bleispritzen mit bösartigem Aussehen, viel schwarz glänzendem Plastik und einer ausgeprägten Neigung zu fatalen Ladehemmungen. Die meisten Sensoren und Magschlösser stammen von Dai Wong Multitech, einer Firma, der man auch nicht unbedingt nachsagen kann, dass sie Qualität herstellen würde.

Trotzdem, so ein Bruch, bei dem a-b-s-o-l-u-t keine Spuren zurückbleiben dürfen, will genau geplant sein. Da darf man sich keinen Fehler leisten und muss einen narrensicheren Plan ausarbeiten. Beide, sowohl die Karo Ass als auch der Türk, legen da ganz viel Wert darauf. Damit hat die Peperoni überhaupt kein Problem, diese Einstellung kommt Rattes Vorliebe für unerkanntes Verschwinden ohnehin sehr entgegen. Auf ihren Beutezügen keine Spuren zu hinterlassen, die eventuelle Verfolger später gegen sie einsetzen könnten, um sie aufzuspüren und einzusacken, war so ziemlich das Erste, was sie von ihrem Totem gelehrt bekommen hat.

Die Frage, wie sie ins Gebäude reinkommen, haben sie längst geklärt, aber der Türk scheint noch immer nicht damit einverstanden zu sein. Mit geradezu störrischer

Borniertheit versteift er sich auf einen magischen Einschleichtrick.

»Und wenn du machen alle unsichtbar und dann Schwebezauber quer durch Luft bis zu dieses Fenster?«, fragt der Türk die Peperoni und deutet auf ein Detail des Holograms.

Entgeistert schaut die Rattenschamanin mit gerunzelter Stirn zum Hightech-Schieber rüber: »Du, ein bisserl viel Zauberei auf einmal, findest nicht? Schau ich aus wie der Gandalf, oder was?«

Der Türk setzt zu einer Antwort an, kommt aber nicht dazu. Hinter dem Tresen fährt der Click die Aktivitäten seines Körper-Konstrukts hoch und meldet sich zurück.

Die Karo Ass fackelt nicht lang: »Hast alles rausgefunden, was wir wissen wollten?«

»Positiv!«, bestätigt der verrückte Decker und streicht sich eine seiner fettigen Haarsträhnen hinters Ohr. Das Datenkabel steckt immer noch in seiner Schläfe, er ist immer noch mit der Matrix verbunden, dieser technophile Spinner, der doch allen Ernstes glaubt, er sei eine KI.

»Mit einer Wahrscheinlichkeit von neunundneunzig Komma acht Prozent werden die Korridore in der Nacht mit X-Motion-Bewegungsmeldern von Dai Wong überwacht.«

»Welches Modell?«, will die Karo Ass wissen.

»Mit siebenundneunzigprozentiger Wahrscheinlichkeit die 2058er Serie. Vier Meter Reichweite.«

»Blödsinn!«, fährt die Peperoni aus ihrer grüblerischen Reglosigkeit auf und korrigiert den Decker. »Das haben sie im Prospekt behauptet. Vielleicht stimmt das auch für die Prototypen, aber die Serienmodelle haben sie aus Kostengründen in Kinshasa herstellen lassen. Die schaffen keine zwei Meter, wenn sie überhaupt funktionieren.«

Die Karo Ass zieht eine Augenbraue hoch und schaut erstaunt zur Peperoni rüber. Der Click nimmt die Korrektur durch die kleine Rattenschamanin nicht zur Kenntnis und fährt mit seinen Ausführungen fort. Kleine rote Punkte blinken innerhalb des Hologramms auf, als der Decker den Projektor mit einem gedanklichen Befehl anweist, die Positionen der einzelnen Bewegungsmelder in das Abbild der Kugel einzuzeichnen. Dann folgen die Standorte der Fingerabdruckscanner und Überwachungskameras.

»Und hier haben sie an der Decke Selbstschussanlagen montiert. Hab ein wenig in den Unterlagen ihrer Buchhaltung gewühlt und rausgefunden, dass es Bulldog III Sentries von Vickers sind. Haben sie zum Sonderpreis gekriegt. Frag mich nicht, warum.«

»Weil die Zielvorrichtungen der frühen Bulldogs schielen«, murmelt die Peperoni mehr zu sich selbst als zu sonst wem. »Auf größere Entfernung funktionieren sie ganz gut, aber keine Chance, ein Ziel zu treffen, das näher als fünfzehn oder zwanzig Meter an der Bleispritze dran ist. Ist ein Hardware-Problem, deshalb haben's es bis heute nicht durch eins der üblichen Software-Updates weggekriegt. Im Korridor eines Bürogebäudes völlig nutzlos, die Dinger.«

Jetzt starrt die Karo Ass mit unverhohlener Neugier zur Peperoni rüber. Für die abgebrühte Schattenläuferin ist es offensichtlich, dass die kleine Schamanin auf der Straße groß geworden ist und nie eine Schule besucht hat. Das Lesen und Schreiben wird ihr vermutlich der Ziehvater beigebracht haben, dazu ein wenig Infotainment aus dem Trid, aber ansonsten von ernsthafter Bildung keine Spur. Wenn's allerdings um Sicherheitstechnik und Überwachungsgeräte geht, trumpft die kleine Krätze auf, dass sogar die Karo Ass von ihr noch was lernen kann! Der volle Wahnsinn, echt. Aber bei jungen Schamanen hat sie das schon öfter beobachtet, Wunderkinder in ihrem Spezialgebiet, keine Frage, ansonsten allerdings so ziemlich die allerletzten Volltrottel. Das will sie genauer wissen, drum beginnt sie, die Peperoni ein wenig auszufragen: »Vorhin hast Kinshasa erwähnt. Weißt überhaupt, wo das liegt?«

Oha, Kinshasa! Tja, da ist die Peperoni momentan über-fragt. Kinshasa, das ist doch da bei ... irgendwo, ganz weit weg halt, muss doch in der Nähe von Jakarta, Bangladesh oder Sao Paolo liegen. Wo das ganze billige Wegwerfzeug herkommt. Na, der Teddy weiß bestimmt, wo Kinshasa liegt, und er erzählt der Peperoni eh immer so interessante Geschichten über Gott und die Welt. Aber es ist halt ein-fach wie verhext, die Peperoni hat diesbezüglich ein Hirn wie ein Nudelsieb. Beim einen Ohr hinein, beim anderen wieder hinaus – es ist zum Verzweifeln, kein Drek. Aber auf der anderen Seite, wenn Ratte ihr etwas verzählt, dann ist das ganz was anderes. Davon vergisst die Peperoni nicht ein einziges Wort. Ganz so deppert ist sie also doch nicht.

»Wer war Julius Caesar?«

Hmmm, dieser Name kommt der Peperoni vage bekannt vor, den hat sie schon einmal gehört, da ist sie sich ganz sicher. »War das nicht der eine Wappler, der Amerika ent-deckt hat?«

Die Antwort entlockt der Karo Ass ein mitleidiges Schmunzeln. »Und welche Farbe hat das Kabel, das du durchzwicken musst, um ein DD33 von Renraku vom Netz abzuschneiden?«

So eine blöde Fangfrage! Für wie deppert hält die Schat-tenläuferin die Peperoni eigentlich? In einem DD33 sind *alle* Kabel hellgrau, und wenn du ein solches Magschloss auf diese Art knacken willst, musst nur das Gehäuse auf-schrauben und darin den obersten Draht durchzwicken, also bitte, das weiß doch jedes Kind!

»Sag einmal, woher weißt denn das alles?«

»Na, aus der Matrix natürlich, woher denn sonst?« Die Peperoni hat zwar keine Datenbuchse – klar, würde ja ihre Magie in Mitleidenschaft ziehen –, kann also keine wirkli-chen Datenruns in der Matrix abziehen, trotzdem hat sie beizeiten ein Cyberdeck vom Lastwagen fallen lassen. So ein schmuckes, voll auf Öko gestyltes Teil von Sony, mit einem Gehäuse aus verpresstem Holzabfall und wiederverwertetem Plastik, verziert mit geschliffenen Kieselsteinen, Lederfransen und Meeresmuscheln. Und so ein Sony ist irrsinnig praktisch. Ist zwar kein Top-of-the-line Cyberdeck, aber doch ein ziemlich fetziges Elektronensurfbrett, und allemal gut genug für ihre Zwecke. Ein Elektrodennetz über den Kopf gezogen und ruck-zuck, schon kann man sich damit nützliche Sachen aus der Matrix runterladen. Oder zocken– *Invaders from Outer Space VI: Frontal Assault* und *Task Force Gamma IX: The Retaliation* sind ihre absoluten Favoriten. Oder man kann codierte Paydata entschlüsseln lassen. Oder in Schatten-Chatrooms abhängen. O ja, da ist die Peperoni voll in ihrem Element! Männer sind in Chatrooms ja so leicht um den Finger zu wickeln, das ist der volle Wahnsinn. Die Typen in den Schattenhosts steigen jedem halbwegs als weiblich erkennbaren Icon nach, dass du dich wirklich fragst, ob sie schon ein Glasfaserkabel in ihrem Deck stecken haben, und nicht ... äh, etwas *anderes*.

Ja, ja, auf diese Weise hat sie sich ein paar recht interessante Smartframes erschnorrt, ganz zu schweigen von den Infos über die aktuelle SecuTech und die adäquaten Schattenspielzeuge, mit denen man sie umgehen kann.

Nein-nein, die Peperoni hält nichts von den Schamanen, die einem erzählen, dass man nur auf dem Land die Geister der Macht findet. Dieser Zurück-zur-Natur-Unfug, was für ein Schwachsinn! Ratte hat sie gelehrt, die Geister der Stadt zu finden, und eins ist ganz sicher: Diese Geister sind *echt* mächtig! Hey, schau dich doch mal um: Die Stadt ist voll mit Leben, mit Menschen und mit ihren Emotionen. Und voll mit Technik. Die Rattenschamanin findet, dass man die Technik nicht einfach aus seinem Leben streichen kann, wenn man mit den Geistern der Stadt in Einklang leben will. Deshalb hat sie keine Scheu vor moderner Technik. Nur Cyberware lehnt sie ab. Cyberware frisst einem die Magie auf, so schnell kann man gar nicht schauen, kein Drek!

Auf ihre ruhige, gelassene Art schaut die Karo Ass zur kleinen Rattenschamanin rüber. Ganz und gar nicht unfreundlich, die Andeutung eines Lächelns liegt auf dem schmalen Gesicht der Schattenläuferin. Im Grunde scheint sie eh sehr zufrieden zu sein mit der Peperoni, trotzdem kann sie sich einen kleinen Tadel nicht verkneifen: »Mäderl, lass dir gesagt sein, dass du echt verdammt autistisch durchs Leben rennst. Findest nicht, dass du dein Wissen etwas breiter streuen solltest? Den Fokus von SecuTech und Bruchwerkzeug mehr so in die Richtung Allgemeinwissen verschieben? Ich weiß eh, heutzutage ist Wissen out und lauwarmes Halbwissen in, es sagt ein jeder, wozu brauch ich denn dieses und jenes, wozu sollte ich das wissen, was nützt mir das? Kann man doch immer noch irgendwo nachschauen, bla bla bla. Aber weißt, ein weiser Mann hat einmal gesagt, dass Allgemeinwissen wie Klopapier ist. Zum bloßen Überleben braucht man beides nicht unbedingt, aber glaub mir, das Leben ist gleich viel schöner, wenn man's doch hat!«

»Das war kein weiser Mann, der das gesagt hat«, mault die Peperoni eingeschnappt zurück und bleckt grollend ihre Hauer, »der Spruch stammt vom Teddy!«

Die Karo Ass lacht. »Genau, es war ja schließlich niemand anderer als der Kolowetz Teddy, der mir diese Weisheit seinerzeit mit auf den Lebensweg gegeben hat!«

Drek, denkt die Peperoni missmutig, *gibt's denn hierzulande überhaupt wen, der den Teddy nicht kennt?* Sie muss sich demnächst ausgiebiger mit der Vergangenheit ihres Ziehvaters beschäftigen. Der tut immer so brav, und dabei ist er offenbar mit der gesamten Schattenwelt Österreichs auf du und du, also wirklich!

Kapitel 4

Villach, 12. März 2033

Der Kajetan Schiefer ist nun schon lang genug im Geschäft, den erstaunt es nicht mehr, dass er sich keine halbe Stunde nach der Erteilung ihres neuen Auftrags in der Uniform eines Offiziers des kaiserlichen Generalstabs wiederfindet. Seine ID für diesen Job ist so gut wie wasserdicht: Thomas Angerer, Hauptmensch der Reserve, sein Dienstrang ganz geschlechtsneutral und gleichberechtigt, weil in solch aufgeklärten Zeiten soll ja das empfindsame Seelenleben unserer emanzipierten Powerfrauen nicht durch irgendeine linguistische Diskriminierung grausamen Höllenqualen ausgesetzt werden.

Der Novotny ist die Karriereleiter noch ein Stückerl höher hinaufgepurzelt als der Schiefer, die Schulterstücke seiner Uniform werden von reichlich Lametta geziert. Dank des Zusammenspiels aus dieser Verkleidung und seinem unnahbar kalten, herrischen Auftreten nimmt man ihm die Identität als Brigadegeneral Kurt Tschurtschenthaler ohne weiteres ab.

Außerdem kriegen sie von der Zentrale noch eine Liste mit Telefonnummern, Namen und Adressen. Kontaktpersonen bei der freiwilligen Feuerwehr, der Polizei und dem Roten Kreuz, auf die sie zurückgreifen können.

Die Evakuierung Villachs kann beginnen.

»Herr Schiefer, verdammt noch einmal, wo bleiben die Busse aus Lienz?«

»Keine Ahnung!«, brüllt der Kajetan Schiefer zurück, dessen Stimme komplett im Lärm der Lastwagen untergeht, die hinter ihm über die Bundesstraße donnern. Die Versorgungseinheiten des II. Korps der slowakischen Armee, die unablässig Nachschub an die Front karren, und am Rückweg die zerschossenen Leiber der Verwundeten in die Lazarette verfrachten. Das Tuckern der schweren Dieselmotoren ist quasi der Pulsschlag des Widerstands, den die europäischen Armeen dem Ansturm vom Sayid Jazrir entgegensetzen. Mittlerweile haben sich die Verteidiger bis an den Faaker See zurückziehen müssen, und es schaut nicht so aus, als ob der Schwung des islamischen Vorstoßes nachlassen würde. Freilich, die Verluste, die die Angreifer hinnehmen müssen, sind horrend, aber irgendwie schafft es der Führer der Islamisten immer wieder, ein neues Kontingent abertausender begeisterter Anhänger heranzukarren und in den Kugelhagel der Europäer zu treiben. Da fragst du dich echt, wie der das macht, ob das schon allein auf sein Charisma zurückzuführen ist, oder ob da nicht noch was anderes im Spiel ist. In der Sechsten Welt kann man ja nie wissen ...

»Klemmen Sie sich gefälligst hinter Ihr SatCom und schaffen Sie mir die Busse aus Lienz heran, oder Sie können was erleben!« Der Novotny ist außer sich vor Wut. Er hasst diesen Job, das ist überhaupt nicht sein Ding. Hinterfotzigkeit nützt dir dabei nämlich überhaupt nicht, mit Erpressung und kreativen Verhörmethoden kommst auch nicht weiter – und damit fallen schon einmal die Lieblingsvorgehensweisen vom Novotny flach. Bloß so ordinäre Organisationstätigkeit – Busse ranschaffen, um Treibstoff betteln, Unterkünfte ausfindig machen –, an und für sich ein total fader Job. Allerdings, grad so, als ob's nicht mit rechten Dingen zugehen würde, klappt nichts, aber schon gar nichts so, wie er sich das vorstellt, trotz all seiner Bemühungen geht die Evakuierung Villachs nur schleppend voran, artet bestenfalls in ein unkontrolliertes Chaos aus.

Beiderseits der Straße, die das Drautal nach Nordwesten hinaufführt, zertrampeln sich die Flüchtlinge gewissermaßen gegenseitig, hängen die liegen gebliebenen Privatfahrzeuge im Straßengraben.

»Flieger!«, schreit plötzlich eine Frau, deren Stimme glatt in der Lage wäre, Fensterglas zu schneiden, und die den Hintergrundlärm des Schwerverkehrs locker übertönt. Ohne lang darüber nachzudenken, springen sowohl der Novotny als auch der Kajetan Schiefer in den Straßengraben und pressen sich kräftig in den schlammigen Boden. Links und rechts von ihnen klatschen weitere Leiber in den morastigen Gatsch aus halb geschmolzenem Schnee und halb aufgetautem Erdreich, dann brüllt den beiden Geheimagenten auch schon der Donner des Überschallknalls in den Ohren, als einer von Jazrirs Jägern im Tiefstflug über sie hinwegprescht.

Sekunden später rollt ein dumpfer Donnerknall heran, als der Angreifer seine Bomben ausklinkt und die tödliche Fracht über den dicht gedrängten Kolonnen abwirft, und dann sieht man den Bomber auch schon wieder retour kommen, diesmal aber mit zwei ebenso lauten und ziemlich entschlossenen Donnervögeln im Genick, die mit lodernden Nachbrennern rasch zu ihm aufschließen. Zwei polnische Abfangjäger, deren Raketen kurzen Prozess mit dem frechen Eindringling machen.

Lautes Quietschen lässt den Kajetan Schiefer aufblicken. Vor ihm, auf der Straße, stockt der Verkehr, die endlosen Kolonnen der Nachschubtransporter bremsen ruckartig ab und kommen rasselnd zu stehen. Die Straße ist dicht, absoluter Verkehrsinfarkt, nichts geht mehr.

Der Novotny hat sich längst wieder gefangen und bellt grad eine Garbe scharfer Befehle in das SatCom an seinem Handgelenk. Aber anscheinend kann ihm diesmal nicht mal das Heeresnachrichtenamt seine Wünsche erfüllen, und das ist normalerweise erstaunlich hilfreich, wenn es darum geht, die Sonderwünsche des Agenten Novotny in die Tat umzusetzen. »Ein Bergepanzer! Ein Königreich für einen Bergepanzer!«, grummelt der Agent missmutig, als er sich zum Schiefer umwendet und gemeinsam mit ihm aus dem Straßengraben klettert. »Ein einziger verschissener Bergepanzer, und das kleine Malheur da drüben wäre ruck-zuck weggeräumt. Aber nein, so scheußliches Tötungsgerät schafft sich unser Land natürlich nicht an, würde ja den Weltfrieden gefährden. Na, mal schauen, ob wir nicht irgendwo hier in der Gegend eine Planierraupe oder einen Radlader auftreiben können, die ebenfalls in der Lage wären, die Straße wieder freizumachen. Ach, ein Drek ist das, das darf einfach nicht wahr sein!«

In dem Augenblick kriegt der Kajetan Schiefer einen Funkspruch rein. »Na-na-na, Herr Novotny, nicht auszucken, bewahren Sie die Contenance, weil das hier, das wird Sie freuen! Die Postbusse, die Sie aus Lienz angefordert haben, sind mittlerweile in Feistritz. Sobald der Verkehr wieder fließt, wird's nicht mehr lang dauern, bis sie hier sind. Und die LKWs, die Sie aus Salzburg angefordert haben, sind eben aus dem Tauerntunnel herausgekommen. Die sind auch in absehbarer Zeit da.«

»Ach woher!« Der Novotny deutet auf die Linien aufgestauter Laster, die sich vor ihnen ausbreiten, so weit das Auge reicht. »Wer weiß, wie viel Zeit wir noch haben? Wir brauchen die Straße frei, und zwar jetzt!«

Das braucht allerdings auch der slowakische General, der dafür verantwortlich ist, dass den europäischen Geschützen die Munition nicht ausgeht und dass genug Menage nach vorne gebracht wird, weil mit leerem Bauch stirbt es sich bekanntlicherweise nicht gut. Und weil dieser General im Gegensatz zum Novotny sehr wohl über schweres Gerät verfügt, ist die Straße alsbald wieder frei, werden die verkohlten Trümmer der zerbombten Fahrzeuge von der Fahrbahn geschoben.

Viereinhalb Stunden später findet man die beiden umtriebigen Agenten am Ortseingang von Villach wieder, an der Spitze eines der vielen Convoys, die sie einen nach dem anderen zusammenstellen und aus der gefährdeten Stadt hinausdirigieren. Aber dieser spezielle Convoy ist nicht weit gekommen. Eine Streife der slowakischen Militärpolizei und der Novotny liefern sich gerade ein wütendes Schreiduell, das vor allem deshalb sehenswert ist, weil keiner der Kontrahenten auch nur ein einziges Wort von dem versteht, was der andere gerade in die Welt hinausbrüllt. Aber das hindert sie nicht daran, weiter aufeinander einzuhacklen. Stimmgewaltig und lautstark versucht der Novotny dafür zu sorgen, dass sein Flüchtlingsconvoy in die dahinrumpelnden Reihen der Armeetransporter eingereiht wird. Sein Geschrei garniert er mit einer dermaßen deftigen Batterie an Flüchen, dass selbst einem durchschnittlichen Teufel aus den heißeren Regionen der Hölle die Schamesröte in die Wangen steigen würde, kein Drek.

Die Slowaken halten eine Zeit lang gut dagegen, der Schiefer versteht zwar nichts von dem, was sie schreien, aber er kann sich ungefähr denken, worum's geht. Dass der Nachschub fließen muss, weil ohne Nachschub wird die Front zusammenbrechen, und wenn das passieren sollte, dann kann sich der Novotny seine ganze Evakuierung sowieso in die Haare schmieren.

Schließlich müssen die wackeren Militärpolizisten dann doch klein beigeben, weil nach einiger Zeit ihre Stimmbänder versagen und ihr Geschrei zu einem heiseren Krächzen verkommt. Dem Novotny trieft die Häme förmlich von seinem giftig grinsenden Gesicht, als er sich zum Kajetan Schiefer umdreht. »Sehen Sie, Herr Schiefer, es ist definitiv eine feine Sache, so einen dieser neumodischen kybernetischen Stimmenmodulatoren im Kehlkopf zu haben!«, meint er böse.

Noch einmal drei Stunden später ist dem Novotny das Grinsen längst wieder vergangen. Trotz des ganzen Lupinenkaffees und der Chemtech, mit der er sich die Müdigkeit aus dem Leib brennt, fühlt sich der Agent vor lauter

Erschöpfung wie gerädert. Aber keine Zeit, sich auszuruhen. Immer noch dümpelt die Evakuierung mehr schlecht als recht vor sich hin, und anstatt dass irgendeine Art von Besserung in Sicht kommt, wird die Situation in den nächsten Stunden immer schlimmer. Der Jazrir, der einen entscheidenden Sieg wittert, hat seine Luftwaffe massiert und wirft sie mit voller Wucht ins Gefecht. Die Geschwader der Polen, Tschechen und Ungarn haben alle Hände voll zu tun, die verdammten Jagdbomber abzuwehren und den verzweifelt kämpfenden Bodentruppen die Köpfe freizuhalten. Der Nachschub, der noch vor kurzem Stoßstange an Stoßstange über die Straßen gerollt ist, muss kräftig auseinander gezogen werden. Von Deckung zu Deckung preschen die Trucks vorwärts, immer schön einzeln, mit massig Abstand zueinander, an brennenden Häusern vorbei, quer durch den beißenden Rauch, der sich über die ganze Szenerie gelegt hat und den Fahrern die Sicht raubt. Funken sprühen über die Fahrbahn, glimmende Balken und brennende Fahrzeuge versperren den Weg. Pioniertrupps schuften an beschädigten Brücken, eilig wird die Fliegerabwehr verstärkt, aber wieder und wieder schafft es ein weiterer von Jazrirs Fliegern, sich durch den europäischen Abwehrschirm aus Raketen, Jagdflugzeugen und Flakfeuer zu schmuggeln und Tod und Vernichtung zu säen. An weitere Fahrten irgendwelcher Zivilfahrzeuge zwecks Evakuierung von Nichtkombattanten ist mittlerweile nicht mehr zu denken. Die Leute müssen sich zu Fuß einen Ausweg suchen.

Und das tun sie in schriller Panik. Zwar gibt's in den Nachrichten seit Stunden nur dieselbe Meldung, »Schwere Abwehrkämpfe bei Faak am See, die Front hält, Vormarsch des Gegners gestoppt!«, aber als die Pioniertruppen beginnen, an den östlichen Ortseingängen von Villach Panzersperren und Stacheldrahtverhaue aufzubauen, Minen zu legen und Schützengräben auszuheben, da kapieren selbst die dümmsten Anhängerinnen des FrauenFrieden-

Policlubs, dass es bei Faak am See schlecht steht und nehmen die Beine in die Hand. Oh, da ist es urplötzlich aus mit dem Streben nach dem integrativen Zusammenleben der Kulturen, oh, da wollen sie nichts mehr wissen von den rosaroten Wolken aus Harmonie und Toleranz, von denen sie eben noch geträumt haben. Tja, anstatt Jazrirs Streiter bei den Händen zu nehmen und gemeinsam mit ihnen *Imagine* zu singen, versteckt sich die durchschnittliche Policlub-Aktivistin jetzt doch lieber hinter dem nächstbesten Kampfpanzer der slowakischen Armee, weil so ein sechzig Tonnen schweres Ungetüm aus Keramikverbundpanzerung im Falle eines Falles halt doch etwas mehr Schutz bietet als ein bisserl positive Schwingungen. Und schlimmer noch, so manch eine Wicca-Schnepfe ertappt sich dabei, dass sie in ihrer Angst anfängt, wimmernd zu Jesus Christus zu beten und die Große Mutter komplett vergisst ...

»Wir brauchen Zeit«, meint der ziemlich geschlauchte Novotny ächzend, »mehr Zeit, sonst gibt's hier noch eine Katastrophe!«

Der Schiefer, der gerade einen heftigen Heilungszauber beendet hat, mit dem er die zerfetzte Bauchdecke eines Bombenopfers wieder zusammenwachsen hat lassen, schnaubt nur verächtlich durch die Nase. Bedächtig streicht er sich die verschwitzten Haare aus dem Gesicht. Er ist fertig, absolut streichfähig, genauso übermüdet wie seine Kollege Novotny. Und er merkt, dass er demnächst kollabieren wird, wenn er nicht baldigst ausschlafen darf.

»Ach ja, Herr Schlaumeier, und wie wollen Sie uns dieses mehr an Zeit verschaffen, hä?«

»Da hab ich schon eine Idee. Machen Sie ruhig hier weiter, ich werd mal eben schnell telefonieren gehen.«

Der Schiefer gähnt herzhaft. »Wen wollen Sie denn anrufen?«

»Ich will bloß die Posaunen von Jericho herbeirufen, auf dass Pech und Schwefel und glühende Feuersgluten vom

Himmel regnen, so wie seinerzeit auf Sodom und Gomorra.«

»Hä? Sind Sie jetzt komplett übergeschnappt?«

»Nein, mit meinem Oberstüberl ist alles in Ordnung. Ich werd die Rebekka und die Mirjam kontaktieren und um einen hurtigen Luftschlag bitten, der sich gewaschen hat.«

»Und wer sind Rebekka und Mirjam, wenn man fragen darf?«

»Ach, das geht Sie eigentlich gar nichts an, aber wenn Sie's unbedingt wissen wollen: zwei hochrangige Agentinnen vom Mossad, die ich vor Jahren ... ähem, nun, sagen wir einmal *kennen gelernt* habe. Die schulden mir noch einen Gefallen.«

Kapitel 5

Flughafen Wien-Schwechat, 8. Feber 2063

Als der Hayabusa, der Wanderfalke, aus dem Suborbital-flugzeug der Austrian Airlines steigt und sich mit seiner falschen japanischen ID durch den Zoll des Flughafens Wien-Schwechat schmuggelt, schwebt er grad voll auf einem Himmelsritt. Das hat absolut nichts mit dem kurzen Abstecher in den Weltraum zu tun, den er grad hinter sich hat, dafür absolut alles mit dem Chip, den er in seiner Datenbuchse stecken hat. *ALLMACHT* steht in fetten, kursiven Großbuchstaben auf der knallroten Plastikhülle. O du Hawara, dieser Chip ist harter Stoff, BTL, Better Than Life, ein Orkan, neben dem das wirkliche Leben zu einem lauen Windhauch verkümmert.

In Hayabusas Blutbahn zirkuliert neben einer Kampf-droge namens *Kamikaze* – das Zeug ist einfach obligatorisch, wenn man keinen 'flexbooster hat – auch noch eine anständige Dosis *Sayonara Sunset*, orange, das seine Farb-wahrnehmung modifiziert und sein Sichtfeld mit sattem, poppigem Orange hinterlegt.

Als er durch den Cyberwarescanner geschickt wird, dreht er den Cyberempfänger, den er sich vor kurzem in den Schädel hat implantieren lassen, auf maximale Laut-stärke. Die Musik setzt ein, knallharter Country-Torture-Metal rollt wie eine Sturzwelle in seine Gehörnerven, dröhnt ihm den Schädel zu, eine Kakophonie aus Lärm, Gekreische und guter, alter, texanischer Country-Musik.

O Mann, echt geil!

Es ist alles genau so, wie der Doktor Nowak versprochen hat: Die Sicherheitsleute am Zoll sind instruiert, arbeiten für dieselbe Fraktion, daher finden sie bei ihm natürlich kein Chrom, das illegal oder nicht in seiner ID vermerkt wäre, und winken ihn schließlich durch. Die Chromkrallen unter seinen Fingernägeln sind vorschiftsmäßig deaktiviert, an seinen Handgelenken hat er je ein Cyberware-Blocker hängen. Auch den Chip, der in seiner Datenbuchse steckt, scheinen die Zollbullen nicht zu beanstanden, der geht als Sprachchip durch. Die Security eines Flughafens kleinzukriegen ist keine einfache Sache, Hayabusas Respekt vor Doktor Nowak und seinen Konsorten steigt gewaltig.

Bevor er sich aufmacht zum Schalter der Styrian Spirits, dem Lufttaxiunternehmen, bei dem der Doktor Nowak seinen Anschlussflug nach Graz gebucht hat, zischt er sich noch schnell eine neue Tablette Sayonara Sunset rein, rosarot diesmal.

»Grüß Gott, was kann ich für Sie tun?«, fragt die junge – rosarot eingefärbte – Schnepfe in dem sündig tief ausgeschnittenen – rosaroten – Geschäftskostümchen der Styrian Spirits, die an dem – rosaroten – Schalter Dienst tut.

O großer Gott, bin ich cool, denkt sich der Hayabusa, als er sich vorbeugt, der Schnepfe seinen Credstick rüberschiebt und ihr dabei quasi in den – rosaroten – Ausschnitt fällt. Es geht wieder aufwärts in seinem Leben, er startet wieder voll durch, endlich hat er Leute kennen gelernt, die ihn wieder rauf bringen. Leute, die ihm den richtigen Stoff besorgen, das Zeug, das ihm hilft, in die lichten Sphären vorzustoßen, in die so ein knallharter Crack wie der Hayabusa gehört. Die zehn Flocken, die er für diesen flotten Kuriertrip von Damaskus nach Graz kriegt, sind erst der Anfang!

Vielleicht wird er den Zaster dazu verwenden, die Mongolenfalten an seinen Augen wieder entfernen zu lassen. Und seine Hautpigmente wieder mehr auf europäisch weiße Haut ummodeln lassen. Er ist nämlich fertig mit den Japsen, der Teufel soll sie holen, die ganze verschissene Brut! Hat sich extra die Augenfalte eines Asiaten implantieren und Schlitzaugen machen lassen, um seiner Schattenkarriere mehr Schwung zu verpassen. Schließlich gehört die Welt den Zaibatsus, den Megakons der Schlitzaugen, und der Hayabusa hat sich gedacht, dass es sicher nicht schadet, wenn er sich zum Mitglied der asiatischen Herrenmenschenrasse umstylen lässt. Dazu noch Hayabusa, der Wanderfalke, ein mächtig cooler Schattenname, der so richtig schön fetzt und zu einem wandelnden Datenspeicher wie ihm passt, und ab durch die Mitte, mit dem nächsten Flieger auf nach Chiba!

Drek, aber gleich bei seiner Ankunft in Nippon hat er feststellen müssen, dass eine modifizierte Augenform, verachtender Hass gegenüber Metamenschen und ein billiger Sprachchip aus dir noch lange keinen Japaner machen. O all ihr Ärsche da draußen, die Schieber in Chiba haben ihn komplett links liegen lassen, und bei den Preisen dort in Nipponland war sein Erspartes schnell aufgebraucht. Seine Absteigen wurden mieser und mieser, ebenso der Stoff, den er sich leisten konnte, aber das lag nur daran, dass seine Jobs mieser und mieser geworden sind. Die wenigen, die man ihm angeboten hat. Bis er schließlich ganz am Boden war.

Hastig verdrängt er die Gedanken an die demütigende Zeit, in der er sich als Taschendieb und exotischer Aufputz eines japanischen Schwulenpuffs durchs Leben schlagen musste, um über die Runden zu kommen, immer auf der Hut vor der Yakuza, ständig in panischer Angst davor, verpfiffen zu werden, hemmungslos ausgenutzt von seinen Freiern und so genannten Chummers. O all ihr Geister dieser verrückten Welt, wie sehr hat der ALLMACHT-Chip sein Leben verändert, den er vor gut drei Wochen nach einem ziemlich ekelhaften Fick von einem schweizerischen Konzernschlips geklaut hat!

Auf der anderen Seite ist es vielleicht gar keine schlechte Idee, weiterhin den Japaner zu markieren – bloß nicht in Japan. Nein, besser hier in Europa, angehimmelt von den Japsen-geilen Schnepfen, und dabei immer schön die Arroganz einer überlegenen Rasse heraushängen lassen. O strahlende Herrlichkeit, was für ein geiles Leben tut sich da vor ihm auf!

Im Warteraum vor dem Gate trifft der Hayabusa alte Bekannte, die Reisegruppe aus Graz, die im gleichen Flieger wie er aus Damaskus gekommen ist. Dazu noch ein paar andere Passagiere des gleichen Flugs, eine Elfe mit unglaublich eleganten Bewegungen, ein unauffälliger Norm mit mächtigen Cyberarmen, ein schnurrbärtiger Mann mit Zylinder und silbern schimmerndem Umhang, dessen Finger schwer mit Ringen behangen sind, die allesamt irgendwelche arkanen Symbole zeigen. Und dazu noch die mollige Frau in typischem Konzernoutfit, die ihren fetten und ziemlich blassen Sohnemann an der Hand führt. Die beiden haben schräg hinter ihm in dem Suborbitalflugzeug gesessen. Und der Hayabusa kann sich noch genau an das ekelhafte Geräusch und den erbärmlichen Gestank erinnern, als der elendige Fratz kurz nach dem Start lautstark in das dafür vorgesehene Papiersäckchen gereihert hat. Der Hayabusa betrachtet das schwabbelige Kind eine Weile mit spöttischem Grinsen, stellt sich in Gedanken vor, wie der fette kleine Sack pünktlich zum achtzehnten Geburtstag von Papa Konzernschlips die Operation bezahlt kriegen wird, die aus ihm einen schlanken, muskulösen Jüngling machen wird. Nach drei oder vier Jahren Fast-food-Diät wird er sich seine Speckrollen wieder angefressen haben. O mächtiger Lupinen-Börger, was für ein erbärmliches Leben, denkt sich der Hayabusa und fühlt sich ziemlich überlegen.

Die Boardingzeit ist gekommen, das Gate wird geöffnet, und der Hayabusa zischt sich eine neue Tablette Sayonara Sunset rein. Diesmal taucht er die Welt in grelles Grün.

So ein Kipprotor-Lufttaxi ist nicht besonders schnell, maximal dreihundert, vielleicht vierhundert Klicks oder so, was aus dem kurzen Hopser nach Graz eine Angelegenheit von über einer halben Stunde macht. Der Hayabusa kommt neben dem schnurrbärtigen Mann in dem silbern glänzenden Umhang zu sitzen. Unruhig rutscht er auf dem dünnen Schaumstoffbelag des Sitzes herum, mit aller Kraft darum bemüht, die bequemste Sitzhaltung zu finden, dann lehnt er sich zurück in den engen Sessel, kämpft ein wenig mit dem selbst straffenden Gurt, dem er gut und gerne zwanzig Zentimeter Bewegungsspielraum abringen kann, dann überlässt er sich ganz der Musik, die aus seinem Cyberempfänger direkt in sein Hirn röhrt. *Embryonic Holocaust*, für den Hayabusa ist das immer noch mit Abstand die geilste Band der Welt. O nichtswissende Teenies von heute, die ihr so auf *Sexual Jihad* und *Myrrha Damasque* abfährt! Was wisst ihr denn überhaupt noch von den komplett enthaarten Göttern des Schockrocks, von *Embryonic Holocaust*, diesen abartig asexuellen Freaks, die sich komplett androgynisieren haben lassen? Die bei ihren Konzerten vollkommen nackt aufgetreten sind – was aber eh völlig egal war, weil, wie gesagt, die waren vollkommen androgyn, da gab's absolut nichts zu sehen. Was wisst ihr Teenies von heute schon von dieser obergeilen Band aus Frankfurt, die noch bis vor fünf Jahren die Hitparaden beherrscht hat? Bis der Frontmann, C. A. Nnibal, in Salzburg bei einem illegalen Untergrundkonzert gelyncht worden ist. Live, auf der Bühne. Noch bevor die Erzbischöfliche Garde den nicht genehmigten Auftritt vor ein paar Dutzend unerschrockener Fans stürmen konnte, ist plötzlich ein unmöglich vercyberter Metallmann mit klobig eckigem Metallschädel aufgetaucht, raus auf die Bühne gerannt und hat den Sänger der Band einfach so mit einem Monofilamentdraht filetiert, der plötzlich aus seinem Zeigefinger hervorgequollen kam. Ist nie gefasst worden, der Sack, die Garde des Erzbischofs hat schon nach allzu kurzer Zeit die Ermittlungen eingestellt. Der Chemo-Cocktail, der in Hayabusas Adern brennt, stachelt seine Emotionen an, treibt den Zorn in ihm hoch, lässt ihn beinahe unkontrollierbar brodeln. O ihr Kirchenbullen, ihr habt vermutlich nichts dagegen gehabt, dass sich der gute C. A. Nnibal aus dem Genpool verabschiedet hat! Sein geniales künstlerisches Konzept war euch wohl nicht anständig genug!

O Glorie längst vergangener Jugendtage, wie hat *Embryonic Holocaust* doch gefetzt, die Teenies von heute haben ja gar keine Ahnung! Ganz in nostalgische Gedanken vertieft, schenkt der Hayabusa weder dem bärtigen Zwerg noch dem blassen, dünnen Gossenfreak einen zweiten Blick, die sich plötzlich von ihren Sitzplätzen erheben, kaum, dass der Bordcomputer den Passagieren mit extrem femininer Stimme mitteilt, dass sie soeben Wiener Neustadt überflogen haben.

Kapitel 6

Leoben, 8. Feber 2063

Geschlagene achtundvierzig Stunden lungern sie in der Bude des Türks herum, knofeln und doktern an ihrem Plan herum. Eine anstrengende Sache, weil der Türk und die Karo Ass lassen niemanden hinaus ins Freie, halten die Pausen so kurz wie nur möglich und dulden keine Ablenkung. Trotz dieser ungewohnten Arbeitsweise ist die Peperoni komplett hin und weg von der Art, wie sich die Zusammenarbeit mit Leuten wie dem Türk und dem Click gestaltet. Gut, beim Teddy zu Hause haben sie auch einen Hauscomputer, der sich um gewisse Dinge kümmert. So einen uralten Fuchi Domestique Mk VII, ein Modell, das längst nicht mehr hergestellt wird – Fuchi gibt's ja schon ewig nicht mehr –, das aber immer noch tadellos funktioniert und dafür sorgt, dass Bier und Pizza im Kühlschrank nicht ausgehen, das die Heizung regelt und auf einen mündlichen Befehl hin die Lampen ausschaltet oder so lange Gute-Nacht-Musik ertönen lässt, bis es an den Atemgeräuschen erkennt, dass die Peperoni eingeschlafen ist.

Aber mit solchen Kalibern wie dem Türk oder dem Click kann das Teil in Sachen Beschaffung des Lebensnotwendigen nicht mithalten. Und wir reden hier nicht bloß von der Lupinenpizza und dem Ersatzcola, die sich der Türk vorbeibringen lässt. Weißt du, du sagst einfach, für den Run brauchst du das und das, der Türk kramt in den Regalen hinterm Tresen herum und schwupps, schon zieht er einen

Karton mit dem gewünschten Teil hervor. Allerdings legt er sehr viel Wert darauf, dass die Peperoni seinen voll gerammelten Regalen nicht zu nahe kommt. Wenn es sich gar nicht vermeiden lässt, dass sie daran vorbei muss – etwa wenn sie mal in den Keller hinab muss, auf die Pipi-Box, verstehst schon – dann lässt er sie nicht aus den Augen. Scheint ihr nicht ganz zu vertrauen, der Typ, hegt wahrscheinlich irgendwelche Vorurteile gegenüber Rattenschamanen. Schlau von ihm, der Peperoni juckt's ganz schön in den Fingern, angesichts all der Schätze an hochgezüchteter Elektronik, die hier so rumliegen!

Natürlich hat auch ein novaheißer Schieber wie der Türk bei weitem nicht alles auf Lager, oft genug muss er die gewünschten Schattenspielsachen erst bei einer seiner vielen Quellen organisieren. Dann tätigt er einen kurzen Anruf, und ein paar Stunden später klingelt ein kleiner Botenjunge in abgerissener Paperware an der Tür und bringt das Paket mit der bestellten Ware. Waffen, Panzerkleidung, Elektrospielzeug oder Software – Preis und Illegalität spielen überhaupt keine Rolle.

Auf Befehl der Karo Ass kriegt die Peperoni ein neues Outfit verpasst, relativ enge Hosen aus einem dunklen, lichtschluckenden Material, mit ziemlich dicken Lagen Kevlar gefüttert und an den Knien noch extra verstärkt. Dazu eine stark gepanzerte Jacke, mit so chemischem Zeugs drauf, das die Farbe ändern kann. Der Name des Materials liegt der Peperoni auf der Zunge, irgendwas mit R am Anfang. Allerdings ist das ganze Styling nicht so ganz nach Peperonis Geschmack. Wozu braucht sie denn so etwas? Wo sie sich doch eh jederzeit dank Rattes unerschöpflichem Vorrat an hinterlistigen Zaubersprüchen unsichtbar machen kann! Nein, wenn sie schon in neue Klamotten gesteckt wird, dann hätte die kleine Rattenschamanin lieber etwas anderes gehabt. Eins dieser ultrageilen nabelfreien Panzerjäckchen von Ares, weist eh, diese neumodischen Dinger aus TransparKevlar. O ja, da würde sie verdammt scharf darin aussehen! Besonders, wenn sie nichts anderes als einen spitzenbesetzten BH darunter anhätte. Gedankenverloren malt sie sich in rosaroten Jungmädchenträumen aus, wie dem Adonis vom Wartungstrupp A der Stadtwerke die Spucke wegbliebe, wenn er sie in dem heißen Teil sehen könnte!

Leider hat die Karo Ass für diese Art von romantischen Schwärmereien nichts übrig und bleibt hart. Also nichts Nabelfreies und nichts Transparentes, dafür dieses Camouflage-Zeugs. Außerdem muss sie so eine komische Unterkleidung aus irgendeinem seltsamen Kunststoffmaterial darunter tragen. Die Karo Ass behauptet, dass sich dadurch ihre Körperwärme nicht mehr von der Umgebungstemperatur abheben würde. Dagegen hat die Peperoni nichts einzuwenden, bloß das kleine Kästchen findet sie lästig, das über ein Gummikabel mit dem Isolationsanzug verbunden ist und am Gürtel angebracht wird.

Na gut, die Peperoni braucht eh nichts dafür zu berappen, also, was soll's.

Dann wird die Peperoni gefragt, ob sie eine Waffe hat. Ihr schwant, dass damit nicht ihr kleines Springmesser mit der Keramikklinge gemeint ist. Blöde Frage, sie schüttelt bloß den Kopf: »Eine Krache? Hier in Leoben? Nein, natürlich nicht, wozu auch? Wo die Kiberer doch an jedem Hauseck Waffendetektoren montiert haben.«

Im Grunde hat die Karo Ass keine andere Antwort erwartet. »Hast schon mal mit einer Pistole geschossen?«

Na klar, der Teddy hat einen alten Glock Donnerhammer daheim herumliegen, eine Wumme, die noch aus den Eurokriegen stammt. Und damit hat er sie gelegentlich im Wald herumballern lassen. Mit Schalldämpfer, versteht sich. Aber wirklich brilliert hat sie bei diesen heimlichen Schießübungen nicht, drum hat sie's bald wieder aufgegeben.

»Okay«, meint die Karo Ass, um sich dann an den Türken zu wenden: »Eine Ceska vz/120 für die junge Dame. Diese

Krache ist klein, leicht und unauffällig, und die Reichweite spielt eh keine Rolle, wenn sie nicht richtig schießen kann, Hauptsache, der Rückstoß bricht ihr nicht die Hand.«

»Irgendwelche Extras?«

»Das Übliche halt. Einen Schalldämpfer.«

»Und sonst?«

Die Karo Ass zuckt gleichgültig mit den Schultern. »Fünf Clips mit panzerbrechender Munition, man weiß ja nie, wozu man's braucht.«

Während der Türk die Hardware ranschafft, widmet sich der Click der Software. Ständig hängt er in der Matrix herum, schwindelt sich durch meterdicke Schichten aus Eis, schustert sich eine ganze Reihe hinterfotziger Smartframes zusammen und kratzt dir aus den entlegendsten Datenspeichern jedes bisschen Information zusammen, die du von ihm wissen willst. Die Anzahl, Aufgabenverteilung und Ausrüstung der Konzerngardisten, die Anzahl der Überwachungsdrohnen, die Reaktionszeit eventueller Backup-Teams, die Schaltsequenzen der Ampeln auf jeder in Frage kommenden Fluchtroute – alles kein Problem für den Click, alles totaler Schlagobers. Einfach irre, die Peperoni ist begeistert!

Gemeinsam tüfteln sie an ihrem Plan herum, mittels Holo-Projektion kann jede Einzelheit ihres Schattenlaufs durchexerziert, jede Eventualität trainiert werden. Schlussendlich steht ihr Plan fest, sie haben jeden einzelnen Schritt ein Dutzend Mal von allen Seiten beleuchtet und auf Schwachstellen abgeklopft, tausendmal nachgebessert, um nur ja sicherzugehen, aber jetzt ist alles perfekt, die gesamte Hardware ist eingetroffen, einsatzbereit und in den Fahrzeugen verstaut. Die Karo Ass schickt jeden von ihnen noch einmal aufs Klo, sicherheitshalber, der Click hängt in der Matrix und verfolgt die Ankunft der Datenkuriere aus Damaskus, die inmitten einer Reisegruppe von Touristen, die in Syrien eine zehntätige Studienreise absolviert haben, in Wien gelandet sind und verfolgt sie, wie sie in das Kipprotor-Lufttaxi nach Graz steigen. An drei aufeinander folgenden Tagen werden jeweils drei bis fünf Kuriere von Damaskus nach Wien kommen, teilweise im selben Flieger, teilweise auf völlig verschiedenen Routen. Bis auf einen allesamt Lockspitzel. Und dieser eine in der Schar angeheuerter Kuriere trägt in seiner Headware Memory die Paydata spazieren, hinter der sie her sind. Sie kennen sich untereinander nicht, diese Kuriere, und haben auch keine Ahnung, wer von ihnen die Daten transportiert. Das wissen nur ihre Auftraggeber. Schlau gemacht von Y-Link Datacom. Zwar hat die Lady ihrer Klientel das Datum entlocken können, an dem der Transfer stattfinden soll, aber nicht einmal unter Einsatz all ihrer Verführungskünste ist es ihr gelungen herauszufinden, wer der eigentliche Kurier ist. Und es gehört schon etwas dazu, den Verführungskünsten der Lady zu widerstehen, denkt die Karo Ass anerkennend, ohne allerdings auch nur ein laut ausgesprochenes Wort über die Identität ihrer Frau Doktor Nowak zu verlieren.

Über seine Fernbedienung macht der Topolino den Plutocrat startklar, der drüben am Heliport in Niklasdorf steht, ganz offiziell als Konzerngerät gemeldet. Dafür hat der Click gesorgt.

Die Ausrüstung ist längst verstaut, ein letztes Mal werden die Waffen gecheckt, eine Meldung vom Click, dass der Kipprotor gerade Wiener Neustadt passiert hat, die Peperoni aktiviert noch schnell den kleinen, mit Vogelfedern verzierten Totenschädel einer Kanalratte, der ihr als Zauberspeicher für ein Lied der Macht dient, das ihre Reflexe aufpeppt, der Türk zwinkert ihr aufmunternd zu, dann schießt der Click plötzlich hoch, lässt das rote Licht in seinen VisionBlocks aufleuchten wie zwei Halogenscheinwerfer und schreit zur Karo Ass rüber: »Achtung, Achtung! Schwerer Ausnahmefehler! Du, Karo, wir haben ein Problem!«

»Was ist los?« In Sekundenbruchteilen ist die Karo Ass an der Seite vom Click, mit ein paar raschen Schritten, die dank ihrer schweineteuren Cyberware so schnell vonstatten gehen, dass der Rest des Teams nur einen verschwommenen Schemen erkennen kann, der quer durch den Raum fetzt. »Sag schon, was ist los?«

»Ein abgebrochenes Funksignal, vom Semmering her. Und zwar genau von der Fugroute her, auf der grad unsere Zielpersonen durch die Lüfte schaukeln.«

»Und?«

»Zu achtundachtzig Komma sieben Prozent die ersten Sequenzen des europäischen Standard-Notsignals für regionale Lufttaxis.«

»Und jetzt das große Schweigen im Äther?« Im fahlen Licht der Neonleuchtröhre lässt die angespannte Konzentration das Gesicht der Karo Ass steinhart wirken.

»Positiv, leider total positiv. Keine Funksprüche mit Positionsabfragen mehr, keine automatischen Funksignale des Navigationssystems, kein Uplink zu den GPS-Satelliten, die volle Nullnummer!«

»Ein Störsender? Kriegst du wirres Rauschen auf allen Frequenzen rein, das sämtliche anderen Signale überlagert?«

»Negativ, du, am Semmering herrscht mehr oder weniger Funkstille.«

»Hm, könnte höherentwickeltes militärisches ECM sein, das die Funkfrequenzen mit gegenläufigen Wellen überspielt. Ein Teil, das mit gleicher Amplitude, aber einer Phasenverschiebung von einhundertachtzig Grad sendet und auf diese Weise die Wellen der Funksignale auslöscht.«

»Oder Kipprotor ist abgestürzt«, wirft der Türk ein und wischt sich seine schmalzige Elvislocke aus der Stirn.

»Das, mein lieber Freund«, gibt die Karo Ass zurück, »wollen wir nicht hoffen! Dann wird es an der Absturzstelle bald nur so von Rettungskräften wimmeln, und eins kannst mir glauben, es ist gar nicht so einfach, den Fast

Response Teams von MonoMed die Leichen der Kuriere unter der Nase wegzuschnappen. Bete lieber darum, dass es andere Schattenläufer sind, die hinter der gleichen Beute her sind wie wir. Click, häng dich rein in die Matrix, flak dich in die Systeme aller Handynetzwerke, der Rundfunkanstalten, der zivilen Luftraumüberwachung und wer in diesem verschissenen Land sonst noch in der Lage ist, Funksignale aufzufangen. So eine Auslöschung von Funksignalen ist nicht einfach, man muss nicht nur die Frequenz genau erwischen, was eh schon nicht ganz so einfach ist. Aber ständig die gleiche Amplitude und die exakte Phasenverschiebung zu generieren ist praktisch unmöglich. Click, find raus, ob nicht doch ganz schwache, verstümmelte Signalfetzen durchkommen!«

Dann dreht sie sich wieder zum Topolino und zur Peperoni um. »Kleine Änderung unseres Plans. Vergesst Y-Link Datacom, vergesst unseren Bruch, zuerst einmal müssen wir schauen, dass die Kuriere aus Damaskus überhaupt an ihrem Ziel ankommen. Los, Topolino, wenn du uns nicht rechtzeitig zum Kipprotor bringst, dann reiß ich dir den Arsch auf!«

Keine zehn Minuten später sind sie drüben, beim Heliport in Leoben-Niklasdorf, springen aus dem Landrover und sprinten rüber zu Topolinos Plutocrat, der bereits startklar, mit mächtig röhrenden Turbinen, auf sie wartet.

Kapitel 7

Bei Villach, 13. März 2033

»Herr Schiefer! Aufgewacht! Hey, Sie, wachen's auf!«

Der Kajetan Schiefer, der reglos auf der komplett verbrannten Erde liegt, macht keinen Mucks.

»Na servas, Schiefer! Was soll das? Kommen's wieder zu sich!«

Ohne mit der Wimper zu zucken, verpasst der Novotny seinem bewusstlosen Kollegen ein paar kraftvolle Watschen. Und tatsächlich, diese Art von Aufmerksamkeit scheint den Schiefer wieder zu sich zu bringen. Vorsichtig blinzelnd öffnet er die Augen und starrt zu seinem Kollegen hoch. Mit einer Hand hält er sich die brennende Wange.

»Hä? Was ist denn passiert?«, will er ächzend wissen.

»Das müsste ich eigentlich Sie fragen. Schiefer, Sie machen mir vielleicht Sachen. Da gucken Sie mal eben schnell in den Astralraum, und im nächsten Augenblick rennen Sie kreischend und tobend davon, als ob sie dort den Leibhaftigen in höchsteigener Person gesehen hätten.«

»Was? Astralraum? Hä?«

In diesem Augenblick kehrt die Erinnerung zurück, wie eine Straßenwalze überrollt sie den Kajetan Schiefer und schmettert ihn beinahe zurück ins gnädige Dunkel der Bewusstlosigkeit.

»Aaaaaahhhhhhhh!!!«, brüllt er los wie ein Berserker und versucht in schierer Panik, auf die wackeligen Beine zu kommen und völlig planlos davonzupreschen. Trotz der momentanen Schwäche vom Schiefer braucht der Novotny all seine Kraft, um den tobenden Magier niederzuringen und am Davonrennen zu hindern.

»Hey, hey, hey, Schiefer, was ist denn los mit Ihnen?«

»Aaaaahhhhhhh!!! Das blaue Feuer, der Schmerz, aaaahhhhh! Ich kann's spüren, es tut so weh, aaahhhhh! Der Tod, Novotny, im Astralraum hab ich ihn gespürt, den Tod. Krepiert sind sie, ganz grauslich krepiert, aber das dürft' nicht sein, jedenfalls nicht so, und geschrien haben sie, wie ihnen die blauen Flammen den Körper zerfressen haben! Und ihre Seelen, aaahhhh! Scheiße, Novotny, Sie blödes Arschloch, Sie wahnsinniges Monster, was haben Sie getan? WAS HABEN SIE GETAN???«

Tja, was hat er getan, der Novotny? Seine Kontakte beim Mossad haben seinen Wunsch erfüllt und die bisher einzige Staffel der brandneuen und hochgeheimen Semiballistik-Bomber der israelischen Luftwaffe losgeschickt. Dank ihrer enormen Geschwindigkeit und der Fähigkeit, die Erdatmosphäre kurzzeitig verlassen zu können, sind die Dinger absolut unabfangbar. Und dank ihrer besonderen Formgebung und den radarabsorbierenden Werkstoffen, aus denen sie bestehen, auch nicht zu orten. Ihr Auftrag: die Spitzen der vorrückenden Armee von Mullah Jazrir zerschmettern. Und das haben sie getan, die Israelis, auf ziemlich beeindruckende Weise. Anstelle von Bomben oder Raketen haben sie massive Geschosse abgeworfen, die wie kleine Meteoriten durch die Atmosphäre nach unten donnerten und dank der Erdanziehung mit unvorstellbarer Wucht aufschlugen. Weißt eh, so ähnlich wie damals, als die Dinosaurier ausstarben, bloß nicht gar so heftig. In Summe hat das kleine Schauspiel mehr Schock und Schrecken angerichtet als Menschenleben gekostet und die beiden Kriegsparteien auf ziemlich eindrucksvolle Weise voneinander getrennt.

»Herr Schiefer, kriegen Sie sich wieder ein! Die blauen Flammen haben nichts mit den Israelis zu tun.«

Kurz nachdem der glühende Meteoritenschauer auf Südkärnten runtergekracht ist und aus ein paar frisch aufgeworfenen Kratern gewaltige Staubwolken in den Himmel gestiegen sind, sind weitere Flugzeuge herangekommen. Diesmal aus dem Norden, europäische Jäger, der Novotny ist sich nicht ganz sicher, aber er glaubt, dass es Flugzeuge aus den Arsenalen der Söldnereinheiten gewesen sind, die im Dienst des Neokaisers Leopold von Habsburg stehen.

Und kaum dass diese Flieger wieder abgedreht haben, sind urplötzlich knallblaue Flammen in den staubbedeckten Himmel gestiegen, eine gigantische, kilometerhohe Feuersbrunst, die genau dort züngelte, wo sich eben noch die Armee vom Jazrir befunden haben muss.

»Aaaaahhhh!!!«, kreischt der Schiefer erneut los, aber eine saftige Ohrfeige vom Novotny bringt ihn rasch wieder zum Schweigen.

»Jetzt ist aber genug, ja? Wir sind doch hier nicht im Kindergarten!«

Kurz nach der seltsamen Feuersbrunst sind total komische Meldungen von der Front nach hinten getröpfelt. Dass die ganze Gegend komplett ausgebrannt worden sein soll, dass die gesamte Streitmacht vom Jazrir vaporisiert worden sein soll – und dass alle Schamanen im Dienst der europäischen Armeen, die dort vorne stationiert gewesen sind, vollkommen durchgedreht sein sollen und komplett den Verstand verloren hätten.

Sofort haben sich der Novotny und der Schiefer in ihren Geländewagen geschmissen und sind nach vorn gerast, um sich die Sache näher anzusehen. Und tatsächlich, dort, wo der blau lodernde Segen niedergegangen ist, wächst kein Grashalm mehr. Nein, das ist eigentlich noch eine Untertreibung. Da lebt überhaupt nichts mehr, kein Gras, keine Insekten, keine Mikroben, nicht mal verkohlte Überreste, nein, da gibt's nur noch leblose Asche, die irgendwie eigenartig nach Fäulnis stinkt.

Und dann hat der Kajetan Schiefer seine Wahrnehmung auf den Astralraum ausgedehnt und in die magische Parallelwelt geguckt, was ihn komplett auszucken hat lassen, bis er schließlich nach langem Kreischen und Toben die Augen verdreht hat, seitlich weggekippt und bewusstlos am Boden aufgeschlagen ist.

»Der Astralraum hier, der ist total ... ich weiß nicht, wie ich Ihnen das beschreiben soll. Verseucht? Verzerrt? Nein, nein, das kommt nicht hin. Die Struktur des Manas ist total im Arsch, wenn Sie verstehen, was ich meine. Grelle Wirbel des Grauens, der volle Wahnsinn, so was in dieser Art hab ich bisher nur einmal erlebt: im KZ Mauthausen. Scheiße, Novotny, was ist hier passiert?«

Die Antwort kann ihm der Novotny nicht liefern, mehr als ein Achselzucken hat er dazu nicht zu sagen. Ganz anders als MediaSim, die Antwort auf dieses Rätsel liefern ihnen die Abendnachrichten, die kurz danach über den Äther flimmern. »Der gewaltigste Sieg in der Geschichte der Menschheit!« titelt MediaSim unter schmetterndem Posaunenschall, um mit triumphgeschwängerter Stimme zu ergänzen: »Ohne CSX geht nix!«

Schwülstig und pathetisch wird es der Öffentlichkeit präsentiert, das CSX, die brandneue Superwaffe, eine Kombination der geballten Hightech der Sechsten Welt, die Verschmelzung von Chemie, Bio-Engineering und, als Krönung des Ganzen, Magie.

»Die reinigende Kraft des Feuers!«, höhnt MediaSim, und ergötzt sich aufgeregt an den sagenhaften Verlusten, die der Sayid Jazrir in Südkärnten hinnehmen hat müssen.

»Was ist CSX?«, fragt der Schiefer den Novotny.

»Ich hab absolut keine Ahnung«, gibt der retour. »Aber was es auch ist, wir zwei werden uns die Sache genauer anschauen. Ich werd mir doch nicht den Arsch dabei aufreißen, um dieses Land vor dem Jazrir zu beschützen, vor den Konzernen und der Dummheit der eigenen Leute, und dann untätig zuschauen, wie irgendjemand dieses Teufelszeug hier runterkippt! Herr Schiefer, wir werden uns dieses CSX vorknöpfen, schauen, worum es sich dabei im Detail handelt, und dann werden wir schon sehen, was wir diesbezüglich machen können. Reicht ja schon, wenn sie sich gegenseitig Phosgen und KX um die Ohren schnalzen, da hat uns dieser Wahnsinn grad noch gefehlt!«

Kapitel 8

Flughafen Wien-Schwechat, 8. Feber 2063

Den ersten Schattenlauf, den musst du dir in etwa so vorstellen wie den ersten Sex. Du bist ganz aufgeregt, ganz zappelig, weißt nicht recht, was du sagen sollst und hast natürlich überhaupt keine Ahnung, ob das, was du grad machst, richtig oder – was viel wahrscheinlicher scheint – komplett falsch ist. Irgendwie ist es dir peinlich, du willst es besser machen und machst bloß alles schlimmer. Dabei wär die Sache ganz einfach, du bräuchtest dich nur ganz natürlich, ganz entspannt zu geben und die Sache wie geplant durchziehen. Dann wär alles in Butter, und ein jeder wär zufrieden.

Genau das macht jetzt grad der Gonzo mit, als er ganz verschwitzt vor lauter Nervosität am Flughafen Wien-Schwechat zum Schalter der Styrian Spirits tritt und das E-Ticket nach Graz abholt, das der Onkel Tom auf seinen Namen gebucht hat. Der Eisenhans ist schon vorausgegangen, der hat schon eine gute halbe Stunde vorher eingecheckt. Die hübsche junge Dame am Schalter lächelt den Gonzo mit dem professionell einstudierten Lächeln einer diensteifrigen Konzerndrohne an, was den armen Sack nur noch nervöser macht, als er ohnehin schon ist. Er braucht drei Versuche, um mit seinem Daumen das Pad des Fingerabdruckscanners zu treffen. Dann gibt er sein Gepäck auf, einen klobigen, viereckigen Koffer aus zerkratztem Plastik, dessen Ecken mit rostigen Metallschienen beschlagen sind.

»Is 'n Verstärker«, wispert der Gonzo und stellt danach eine voll geriggte Gitarre auf das Gepäckband. »Bin nämlich, äh, Musiker.«

Irgendwie scheint alles glatt gegangen zu sein, Gitarre und Verstärker verschwinden via Förderband in einem dunklen Loch in der Rückwand des Schalters. Kein Alarm, keine Wachposten, die auf ihn zustürmen, gar nichts. Trotzdem geht dem Gonzo das Muffensausen, frage nicht. Und als er dann zur Sicherheitskontrolle stapft, macht er sich beinahe in die Hose. Aber es ist genau so, wie der Alessandro vorhergesagt hat: Sie finden sie nicht, die winzigkleine Keramikklinge in seinem Rucksack.

Im Warteraum beim Gate trifft er den Eisenhans wieder, aber die beiden Schattenläufer tun so, als ob sie einander nicht kennen würden. Nicht einen einzigen Blick werfen sie sich zu. Dafür kann es sich der Gonzo nicht verkneifen, den Rest der Anwesenden zu mustern. Knapp dreißig Personen, die nach Graz weiterreisen werden. Schon nach wenigen Augenblicken hat er die Zielperson entdeckt. Der irgendwie unecht aussehende Japaner lümmelt gleichgültig auf einem der unbequemen Kunstledersessel herum und zieht sich gerade eine Tablette rein. Rasch lässt der Gonzo seinen Blick weiter schweifen, er will ihre Zielperson auf keinen Fall auf sich aufmerksam machen.

Hastig wischt sich der Gonzo seine völlig verschwitzten Handflächen an seiner zerknitterten Papierhose ab. Drek, wie seine Hände zittern! Der Gonzo weiß, dass sich der Amboss, sein Teamkollege, bei einem schmierigen kleinen Hinterhofdealer noch schnell ein Naserl voll Banana Dust organisiert hat, bevor dieser Schattenlauf begonnen hat. Der Alessandro und der Eisenhans haben es nicht gern gesehen, dass sich der Amboss mit Drogen für einen Schattenlauf fit macht, auch wenn's nur Banana Dust ist. Für den Gonzo ist diese Pinkeligkeit völlig übertrieben. Er hat absolut kein Problem damit, wenn sich der Amboss ab und zu einen Schnupfer von dem Zeug gönnt, nein, echt nicht,

das ist ihm ziemlich Powidl. Banana Dust ist totaler Schlagobers, sauberer Trip, keine nennenswerten Nebenwirkun-
gen und kein Bobby – jedenfalls nicht, wenn man die Kon-
stitution vom Amboss aufweist. In geringen Mengen baut
dich das Zeug echt auf, pumpt die Energie in dich hinein,
dass es eine Freud ist. Der nächste, der sich mit dem Amboss anlegt, ist Rattenfutter. Und zwar klein gehacktes
Rattenfutter, kein Drek!

Und was würd der Gonzo, so nervös wie er im Moment
ist, nicht alles geben für eine Nase voll von dem gelben
Pulver, wiederum kein Drek!

Schwerfällig schraubt sich der Kipprotor senkrecht in den
Himmel, wie Schilf im eisigen Wind schwankend, dann
kippt das Ding die Rotoren nach vorne, vom Helikopter-
in den Flugzeugmodus, sackt dabei ein paar Meter ab, was
den Passagieren die Eingeweide hochsteigen lässt, dann
stabilisiert es sich wieder und schießt auch schon mit vollem
Schub nach Südwesten. Die hyperfeminine Stimme des
Bordcomputers kündigt ihnen ständig ihre Position an:
Baden bei Wien, dann Wiener Neustadt.

Das ist das Stichwort, es ist so weit, jetzt gilt's, jetzt muss
es schnell gehen!

Denk an das E7, denk an deine Krankheit, sagt sich der Gonzo. *Denk an den Zaster vom Doktor Nowak!*

Ungeschickt nestelt er den kleinen Funkempfänger aus
der Jackentasche, den er als Köpfhörer eines Walkmans getarnt bei sich trägt, und steckt sich das Teil mit zitternden
Fingern ins Ohr. Klickend springt sein Sicherheitsgurt auf,
als er plötzlich aufsteht und in den Gang zwischen den
Sitzreihen tritt. Dabei zieht er das kleine, schwarze Kästchen aus seiner Hosentasche hervor, das die Fernbedienung enthält, mit der er den Störsender aktiviert, der als
Verstärker getarnt im Gepäckraum des Fliegers lagert.
Stundenlang haben der Alessandro und der Amboss an
dem Ding herumgeschraubt und gebastelt, bis sie die

Hardware soweit gehabt haben, dass sie sich nahtlos in das Gehäuse des Verstärkers einfügen hat lassen.

Aus den Augenwinkeln sieht der Gonzo, dass sich auch der Eisenhans erhoben hat und zu ihm nach vorne kommt. So, als ob gar nichts wär, schlendert der Gonzo ganz nach vorne, zur Pilotenkabine. Er kann sein Herz pochen hören, laut wie die Schläge eines Vorschlaghammers. Mittlerweile hat der Eisenhans zu ihm aufgeschlossen.

Und los!

Mit voller Wucht die Tür ins Cockpit aufgetreten, dass die Splitter aus Makroplast nur so herumfliegen! Rein in die Kabine, die kleine, teuflisch scharfe Klinge in der Faust, von hinten auf den Piloten zugestürzt, der sich umdreht, total perplex dreinschaut und noch immer nicht so ganz überrissen hat, was hier gespielt wird. Sein Pech! Als der Pilot seinen Schock überwunden hat und sich zu wehren versucht, hat der Gonzo ihn schon gepackt und presst ihm die Klinge an die Gurgel. Ganz vorsichtig ritzt er die Haut des Piloten an, ein dünnes Rinnsal Blut quillt hervor, zur Warnung.

Den Trick hat ihm der Amboss, sein Teamkollege, schwer ans Herz gelegt. Ab und zu ein bisschen was vom roten Vino schadet nicht, hat er grinsend gemeint, der Gossenschläger, im Normalfall macht es die Säcke etwas kooperativer, nimmt ihnen etwaige Anwandlungen von plötzlichem Heldenmut.

Hinter sich hört er den Eisenhans mit kräftiger Stimme lateinische Wörter rezitieren, aus den Augenwinkeln kriegt er mit, wie der Zwerg eine rasche Armbewegung in Richtung der Passagiere macht. Als sich der Gonzo kurz umdreht – nur für einen Augenblick, er will den Piloten nicht aus den Augen lassen, trotz seiner Klinge an dessen Kehle traut er dem Sack nicht –, sieht er die reglosen Gestalten der Flugreisenden in ihren Sesseln hängen. Der Betäubungszauber vom Eisenhans hat tadellos funktioniert, ihr Schattenlauf läuft wie am Schnürchen!

Mit statischem Rauschen erwacht der fleischfarbene Empfänger in seinem Ohr zum Leben, und der Alessandro meldet sich beim Gonzo und beim Eisenhans. Auf der einzigen Sequenz unterschiedlicher Frequenzen, die der Störsender frei lässt – lang genug hat's gedauert, um das blöde Teil und die Funkgeräte aufeinander abzustimmen!

»Blau? Rot? Hört ihr mich, hier ist Gelb! Alles klar bei euch droben?«

»Hallo Gelb, wir haben's geschafft!« Sogar durch das ganze statische Rauschen hindurch kann der Alessandro, der drunten am Boden wartet, die Erleichterung in der Stimme vom Gonzo heraushören, als er die Vollzugsmeldung über die gelungene Entführung des Lufttaxis nach unten, zum Rest des Teams meldet. Rasch gibt der Alessandro dem Gonzo die Koordinaten des Landungspunkts durch, an dem der Pilot den Vogel runterbringen soll. Und dort, ganz in der Nähe, warten der Alessandro und der Amboss auf die beiden Flugzeugentführer und ihre Zielperson. Und natürlich wartet dort auch ihr Fluchtauto, der schnittige Toyota Vivendi.

Kapitel 9

Am Semmering, 8. Feber 2063

Möglichst lässig lümmelt der Hayabusa in dem engen Sessel des Lufttaxis und lässt seinen Blick über den Rest der Passagiere schweifen. Muss ja schließlich die Schnepfen checken, nicht wahr. Nicht dass es an Bord dieser fliegenden Schüssel allzu viele checkenswerte Schnepfen gäbe, dem Hayabusa springt bloß eine etwas reifere Konzerntippse mit knallgrünen Locken ins Auge. Hat niedliche G'spaßlaberl, die Tussi.

Die Beatbox in seinem Schädel ist aktiv wie selten zuvor, arbeitet mit nichts weniger als der vollen Leistung. Die martialischen Rhythmen fetzen vom Chrom ausgehend direkt in seine Gehörnerven, um sich von da aus in sein Bewusstsein zu brennen und seine Nervenbahnen vibrieren zu lassen. O Wunder moderner Hightech, im Zusammenspiel mit dem Stoff, der in den Blutbahnen seines Körpers zirkuliert, und dem ultraheißen Chip in seiner Buchse ergibt das ein ganz schön abgefahrenes Gefühl, hundertmal besser als jeder Orgasmus!

Ein Zwerg mit langem Rauschebart zwängt sich am Hayabusa vorbei, den schmalen Mittelgang entlang nach vorne, ganz vorsichtig, um nicht versehentlich an den Ellbogen der Passagiere anzurempeln. Drek, der Teufel soll sie holen, die ganze Metabrut! Der Hayabusa hat wirklich nichts für diese Missgeburten übrig, die Japaner haben diesbezüglich völlig Recht, ab ins Lager mit dem Abschaum!

Die Headware spielt ihm die ersten Akkorde eines neuen Songs in sein Hirn, und der Hayabusa schließt kurz die Augen, um den Moment gebührend zu genießen. Als er sie wieder öffnet, braucht sein Verstand erst einmal ein paar Sekunden, um die Bedeutung des Inputs zu schnallen, den ihm seine Augen grad liefern: Ein abgehärmter Gossenpunk hat die Tür zum Cockpit aufgetreten, und der Zwerg von vorhin fuchtelt wie ein Gestörter mit den Händen herum. Jede Faser im Körper vom Hayabusa schreit laut auf, brüllt seinem Verstand eine Warnung zu, er fühlt noch, wie sich jedes Härchen aufstellt, dann wird er auch schon wie von einer unsichtbaren Riesenhand zurück in seinen Sitz geschmettert, dass das Makroplast unter ihm nur so quietscht. Ein mentaler Schlag, der wie rot glühendes Eisen quer durch sein Bewusstsein peitscht, ihn beinahe ins Dunkel stürzt, das plötzlich wie ein schwarzer Strudel rings um sein Blickfeld wabert. Ein fremdartiger Druck presst ihm mit eisernen Klammern den Schädel zusammen, aber dann bricht der Ansturm auseinander, bricht sich wie eine Welle an der Hafenmole, als der mentale Schlag plötzlich auf den stahlharten Input des ALL-MACHT-Chips stößt, an dem sich Hayabusas Bewusstsein festklammert wie an einem Anker.

O Drek, o Drek, o verschissener Drek! Was geht hier vor? Wie geschieht ihm? O all ihr Geister, das schreit förmlich nach der Notfallration, die der Hayabusa ständig in dem Fingerkuppenbehälter des linken Daumens mit sich herumschleppt: drei komplett ungestreckte Tabletten *Sayonara Nightfall*.

Beim Gedanken an den Stoff kriegt sich der Hayabusa wieder ein. Freunderl, Chummer, Hawara, die Rede ist von Nightfall, nicht von Sunset! Letzteres ist im Grunde eh nur was für Schwuchteln und Möchtegerns. Ein wenig Chemtech, das den visuellen Input deiner Sehnerven mit einer speziellen Farbe hinterlegt. Aber Sayonara Nightfall ist der Hammer, wird speziell für die harten Jungs wie ihn, Hayabusa, den Wanderfalken, und die anderen Freaks aus der Schockrock- und der NeoGothic-Szene hergestellt. Für echte Männer, nicht für Memmen, für totale Cracks mit Muskeln aus Stahl und massiv Mumm in den Knochen. Nightfall fährt nämlich *richtig* ein, kein Drek!

Das Blickfeld verengt sich zu einem schmalen Tunnel und sperrt alles unnütze Zeug aus, das man sonst so in den Augenwinkeln wahrnimmt. Die optische Wahrnehmung wird verdunkelt, die Farben verblassen, alles wird schwarz, weiß und grau, die Kontraste werden schärfer und die Welt wird *wirklich* düster. Eine einzige solche Tablette lässt den Adrenalinspiegel nach oben schnellen, bis du glaubst, es geht nicht mehr, und du fühlst, wie sich die *Gefahr* hinter dir manifestiert. Kein Drek, eine Tablette und du kriegst richtig PARANOIA!

Hayabusa haut sich gleich alle drei Tabletten auf einmal rein. Er *fühlt* die Gefahr nicht nur, er kann sie förmlich sehen, er *weiß*, dass *SIE* hinter ihm her sind. O absolut fetzgeiler Schlagobers!

Er hat keine Ahnung, wer *SIE* sind, jeder könnte *SIE* sein, Undercover-Bullen, die Schläger der Russenmafia, die Killer vom ArbeitsAmt, die Medien, wasweißich, aber er ist schlauer als *SIE* alle, *SIE* werden ihn nicht kriegen, niemand wird ihn kriegen, denn er kennt alle Tricks, und das Kamikaze gibt ihm die überlegene Reaktionsschnelligkeit, die er braucht! Hey, Hawara, er ist der Wanderfalke, nichts hält ihn auf, er ist ALLMÄCHTIG!!!

Bebend vor Erregung, sämtliche Muskeln aufs Äußerste gespannt, kauert er sich in seinem Sitz zusammen und harrt mit donnerndem Herzschlag der Dinge, die da kommen mögen. Ganz am Rand kriegt er mit, dass sämtliche Mitreisende rings um ihn herum in eine tiefe Bewusstlosigkeit gefallen sind und reglos in ihren Sesseln hängen. Der Kipproter legt sich schwer auf eine Seite, als er von seinem Kurs abweicht und nach Backbord abdreht. Der dürre, abgehärmte Gossenpunk ist im Cockpit verschwunden, aber der Zwerg kommt durch den schmalen Gang nach hinten getaumelt. Bei der Schlagseite, die der Flieger grad aufweist, keine leichte Sache!

Das Pochen im Schädel vom Hayabusa wird lauter, der Rhythmus schneller und schneller, mit aller Gewalt presst er die Augenlider zusammen, lässt nur einen schmalen Schlitz offen, durch den er verstohlen nach vorne spechtelt.

ALLMACHT–ALLMACHT–ALLMACHT!

Das Zusammenspiel der Chemtech mit dem elektronischen Feedback der Programmierung des Chips treibt ihm den Schweiß aus allen Poren. Mittlerweile ist er klatschnass. Sein Gesichtsfeld wird enger und enger, fokussiert sich völlig auf den näher kommenden Zwerg. Der Kipprotor befreit sich aus seiner Schräglage und wird spürbar langsamer. Das Heulen der Rotoren steigert sich zu einem schrillen Crescendo, ganz so, als ob der Pilot vollen Schub geben würde, aber ein dumpfer Druck im Magen bestätigt dem Hayabusa, dass sie mächtig abgebremst haben. Offensichtlich hat der Pilot die Rotoren gekippt, um das Ding im Helikoptermodus zu landen. Ein Ruck geht durch den Aluminiumrumpf des Fliegers, als er plump am Boden aufsetzt. Der Zwerg hat den Hayabusa beinahe erreicht, nur noch vier, dann nur noch drei Sitzreihen, bis er den Datenkurier erreicht hat.

Zwei Sitzreihen.

Eine.

ALLMACHT!!! Wie von der Tarantel gestochen wirft sich der Hayabusa mit markerschütterndem Geschrei auf den Zwerg, dass es den Arsch glatt umwirft, und hämmert wie belämmert mit beiden Fäusten auf ihn ein. Wütend schlägt der Zwerg zurück, kaum dass er seinen Schreck abgeschüttelt hat. Ineinander verkeilt wälzen sich die beiden auf dem schmierigen Linoleumboden herum, stoßen rechts an, stoßen links an und dreschen weiter ohne großen Plan auf den anderen ein. Blutrote Wut steigt im Hayabusa auf, füllt all sein Denken aus. Nein, er lässt sich nicht schnappen, o ihr verschissenen Arschlöcher, er lässt sich bestimmt nicht schnappen, und ganz sicher nicht von so einer genetischen Missgeburt! Irgendwie schafft er es, den Kopf seines Gegners zu packen. Mit aller Kraft schmettert er den Schädel des Zwergs, Gesicht voran, gegen die Aluminiumleiste eines Passagiersitzes, wieder und wieder. Aber der Zwerg ist nicht untätig geblieben und bleibt dem Hayabusa nichts schuldig. Wild drischt er um sich, und es gelingt ihm, im Gesicht vom Hayabusa einen Treffer zu platzieren, der sich gewaschen hat. Ein feuriger Blitz aus loderndem Schmerz durchzuckt den Kurier, kreischend vor Wut lässt er die Fresse des Zwergs erneut gegen den Passagiersessel krachen. Und dann er hat sein Ziel erreicht, der Zwerg lässt von ihm ab und betastet schreiend seine zerschlagene Visage. Reflexartig schießt der Hayabusa hoch und taumelt den Gang entlang nach vorn. ALLMACHT!!! Und jetzt raus hier, nichts wie raus hier! Linker Hand ertönt ein Zischen, als die Luke geöffnet wird. Der Hayabusa denkt nicht lang nach und wirft sich durch die Tür hinaus ins Freie.

Allerdings hat er die Rechnung ohne den Gonzo gemacht, dem die Schlägerei hinter seinem Rücken nicht entgangen ist. Ohne weiter auf den Piloten zu achten, kommt er aus dem Cockpit geprescht, stemmt sich mit den Armen auf den Kopfstützen zweier Sitze auf und lässt dem Hayabusa beide Beine mit vollem Schwung in den Buckel krachen. Schön mittig rein ins Kreuz, mit aller Kraft, ein richtiger Bandscheibenkiller und Kreuzbrecher wie aus dem Bilderbuch, dass jedem Orthopäden heiße Tränen gekommen wären. Kreischend vor Schmerz und Schreck poltert der Hayabusa die Stufen der Metalltreppe hinab, die bei der Landung aus dem Rumpf des Fliegers herausgeklappt worden ist. Ächzend taumelt der Gonzo zurück ins Cockpit und zerrt den eingeschüchterten Piloten vor sich her, durch die Luke hinaus ins Freie. Dort, zu Füßen der Treppe, hat sich der Hayabusa wieder aufgerappelt und glotzt verdattert um sich.

Dichter Schneefall im nächtlichen Wald, so weit das Auge reicht nichts als tief verschneiter Wald, der sich um die beinahe kreisrunde Lichtung erstreckt. Tja, und dazu noch zwei bewaffnete und offensichtlich vercyberte Gossenschläger, die sich vom Waldrand her nähern und dem Hayabusa jeden Fluchtweg abschneiden.

Ach, scheiß drauf, auf sie mit Gebrüll!

ALLMACHT!!!

Kapitel 10

Überm Mürztal, 8. Feber 2063

Mit donnernden Rotorblättern peitscht der Topolino den Plutocrat das smogverseuchte Mürztal hinauf in Richtung Semmering. Er ignoriert das enervierende Blinken des roten Warnlämpchens, das ihm seine Riggerkontrolle ins Blickfeld projiziert, um ihn daran zu erinnern, dass die beiden Wellenturbinen des Hubschraubers eigentlich nicht für einhundertzwanzig Prozent Leistung ausgelegt sind. Unter ihnen huschen die grell beleuchteten Dörfer und Städte dieser uralten Industrielandschaft hinweg, Bruck an der Mur, Kapfenberg, Kindberg und wie sie alle heißen. Mittlerweile allesamt zusammengewachsen, heute ist diese Gegend ein einziges Sammelsurium dicht gedrängter Fabriken und heruntergekommener Arbeitersiedlungen. Ein Bild, das nur ab und zu von einer abgeschotteten Wohnzone für die Oberschicht, einem Einkaufstempel oder einem kleineren Slum aufgelockert wird. Die Mur-Mürz-Furche, begünstigt durch die Nähe zum steirischen Erzberg der Geburtsort der Schwerindustrie in den Alpen, sozusagen Österreichs Pendant zum Ruhrpott. Zwar viel kleiner als der Ruhrplex, überhaupt kein Vergleich, dafür landschaftlich um Welten reizvoller, wiederum überhaupt kein Vergleich!

Gerade als sie über Mitterdorf hinwegfetzen, meldet sich der Click via Kommlink bei ihnen. Positiv, positiv, meint er, der Decker, die Karo Ass hat Recht gehabt, es ist ihm gelungen, verstümmelte Fetzen eines Funksignals vom

Semmering aufzufangen. Zu zwoundneunzig Komma acht Prozent gehören sie zum Standard-Notsignal eines Lufttaxis.

»Okay, Click!« Die Karo Ass fackelt nicht lang und deckt den verrückten Computerfreak sofort mit einer neuen Aufgabe ein. »Du hast ja die Passagierliste des Lufttaxis. Find raus, wer davon einen Vertrag bei MonoMed hat. Lös Alarm aus, medizinischer Notfall, und mach den ParaMedics klar, dass es sich um eine heiße Landungszone handelt! Falls irgendwer zusätzlich einen Personenschutzvertrag bei den Kiberern, bei Knight Errant, Protectas, Executive Solutions, Comitatus oder so hat, schlag auch dort Alarm. Ich will, dass es am Semmering in ein paar Minuten nur so vor Sicherheitskräften wimmelt!«

Unter ihnen sind grad die verschwommenen Lichtflecken von Krieglach zu sehen, das Licht, das aus den Fenstern der Häuser fällt und ein kleines bisschen Neon, als sich der Click noch einmal meldet: »Du, Karo, aufgepasst! Bei Y-Link schrillen die Alarmglocken. Die sind grad dabei, ihre Konzerntruppen mobil zu machen und in ihre beiden Helikopter zu verladen!«

»Super!«

Irritiert schaut die Peperoni zur Karo Ass rüber. Die scheint sich doch tatsächlich darüber zu freuen, dass die Konzernsicherheit von Y-Link Datacom aus ihrem verträumten Alltagstrott aufgeschreckt worden ist, echt schräg.

Dann meldet sich der Topolino über den Innenlautsprecher der Passagierkabine bei ihnen: »Allora, ragazzi, ich krieg was rein. Hab das verstümmelte Funksignal des Lufttaxis aufgeschnappt!«

Unter ihnen zucken die Lichtfinger der eher bescheidenen Lasershow von Mürzzuschlag über den Abendhimmel, als es den Sensoren des Plutocrat gelingt, die Quelle des Funksignals anzupeilen und die Riggersteuerung dem Topolino die Zielkoordinaten ins Gesichtsfeld blendet. Der

Rigger gibt noch ein klein wenig mehr Schub. Einhundertdreißig Prozent Leistung. Das schrille Alarmsignal des Bordcomputers in seinen Ohren überhört er geflissentlich, das ist ihm lieber als der Gedanke an all die schönen Moneten, die flöten gingen, wenn ihr schöner Plan danebenginge. Ganz zu schweigen von den Problemen, die er kriegen würde, wenn er die Karo Ass enttäuschen tät.

Kapitel II

Am Semmering, 8. Feber 2063

Teufel noch eins, so eine gebrochene Nase tut vielleicht weh, einfach unglaublich! Völlig außer sich vor Zorn rappelt sich der Eisenhans auf und wischt sich das Blut vom Bart, das aus seiner zerschmetterten Nase geronnen kommt. Mühsam konzentriert er sich, immer noch bebend vor Wut greift er in einer kurzen mentalen Anstrengungen nach dem Mana ringsum, sammelt die magische Energie und zwingt sie unter Rezitation eines lateinischen Verses in die Form eines Heilzaubers, den er auf sich selbst richtet. Eine Kleinigkeit für so einen potenten Hermetiker wie ihn. Es kitzelt ein wenig, als er spürt, wie ihn pure arkane Kraft durchströmt, wie durchtrennte Lebensströme geflickt werden und zersplitterte Knochenmasse zusammenwächst.

Schon besser, viel besser so! Hastig wischt er sich noch einmal das Gesicht sauber, blickt sich kurz im Lufttaxi um und stelzt dann so würdevoll wie möglich nach vorne, zum Ausgang. Bevor er nach außen tritt, streicht er sich noch rasch den zerfledderten Bart glatt.

Eisige Winterluft grüßt ihn, als er aus der wohligen Wärme des Lufttaxis nach draußen tritt. Drunten, am Fuß der schmalen Aluminiumtreppe, fesselt der Gonzo den eingeschüchterten Piloten des Lufttaxis gerade mit billigen Handschellen aus Makroplast. Etwas weiter weg, beinahe schon am Rand der Lichtung, wegen der einsetzenden Dunkelheit und des dichten Schneetreibens kaum noch zu erkennen, ringen der Alessandro und der Amboss gemeinsam den japanischen Datenkurier nieder.

»Okay, Blau, den kannst mir überlassen. Geh lieber rüber zu Gelb und Weiß, und hilf ihnen, den wild gewordenen Irren zu zähmen!«

Gemächlich baut sich der Eisenhans hinter dem gefesselten Piloten auf, schaut noch kurz hinter dem Gonzo her, wie der rüber zum Waldrand trabt und sich aus vollem Lauf heraus mitten in das wirre Knäuel zuckender Gliedmaßen wirft, um sein Scherflein dazu beizutragen, den durchgeknallten Datenkurier ordentlich aufzumischen und dadurch ein wenig einzubremsen. In aller Ruhe legt der Zwergenmagier seinem hilflosen Opfer eine Hand auf den Kopf und macht sich mit lauter Stimme daran, das Gedächtnis des Piloten ein klein wenig zu modifizieren. Eine kurze Cantatio, die Rezitation eines lateinischen Textes, eine kräftige Willensanstrengung, die wie ein Rammbock auf die geistigen Abwehrkräfte des verängstigten Piloten kracht, ein heftiges mentales Ringen der beiden Kontrahenten, Manastrom um Manastrom, die der Eisenhans aus dem Astralraum durch seinen Körper leitet, bündelt und mit voller Wucht in sein Opfer fetzen lässt, dann ist der Widerstand gebrochen und der Geist des Piloten liegt offen vor dem Zwergenmagier.

Der arme Sack schreit wie am Spieß, als der Eisenhans seine Wahrnehmung wie einen Speer aus glühendem Eisen durch die Erinnerungsfetzen im Unterbewusstsein des Piloten treibt, bis er endlich gefunden hat, wonach er gesucht hat. Noch eine Willensanstrengung, noch einmal ein mächtiger Strom gebündeltes Mana, das er in sein kreischendes Opfer jagt, dann hat der Eisenhans jede Erinnerung an die Flugzeugentführung aus dem Gedächtnis den Piloten herausgebrannt. Das hat nichts mit irgendwelchen Verschleierungsmaßnahmen zu tun, das gelöschte Gedächtnis ist ein Akt der Gnade und nichts anderes, weil der Eisenhans findet, dass der Pilot als unbeteiligter Bystander in Zukunft keine Phobien oder sonstigen psychologischen Folgeschäden davontragen soll. Woran man sich nicht erinnern kann, das bereitet einem keinen Albtraum, verstehst schon. Der Eisenhans ist halt ein Zwerg mit Charakter, der hält nicht viel von Kollateralschäden. Und um die Verschleierung kümmert sich in diesem Augenblick ein Decker vom Onkel Tom, ihrem Schieber, der in die Tiefen der Datenspeicher eindringt, in denen der Flughafen von Wien die Bilder seiner Überwachungskameras abspeichert, und dort eine kleine Löschaktion durchführt.

Ächzend klappt der arme Pilot zusammen und baut einen Bobby. Er wird schon nicht erfrieren, bis er wieder zu sich kommt. Der Eisenhans nickt zufrieden und stolziert rüber zum Rest seines Teams, das gerade eben damit fertig geworden ist, den japanischen Datenkurier ordentlich zu vermöbeln.

Sieht ganz so aus, als ob ihr kleiner Schattenlauf ohne gröbere Zwischenfälle über die Bühne gegangen wäre! Totaler Schlagobers, dem Eisenhans schwillt vor Stolz schon ein klein wenig die massige Brust, und er kann die Flocken von Doktor Nowak schon förmlich riechen, kein Drek!

Aber kaum, dass er das Knattern der Rotorblätter eines näher kommenden Helikopters vernimmt, ist dieser vorschnelle Anflug von Selbstzufriedenheit gleich wieder verflogen.

»Drek! Nichts wie weg hier, zum Wagen, gemma-gemma zum Wagen!«

Über Stock und Stein preschen sie fluchend durch den verschneiten Winterwald, quer durchs Gemüse, zerren ihre Zielperson mit groben Händen hinter sich her und hetzen weiter, rüber zu der alten Forststraße, wo der Alessandro und der Amboss den Toyota, unter einem Tarnnetz versteckt, abgestellt haben.

Kapitel 12

Am Semmering, 8. Feber 2063

Knisternd erwachen die Lautsprecher in der Passagierkabine des Plutocrat zum Leben. »Hab ihn, den Kipprotor!«, meldet sich der Topolino bei seinen Fluggästen.

Die Karo Ass hält es nicht länger auf ihrem Sitz, wie eine Gazelle springt sie auf und flakt sich nach vorn, ins Cockpit.

»Du, auf die Schirme! Bring mir die Bilder der Sensoren auf die Schirme!«

Als Rigger ist der Topolino überhaupt nicht auf den visuellen Input der Bildschirme seines Cockpits angewiesen, er kriegt das Ganze direkt ins Hirn gespeist, das ist viel bequemer und erhöht die Reaktionsgeschwindigkeit drastisch. Der Karo Ass nützt das natürlich nichts, also lässt der Topolino mit einem gedanklichen Befehl die ganze Batterie hochauflösender Bildschirme aufflackern, die das Cockpit des Plutocrat zieren. Auf den Anzeigen sind umgehend alle Bilder zu sehen, die die Sensoren des Hubschraubers liefern.

»Da!« Ohne hinzusehen, deutet der Topolino mit einer Hand auf einen Schirm. »Da ist das Lufttaxi.«

»Und da haben wir auch schon ein verdächtiges Fahrzeug, das man unter einem Tarnnetz versteckt hat. Offensichtlich ein Fluchtauto.«

»Schau, da rennt irgendwer!« Aufgeregt zoomt der Rigger näher ran, blickt mit seinen Infrarotkameras durch das grüne Dach des Nadelwaldes und das Weiß des Schneefalls. »Fünf Personen! Auf dem Weg zu dem Wagen!«

»Einer davon offensichtlich ein Gefangener. Schau nur, wie er sich wehrt. Ich glaub, wir können ruhig davon ausgehen, dass es sich hierbei um unliebsame Konkurrenz und einen Kurier aus Damaskus handelt. Topolino?«

Aus Gewohnheit dreht der Rigger den Kopf zur Schattenläuferin hinüber und tut so, als ob er sie anschauen würde. In Wirklichkeit kriegt er optisch eh nichts anderes mit, als die ganzen Bilder seiner Sensoren, die ihm direkt ins Wahrnehmungszentrum seines Hirns gesendet werden.

»Si, signorina?«

»Mach die Raketen scharf und zerbrösle das Auto!«

Kapitel 13

Am Semmering, 8. Feber 2063

Das Schrappen von Rotorblättern, irgendwo über ihnen. Nervös zuckt der Blick vom Gonzo über den Himmel. Viel sieht er nicht, es ist schon dunkel, außerdem schneit es. Er kann bloß hoffen, dass das miese Wetter den Hubschrauber genauso in seiner Sicht behindert wie ihn. Aber viel Grund zur Hoffnung hat er diesbezüglich nicht, Radar arbeitet wetterunabhängig, so viel weiß sogar ein Nicht-Rigger wie er, der Gonzo.

»Schnell! Schnell!«, treibt sie der Eisenhans an, aber viel Überzeugungsarbeit braucht er bei seinen Teamkollegen nicht zu leisten – alle wollen bloß noch möglichst rasch von hier verduften und die Sache zu Ende bringen. Der Japaner, das Ziel ihres Schattenlaufs, den sie gemeinsam mit eisernem Griff hinter sich her zerren, wehrt sich zwar verzweifelt, kreischt und tobt und spuckt, aber gegen eine vierfache Übermacht ist er chancenlos.

Keuchend kämpfen sie sich voran, quer durch den Nadelwald. Die Äste zerfetzen ihre Paperware, eine nasse Eiseskälte kriecht sofort durch die Ritzen und Löcher, aber das zählt jetzt alles nicht, momentan zählt einzig und allein die Flucht.

Das Schrappen der Rotorblätter über ihnen kommt näher, kommt bedrohlich näher.

»Gleich haben wir's!«, schreit der Alessandro und deutet mit einer Hand vage hinter ein paar eng stehende Fichten. »Da hinten, da ...«

Dünne Feuerszungen aus flammendem Licht zucken durch die Luft, Sekundenbruchteile später kommt der Schall nachgeliefert, ein stakkatoartiges, abgehackt schnalzendes Zischen ist zu hören.

»In Deckung!«, brüllt der Amboss und reißt den Gonzo und den Kurier zu Boden. Hinter den Fichten glüht eine Sonne auf, Splitter und Metallfetzen fegen durch die Luft, der Donnerknall der Explosion prellt dem Gonzo beinah die Trommelfelle aus den Ohren. Ihr Toyota Vivendi ist soeben vaporisiert worden, ihre Fahrkarte in Richtung Doktor Nowak und seinen Effektiven hat sich in ein verschmortes Häufchen Blech und Makroplast verwandelt.

Sie stecken in der Scheiße, und zwar bis über Oberkante Unterlippe, kein Drek!

Völlig verdattert stemmen sie sich vom Boden hoch, allesamt von Kopf bis Füßen mit Schnee und Matsch verschmiert, und gaffen sich gegenseitig mit ungläubigen Gesichtern an. Der Erste von ihnen, der reagiert, ist ausgerechnet der Hayabusa. Aufgeputscht von all den Chemikalien in seinem Blut und dem wahnwitzigen Input seines ALLMACHT-Chips, schlägt er mit allen Extremitäten um sich, reißt sich los und prescht davon, blindlings hinein in das dichte Gewühl aus moosbewachsenen Baumstämmen smogzerfressener Fichten.

»Bleibt stehen, du Arsch!«, plärrt der Amboss, als er sich endlich aufgerappelt hat und hinterherhetzt. Auch der Gonzo und der Alessandro machen sich hinter dem fliehenden Datenkurier her. Nur der Eisenhans bleibt stehen, legt den Kopf schief, sperrt die Lauscherchen auf und starrt angestrengt nach oben. Deshalb ist er der Einzige des Teams, der mitkriegt, dass sich zwei weitere Hubschrauber nähern, beide aus unterschiedlichen Richtungen. Und der Vogel, der ihren Toyota auf dem Gewissen hat, schwirrt auch noch irgendwo da droben herum.

Schön langsam wird es Zeit, in Panik auszubrechen.

Kapitel 14

Bei Villach, 13. März 2033

Mit wackeligen Beinen klettert der Kajetan Schiefer aus dem Geländewagen und trottet hinterm Novotny her, der mit müden Schritten auf die kleine, abgelegene Frühstückspension zuschlurft, die sie sich aus Rastplatz ausgesucht haben. Dem Schiefer ist schwindlig, kaum, dass er noch die Augen offen halten kann, in seinen Ohren stetes Rauschen. Die Wirkung der Chemtech, die ihn bisher wach gehalten hat, lässt nach.

FERIENPENSION BRUCKMÜLLER steht auf dem mickrigen, von Wind und Wetter gegerbten Holzschild, und *ZIMMER ZU VERMIETEN*. Wie aufgescheuchte Ameisen huschen die Buchstaben vor den Augen des völlig geschlauchten Magiers hin und her, aber so wach ist er dann schon noch, dass er mitkriegt, dass das Gebäude völlig verwaist daliegt, umgeben von ein paar extrem zerfledderten Fichten, denen der saure Regen offensichtlich schon sauer aufstößt. Ein paar rasche Handgriffe vom Novotny, und schon ist die Eingangstür offen. »Nach Ihnen, Herr Schiefer!«

Mit der Waffe in der Hand machen sie einen raschen Rundgang durch das ganze Gebäude – man will schließlich keine unangenehmen Überraschungen, sprich ungebetene Mitbewohner erleben –, aber das Gebäude steht wirklich komplett leer. Die Besitzer sind vermutlich in einem der Convoys in Sicherheit gekarrt worden, die die beiden Agenten bis vor kurzem noch organisiert haben.

»Ich würd sagen, wir schmeißen uns erst einmal in die Daunen. So wie wir momentan beieinander sind, schlafen wir eh jeden Augenblick im Stehen ein«, grunzt der Novotny noch schlaftrunken und verkrümelt sich ins nächste Gästezimmer.

»Gute Nacht, Herr Schiefer!

Knapp zwölf Stunden Schlaf, anderthalb Kannen Kaffee-ersatz, ein Frühstück aus ein paar Proteinriegeln und ein halbes Dutzend Zigaretten später legen die beiden los. Vierundzwanzig Stunden lang versuchen sie über ihre SatComs, in den ausgedehnten Datenspeichern der Zentrale etwas über diese ominösen blauen Zauberflammen herauszufinden, die bei Villach zum Einsatz gekommen sind.

Aber keine Chance, volle vierundzwanzig Stunden lang rennen sie dabei gegen eine Betonwand. Beim Kajetan Schiefer ist es ja kein Wunder, dass er keinen Zugang zu solchen Informationen hat, zu neu und zu niedrig im Dienstrang ist er noch. Aber dass auch der Novotny nicht den geringsten Anhaltspunkt darüber findet, was es mit dem CSX auf sich hat, das ist schon etwas ungewöhnlich, weil der Novotny ist ein altgedienter Hase, der die ganzen kleinen Kniffe, Tricks und Schleichwege kennt, wie man seine Nase mal eben schnell in allerlei Datenbanken steckt, für die man eigentlich keine Berechtigung hat, verstehst schon. Aber am CSX beißt sich sogar der Novotny die Zähne aus.

Unterdessen kriegen sie eine ganze Reihe neuer Aufträge rein. Kleinigkeiten bloß, nichts Gravierendes, aber doch Dinge, die sie weit im Land herumführen und eine Menge Zeit kosten würden. Zeit ist aber genau das, was der Novotny momentan nicht mit solchem Kinderkram verplempern will, darum klemmt er sich ein jedes Mal hinters Telefon, haut eine seiner Connections an, löst die eine oder andere Gefälligkeit ein, die man ihm noch schuldet, und delegiert die ganze Chose. Aber es ist wie verhext, je mehr er delegiert, umso mehr Aufträge kommen rein.

»Pah, diese Ärsche! Die haben längst mitgekriegt, dass wir hinter dem CSX her sind, und jetzt versuchen sie uns einerseits von den Daten darüber fern zu halten und uns andererseits mit anderen Dingen zu beschäftigen. Uns sozusagen auf andere Gedanken zu bringen, quasi Beschäftigungstherapie.«

Dem kann der Schiefer nur zustimmen, das ist allzu offensichtlich.

»So hat das keinen Sinn. Wissen's was, Herr Schiefer, besser, wir lassen die ganze Sache erst einmal auf sich beruhen, lullen die Jungs und Mädels in der Zentrale ein, und wenn sie sicher sind, dass wir die ganze Angelegenheit schon wieder vergessen haben, dann schlagen wir zu, suchen uns ein Hintertürchen und gehen noch einmal auf die Pirsch nach dem CSX!«

Die nächsten Tage gehen sie es etwas geruhsamer an. Sie spulen halt das Programm runter, das von ihnen erwartet wird, was aber nicht besonders aufregend ist. Sie sind wieder zurück in Wien und sammeln ein bisserl Dreckwäsche über einen Spekulanten und Schieber, der sich gerade am allgemeinen Nahrungsmittelmangel gesund stößt, indem er waggonweise völlig vergammeltes Weizenmehl, das eigentlich längst auf die Deponie gehört, aus ein paar verrotteten Lagerhäusern in der Ukraine nach Wien karrt und dort für harte Euros verscherbelt. Und mittlerweile gibt's da genug Menschen, die sich anständiges Brot aus anständigem Getreide – oder wenigstens aus Lupinenextrakt – schlichtweg nicht mehr leisten können.

Sie lungern grad untätig in ihrem Geländewagen rum und lauschen der Funkübertragung einer Wanze, die sie ein paar Stunden zuvor im Telefon des Spekulanten angebracht haben, als der Novotny ganz urplötzlich aus seiner trägen Lähmung aufschießt, den Schiefer bei der Schulter packt und ihm ein aufgeregtes »Holubek!« ins Gesicht schreit.

Vor Schreck kriegt der Schiefer beinah einen Herzkasperl. Ein gekeuchtes »Hä?« ist alles, was er auf die Schnelle rausbringt.

»Jawoll! Holubek, jetzt hab ich's!«

»Was ist los?« Für den Schiefer spricht der Novotny wieder einmal in Rätseln.

»Ich weiß jetzt, wie wir uns in die Datenbank der Zentrale einschleichen können, um endlich rauszukriegen, was es mit dem CSX auf sich hat!«

»Aha. Und was hat der oder die oder das Holubek damit zu tun?«

»Alles, mein lieber Schiefer, gar alles!«

Kapitel 15

Am Semmering, 8. Feber 2063

Der Tintifax ist knapp bei Kasse, und wenn der Tintifax eines nicht mag, dann ist das, knapp bei Kasse zu sein. Außerdem ist der Tintifax magisch aktiv, ein Zauberer, wie er im Buche steht, und wenn es neben der Ebbe am Staberl, sprich Credstick, noch etwas anderes gibt, das der Tintifax nicht mag, dann ist es, wenn man ihm ausgerechnet mit Magie eins auswischt. Da reagiert er immer ziemlich allergisch darauf, der Tintifax, Jähzorn ist diesbezüglich ein Hilfsausdruck, frage nicht.

Zwar ist der gute Mann noch ziemlich groggy, als er wieder zu sich kommt und mit zitternden Fingern den Sicherheitsgurt aufnestelt, der ihn an den unbequemen Sitz des Lufttaxis kettet, aber er hat bereits überrissen, dass er das Opfer eines hinterhältigen Betäubungszaubers geworden sein muss.

Drek, elendiger, er hat sich abservieren lassen wie ein blutiger Anfänger!

Hastig tastet er seine Finger ab und überprüft, ob alle seine Fingerkuppenbehälter noch an Ort und Stelle sind. Schließlich schraubt er das letzte Glied seines linken Ringfingers ab, wo er den Datenchip stecken hat, den er für Herrn Doktor Nowak von Damaskus nach Graz transportieren soll. Zehn Flocken Reingewinn, für etwas mehr als zwei Tage Arbeit, du, das kann sich sehen lassen!

Gott sei Dank, der Chip ist noch da. Erleichtert seufzend greift er sich an seinen überlangen Schnurrbart und zwirbelt dessen Enden auf. Was auch immer gerade vorgefallen sein mag, worum auch immer das Lufttaxi mitten im Nirgendwo gelandet sein mag, die zehntausend Effektiven sind noch immer in Reichweite, er braucht bloß irgendwie nach Graz zu kommen, dann wird sich schon alles regeln, der Tintifax hat da vollstes Vertrauen in sich, seine magischen Fähigkeiten und die Bonität seines Doktor Nowak. Der wird alles tun, um an den Datenchip zu gelangen, und der Tintifax wird alles tun, um an sein Geld zu gelangen, weil, wie gesagt, wenn der Tintifax eines hasst, dann ist es, knapp bei Kasse zu sein.

Schwankend krallt er sich aus seinem Sitz empor und torkelt raus in den Gang zwischen den Sitzreihen. Interessanterweise fehlt von seinem Sitznachbarn, diesem verdächtig europäisch aussehenden Asiaten, jede Spur. Der Rest der Passagiere ist nach wie vor anwesend, allerdings nicht ansprechbar. Es erfüllt den Tintifax mit einem gewissen Maß an Befriedigung, dass er seine Diagnose auf diese Weise bestätigt findet: ein Betäubungszauber von ziemlicher Schlagkraft. Aber, wie gesagt, wenn es neben der Ebbe am Credstick noch etwas anderes gibt, das der Tintifax nicht mag, dann ist es, wenn man ihm mit Magie eins auswischt. Das macht ihn echt fuchsteufelswild. Und wenn irgendwer just zu diesem Zeitpunkt im Astralraum zugegen gewesen wär', hätt' er gesehen, wie die protzigen Ringe an den Fingern vom Tintifax zum Leben erwacht wären, wie sie wie kleine Supernovae zu glühen begonnen hätten, wie ganze Schauer irisierender Sprühregen an Manafunken von ihnen ausgegangen wäre. Zauberspeicher, Fetische und Foki, allesamt nicht von schlechten Eltern.

Immer noch ein wenig groggy, aber zu jeder Schandtat bereit, tritt der Tintifax durch die offen stehende Luke des Lufttaxis ins Freie, raus ins nächtliche Schneetreiben. Am Fuß der engen Metalltreppe, die aus dem Rumpf des Kipprotors ragt, liegt gänzlich regungslos ihr Pilot, ganz einfach zu erkennen an dem weißen Hemd mit den vergoldeten

Schulterstücken und dem Logo der Styrian Spirits auf der Brust.

Dann erspäht er den Tumult ganz am Rand der Waldeslichtung, in der der Kipprotor zu Stehen gekommen ist. Schüsse peitschen durch die Luft, ein Kampf tobt, Menschen dreschen aufeinander ein, mindestens einer davon schleppt ein Sturmgewehr mit sich herum. Über ihm knattert ein Helikopter herum, der fahle Lichtfinger eines Suchscheinwerfers durchdringt den Schneefall und zuckt rings um das Lufttaxi herum.

Offenbar ist jemand hinter ihm her. Der Tintifax ist lang genug in den Schatten, um zu wissen, was nun zu tun ist. Effekthalber schlägt er mit einer raschen Armbewegung seinen silbernen Umhang zurück. Mit verbissenen Gesichtszügen kämpft er den Schwindel nieder, der ihm immer noch zu schaffen macht, verscheucht den zähen Nebel, der sich wie dickflüssiger Sirup auf sein Bewusstsein gelegt hat, und greift mit einer entschlossenen Willensanstrengung in den Astralraum. Die Ringe an seinen Fingern glühen in gleißend grellem Licht auf, als er nach dem Mana ruft, das rings um ihn herum in glühenden Strömen schierer Zauberkraft durch den Astralraum schwirrt. Kaum dass er mit seinen Augen den dunklen Schemen erkennen kann, der sich durch die tief hängende Wolkendecke nach unten senkt, lässt er das Mana los. Und das lässt sich nicht lang bitten.

Kapitel 16

Am Semmering, 8. Feber 2063

»Bereit?«, fragt die Karo Ass.

Die Peperoni nickt bestätigend.

»Okay, dann los! Raus mit dir!«

Der Topolino ist mit seinem Vogel runtergegangen, so weit er kann, beinahe tippt der Plutocrat an den eingeschneiten Baumstümpfen auf, mit denen die Landezone bedeckt ist. Ein ausgedehnter Windbruch an einem steilen Berghang, offensichtlich ein Teil der Spur der Verwüstung, die das Auftauchen des Halleyschen Kometen im letzten Jahr verursacht hat. Die peitschenden Rotorblätter wirbeln den Schnee auf, fegen ihn in dichten Schwaden herum, die der Peperoni jedes bisschen Sicht rauben, als sie aus der Luke des Hubschraubers hüpft. Ungeschickt landet sie am Boden, muss mit den Händen in den gefrorenen Drek greifen, um sich abzustützen. Hastig prescht sie zwischen den zersplitterten Baumstämmen davon, die allenthalben herumliegen, den Kopf ängstlich eingezogen, in dieser für Nicht-Piloten so typischen Pose der Angst vor den schrappenden Rotoren. Hinter sich hört sie einen weiteren Aufprall, dann heulen die Turbinen kräftig auf, als der Topolino seinen Vogel wieder hochzieht und irgendwo über ihnen im Schneetreiben verschwindet.

Die Karo Ass, die geschmeidig wie eine Wildkatze hinter ihr hergesprintet ist, packt sie am Arm und zerrt sie nach rechts. »Da geht's lang!« Mit raschen, sicheren Schritten prescht die Schattenläuferin davon, die entsicherte

Glock in der Hand, zielsicher in die Richtung, wo sie zuvor das Lufttaxi ausgemacht haben. Ein kybernetisch mit deinem Hirn vernetztes Navigationssystem im Schädel zu haben ist halt keine dumme Idee.

Die Peperoni folgt ihr, so schnell sie kann. Fluchend schlüpft sie zwischen den Baumstämmen hindurch, mehrmals decken sie die tief hängenden Äste mit herabflutschenden Schneehäufen ein, kaum dass sie darunter langrennt. »Ja, ja, schon gut«, grummelt sie griesgrämig, sie bemerkt ja die feindselige Stimmung der Geister des Waldes, dank Rattes feinsinnigen Gespürs kann sie auch die dunkle Ahnung von Kampf, Gewalt, Feuer und Zerstörung fühlen, spürt, wie sich die Geister der Natur unter einer düsteren Vorahnung krümmen. Ist nicht ihre Welt hier, nicht ihre bevorzugte Domäne, aber dank ihres kleinen Zauberspeichers, der ihr die Schnelligkeit eines Wiesels verleiht, ist sie ganz schön flott unterwegs und braucht nicht lang durch den grässlichen Wald zu tingeln, um an den Ort des Geschehens zu kommen.

Vor ihr, auf einer ziemlich großen, fast kreisrunden Lichtung, spielen sich gerade chaotische Zustände ab. Nicht weit von dem Baumstamm entfernt, hinter dem sie sich in Deckung wirft, drischt ein seltsam schwuchtlig aussehender Cyber-Elvis auf einen Asiaten ein, der vergeblich versucht, diese Art von Liebenswürdigkeit in gleicher Tonart zu erwidern. Daneben kauert eine Art Rambo für Arme, einer dieser kunstmuskelbewährten Schwachköpfe in protzigem Söldneroutfit, der knatternde Salven aus einem Sturmgewehr verballert. Die Schüsse gehen beinahe im Lärm unter, den der dunkle Schemen eines Hubschraubers verursacht, der gerade mitten auf der Lichtung landet, direkt neben dem Lufttaxi der Styrian Spirits. Man erkennt wenig, Drek und Schnee peitschen herum, rauben einem die Sicht, aber die kleinen Funkenschauer sind deutlich zu sehen, mit der die Feuerstöße des Hinterhoframbos an der Panzerung des Helikopters verpuffen. Aus der geöffneten

Luke des Fluggeräts wird das Feuer bereits erwidert. Rattes feinem Gehör entgeht zudem der andere Hubschrauber nicht, der grad mit höllischem Affenzahn auf die Lichtung zugeprescht kommt. Und dass es sich dabei nicht um den Plutocrat vom Topolino handelt, darauf kannst getrost einen lassen!

Eigentlich sollte sie der Karo Ass ja magische Rückendeckung geben, aber noch eigentlicher hängt die Peperoni an ihrer körperlichen Unversehrtheit, verstehst schon. Ist nicht so, dass sie feig wär, die kleine Rattenschamanin, nein, beliebe nicht, schließlich ist sie erst neulich ganz alleine bei Novatech eingestiegen, und das will was heißen, kein Drek! Aber für ihren Geschmack schwirrt der Peperoni hier im Augenblick gerade etwas zu viel Blei durch die Luft. Zeit, erst mal zu verduften, und die Entwicklung der Dinge aus sicherer Entfernung zu verfolgen. Nicht, dass sie sich etwa auf Italienisch verabschieden möchte, ähem, nennen wir es eher eine Art von *taktischer Nachdenkpause*. O ja, nickt die Peperoni eifrig zu sich selbst, das ist eine gute Idee!

Vorsichtig kriecht sie davon, immer schön darauf bedacht, den Kopf drunten zu halten und ständig den einen oder anderen massiven Baumstamm zwischen sich und der Lichtung zu haben. Die leise Vorahnung mächtiger Magie, der Entladung einer großen Menge Mana, Sekundenbruchteile, bevor ein Lichtblitz sie blendet, dann der Knall einer gewaltigen Explosion, gefolgt vom Krachen, als ein schwerer Klumpen Metall zu Boden donnert und mit voller Wucht auf der Erde aufschlägt.

Die Peperoni erhascht einen kurzen Blick auf den Hubschrauber, der vorhin grad dabei war zu landen. Jetzt liegt er brennend auf der Seite, dunkle Gestalten, automatische Waffen in den Händen, kriechen keuchend aus dem Wrack hervor und beziehen in den nächstbesten Erdmulden Deckung. Eine schnarrende Stimme plärrt Befehle herum, in militärisch knappem Ton. Hinter dem Wrack des Helikopters kann die Peperoni im Schein des Brandfeuers die offen stehende Luke des Lufttaxis erkennen. Und darin eine Gestalt in einem silbernen Mantel, die sich unter den Einschlägen der krachenden Salven krümmt, die sie treffen und zurück ins Innere des Flugzeugs schmettern. Sie kann sogar die grünlichen Gelbatzen der fehlgegangenen Schüsse sehen, die rings um die Luke herum aufschlagen und als zähflüssiger Schleim über den Lack nach unten rinnen.

Der andere Hubschrauber ist mittlerweile herangekommen, und der lässt an seiner Absicht, hier landen zu wollen, keinen Zweifel aufkommen. Mehrere Maschinengewehre an seinen Flanken hämmern drauflos, was die Krache hergibt, die rot glühenden Lichtfinger von Leuchtspurgeschossen fetzen kreuz und quer herum. Höchstwahrscheinlich ebenfalls Gelgeschosse. Die Peperoni nimmt an, dass es sich bei den Neuankömmlingen um irgendwelche Sicherheitskräfte handelt, MonoMeds ParaMedics oder irgendeine Personenschutztruppe, und die werden sich hüten, ohne richtiges Bild der Lage scharfe Munition einzusetzen. So 'n Blutbad ist schlecht für's Geschäft, kannst dir eh vorstellen, negative Publicity und schiefe Optik und so. Aber Gel hin oder her, die Peperoni hat nicht die geringste Lust, als Schießbudenfigur herzuhalten, also verkrümelt sie sich im dick verschneiten Unterholz.

Kapitel 17

»Sie wollten mir eigentlich erzählen, was es mit dem Holubek auf sich hat«, erinnert der Schiefer seinen Kollegen Novotny, als der sie aus Wien hinaus in Richtung Westen auf die Autobahn dirigiert. Aber sie hätten genauso eine Landstraße nehmen können, besonders schnell kommen sie nämlich nicht voran, weil die Fahrbahn dermaßen unter Wasser steht, dass du glaubst Donaukanal, kein Drek.

Mittlerweile hat der Frühling Einzug gehalten in diesem Land, der Winter hat sich erst mal nach Grönland verzogen, und die Temperaturen sind zur Freude all der Leute mit schwachem Kreislauf innerhalb kürzester Zeit auf weit über zwanzig Grad hochgeschossen. Der Schnee schmilzt rasend schnell dahin, wie jedes Jahr stehen die üblichen Landstriche an Donau und Enns unter Wasser, wie jedes Jahr müssen die Brunnen und Quellen einiger Landstriche nach der Überflutung erst aufwendig gesäubert werden, ehe ihr Wasser wieder für den allgemeinen Verbrauch zugelassen werden kann. Und wie jedes Jahr verspricht die Regierung großzügige und unbürokratische Hilfe für die Betroffenen. Heuer jedoch, wo gleichzeitig der Krieg tobt, klingen diese Versprechungen noch hohler als sonst, obwohl der Kaiser in höchsteigener Person abwechselnd Visiten am Katastrophengebiet der Front und am Katastrophengebiet des Hochwassers macht. Die Eierköpfe von der Wettervorhersage im Trid haben sich schöne Erklärungen für den schlagartigen Frühsommereinbruch zurechtgelegt.

Sie werfen mit Wörtern wie *El Niño*, *Treibhauseffekt* und *globale Erwärmung* um sich, sie geben mal dem Straßenverkehr die Schuld, mal der Industrie, dem Erwachen, und mal behaupten sie, es gebe ja gar keine Beweise für einen Klimawandel, im Durchschnitt stimmen die Temperaturen eh mit der Jahreszeit überein. Auf jeden Fall sind sie sich einig, dass irgendwer, vor allem die Politik, ganz kräftig versagt hat. Und dann wird ein Jingle eingeblendet, und es flimmert Werbung über den Trideo-Schirm, Werbung für Autos, Computer, Lupinenfraß, Hollywoodschinken und Kosmetika – und tausend andere Dinge. Und du als einer von den Leuten, denen man vorübergehend den Wasserhahn abgedreht hat, bis die Trinkwasserversorgung wieder gewährleistet ist, sehnst dich nach einer Dusche, weil sich die ach so trid-o-gene Schnepfe in dem Werbespot so wohlig unter der Dusche räkelt und das Wasser gedankenlos über ihren perfekten Körper rinnen lässt, während du stinkst und deine Haut juckt, aber du hast deine Wasserration für heute schon aufgebraucht und musst warten, bis morgen der Tankwagen wieder vorbeischaut.

»Herr Schiefer, was wissen Sie über unsere Vorgesetzten?«

O, da weiß der Schiefer nicht viel darüber. Wenn man von ein paar Decknamen und der einen oder anderen Anekdote aus dem Agentenleben vom Novotny einmal absieht, hat der Schiefer nur einen ganz vagen Überblick über Größe, Struktur und Hierarchie des Geheimdienstes. Eh klar, man hat ihm gleich zu Beginn eingetrichtert, dass das besser so ist, weil wenn er geschnappt werden tät, könnt er auf diese Art nichts verraten. Der übliche Sermon aus jedem x-beliebigen James-Bond-Film eben, aber der wirkt ja nicht einmal dort besonders glaubwürdig.

»Wissen Sie, Herr Schiefer, im Laufe der Zeit hab ich so meine eigenen Nachforschungen angestellt und mir mein eigenes Bild über den Laden gemacht, für den wir arbeiten. Ich kenn die Typen, die bei uns das Sagen haben, ich kenn die meisten unserer Kollegen – auch wenn diese oft gar nichts davon ahnen. Aber Wissen ist Macht, so pflegt man zu sagen, und Nichtwissen macht allzu leicht Kopfweh, so pfleg ich immer zu sagen, darum hab ich mich beizeiten ganz unauffällig hinter den Kulissen des Heeresnachrichtenamts umgeschaut, und dabei bin ich unter anderem auf den Herrn Ministerialrat Lukas Holubek gestoßen. Ein selten dämliches Exemplar Mensch, aber massig Vitamin B, daher eine glänzende Karriere, wenn Sie verstehen.«

Ja ja, der Kajetan Schiefer weiß, wovon die Rede ist. Vitamin B, B wie Beziehungen, und Vitamin P, P wie Protektion, weil du bist, wen du kennst, und zwar nirgendwo so sehr und so ausschließlich wie in diesem schönen Land, das kannst dir gleich in Großbuchstaben hinter die Ohren schreiben, Freunderl!

»Der Holubek sitzt ziemlich weit oben in der Hierarchie, auf irgendeinem Posten, den man vermutlich extra für ihn geschaffen hat. Und wenn er sich auch nur selten um solche Dinge kümmert, so hat er doch ganz sicher einen ziemlich ausgedehnten Zugang zu den Datenspeichern unseres Vereins.«

»Und was bringt uns das?«

»Ich hab da schon eine Idee, wie wir an sein SatCom rankommen könnten. Und wenn wir das erst mal haben, dann ist der Rest ein Kinderspiel. Der Herr Holubek hat in etwa den IQ eines zurückgebliebenen Bandwurms, es kann doch kein Mirakel nicht sein, das Passwort des Typen zu knacken! »

Na, wenn Sie das sagen, denkt sich der Schiefer dazu. »Wohin fahren wir eigentlich?«

Der Novotny schaltet das Trideogerät ein, das in die Konsole des wuchtigen Geländewagens eingebaut ist, und schaltet auf den Nachrichtenkanal von MediaSim. Er braucht nicht lang zu warten, bis nach ein paar Werbespots mit jeder Menge nackten Mädels ein Bericht kommt über die unerträgliche Belastung des Staatsbudgets, die all die

Flüchtlinge vom Balkan verursachen, die sich nicht genieren, unserem vielgeprüften Volke in diesen harten Zeiten die Haare vom Kopf zu fressen.

»Dafür, dass sich bislang eh praktisch nur die Freiwilligen der Kirche um die armen Schweine vom Balkan gekümmert haben, hat unser armes, armes Staatsbudget ganz schön gelitten. Ich glaub, da müssen wir was tun, Herr Schiefer. Wir werden in gewisser Weise wieder einmal nach Tulln fahren, um ein bisserl Manna vom Himmel regnen zu lassen, und so dem Herrn Finanzminister eine Freud machen«, meint der Novotny auf seine giftige Art. »Außerdem brauchen wir ein Alibi, wenn wir dem Herrn Holubek auf die Pelle rücken. Soll heißen, wenn *Sie* dem Herrn Holubek auf die Pelle rücken.«

Dem Kajetan Schiefer heulen, klirren und jaulen sämtliche Alarmglocken durch den Kopf, und zwar so laut, dass selbst das Geläut der Pummerin vom Stephansdom dagegen verblasst!

»Was??? *Ich* schon wieder? Nein-nein-nein, ich hab schon genug hinter mir, mir reicht's mittlerweile, dass ich immer nur den Teschek für Sie spielen muss!«

»Tja, Herr Schiefer, die Sache ist ganz einfach: *Sie* werden diese Hockn übernehmen, schließlich sind *Sie* doch von uns beiden der Magier, der sich mittels Zauberspruch maskieren kann, nicht wahr?«

Das stimmt. Und genau deshalb schwant dem Kajetan Schiefer Übles.

Das *Cafe Heidi* in St. Pölten hat im Laufe der letzten Jahre schon viele Namen gehabt und genauso viele Pächter. Aber egal, wer das Lokal gerade gepachtet hat, in welcher Stilrichtung es gerade eingerichtet ist und auf welche Klientel es abzielt – ein jedes Mal schlittert es innerhalb kürzester Zeit in die Pleite. Der Grund dafür heißt Bambi. Bambi ist ein schwerstens tätowierter, glatzköpfiger Norm, gut zwo Meter groß und hundertfünfundvierzig Kilo schwer (nichts davon ist Fett). Er hat einen Nacken wie ein Stier, Oberarme, die aussehen wie die Pfeiler der Golden Gate Bridge, wohnt im selben Wohnblock der tristen Vorstadtsiedlung, in dessen Erdgeschoss sich das *Cafe Heidi* befindet und hat sich nämliche Gaststätte zum Stammlokal auserkoren, egal unter welchem Namen sie grad firmiert.

Nun ist Bambi schon im nüchternen Zustand eine latente Gefahr für Leib und Leben, aber ganz schlimm wird's dann, wenn er was getrunken hat. Solang er nüchtern ist, kann nämlich die Natalie, die wasserstoffblonde Tussi, die ihm des Nachts die Bettstatt wärmt, noch deeskalierend eingreifen. Hat Bambi allerdings auch nur einen einzigen Schluck intus, nützen selbst die Bemühungen der Natalie nichts mehr, ganz im Gegenteil. Nicht umsonst fehlen der guten Frau ein paar Beißerchen, und nicht umsonst hängen ihre Ohrläppchen zerfetzt nach unten. Früher hat sie nämlich so große, runde Ohrringe darin stecken gehabt, aber eines schönen, leicht angesoffenen Tages hat Bambi gefunden, dass die Natalie erstens frech zu ihm war, dass sie zwotens Strafe verdient hat, und dass ihm drittens ihre Ohrringe nicht gefallen. Kurzerhand hat er ihr die Dinger einfach herausgerissen.

Aber da die Natalie nicht der Hellsten eine ist, liebt sie ihn halt, ihren Bambi, und vergibt sie ihm seine Gewaltausbrüche ein ums andere Mal.

Dem jeweiligen Pächter des Lokals nützt das aber gar nichts, ihm rennt jede mühsam herbeigelockte Kundschaft gleich wieder davon, wenn Bambi an der Bar lümmelt und darauf besteht, dass nichts anderes als seine Lieblingsmusik gespielt werden darf: die *Original Fidelen Hintertuxer Buam*, so eine Art zünftig schunkelnde Psychofolter mit Ziehharmonika und Lederhosen.

Neben Heidi, der unglückseligen Pächterin, Bambi und Natalie ist wie gewohnt nicht viel los in dem Lokal. Einzig und allein in der kleinen Nische ganz hinten, halb versteckt von einer staubigen Plastikpalme, sitzen der Novotny und der Schiefer und warten auf ihre Verabredung. Die *Hintertuxer Buam* schmettern einstweilen *Herzilein, i hob di gern!* aus den Boxen, und zwar *Original Fidel* und furchtbar laut.

»Herr Schiefer, nicht vergessen, diesmal tragen wir beide den Namen Herr Nowak«, gibt der Novotny seinem Partner letzte Anweisungen, als die Tür aufgeht und zwei sinistre Gestalten ins *Cafe Heidi* hereinspaziert kommen. Breitbeinig und möglichst cool kommen die beiden nach hinten gestelzt – und Gott sei Dank rempelt keiner von ihnen aus Versehen Bambi an.

»San Sie der Nowak Dokta, ha?« Der Typ ist mittelgroß, etwas untersetzt, von Pockennarben gezeichnet und kaut enervierend offenmäulig auf einem Kaugummi herum.

»Jawohl, Doktor Nowak«, meint der Novonty nonchalant, »ebenso wie mein Kollege hier. Mit wem haben wir das Vergnügen?«

»Gestatten, Snake. Rattle Snake«, meint der Kaugummi-Wappler betont lässig. Fehlt nicht viel, dass er noch ein »Gerührt, nicht geschüttelt!« vom Stapel lässt.

»Und i bin der Nemesis«, gibt Nummer zwo zum Besten, ein etwas größerer Kerl mit eher dümmlichem Gesichtsausdruck, der nervös mit einem Springmesser herumspielt und gar nicht nach Nemesis ausschaut.

Oha, denkt sich der Novotny dabei kopfschüttelnd, *da haben wir ja zwei wahre Ausgeburten an Kreativität.* Rattlesnake und Nemesis. Am liebsten würd er nachfragen, um welchen der ungefähr dreißig Nemesis es sich bei seinem Gegenüber handelt. Weil das ist schon traurig, die Decknamen, die sich die Straßengauner heutzutage zulegen, sind auch nicht mehr das, was sie mal waren. Zu viel Einfluss von Hollywood, heutzutage wimmelt es in den Hintergassen nur so von ›Nighthunters‹, ›Tigerclaws‹ und ›Tsunamis‹.

Doch anstatt sich über die Kreativität der Decknamen seiner Gegenüber auszulassen, heißt der Novotny sie, Platz zu nehmen. »Sie haben einen Auftrag für uns?« Nemesis ist offensichtlich keiner, der lang um den heißen Brei herumredet.

»Jawoll, meine Herren. Sehen Sie, heute Abend wird ein Laster einer bestimmten Firma hierher nach St. Pölten unterwegs sein. Ihre Aufgabe wird es sein, als Polizisten verkleidet diesen Laster zu stoppen, den Fahrer mittels einer Betäubungswaffe zu neutralisieren und die Fracht an einen bestimmten Punkt zu bringen.«

»Wie viel?«

»Tausendfünfhundert für jeden von Ihnen, als Vorschuss. Und weitere dreitausendfünfhundert für jeden bei positiver Erledigung des Auftrags. Meine Herren, dass es weder Tote noch Verletzte gibt, ist eine conditio sine qua non, wenn Sie verstehen.«

»Hä, wos?«

»Soll heißen, keine Toten und keine Verletzten, kapiert? Sonst gibt's kein Geld, okay?«

»Is okay, Chef. Mach' ma. Und jetzt frisch und frank raus mit der Sprache: Von welcher Firma ist der Laster, und wohin mit der Fracht?«

Nun, das ist leicht erklärt. Der Truck gehört der Tullnerfeld Kooperative, Ort und Zeitpunkt des Überfalls werden genau festgelegt, und die Fracht soll zum Kloster Seckau in der Steiermark gebracht werden. Nein, die Pater dort wissen noch nichts von ihrem Glück, aber das macht nichts, die haben im Augenblick eine Menge Mäuler zu stopfen, und es ist ein Teil der Aufgabe vom Nemesis und vom Rattlesnake, dafür zu sorgen, dass die Pater keine Zicken machen, den Lupinenfraß als Geschenk des Himmels annehmen und das Zeug sogleich unters Volk bringen.

»Ach, da wär noch was«, fällt dem Novotny scheinbar im letzten Augenblick ein. »Wir wären Ihnen sehr verbunden, wenn jeder von Ihnen eins dieser Packerl nehmen und es während des ganzen Auftrags bei sich tragen würde.«

Nemesis und Klapperschlange wechseln misstrauische Blicke, aber der Novotny schiebt noch ein paar Euro rüber, und die beiden Hinterhof-Freaks schnappen sich die Päckchen.

»Passen's gut auf die Dinger auf, die wollen wir wiederhaben, und zwar unversehrt und originalverpackt!«

In den kleinen, gut mit Klebeband verschnürten Styroporschachteln befinden sich die SatComs vom Schiefer und vom Novotny. Selbstverständlich peilt die Zentrale ihre Mitarbeiter über das SatCom an und ermittelt so ihren Aufenthaltsort. Und noch selbstverständlicher sind diese Handgelenkscomputer so ausgelegt, dass ein Alarmsignal losgeht, wenn man sie unbefugt vom Unterarm entfernt. Aber der Novotny hat schon vor langer Zeit herausgefunden, wie sich dieser Alarm umgehen lässt, solche Kleinigkeiten können doch einen Agenten nicht stoppen!

Nemesis und Rattlesnake vertschüssen sich, und kurz danach machen sich auch die beiden Geheimagenten auf die Socken. Blöderweise kommt Bambi genau in diesem Augenblick zu der Erkenntnis, dass ihm das Gesicht vom Kajetan Schiefer nicht gefällt, und dass es dringend umdekoriert gehört. Mit seinen Riesenarmen packt das Untier den armen Magier, stemmt ihn mit einer Hand hoch und holt mit der anderen bereits mächtig aus, als der Novotny förmlich explodiert und mit geradezu unmenschlicher Geschwindigkeit seine Waffe zieht.

»Sollten Sie tatsächlich die *cojones* haben, mit meinem Freund hier etwas Unangenehmes anzustellen, werden Sie im nächsten Augenblick keine *cojones* mehr haben, um mit Ihrer Freundin hier etwas Angenehmes anzustellen, Sie verstehen.«

Nun, so ganz hat Bambi das Gesülze vom Novotny nicht verstanden, das muss an dieser Stelle einfach gesagt werden. Aber so viel Grips hat er dann doch, dass er kapiert, dass ihm die Glock, die ihm der Novotny in die Leistengegend presst, ganz schön den Tag versauen könnte. Drum lässt er den Kajetan Schiefer los, ohne sein Gesicht einer radikalen Neugestaltung unterzogen zu haben und wendet sich wieder seinem Bier zu.

Noch ganz bleich im Gesicht wankt der Kajetan Schiefer hinter seinem Kollegen her ins Freie und fragt sich grad ziemlich verdattert, wie's kommt, dass ein Mensch so schnelle Reflexe haben kann wie der Novotny.

Und während nun zwei aufstrebende Vertreter der örtlichen Gossenpunkszene ihren Beitrag zur Linderung des Flüchtlingselends im Kaiserreich Österreich leisten, machen sich der Novotny und der Schiefer daran, zurück nach Wien zu fahren, um sich dem Herrn Holubek zuzuwenden. Ohne dass der Geheimdienst davon weiß.

Kapitel 18

Am Semmering, 8. Feber 2063

Ein weiterer Helikopter kommt herangeflogen, irgendwo da droben, in der wattig dichten Wolkenschicht, kreist über der Lichtung und strahlt einen kleinen Teil davon mit dem grellen Licht seines Suchscheinwerfers aus. Der Lichtkegel zuckt etwas zu nahe am Versteck der Peperoni herum, darum entschließt sie sich zu einem Stellungswechsel. Eilig macht sich die kleine Rattenschamanin daran, in großem Bogen um die Lichtung herumzukriechen, rüber auf die andere Seite, wo weniger los ist. Vorsichtig lugt sie um sich. Kaum dass sie sich vergewissert hat, dass die Luft rein ist, springt sie in raschen Sätzen von Baum zu Baum. Einmal, zweimal, dreimal, weiter, weiter. Dort, wo sie keine Deckung findet oder die Abstände zwischen den Bäumen zu groß sind, kriecht sie hastig durch den Drek.

Dass sie vorhin einen Unsichtbarkeitszauber vom Stapel gelassen hat, kriegt sie gar nicht richtig mit, wie von selbst hat sie rasch ein paar zischende Laute ausgestoßen und mit den Händen ein paar hastige Gesten vollführt. Schließlich landet sie in einer flachen Mulde, in der sie erst einmal Deckung findet.

Das Erdloch ist recht weit von der Lichtung entfernt, aber durch den dicken Schleier des Schneefalls kann man weiterhin die Schusswechsel von dort vernehmen. Offensichtlich herrscht da drüben weiterhin das gleiche Chaos wie zuvor, immer noch dröhnt das Hämmern automatischer Waffen durch den Wald.

Die Peperoni lässt den Unsichtbarkeitszauber fallen. Zeit, wieder zu Atem zu kommen.

Plötzlich hört sie Geschrei, das rasch näher kommt, Schüsse knallen in ihrer unmittelbaren Umgebung. Vorsichtig lugt sie aus ihrer Deckung heraus. Der Cyber-Elvis und der Ersatzrambo kommen auf sie zu, dazu noch ein anderer Runner, so ein ganz magerer Kerl in billiger Paperware. Gemeinsam zerren sie den Asiaten hinter sich her.

Bis dem Ersatzrambo urplötzlich der Kopf explodiert und die Karo Ass hinter einem Baumstamm auftaucht, den Drachentöter schussbereit in der Hand. Der kopflose Körper des Gossenpunks schlägt schwer am gefrorenen Boden auf. Ein dicker Schwall Blut läuft aus dem zerfetzten Hals und färbt den schmutzigen Schnee mit dunklem Rot. Der Peperoni schwant, dass der Kerl tot ist.

»Hände hoch, Waffen fallen lassen!«

Der ausgemergelte Kerl in der billigen Paperware gibt alles, was seine magere Reflexverstärkung hergibt, und das ist nicht viel. Drum hat er noch gar nicht richtig mit dem Davonlaufen begonnen, als der Cyber-Elvis bereits reagiert hat, den Asiaten wie einen Schild vor sich hält und seinem Gefangenen eine vergoldete Pistole gegen die Schläfe presst.

»Irrtum!«, grinst der reaktionsschnelle Elvis-Verschnitt mit wildem Flackern in den Augen. »Eine falsche Bewegung, und ich puste seine Headware ins Nirvana, dann kannst dir die Daten dorthin stecken, wo die Sonne niemals scheint!«

Ein guter Zug, das muss sogar die Karo Ass anerkennen, die erst mal innehält. Zwar hat sie ihre Glock immer noch auf den Cyber-Elvis gerichtet, aber offensichtlich wagt sie es nicht, abzudrücken. Vorläufig ein Patt, aber das macht nichts, die Karo Ass hat es nicht nötig, ein Risiko einzugehen. Die Zeit arbeitet für sie, je mehr Sicherheitsagenten hier auftauchen, umso brenzliger wird die Situation für die anderen Schattenläufer, umso unwahrscheinlicher wird die Entführung eines Datenkuriers. Ohne Fluchtwagen kommen sie schließlich nicht von hier weg.

Der andere Runner, der magere Kerl mit dem eingefallenen Gesicht, erkennt die Ausweglosigkeit seiner Situation und erstarrt ebenfalls zur Salzsäule. Die Peperoni überlegt kurz, ob sie irgendwie eingreifen sollte, entschließt sich dann aber dagegen. Nein-nein, die Karo Ass hat die Sache bestimmt völlig im Griff, da braucht die kleine Rattenschamanin ihr sicheres Versteck nicht unnötig aufgeben.

Der schwuchtlige Chrommann hat seine Gegnerin in der Zwischenzeit erkannt, mit ungläubigem Gesicht starrt er zur Karo Ass rüber. »*Du???* Du, hier?«

Scheint kein Neuling in den Schatten zu sein.

Dann erbebt das Mana ringsum. Das hat nichts mit dem Cyber-Elvis oder dem mageren Gossenfreak neben ihm zu tun. Die Peperoni spürt, was da des Weges kommt. Aus den Augenwinkeln nimmt sie ganz am Rand ihres Blickfelds eine Bewegung wahr. Ein Zwerg, einer mit so einem richtigen Rauschebart á la Rübezahl, kauert hinter einem Baumstamm in Deckung, direkt im Rücken der ahnungslosen Karo Ass. Das Holz verdeckt den Großteils seines Körpers, aber nicht seine Aura. Peperonis Augen weiten sich vor Schreck, als sie die pulsierende Kraft seiner Astralgestalt sieht. Und sie weiten sich noch einen Deut mehr, als sie das Ausmaß der Kraft zu spüren beginnt, die der Zwerg für seinen Zauber sammelt. Offenbar will der Kerl auf Nummer sicher gehen, wenn er der Karo Ass den Arsch aufreißt.

Nein-nein, das ist nicht gut, das ist gar nicht gut!

Sie kriegt eine Gänsehaut am Rücken, die feinen Härchen an ihren Armen stellen sich auf. Wirbelnde Manamassen kreisen vibrierend um den Zwerg herum, verdichten sich, kreisen schneller und schneller, gleißen auf in den grellen Farben schierer Macht. Die Auren der Welt ringsum scheinen an Farbe und Intensität zu verlieren, eine bedrohliche Schwärze breitet sich aus, als sich das Mana weiter und weiter sammelt und der Zauber seinem Höhepunkt zustrebt.

O verschissener Drek, das ist der absolute Wahnsinn, der Wappler hat echt verdammt was am Kasten, die Peperoni kann da nicht mal ansatzweise mithalten! Und sie hat das unbestimmte Gefühl, dass die Karo Ass mit dem Ergebnis dieses Schauspiels arkaner Macht alles andere als zufrieden sein wird. Aber ohne Karo Ass wird nicht nur die Situation hier brenzlig, die Peperoni hat überhaupt keine Lust darauf, ihren geplanten Coup allein durchziehen zu müssen.

Blitzschnell fiept sie ein paar schrille Töne, ihre Nase scheint spitzer zu werden, erinnert für ein paar Millisekunden an eine graue Schnauze, dann spreizt sie den Zeige- und den Mittelfinger der rechten Hand und zuckt damit kurz in der Luft herum. Kleiner Telekinese-Trick, drüben, direkt vor den Augen des Zwergs, formen sich völlig zeitgleich zwei unsichtbare Zauberfinger, quasi ferngesteuert, die dem Kerl kräftig in die Augen stoßen.

Vor Überraschung und Schmerz brüllt der Magier wie ein Berserker los, krümmt sich zusammen und presst die geballten Fäuste gegen seine brennenden Glotzerchen.

So übermächtige und daher zeitraubende Zauber sind nicht Rattes Art. Schnell, zielsicher und, wenn möglich, aus einer sicheren Deckung heraus, das ist der Stil, den die Peperoni bevorzugt. Oder, wie Teddy ihr wieder und wieder eingetrichtert hat: Keep it short and simple.

Nun, kurz hat sie es gehalten, aber von simpel kann nicht ganz die Rede sein. So simpel schaut das nämlich nicht aus, als die immense Energie, die der Zwerg heraufbeschworen hat, plötzlich anfängt, unkontrolliert weiter zu wachsen, auf einen neuen Höhepunkt zu, auf die chaotische Detonation einer enormen Manakonzentration. Nein, das ist gar nicht simpel, o nein, das kann ziemlich ins Auge gehen!

Die Peperoni presst sich in ihre Erdmulde, so fest sie kann, und fährt alles hoch, was sie an mentaler Abwehrkraft und Willensstärke aufzubieten hat.

Unter ohrenbetäubendem Donnerknall fährt ein sengender Blitzstrahl aus strahlend heller Energie in den Himmel, verdampft in Sekundenbruchteilen die fallenden Schneeflocken in weitem Umkreis und jagt eine schauerliche Druckwelle vor sich her. Einen Augenblick lang sieht es so aus wie die Miniaturausgabe einer Atombombe. Das zähfaserige Holz knorriger Baumstämme zerbirst krachend unter der Wucht der Explosion, scharfkantige Holzbrocken schießen wie Schrapnell herum, und sowohl die Karo Ass wie auch die gegnerischen Schattenläufer samt ihrer Geisel werden von den Füßen gerissen und von der Druckwelle wie Puppen davongeschleudert.

Angeekelt und in ziemlich saurer Gemütsverfassung spuckt die Karo Ass Schlamm und Schneematsch aus dem Mund, als sie sich keuchend vom Boden hochstemmt und rasch um sich blickt, um die Lage zu checken. Verkohlter Wald, zerfetztes Holz, silbrige Nebelschwaden aus verdampftem Schnee rings um sie herum, dazu ein klebrig schwefeliger Gestank. Aus den Augenwinkeln nimmt sie eine Bewegung wahr, schnell wie der Blitz reagiert das Move-by-wire-System, das die Bewegungen ihres Körpers kontrolliert, dann hört sie auch schon das Krachen des Schusses, der um Haaresbreite über ihren Kopf dahinzischt, schlägt schwer am Boden auf, aber ihre Hand mit der Glock ist inzwischen hochgeschnellt und taucht vor ihren Augen auf, sie kriegt ein grünlich leuchtendes Fadenkreuz ins Sichtfeld geblendet, als sich die Induktionspads ihrer Smartgun-Verbindung mit dem Zielsystem ihres Drachentöters koppeln. Ohne mit der Wimper zu zucken, drückt sie ab.

Einmal, zweimal, dreimal, viermal.

Der Cyber-Elvis zuckt unter den Einschlägen der Kugeln, als ob er in eine Starkstromleitung gegriffen und Bekanntschaft mit einer Überdosis Volt und Ampere geschlossen hätte. Gegen die Kugeln aus abgereichertem Uran, mit denen die Karo Ass ihre Glock chargiert hat, nützt ihm seine schmucke Panzerjacke mit den langen Fransen, dem weißen Lacküberzug und dem aufgestülpten Kragen wenig. Es gelingt ihm noch einmal, die Waffe zu heben und einen Schuss abzugeben, allerdings ohne Ziel, mitten rein ins Gemüse. Die vergoldete Walther Secura rutscht ihm aus der Hand und fällt polternd zu Boden. Eine Sekunde lang trotzt er noch der Schwerkraft, es schaut so aus, als ob er noch was sagen wollte, dann kracht der total zerfetzte Körper in sich zusammen.

»Schönen Gruß an den Teufel, du deppertes Arschloch, du! Wenn'd mich eh erkannt hast, warum versuchst dann so einen Scheiß, hm?«

Von dem Kurier, dem Japaner und auch von dem mageren Möchtegern mit dem eingefallenen Gesicht fehlt jede Spur. Dafür kommt die völlig zerzauste Peperoni aus einem Erdloch gekrochen, von oben bis unten mit Matsch beschmiert. Aber gut, die Karo Ass schaut auch nicht besser aus. Mitgenommen torkeln die beiden davon und lassen sich schwer hinter dem ausgerissenen Wurzelstock eines geknickten Baums zu Boden fallen. Kleine Flocken von etwas Weißem, Nassem rieseln auf sie runter. Schnee, vielleicht aber auch aufgewirbelte Asche. Von der Lichtung her dröhnt immer noch das Knattern von Waffen und Rotorblättern, offenbar sind ein paar zusätzliche Helikopter eingetroffen und haben weitere Sicherheitskräfte abgesetzt, die sich nun fröhlich untereinander beharken, anstatt dass sie sich in Ruhe lassen, gemeinsam zum Lufttaxi spazieren und jeder seine Schutzbefohlenen rausholt. Ja, die Zersplitterung der Kompetenzen in viele konkurrierende Fraktionen, gepaart mit der völligen Unfähigkeit zur Zusammenarbeit und Koordination zwischen den ganzen

Sicherheitsdiensten ist aus Sicht der Schatten wohl der schönste Aspekt an der Privatisierung der Polizei. Kopfschüttelnd wendet sich die Schattenläuferin an die kleine Orkschamanin neben ihr: »Sapperlot, was war denn das eben? Die Generalprobe zu Armaggedon? Hiroshima reloaded, oder was?«

»'n Zauberer. Zwerg. Echt mächtig, kein Drek.« Das ist alles, was die Peperoni fürs Erste herausbringt.

»Du hast ihn ...?«

Die Peperoni nickt bloß. Die Karo Ass knufft der zerrupften Schamanin spielerisch gegen die Schulter. »Totaler Schlagobers, hast echt was gut bei mir, du, kein Drek. Ansonsten alles in Ordnung mit dir?«

Wieder nickt die Peperoni bloß. Nach einer kurzen Weile gibt sie die Frage retour.

Die Schattenläuferin neben ihr fängt an, den linken Fuß in der Luft kreisen zu lassen. Mit verkniffenem Gesicht schaut sie ihren eigenen Bewegungen zu.

»Gebrochen ist er nicht, glaub ich«, meint sie, »scheint alles zu funktionieren, tut aber ziemlich weh. Trotz des Schmerzeditors, der eigentlich mit einer einfachen Verstauchung spielend fertig werden müsste. Wird wohl anschwellen, es kann durchaus sein, dass ich mich heut abends mit einem Messer aus dem Stiefel schneiden muss.«

Die Peperoni denkt kurz darüber nach, einen Heilzauber zu wirken, ein schneller Blick auf die Überreste der Aura der Schattenläuferin nimmt ihr aber jede Lust dazu.

Wie kann man sich selbst so was antun? Wie kann man sich bloß für ein bisschen Chrom und Bioware die Seele aus dem Leib brennen? So viel Cyberware lässt dich zur Maschine verkommen, kein Drek, und es ist gar nicht einfach, bei dermaßen verchromten Menschen einen Heilzauber anzuwenden. Je mickriger die Lebensaura, desto mehr fehlt dir sozusagen der Punkt, an dem du den magischen Hebel ansetzen kannst, verstehst schon. Und so viel Chrom und laborgezüchtete Wetware wie bei der Karo Ass hat die Peperoni noch nie an irgendeiner Aura feststellen können.

Viel Zeit hat die Schamanin für solche Betrachtungen allerdings nicht, die Schattenläuferin neben ihr ist wieder voll da, mitten drin im Geschäft: »Jetzt mal was anderes, was ist mit dem Kurier und mit dem ausgemergelten Gossenpunk mit dem leichenblassen Gesicht? Hast sie irgendwo gesehen?«

Die Peperoni denkt kurz nach und deutet dann den sanft abfallenden Berghang hinunter. »Ach, die. Ja, die sind vorhin den Berg runter davongerannt. Zuerst der Kurier, hat irgendwas von Allmacht geschrien, der Depp. Dann ist der andere, der Gossenpunk, hinterdrein gerannt, als ob der Leibhaftige hinter ihm her wär, kein Drek.«

»Und du hast ihn nicht aufgehalten, den Punk?«

Die Peperoni schaut irritiert zur Karo Ass hoch. »Wozu? Der lebt eh nicht mehr lang.«

Jetzt ist es an der Karo Ass, irritiert zur Peperoni zu schauen. Fragend zieht sie eine Augenbraue hoch. »Was? Wieso das denn?«

»Hab doch seine Aura gesehen. Mehr tot schon als lebendig, glaub mir.«

Kapitel 19

Am Semmering, 8. Feber 2063

So schnell ihn seine waidwunden Füße tragen können, prescht der Gonzo hinter dem fliehenden Kurier her. Auf einem steinigen, schneebedeckten Pfad jagen die beiden mit keuchendem Atem durch den Wald, den Berghang hinunter. Der dichte Schneefall tut der Raserei keinen Abbruch. Wie Feuer brennen dem Gonzo die Lungen, aber das macht gar nichts, so knapp vor dem Ziel lässt er sich nicht von solchen Kleinigkeiten aus dem Konzept bringen. Drek, er braucht bloß an den Zaster für die Behandlung vom E7 denken, und schon rotieren seine Beine noch einen Deut schneller, quetscht sein Körper das letzte Quäntchen Kraft aus den gepeinigten Muskeln. Über Stock und Stein geht die wilde Jagd den Berghang hinunter, quer durch dornige Büsche und meterhohe Schneewehen, ohne Rücksicht auf Verluste. Keiner der beiden Kontrahenten gibt auf, so kläglich ihre jeweilige Lebenssituation auch sein mag, beide hängen sie halt doch an ihrem Dasein.

Plötzlich bleiben die Bäume zurück. Wie die Irren schießen sie aus dem Wald heraus, auf einen Bahndamm zu. Durch das dichte Schneetreiben hindurch kann der Gonzo drei schwache Lichter ausmachen, die langsam näher kommen, dann hört man auch schon die kräftige Signalpfeife eines Zugs tuten. Was zum Kuckuck ...? Irritiert bleibt er stehen. Einen kurzen Augenblick ist der Gonzo abgelenkt, und kaum, dass er sich wieder auf den Kurier konzentriert, muss er feststellen, dass sein Opfer verschwunden ist. Voller Panik rennt der Gonzo den Bahndamm entlang und versucht, eine Spur von dem Kurier zu erhaschen. Immer noch hupend rattert ein Güterzug an ihm vorbei. Mit lautem Tack-tack, tack-tack, tack-tack rumpeln die rostigen Waggons über die Gleise und versperren dem Gonzo die Sicht. Drek, wo geht der Kurier um, wo hat er sich verkrochen? Zufällig erhascht er aus den Augenwinkeln eine Bewegung. Da! Irgendetwas hat sich gerade auf dem Dach eines Güterwaggons bewegt! Der Gonzo fackelt nicht lang und rennt die Gleise entlang. Rasch greift er nach der verbeulten Metallleiter an der Seite des nächstbesten Zugwaggons. Jämmerlich keuchend klettert er an ihr hinauf und verflucht die Eiseskälte, die das durchgefrorene Metall in seinen bloßen Händen brennen lässt.

Ächzend zieht sich der Gonzo auf das Dach des Waggons und blickt sich um. Viel sieht er aber nicht, denn die dicken Schneeflocken, die ihm der Fahrtwind ins Gesicht peitscht, rauben ihm die Sicht. Vorne, die Bewegung, die er wahrgenommen hat, kam von weiter vorne! Also robbt er so schnell wie möglich vorwärts. Seine blau gefrorenen Finger brennen wie die Hölle, aber das macht nichts, das macht gar nichts, weiter, weiter, bis er das Ende des Waggondachs erreicht hat. Drek, und was jetzt? Voller Angst starrt er durch das Schneegestöber nach unten, in den Zwischenraum zwischen den beiden Waggons, wo er ganz unten noch schwach die Schwellen der Schienen vorbeiziehen sieht. Tack-tack, tack-tack, tack-tack tuckert es von unten herauf und schüttelt den Waggon kräftig durch. Unsicher klammert sich der Gonzo am Metall fest und glotzt rüber, über den Spalt, zum anderen Waggon. Dort muss er hin, wenn er den Kurier schnappen will, da nützt gar nichts, es sei denn, er zieht es vor, am E7 zu verrecken.

Der Gedanke an seine grausige Krankheit reißt den Gonzo aus der panischen Versteinerung. Voller Todesmut stemmt er sich hoch, kräftig gegen den Fahrtwind ankämpfend, und tritt ein Dutzend Schritte zurück. *Das muss als*

Anlauf genügen, denkt er sich, als er auch schon wie der Blitz über das wackelige Waggondach hinwegprescht. Krachend schlägt er am Dach des nächsten Waggons auf, rutscht aus, verliert das Gleichgewicht und stürzt seitlich in die Tiefe.

Irre, wie langsam plötzlich die Zeit vergeht! Im Schneckentempo sieht der Gonzo das Kiesbett des Bahndamms auf sich zurasen, sieht das rostige Metall des Waggons, an dem er entlangfällt, und glaubt sogar in weiter Ferne, durch den dichten Schneefall hindurch, das Schrappen eines Hubschraubers hören zu können.

Knapp bevor er mit seiner Fresse voran am Boden aufschlägt, wird er brutal zurückgerissen. Seine Panzerjacke, die sich an der Metallleiter seitlich des Waggons verfangen hat, hält ihn zurück. Er hört, wie das Metall hinter ihm anfängt zu knirschen und zu knacksen. Panisch rudert er mit den Armen herum, bis er etwas Solides zu fassen kriegt, und zieht sich hoch.

Mit letzter Kraft klettert er zurück auf das Dach des Waggons und lässt sich schwer auf das Metall fallen. Er kann seine Finger nicht mehr spüren, und sein Atem kommt nur noch stoßweise aus den brennenden Lungen. Drek, aber er muss weiter, weiter nach vorne, zum nächsten Waggon, und dann zum übernächsten, bis er irgendwann den Kurier erreicht hat.

Ihm fällt sein alter Glock Donnerhammer ein, den er immer noch bei sich trägt. Nein, sinnlos, die Waffe wird ihm hier nichts nützen, er ist kein Meisterschütze, in dichtem Schneetreiben auf einem wackeligen Zug ballert er besser nicht auf sein Opfer, schließlich braucht er den Schädelinhalt des Kuriers intakt, und allzu leicht geht so ein Schuss daneben! Nein, er wird den Kurier im Nahkampf überwältigen müssen. Keine besonders rosigen Aussichten.

Mühsam stemmt er sich hoch und krabbelt weiter. Diesmal wagt er es nicht mehr, zum nächsten Waggon rüberzuspringen. Diesmal stellt er sich schlauer an. Klettert hinunter auf die Puffer seines Waggons, balanciert ungeschickt auf dem glitschigen Metall und springt wenig elegant zur gegenüberliegenden Metallleiter hinüber. Zweimal wiederholt sich die halsbrecherische Prozedur, dann hat der Gonzo den Kurier erreicht.

Blinzelnd blickt er durch das Schneegestöber das Waggondach entlang und sieht ganz vorne eine Gestalt kauern. Kein Zweifel, es ist der Japaner aus dem Kipprotor-Flugtaxi.

So, dann machen wir uns mal ans Eingemachte, denkt sich der Gonzo, als er so schnell wie möglich auf seine Zielperson zukrabbelt.

Ein paar Meter, bevor er ihn erreicht hat, bemerkt ihn der Kurier und schießt mit ausgefahrenen Chromkrallen hoch. Der Gonzo duckt sich unter dem Hieb des Japaners durch, packt ihn mit aller Kraft bei der Leibesmitte und lässt sie beide krachend zu Boden gehen. Mit metallischem Klacken fahren die Chromkrallen des Kuriers wieder in die Hülsen in seinen Fingern ein, schließlich braucht der Kerl seine Hände nun frei, um sich einerseits am Waggondach festkrallen zu können und um sich andererseits gegen den Gonzo zu wehren. Keuchend ringen die beiden miteinander, jeder versucht den anderen auf das Dach des Waggons zu pressen. Ein Tritt mit dem Knie in den Bauch raubt dem Gonzo den Atem, dann kracht eine Faust in sein Gesicht, aber er lässt nicht los, klammert sich an seinen Kontrahenten und holt seinerseits zum Gegenschlag aus. So weit wie möglich biegt er den Hals zurück, nimmt kräftig Schwung und lässt den Kopf ins Gesicht des Japaners krachen, dass die Knochen nur so knacksen. Blut spitzt aus der Nase des Kuriers, etwas Flaches, Eckiges in knalligem Rot, das wohl unter seinen Haaren gesteckt hat, fliegt in hohem Bogen davon – ein Chip? –, aber so ganz am Ende ist der Kerl noch nicht. Noch einmal kriegt der Gonzo eine betoniert, mitten ins Gesicht. Eine Augenbraue platzt auf, ein dichter Schwall Blut rinnt über eins seiner Augen. Noch ein Treffer mit der Faust, und der Gonzo muss mit schmerz-verzerrtem Gesicht feststellen, dass ihm soeben das Auge unter der blutigen Wunde zugeschlossen worden ist. Eisige Wut steigt in ihm auf, ein tödlicher Zorn, auf den verschissenen Kurier, der sich mit Händen und Füßen wehrt, auf das verschissene E7 und auf das verschissene Geld, das er so dringend braucht!

Die Wut und die Verzweiflung legen die letzten Kraftre-serven seines zerschundenen Körpers frei und werfen sie ins Gefecht. Der japanische Datenkurier hat dem nichts mehr entgegenzusetzen. Mit wirbelnden Fäusten schlägt ihn der Gonzo zu Brei. Das Gesicht zerschlagen, die Augen zugeschlossen und mindestens zwei Zähne weniger im Mund – so verdreht der Kurier die Augen, kippt seitlich weg und baut einen Bobby. Dummerweise ist der Gonzo nicht schnell genug, um den leblosen Körper aufzufangen, der vom Zugdach hinunter in die Schneehäufen längs der Gleise fällt.

»G'schissener Scheißdrek!!!«, brüllt der Gonzo außer sich vor Zorn, als er ohne groß nachzudenken hinterherhüpft.

Kapitel 20

Am Semmering, 8. Feber 2063

Ziemlich genau zwohundert Meter Luftlinie vom Schlachtfeld entfernt lässt der Topolino seinen Plutocrat in zwohundertfünfzig Fuß Höhe über dem Bergrücken schweben und verfolgt die ganze Action mit allem, was seine Sensoren hergeben. Belustigt lehnt er sich in seinen Sitz zurück, verschränkt die Hände hinter dem Pilotenhelm und zieht sich das Schauspiel rein, genüsslich den Bersaglieri-Marsch pfeifend. Gleichzeitig lässt er seinen Vogel die ganze Zeit über in aller Deutlichkeit die Kennung eines Konzernhubschraubers der M&R Keramik GmbH senden. Ist ein ziemlich mächtiger Konzern hier in der Gegend, quasi der Hecht im provinziellen Karpfenteich, es wird also niemandem verdächtig vorkommen, dass ein eher schwer bewaffneter Heli dieser Fraktion angeflogen gekommen ist, um nach dem Rechten zu schauen.

Im Minutentakt kommen neue Vögel rein. Den ersten Platz hat interessanterweise die Konzernsicherheit von Shiawase errungen, allerdings war das ein Pyrrhussieg, weil deren Hubschrauber ist aus irgendwelchen Gründen bei der Landung gecrasht und brennt grad vollständig aus. Grinsend verfolgt der Topolino die Funksprüche der frappierten Konzerngardisten, die völlig geschockt aus dem Wrack gekrochen gekommen und nun aus allen Rohren um sich holzen. Dann kommen mit dem traditionellen Karacho die Rettungskräfte von MonoMed dahergechoppert, wahrscheinlich die beiden Fast Response Teams aus

Wiener Neustadt und Mürzzuschlag, und kämpfen sich die Landezone frei. Eine überschwer bewaffnete Abordnung von Knight Errant taucht auf und lässt mächtig die Sau raus, etwas später kommt ein Team von Executive Solutions angeschwirrt und fängt gleich ohne Umschweife an, den Werbeslogan dieser Firma in die Tat umzusetzen: Wenn du ein Problem mit Gewalt nicht lösen kannst, dann löse es eben mit *mehr* Gewalt!

Das konfuse Durcheinander abgehackter Befehle, hastiger Meldungen und gellender Schmerzenschreie, das quer über alle Frequenzen durch den Äther flimmert, treibt dem Topolino vor lauter Lachen die Tränen in die Augen.

Weitere Rettungshubschrauber von MonoMed tauchen auf, kommen aber nicht ganz heran, sondern suchen sich etwas abseits einen Platz, wo sie ihre ParaMedics ausspucken können. Ebenfalls etwas abseits, aber auf der gegenüberliegenden Seite der Lichtung, schießt plötzlich eine gewaltige Stichflamme in den Himmel, der grelle Lichtblitz einer gewaltigen Explosion, die wie der leibhaftige Gottseibeiuns durch den Wald fetzt und die Stämme ausgewachsener Fichten zu Hackschnitzel verarbeitet.

Santa Maria, steh uns bei, der Topolino befürchtet das Schlimmste, glaubt, dass die Situation nun eskalieren wird. Aber Gott sei Dank scheinen sich die ganzen Freaks dort drunten noch immer mit Betäubungsmunition zu begnügen, sonst wär hier nämlich bald Schluss mit lustig, und der Topolino müsste eventuell seinen luftigen Aussichtspunkt verlassen und den Kopf einziehen.

Letztendlich taucht auch die Konzernsicherheit von Y-Link am Ort des Geschehens auf. Zwei altersschwache Großraumhubschrauber amerikanischer Bauart spucken ganze Horden blaubemützter Konzernschläger aus, die sich gleich in heldenhafter Manier ins Getümmel werfen. Allzu oft kommen sie wohl nicht in den Genuss von Operationen dieser Größenordnung, da muss man ihren Enthusiasmus schon verstehen.

Der Topolino zieht seinen Vogel hoch und dreht ab, um einem startenden Rettungshubschrauber von MonoMed nicht im Weg umzugehen. Sogar im anarchischen Chaos der Sechsten Welt gebührt der Rettung immer noch Vorrang. Schließlich will man ja selbst auch so schnell wie möglich ausgeflogen werden, wenn's mal nötig sein sollte. Der Rigger der ParaMedics bedankt sich denn auch artig bei seinem vermeintlichen Kollegen von M&R: »Thanx, Hawara, und chopp on!«

»Chopp on, Ragazzo, und denk an mich, wenn mir einmal das Feuer unterm Arsch brennen sollte!«

»Roger und totaler Schlagobers, solang du schön brav deine Vertragsgebühren zahlst!« Das Geknister von statischem Rauschen begleitet das hämische Gelächter des MonoMed-Piloten.

»Haha, sehr lustig, du Florence Nightingale des Turbokapitalismus, du!« Kaum dass der Topolino seine Aufmerksamkeit wieder auf die Lichtung unter ihm gerichtet hat, muss er erstaunt zu Kenntnis nehmen, dass es den Gardisten von Y-Link dank einer Kombination aus zahlenmäßiger Überlegenheit und schierer Freude am Automatikfeuer in der Zwischenzeit tatsächlich gelungen ist, sich den Weg zum Kipprotor freizukämpfen. Ei freilich, ihre Reihen lichten sich in mörderischem Tempo, den taktischen Finessen der professionellen Einheiten richtiger Konzernarmeen sind sie einfach nicht gewachsen. Trotzdem schaffen sie es wie durch ein Wunder, eine etwas mollige Frau und einen kleinen, aber ziemlich pummeligen Jungen aus dem Lufttaxi zu evakuieren und sie sicher und wohlbehalten zurück in einen ihrer beiden altertümlichen Riesenvögel zu geleitet. Ansonsten kümmern sie sich um keinen der Passagiere des Kipprotors.

Bingo! Offenbar hat sich dem Topolino grad offenbart, wer von der ganzen Bande der richtige Kurier aus Damaskus ist. Zeit, die Karo Ass und die Peperoni aufzuklauben und zu verduften. Es wird nicht mehr lang dauern, bis die

Ordnungskräfte vom BKA und vom Konzernrat hier auftauchen werden, um nach dem Rechten zu sehen und unangenehme Fragen zu stellen. Zeitgleich wird außerdem die Presse auftauchen, da kannst du Gift darauf nehmen. Und danach werden die Anwälte hier auftauchen, die Herrn Rechtsgelehrten, die sich auf saftige Schadenersatzklagen spezialisiert haben. Und dann wird's hier wirklich brutal.

Über Funkpeilung ist es kein Problem für den Topolino, den augenblicklichen Standort der Peperoni und der Karo Ass rauszukriegen. Praktischerweise halten sie sich genau dort auf, wo zuvor die wahnsinnige Explosion den Wald wegradiert hat. Eine ideale Landezone für den Rigger, besser geht's nicht.

Vorsichtig lässt der Topolino sein Fluggerät nach unten sinken, setzt aber nicht ganz auf, aus Angst, irgendwelche der Baumstämme zu touchieren, die hier zersplittert herumliegen und ineinander verkeilt wie scharfkantige Speere nach allen Richtungen davonstehen. Seine beiden Passagiere müssen selbst schauen, wie sie in die geöffnete Luke hineinklettern. Für die Peperoni kein Problem, behände wie ein Affe kraxelt sie in den schwebenden Hubschrauber. Die Karo Ass tut sich etwas schwerer. Anhand der Bilder, die ihm die Phalanx an optischen Sensoren des Hubschraubers liefert, ist dem Topolino schon aufgefallen, dass die Schattenläuferin leicht zu humpeln scheint, als sie mit eingezogenem Kopf zum Hubschrauber herangehastet kommt. Schwer zieht sie sich zur Luke hoch, offensichtlich darauf bedacht, ihren linken Fuß nicht allzu stark zu belasten. Sie kommt umgehend zum Topolino nach vorne ins Cockpit gehumpelt und lässt sich einfach in den Sessel des Copiloten plumpsen. Schaut ziemlich ramponiert aus, ganz so, als ob sie einiges einstecken hätte müssen. Über und über ist sie mit Schlamm, Holzsplittern und Matsch verdreckt, was den Topolino maßlos ärgert, weil wer glaubst, darf hinterher den Sessel wieder sauber putzen? Aber ein Blick in das eiskalte Gesicht der Schattenläuferin, und der Rigger verkneift sich jede Bemerkung. Offensichtlich ist sie nicht gut drauf, die gute Frau, ist wohl nicht alles genau nach Plan verlaufen.

»Alles in Ordnung mit dir?«

»Ja, ja, alles in Ordnung, mir fehlt nichts. Wir machen wie geplant weiter. Also, gib Stoff, Topolino!«

Der klein gewachsene Pilot wirft der jungen Frau noch einen skeptischen Blick zu, ehe er seine Aufmerksamkeit wieder voll und ganz dem Input seiner Riggerkontrollen widmet. Elegant dreht der Plutocrat ab und nimmt in einigem Abstand die Verfolgung der beiden Großraumhubschrauber von Y-Link Datacom auf, die mit eher bescheidenem Tempo in Richtung Süden davongondeln.

»Bleib zurück, lass sie bloß mit dem Radar in Ruhe, nimm stattdessen nur passive Sensoren, und halt dich ganz tief drunten, sie dürfen unter keinen Umständen auf uns aufmerksam werden!«

Der Topolino schnaubt gereizt durch die Nase. »Du, ich bin bereits eine Weile im Geschäft, schon vergessen? Ich mach so was nicht zum ersten Mal.« Trotz der blechernen Wiedergabequalität der Innenlautsprecher des Plutocrat kann die Peperoni, die sich hinten in einem Sitz der Passagierkabine festgeschnallt hat, ganz deutlich den eingeschnappten Unterton in der Stimme des Riggers heraushören.

»'tschuldigkeit.« Die Karo Ass nimmt den Gefühlsausbruch ihres Piloten zur Kenntnis. »Okay, dann auf nach Graz!«

Danach ist erst mal Sendepause, die Karo Ass und der Topolino bringen sich gegenseitig auf den letzten Stand der Dinge. Die Peperoni lehnt sich zurück in ihren Sitz, hört ihren beiden Hawara mit halbem Ohr zu und versucht, in Gedanken noch einmal den Plan durchzugehen, den sie zusammen in der Bude des Türken ausgeheckt haben. Aber schon nach kurzer Zeit gibt sie das Sinnieren wieder auf, allzu sehr wird sie durchgeschüttelt und in ihrem Sitz hin und her geworfen, als der Topolino den Anweisungen der Karo Ass Folge leistet und so nieder wie möglich dahinflitzt, immer schön den Konturen der Bergwelt der Oststeiermark folgend. Und die Berge dort sind vielleicht nicht so hoch wie etwa die in Tirol, aber ganz schön steil, fallen jäh ab und steigen ebenso jäh wieder auf. Nicht umsonst heißt diese Gegend hier »Bucklige Welt«. Die Berg-und-Talbahn im Würstelprater ist ein Drek gegen diesen Himmelsritt, frage nicht.

Hinterher kann die Peperoni nicht mehr sagen, wie lang sie auf diese Weise durch die Luft geschaukelt sind. Plötzlich springen wieder die blechern hallenden Lautsprecher an und erwachen knisternd zum Leben.

»Nähern uns dem Heliport Graz-Nord. Beide Zielobjekte steuern direkt darauf zu. Macht euch bereit, bald geht unser kleiner Besuch bei Y-Link los. Zielobjekte werden langsamer, drekige merda, die beiden Chopper gehen in Schwebeflug über!«

»Haben sie den Heliport schon erreicht?«, will die Karo Ass wissen.

»Nein, noch nicht ganz. Attentione, sie beschleunigen wieder. Hollawind, jetzt geben sie aber mächtig Stoff, wusste gar nicht, dass die altersschwachen Turbinen noch so viel hergeben!«

»Was soll das heißen?«

»Sie drehen ab. Von wegen Graz-Nord!« Die Stimme vom Topolino klingt ziemlich schrill, überschlägt sich beinahe, »Y-Links Riesenvögel haben grad ihren Kurs geändert. Drehen geradewegs nach Westen ab!«

Kapitel 21

Wien, 18. März 2033

»So, Herr Schiefer, jetzt ist es an der Zeit, darüber zu reden, wie wir ans SatCom vom Herrn Ministerialrat Holubek kommen. Ich hätte mir gedacht, dass Sie den Herrn Holubek ablenken, ihn dazu bringen, das SatCom abzulegen und ihn beschäftigen, solang ich brauch, um mir das Ding zu krallen, mich in die Datenbunker der Zentrale einzuloggen und dort eine kleine Schmöker-Tour abzuziehen.«

»Und wie soll ich den Holubek ablenken?«

»Ja, also wissen's«, druckst der Novotny herum, »der gute Mann hat nämlich so eine Vorliebe für junge, braun gebrannte, muskulöse Latinos, und ich hab mir gedacht, wenn Sie einen Maskenzauber auf sich ...«

»WIE BITTE???«

»Na ja, ich hab mir gedacht ...«

»Falsch gedacht, mein Lieber, so schaut's aus, weil ich werd mich ganz sicher nicht als braun gebrannter Schokoboy tarnen und meinen Popo einsetzen, damit Sie ein bisserl mit einem fremden Computer spielen können!«

»Aber ...«, versucht es der Novotny erneut, wird aber gleich wieder vom Schiefer unterbrochen.

»Nix aber! Sie können sich Ihren schönen Plan dorthin stecken, wo die Sonne niemals scheint!«

»Okay, Herr Schiefer, okay. Aber dann müssen's mir jetzt schon verzählen, wie Sie die Sache angehen würden.«

»Na ja, ich könnte ja *Sie* mit dem Maskenzauber bedenken, dann könnten *Sie* sich mit dem Herrn Holubek vergnügen, während ich in unseren Datenbanken herumschnüffle. Na, wie hört sich das an?«

»Guter Plan, wenn man einmal von der Kleinigkeit absieht, dass ich mich viel besser in diesen Datenbanken auskenne als Sie.«

Das ist leider wahr, und dem Schiefer fällt auf die Schnelle auch keine Alternative zu dem Plan ein. Die beiden hackeln eine Zeit lang in dieser Form weiter, schließlich muss der Schiefer aber doch zugeben, dass es klüger ist, wenn sich der Novotny um den Datenklau kümmert.

»Also gut, ich bin dabei. Aber das eine sag ich Ihnen gleich: Gewisse Dinge mach ich nicht, und wenn Sie irgendwann einmal irgendwem auch nur irgendein Sterbenswörtchen von der ganzen miserablen Affäre verzählen, dann grill ich Sie mit einem Feuerball, und wenn's das Letzte ist, was ich tue!«

Den Herrn Ministerialrat Lukas Holubek aufzuspüren ist keine schwierige Sache, darum hat sich der Novotny bereits gekümmert. Eine seiner vielen Connections hat ihm gesteckt, dass ihre Zielperson in einem gewissen Restaurant zu einer gewissen Uhrzeit einen Tisch bestellt hat. Kein Problem für den Schiefer, sich als sonnengebräunter Rico Esteban dazuzugesellen, weiß eh, einmal kurz angerempelt beim Vorbeigehen, dann eine Flut von Entschuldigungen mit möglichst spanischem Akzent und ein bisserl Smalltalk, bis man eingeladen wird, am Tisch Platz zu nehmen. Dann geht es ruck-zuck, du meine Güte, ein paar tiefe Blicke, ein bisserl Betatschen, ein paar Kusshändchen, und schon dauert es nicht mehr lang und die beiden machen sich auf zur Wohnung, die der Holubek für die Dauer seines momentanen Auftrags grad bewohnt. Kaum sind sie allein, legt der Kajetan Schiefer seine Eroberung für diese Nacht auch schon flach – und zwar mit einem Betäubungszauber. Eine knappe Minute später öffnet er dem Novotny die Wohnungstür und lässt den Agenten herein.

»Hmmm, also sein Geburtstag ist's nicht«, grübelt der Novotny über dem SatCom vom Holubek, der immer noch bewusstlos am Boden liegt und leise vor sich hin schnarcht.

»Und auch nicht der Name eines seiner Haustiere aus der Kindheit oder der Vorname seiner Mutter«, ruft der Schiefer seinem Kollegen in Erinnerung. »Vielleicht sollten wir langsam anfangen mit dem guten, alten AAAA, AAAB, AAAC ...«

»Herr Schiefer, so tief sind wir noch nicht gesunken. Vielleicht denken wir auch bloß zu kompliziert. Vielleicht sollten wir dem guten Herrn Holubek nicht zu viel Kreativität zutrauen.«

Und tatsächlich, der Schiefer kann sich kaum noch halten vor lauter Lachen, weil das Passwort vom Herrn Holubek ist PASSWORT.

»Schauen Sie, Herr Schiefer, da haben wir's schon. Der Einsatz vom CSX bei Villach. ›Operation Fegefeuer‹, na wie einfallsreich. Wer sich solche Namen ausdenkt, gehört eigentlich geschlagen. Kann man sich da nicht was Neutraleres ausdenken? Oh, kein Wunder, ich seh grad, dass da glatt unser Herr Holubek an der Planung mitbeteiligt war!«

Völlig ungeniert toben sich die beiden Agenten in den unendlichen Weiten der Datenspeicher ihres Geheimdienstes aus. Ein Querverweis führt zum nächsten, wenn sie zwischendurch auch immer wieder kleine Entdeckungen machen, die nichts mit dem CX zu tun haben.

»Da schau her«, meint der Novotny beispielsweise und deutet auf eine Liste von Rechnungsbelegen, die allesamt mit der Kreditkarte von Frau Slamik, der Parteivorsitzenden der Grünen, bezahlt worden sind. »Die Frau Slamik steht auf Latexwäsche im Kammerzofenlook, wer hätte das gedacht! Sapperlot, und diese Filmchen, die sie sich da gekauft hat, ja aber hallo, jugendfrei ist das nicht!«

Schließlich landen sie bei einem gewissen Projekt ›Montezuma‹, bei dem – wen wundert's ob dieses Namens –, ebenfalls der Herr Holubek an der Planung beteiligt gewesen ist. Projekt Montezuma, die Entwicklung und Herstellung des CSX.

Aber an dieser Stelle ist erst einmal Schluss, offenbar hat der Herr Holubek doch nicht mehr mit dem Projekt Montezuma zu tun gehabt, als bei der Namenswahl behilflich zu sein. Jedenfalls sind auch für ihn alle weiteren Querverweise zu diesem Projekt gesperrt, wird auch ihm der Zutritt zu allen tiefer gehenden Daten verweigert.

»Okay, Herr Schiefer, das macht nichts. Ich hab schon eine Idee, wie wir diesbezüglich weiter vorgehen werden. Wie lang hält eigentlich so ein Betäubungszauber vor?«

Projekt Montezuma, das ist das Stichwort, wenn der Herr Holubek an der Namensfindung beteiligt gewesen ist, sagt das eigentlich eh schon alles. Mit dem erbeuteten SatCom stürzen sich die beiden Agenten auf die Daten des Flughafens Wien Schwechat, bringen den kleinen Computer förmlich zum Glühen, als sie alle Reisenden des letzten halben Jahres rausfiltern, die aus Aztlan gekommen sind, und diese Liste wieder und wieder nach den kleinen Ungereimtheiten absuchen, die so typisch sind für Geheimdienstaktivitäten. Weißt eh, schauen ob justament grad dann eine Überwachungskamera ausgefallen ist, wenn ein Azteke daran vorbeigelatscht ist und solche Sachen. Schauen, ob bei der Ankunft eines Azteken nicht zufällig ein bekanntes Gesicht vom Heeresnachrichtendienst in einer Kamera auftaucht, das als Empfangskomitee am Flughafen eingeteilt war, und so fort.

Es dauert keine Stunde, und dann haben sie ihn. Sein Name ist Juan Sanchez – na, aber sicher doch, wie halt in der Sechsten Welt ein jeder zwielichtige Azteke Juan Sanchez heißt, schließlich laufen in Österreich neuerdings auch jede Menge zwielichtiger Doktor Nowaks herum.

Der Novotny stöbert noch ein bisserl weiter in den Archiven der Überwachungskameras des Flughafens herum.

»Verschissener Scheißdrek!«, entfährt es ihm plötzlich, als er das Gesicht eines der beiden Agenten erkennt, die zusammen mit dem Juan Sanchez das Flughafengebäude verlassen und in einen eleganten Toyota mit getönten Scheiben einsteigen.

»Was ist los?«, will der Schiefer wissen.

»Der Linke der beiden Agenten, das ist der Gruber.«

»Schön für ihn. Und was heißt das für uns?«

»Nix Gutes. Der Gruber, müssen's wissen, der ist ein ziemliches Kaliber. Ein gerissener Hund, wie Sie selten einen gesehen haben. Der ist, äh, nun ja, fast so gut wie ich.«

Der Schiefer ist nun schon lang genug mit dem Novotny zusammen, um mitzukriegen, dass dieses *fast so gut* eher kläglich geklungen hat, offenbar hat der gute Novotny vor diesem Gruber doch gehörig Respekt, frage nicht.

»Wenn der Gruber die Security von Projekt Montezuma über hat, dann werden wir uns blutig hart tun, mehr darüber herauszufinden, kein Drek!«

Kapitel 22

Am Fuß des Semmerings, steirische Seite, 8. Feber 2063

Drek, denkt der Gonzo verzweifelt, kaum dass er sich aus dem Schneehaufen gewühlt hat, der seinen Fall gebremst hat. Und wie geht's jetzt weiter? Da steht er nun, mitten in der Pampa, neben ihm der bewusstlose Datenkurier, rings um ihn herum dichtes Schneetreiben und absolut keine Chance, von hier wegzukommen. Der erste dieser verfluchten Helikopter, die so urplötzlich wie aus dem Nichts heraus über sie hereingebrochen sind, hat das Fluchtauto seines Teams zerstört. Seine Hawara sind tot, so weit er das mitgekriegt hat, und er steht jetzt allein da mit dem Kurier und seinem E7. Echt super!

Da fällt ihm der Doktor Nowak ein, der kleine, fette Sack mit dem TULPI-1-Porsche. Der soll ihn aus diesem Schlamassel herausholen und nach Graz bringen, wo der Sauger wartet, den Onkel Tom für sie organisiert hat. Ja, das ist eine gute Idee! Erleichtert atmet der Gonzo auf und zieht sein Handy aus der Hosentasche. Seine Erleichterung verfliegt aber ganz abrupt, als er schnallt, dass er den Doktor Nowak gar nicht anrufen kann, weil er nicht daran gedacht hat, sich vom Rest des Teams die Nummer ihres Auftraggebers geben zu lassen! Drek, was ist er doch für ein verblödeter Volltrottel! Wimmernd kauert er sich im Windschatten eines Baums zusammen, verflucht Gott und die Welt und ganz besonders ihren Doktor Nowak, diesen beschissenen Herrn Tulpenstingl, dieses blöde Arschl... – *Tulpenstingl*!!!

Wie Schuppen fällt es dem Gonzo von den Augen! Tulpenstingel, Mag. Heinz Tulpenstingl, das ist die Lösung! Sie haben ja herausgefunden, wie ihr Herr Nowak heißt, und dass er in der Nähe von Kapfenberg wohnt. Wie viele Wappler dieses Namens kann's denn dort geben? Hastig tippt er mit seinen steif gefrorenen Fingern auf seinem Handy herum und lässt sich von der Auskunft mit dem Herrn Heinz Tulpenstingl verbinden.

Der erschrickt im ersten Moment ganz schön, als er den Anrufer im VidScreen seines Telekoms erkennt.

»Was? Wie ...? Wieso rufen Sie mich unter meiner Privatnummer an? Was soll das? Sind Sie komplett übergeschnappt, oder was? Hab Ihnen doch extra die Nummer eines anonymen Wertkartenhandys gegeben, um mit mir Kontakt aufzunehmen!«

In kurzen Worten erklärt der Gonzo seinem Auftraggeber die blöde Situation, in der er – und mit ihm auch der Doktor Nowak – steckt. Außerdem gibt er seinem Auftraggeber die GPS-Koordinaten durch, die ihm sein Multifunktionshandy anzeigt. Jetzt zahlt es sich aus, dass der Gonzo nicht eins dieser billigen Wegwerfdinger genommen hat, wie sie dir die Telekomanbieter zum Vertragsabschluss in die Hände drücken. Jetzt ist er echt froh darum, dass er sich seinerzeit dieses irre protzige Quasselfon mit allen möglichen und unmöglichen Spielereien geleistet hat, ja was glaubst du!

»Ich komm so schnell wie möglich zu Ihnen!«, bellt der Tulpenstingl ins Telekom, und schon ist der Schirm wieder dunkel.

Knapp eine Stunde später taucht der Kerl mit seinem Porsche beim Gonzo auf. Der Schneefall hat mittlerweile deutlich nachgelassen, dafür ist es aber auch etwas kälter geworden.

»'tschuldigkeit, dass es so lang gedauert hat, aber mit dem Porsche diese Waldwege entlangzufahren ist echt nicht einfach! Zweimal hab ich aussteigen und ganze Berge von Schnee wegschaufeln müssen.« Der Tulpenstingl deutet auf die Schneeketten, die er auf die Reifen seines Autos montiert hat. »Ist das der Kurier?«, fragt er dann und deutet auf den Hayabusa, den der Gonzo mit seinem eigenen Gürtel und seinen Schnürsenkeln gefesselt hat.

Der Gonzo nickt bloß und zerrt den Kurier, der mittlerweile wieder bei Bewusstsein ist, auf die Beine. »Los, einsteigen!«, pafft er seinen Gefangenen an und drückt ihm den Lauf seiner Glock in den Rücken.

Da sieht der Gonzo einmal, was für ein blödsinniges Stück Automobil so ein Porsche ist. Zwar hat die Karre zwei Schalensitze mit allen Extras, hat jeden Schnickschnack, den du überhaupt nicht brauchst, aber so etwas wie eine ernst zu nehmende Rückbank ist schon zu viel verlangt, von einem Kofferraum, der diesen Namen auch verdient, ganz zu schweigen. Mühsam quetscht sich der durchgefrorene Schattenläufer mit vielen Verrenkungen hinter die beiden Vordersitze in die winzige kunstlederbezogene Nische, die bei diesem Auto als Rückbank verkauft wird, und versucht dabei unablässig, mit seiner Waffe auf den Datenkurier zu zielen, der vor ihm Platz nehmen muss. Der Gonzo drückt ihm die Mündung der Glock gegen den Hinterkopf, um auf Nummer sicher zu gehen und erst gar keine Fluchtgedanken aufkommen zu lassen. Und der Hayabusa scheint sich an die Devise zu halten, dass er vielleicht ungeschoren aus der Sache aussteigt, wenn er sich halbwegs kooperativ zeigt und den Typen mit der Glock nicht gegen sich aufbringt.

»Wohin fahren wir?«, will der Tulpenstingl wissen.

»Graz. Zu Onkel Tom, dem Schieber. Der hat einen Sauger für uns parat.«

»Hä? Einen was?«

Völlig konfus vor lauter Nervosität wendet der Doktor Nowak seinen Porsche auf der engen Waldstraße, wobei er sie beinahe in den Abgrund manövriert hätte.

»Einen elektronischen Dosenöffner für die Birn' von unserm Hawara aus Nipponland hier«, meint der Gonzo und stößt dem Hayabusa den Lauf der Glock gegen den Hinterkopf.

Im Schritttempo quälen sie sich den Berghang hinunter, in Richtung Mürzzuschlag, wo sie auf die Autobahn nach Bruck auffahren können. Von dort dann auf der Gastarbeiterstrecke hinunter nach Graz, und schon ...

Tja, wenn das mal so einfach wäre! Genau dort, wo der Waldweg in die nächste asphaltierte Landesstraße mündet, parkt ein fetter Ares Citymaster quer über die Fahrbahn und versperrt ihnen den Weg. BÜRGERWEHR BRUCK / MUR steht in knallblauen Lettern an den gepanzerten Flanken des riesigen Wagens, der Waffenturm des Aufruhrbekämpfungsfahrzeugs zielt genau auf die Windschutzscheibe von Tulpenstingls Porsche.

»Verschissener Drek!«, kreischt der Doktor Nowak in schierer Panik auf. »Die FNF! Sie haben alles rausgefunden, sie haben echt alles rausgefunden! Neeeeiiiinnnn!«

Keine Zeit mehr zu wenden und auf diesem Wege abzuhauen, weil hinter ihnen bricht eine Bodendrohne aus dem Gebüsch und versperrt ihnen den Rückweg. So eine Art Miniaturpanzer auf Kunststoffketten, mit einem kleinen, aber tödlich aussehenden Waffenturm. Und zu Fuß abhauen spielt sich auch nicht, besonders für den Gonzo nicht, weil bis sich der von der engen Rückbank des Porsches ins Freie gearbeitet hat, haben ihn die Wappler von der Bürgerwehr dreimal zum Sieb verarbeitet!

Ein Trupp muskelbewährter Vigilantenschläger quillt aus dem Mannschaftsabteil des Citymasters, am Kopf ein knallblaues Baseball-Kapperl, eine Flakweste über angeberischem NeoPov im Flecktarnmuster, schwere Kampfstiefel an den Füßen. In den Händen halten sie protzig aussehende Maschinenpistolen mit jeder Menge silbernem Chrom und schwarz glänzendem Makroplast. In der Düsternis, die unter dem dichten Geäst des Waldes herrscht, sieht man deutlich die fadendünnen Lichtfinger der Laserzieler durch die Luft zucken. Die Scheiben des Porsches zersplittern in Myriaden kleine Kristalle, grobe Hände zerren die Insassen des Wagens ins Freie. Der Doktor Nowak und der Gonzo werden mit Handschellen gefesselt, einem raschen Waffencheck unterzogen und in die Kabine des Citymasters gezerrt. Der Hayabusa allerdings wird, gefesselt wie er ist, an Händen und Füßen gepackt und mit viel Schwung in den verschneiten Winterwald geworfen.

»Adios, du Schlitzaug', du!«, grölen ihm die Schläger von der Bürgerwehr lachend hinterher.

»Neeiiinnnn!«, jammert der Tulpenstingl. »Die Daten! Meine Daten! Meine kostbaren Daten!«

Ein Hieb mit den Kolben einer Maschinenpistole bringt ihn zum Schweigen.

Kapitel 23

Am Nachthimmel nordöstlich von Graz, 8. Feber 2063

»*Nach Westen???*« Wie von der Tarantel gestochen fährt die Karo Ass hoch, beugt sich zum Topolino rüber und packt ihm am Krawattel. »Was soll das? Wohin im Westen? Wohin genau, Topolino? Sag schon!«

Hastig lässt sich der Rigger die elektronische Karte des Navigationssystems in sein Blickfeld spielen. Dann aktiviert er das Radar seines Hubschraubers wieder, er braucht eindeutig mehr Durchblick. Selbst wenn die beiden Vögel mit Radarwarnanlagen ausgestattet sein sollten, solang er sie nicht allzu energisch ins Visier nimmt, wird es den beiden Piloten von Y-Link schon nicht auffallen, dass sie grad angepeilt werden. Hier in der Nähe der Großstadt, mit all ihren wirren Funksignalen, Fernsteuerungen, Peilsendern und Radarwellen, diesem Hintergrundrauschen im Äther, kommt so etwas ständig vor, sie werden keinen Verdacht schöpfen.

»Sie trennen sich. Der eine fliegt weiter nach Westen, und der andere ...«

Bedeutungsschwer lässt der Topolino den Satz offen.

Der Karo Ass ist das allerdings zu wenig, sie will's genauer wissen: »Und der andere? Was macht der?«

»Der dreht um, fliegt wieder zurück, in Richtung Nordost, zurück zum Semmering, wie es scheint.«

»Kann es sein, dass sie dich geortet haben? Greift er uns an, oder was?« Mit zusammengekniffenen Augen lässt die Karo Ass ihren Blick über den Nachthimmel von Graz schweifen, geblendet vom grellen Licht der zuckenden Lasershows, der ganzen Holo-Projektionen und dem gleißenden Neon kann sie nicht eine Spur des Helikopters ausmachen.

»Nein, keine Sorge, die Wappler haben bestimmt keine Ahnung, dass wir ihnen auf die Pelle rücken, das kannst mir glauben, ragazza. Der fliegt halt einfach zurück zum Semmering. Vielleicht hat er dort was vergessen. Der andere choppert schon fleißig in Richtung Kärnten.«

»Und was machen wir jetzt?«

Unschlüssig schauen sich die beiden an. Keine einfache Frage, denn was soll das Verhalten der Konzernleute bedeuten? Mit erwartungsvollem Blick schaut der Topolino zur Karo Ass rüber, doch auch die abgebrühte Schattenläuferin ist mit ihrem Latein am Ende. Eigentlich sollten die beiden Hubschrauber schnurstracks nach Graz fliegen, zum öffentlichen Heliport im Norden der Stadt, wo der Kurier von einer Schwadron gedungener Brutalos abgeholt und zur Kugel, dem Konzerngebäude von Y-Link eskortiert werden sollte. Und dann, wenn alles vorbei ist, wenn die kostbare Fracht in Sicherheit ist und Y-Links Wachmannschaft aufatmet und sich erleichtert zurücklehnt, vielleicht schon die ersten Hülsen Bier aufknackt, genau dann würde die Karo Ass samt Konsorten in Y-Links heiligen Hallen auftauchen und ...

O ja, ihren schönen, liebevoll ausgetüftelten, absolut narrensicheren Plan können sie jetzt wohl getrost beim Klo runterspülen! Aber sie will die Effektiven, verschissener Drek, sie will die Verstand sprengende Summe an verschissenen Effektiven, die dieser Megahit versprochen hat!

Zeit für die Peperoni, einzugreifen. Sie lehnt sich zurück in ihren Sitz, schließt die Augen und versetzt sich in Trance. Kaum dass der Astralraum sie umfängt, löst sie ihre irisierend schimmernde Astralgestalt aus ihrem reglosen Körper und schießt schwerelos davon, geradewegs durch die Wand des Plutocrat hindurch, hinaus in die Nacht.

Nicht allzu weit entfernt kann sie unter sich die Gebäude der Stadt erkennen, dunkle Schatten, die das Leuchten von Mutter Erde verhüllen. Dazwischen die hell flackernden Auren von Lebewesen. Aber sie hat keine Zeit für diese Nebensächlichkeiten, schnell wie der Blitz zischt sie über den Himmel, überwindet in Gedankenschnelle die Distanz zum ersten der beiden Hubschrauber und dringt in dessen Rumpf ein. Ein gutes Dutzend Auren von Menschen, durchwegs männlich und ein wenig vercybert, die allesamt ziemlich aufgeregt und angespannt wirken. Die Peperoni nimmt ihr nervöses Geflüster wahr. Einige scheinen etwas mitgenommen zu sein, ohne Probleme kann die Peperoni eine Reihe leichter Wunden erkennen. Ansonsten zucken ihre Lebensströme wild herum, ihre leuchtenden Farben pulsieren in einem nervösen, abgehackten Rhythmus. Eine mollige Frau und ein fetter Junge, hat der Topolino gemeint, das sind wohl die Kuriere, hinter denen sie her sind. Nope, Fehlanzeige, keine mollige Frau und schon gar kein fetter Junge anwesend, aber im anderen Hubschrauber wird sie fündig. Gut-gut! Mit all der Kraft, die Ratte ihr verliehen hat, konzentriert sie sich auf ihren physischen Körper, und ihre astrale Gestalt schießt mit geisterhafter Leichtigkeit durch den Raum, dass die Umgebung zu undeutlichen Streifen bunten Lichts verschwimmt. Binnen Sekunden ist sie wieder zurück in Topolinos Plutocrat. Sie lässt sich in ihren Körper sinken und öffnet die Augen.

»Weiter geradeaus, Topolino, die Frau und der Junge sind da vorn in dem Hubschrauber, der geradeaus fliegt!«

Kapitel 24

Im Mürztal, 8. Feber 2063

Die Fahrt im Citymaster dauert einige Zeit, vielleicht eine Stunde oder so, der Gonzo ist nicht besonders gut darin, ohne Uhr den Verlauf der Zeit abzuschätzen. Und schon gar nicht in einer Situation wie dieser. Mit gefesselten Händen, bäuchlings am Boden eines Ares Citymasters liegend, von grinsenden Schlägern der Bürgerwehr umgeben, die ihm ab und zu mit den Stahlkappen ihrer Kampfstiefel in die Seite treten. Im Hintergrund plärren der *Creutzfeld Jakob* und die *Alzheimer-Combo* ihre rechtsradikalen Hasstiraden aus einem tragbaren Radio.

Alles tut ihm weh, die Wirkung der Painblocker und Aufputschmittel lässt langsam nach, und er ist erledigt. Diesmal ist er wirklich erledigt, der Gonzo. Er gibt sich keinen falschen Hoffnungen mehr hin, sein Schattenlauf ist voll in die Hose gegangen, sein Team ist tot, und er sieht absolut keine Chance, der Bürgerwehr zu entkommen. Und selbst wenn, was dann? Das E7 brennt ungebremst in seinem Körper, und er hat bei weitem nicht genug Effektive, um die Seuche behandeln zu lassen. Vielleicht knallen ihn die Vigilanten ab, er ist mittlerweile echt so weit, dass er sich eine Kugel in den Kopf wünschen tät. Erschießen geht wenigstens schnell, *Peng!* und du kriegst gar nichts mehr mit, was definitiv besser ist als das langsame, schmerzhafte Verrecken, das ihm demnächst bevorsteht.

Und weil er mit seinem Leben abgeschlossen hat, leistet er keinen Widerstand, als sie plötzlich anhalten, die Heckklappen des Panzerwagens geöffnet und die beiden Gefangenen ins Freie gezerrt werden. Wozu sollte er sich wehren? Das würde ihm bloß Schläge und Tritte einbringen, und entkommen kann er eh nicht, also was soll's.

Ganz anders der Tulpenstingl. Winselnd wirft er sich auf die Knie, bettelt um sein Leben, verspricht den Brutalos von der Bürgerwehr eine Unmenge an Effektiven, versucht davonzukriechen, kriegt Tritte und Schläge ab, wimmert weiter um Gnade und versucht erneut, seine Peiniger dazu zu überreden, ihn freizulassen. Was natürlich absolut keinen Sinn hat, die Schläger von der Bürgerwehr schlagen und treten ihn, spucken ihn an und zerren ihn mit hämischem Gelächter vorwärts.

Der Gonzo hat absolut keinen Schimmer, wo sie sich befinden. Der Citymaster hat auf einem schlammigen Feld gehalten, von dem der Wind fast den ganzen Schnee weggeweht hat. Weit und breit nichts zu sehen, nur in weiter Ferne das Leuchten der grellen Lichter der Zivilisation. Über den holprigen Acker werden sie im Eilschritt zu einem kleinen Wald getrieben. Zwischen den Bäumen geht es einen breiten Schotterweg hinauf, der sich in ein paar Serpentinen den Abhang entlangschlängelt. Dann geht es eine Weile geradeaus, bis sie aus dem Wald herauskommen und auf einer halbwegs ebenen Wiese landen, auf der ein ziemlich fetter Hubschrauber auf sie wartet. Aus der geöffneten Heckluke des Vogels dringt rotes Licht zu ihnen heraus, der Gonzo kann ein gutes Dutzend bewaffneter Konzernschläger erkennen, die mit raschen Schritten auf ihn zukommen. Im Grunde ist es dem Gonzo egal, was mit ihm passiert, wie im Delirium lässt er sich ohne Widerstand von seinen Bewachern zum Hubschrauber führen, wo er ohne viel Federlesen in den Laderaum geworfen wird.

Auf den Doktor Nowak hat der Anblick des Helikopters eine ganz andere Wirkung. Der verliert das letzte bisschen Farbe im Gesicht, lässt sich schwer zu Boden fallen, kreischt wild herum, krallt sich mit den Fingern in den Boden und versucht genauso krampfhaft wie vergeblich zu verhindern, dass er zum Laderaum geschleift wird. Ein rascher Tritt mit schweren Kampfstiefeln bricht dem Tulpenstingel die Finger einer Hand, er heult auf und versucht immer noch, sich mit seiner zerschmetterten Hand im Boden festzukrallen und den Vormarsch seiner Bewacher zu stoppen. Total vergebliche Liebesmüh, am Ende kommt der Tulpenstingel neben dem Gonzo auf dem genieteten Alu-Blech des Laderaums zu liegen. Mit schepperndem Krachen wird die Heckklappe geschlossen, schrill kreischend springen die Turbinen des Fluggeräts an, kommen langsam auf Touren und wuchten den plumpen Vogel der Schwerkraft zum Trotz hinauf in den Himmel.

Wie lang der Flug dauert, kann der Gonzo beim besten Willen nicht sagen, aber er ist sicher, dass sich diese Reise bei weitem nicht so lang dehnt wie die Fahrt im Citymaster. Ein Ruck geht durch den massigen Körper des Hubschraubers, als er am Boden aufsetzt und das Dröhnen der Turbinen langsam zu einem heiseren Brummen verkommt. Die Heckklappe wird geöffnet, grobe Hände packen den Gonzo und zerren ihn ins Freie.

Geblendet steht er auf unsicheren Beinen da und glotzt verdattert um sich. Vor ihm bestrahlt eine ganze Batterie Halogenscheinwerfer die Fassade eines protzigen Anwesens, wie der Gonzo sein Lebtag lang noch keines gesehen hat. Ein ausufernder, lang gestreckter Komplex, direkt hineinbetoniert in den abfallenden Berghang. Der Gonzo zählt nicht weniger als zehn Garagentore beiderseits des mächtigen Eingangstors, darüber die langen Fensterfluchten extrem hoher Räume, in regelmäßigen Abständen mit kleinen Balkonen bestückt. Allenthalben Säulen und Erker und vorspringende Türmchen, die sich wie aufgetürmter Zuckerguss übereinander auftürmen und in den Himmel schrauben. Ein überdimensionierter, größenwahnsinniger Albtraum, wie man ihn eher als Wohnsitz eines geschmacklosen Multimillionärs in Amerika als in Österreich vermutet hätte.

Aber wenn dem Gonzo schon der Anblick des giganto-manischen Landsitzes komisch vorkommt, dann ist das noch gar nichts gegen den Anblick, der sich ihm bietet, als er sich umwendet und in die andere Richtung guckt. Zuerst glaubt er an eine völlig durchgeknallte Lasershow, garniert mit total verrückten Holo-Projektionen, aber ziemlich schnell kommt ihm der Verdacht, dass der Anblick, der sich ihm bietet, nichts mit dem üblichen Lichterspiel zu tun hat, das heutzutage jede halbwegs nennenswerte Stadt in den Nachthimmel brennt. Nein, das, was sich da vor ihm ab-spielt, ist pure, außer Kontrolle geratene Magie. Und da weiß der Gonzo plötzlich, wo er sich befindet: in Kärnten, direkt am Wörthersee.

Flirrende Funkenschauer stoßen aus dem ölig schwarz glänzenden Wasser des Sees hervor, glühen zu lodernden Flammenzungen auf und zerbersten in einer Wolke bläu-lich glimmender Fischchen, die eine Zeit lang in der Luft schweben bleiben, ehe sie brennend zurück auf die Was-seroberfläche fallen. Im Hintergrund zucken grelle Licht-blitze über den Himmel, etwas, das ein bisschen so aus-sieht wie ein mutierter Drache, fliegt vorüber, seltsam schimmernde Nebelfetzen wälzen sich über das Land, in den unwirklichsten Farben. Ein markerschütternder Schrei verhallt unter dem hämischen Gelächter eines wahnsin-nigen Irren, das aus allen Richten gleichzeitig zu kommen scheint.

Oh, wie jeder Österreicher weiß der Gonzo, was es damit auf sich hat! Das magische Hintergrundrauschen, das des Nachts hier im Süden Kärntens tobt, seit der Teil des Lan-des im Krieg mit den Moslems auf so abartige Weise ver-heert worden ist.

Jenseits der des dreifachen Stacheldrahtzauns, der die großzügigen Parkanlagen des Grundstücks umgibt, kann der Gonzo undeutlich die düsteren Ruinenlandschaft total zerstörter Ortschaften ausmachen, in deren verwitterten Mauerresten sich wieder die Natur breit gemacht hat. Und am anderen Ende des Sees, unter einer gerade noch erkennbar schimmernden Halbkugel magischer Barrieren und Schutzzauber, die dürftige Lichterpracht Klagenfurts. Oder halt von dem, was von der Stadt wieder aufgebaut werden konnte.

Lang kann der Gonzo das Schauspiel allerdings nicht bestaunen, kaum dass seine Häscher den Tulpenstingl aus dem Helikopter hervorgezerrt haben, werden die beiden Gefangenen im Laufschritt zu dem Anwesen getrieben. Über knirschende Schotterwege geht es durch einen halb eingeschneiten Park, vorbei an ein paar kitschigen Springbrunnen, von denen aber wegen der Winterszeit keiner Wasser führt. Zwar versucht der Doktor Nowak immer noch, sich mit Kreischen, Gewimmer und hochtrabenden Versprechungen aus der Affäre zu ziehen, aber ihre Wächter sind gnadenlos und treiben sie rücksichtslos auf einen unscheinbaren Seiteneingang des verschachtelten Gebäudes zu. Offensichtlich eine Art Dienstboteneingang, sie kommen an ganzen Stapeln aufgetürmter Getränkekisten vorbei, an Jutesäcken voller Kartoffeln und allerlei Kisten und Kartons. Krachend fällt die schmale Tür des Seiteneingangs ins Schloss, und der Gonzo hat so ein Gefühl, als ob er gerade eben seine letzte Reise antreten würde. Das war's dann wohl, adieu schnöde Welt!

Wenn der Gonzo gedacht hat, dass ihm nun ein schnelles Hinscheiden bevorstünde, dann hat er sich aber gewaltig geirrt. Das muss er gleich zu Beginn seines Aufenthalts in dieser Luxuswohnstatt der Extraklasse feststellen. Im Inneren des Gebäudes werden sie von weiteren Sicherheitskräften erwartet. Dann geht es durch einen kahlen Gang, und die beiden Gefangenen werden über eine enge Wendeltreppe hinuntergeführt, in die unterirdischen Räumlichkeiten des Anwesens. Jetzt nicht, dass du denkst, moosüberwachsene Gänge mit Wänden aus roh behauenem Felsen und Zellen, die von rostigen Metallgittern abgetrennt werden. Nein, kaum haben sie die oberirdischen Teile des ausufernden Gebäudes hinter sich gelassen, tauchen sie ein in eine labyrinthhafte Welt aus weiß gekachelten Gängen, die von grellem Neonlicht erleuchtet werden. Allenthalben Metalltüren mit kleinen, elektronischen Magschlössern daran. In der Luft hängt die vage Ahnung eines strengen Gestanks, irgendwie bestialisch, aber dem Gonzo fällt beim besten Willen nicht ein, wonach es hier riecht.

Der Nowak und er landen, nur mit ihrer Unterwäsche bekleidet, in einer niedrigen, fensterlosen Zelle mit glänzenden weißen Kachelwänden. Eine einzelne Lampe, die bündig in die Decke eingelassen ist, taucht den Raum in kaltes Licht, und man hört ein leises, gleichförmiges Summen, das, wie der Gonzo vermutet, mit der Luftversorgung zu tun hat. Auch hier dieser leichte Gestank im Hintergrund, den der Gonzo nicht zuordnen kann. Eine Pritsche, gerade breit genug zum Sitzen, läuft rings um die Wand und wird nur von der Tür unterbrochen und an der gegenüberliegenden Zellenseite von einem Klo, das eigentlich nur ein betoniertes Loch im Boden ist. Vier Fischaugen von Überwachungskameras lachen von allen vier Wänden. Daneben jeweils ein Lautsprecher und etwas, das aussieht wie einer dieser billigen Bewegungsmelder aus Thailand, wie sie in den Baumärkten zum Schnäppchenpreis verscherbelt werden.

Die Zeit vergeht, ohne dass sich etwas tut. Wie lange sie nun schon hier herunten sitzen, kann der Gonzo nicht sagen. Man hat ihm seine Armbanduhr abgenommen. Eine Stunde, vielleicht auch zwei, vielleicht mehr, vielleicht weniger. Er sitzt so still wie möglich auf der schmalen Bank und versucht, die Schmerzen in seinen Eingeweiden zu ignorieren. Den allgemeinen Verfall seines Körpers kann er aber nicht ignorieren, überall Stellen, an denen sich seine

Haut verfärbt hat, sich schön langsam auflöst und in gräulichen Fetzen von den offenen Stellen herunterhängt, wo rohes Fleisch zu Tage tritt.

Der Doktor Nowak sitzt ebenfalls auf der Bank, hat aber seinen Oberkörper vorgebeugt und umklammert die Knie, um sich so klein wie nur irgendwie möglich zu machen. Auch er sitzt ganz reglos da, jammert aber kaum hörbar vor sich hin. Seine gebrochene Hand ist mittlerweile kirschrot angelaufen und ziemlich aufgeschwollen.

Das Stillsitzen haben sie schnell gelernt, die beiden Gefangenen. Kaum, dass sie sich etwas mehr bewegen, brüllen plötzlich die Lautsprecher los und füllen die Zelle mit schrillem, unmenschlich lautem Lärm, der einem die Trommelfelle aus den Ohren prellt. Die Schmerzen im Bauch vom Gonzo verschwinden nicht, manchmal lassen sie ein wenig nach, manchmal werden sie schlimmer, und je nachdem erweitert oder verengt sich der Horizont seines Denkens. Wird der Schmerz schlimmer, denkt er nur noch ans Krepieren. Wird es besser, ergreift ihn eine panische Furcht vor Folter und Verstümmelung. Zwischendrin versucht er, die Zeit damit zu vertreiben, dass er die weißen Porzellankacheln zählt, aber irgendwo verzählt er sich ständig, darum hört er nach einer Weile damit auf.

Plötzlich kommen Geräusche durch die Metalltür. Zunächst das Trampeln schwerer Stiefel, dann hört es sich an, als ob Schüsse durch die Gegend peitschen, manchmal glaubt der Gonzo Schreie zu hören. Ein Donnerschlag hallt durch die Gänge, wie bei einer Explosion. Die Intensität des Gestanks in der Luft nimmt zu, ein bestialischer Mief, wie ihn der Gonzo noch nie gerochen hat. Sogar der Doktor Nowak blickt auf und starrt mit schreckensgeweiteten Augen zur Tür, aber dann hört der Lärm genauso schnell wieder auf, wie er gekommen ist, und die Zeit rinnt wieder wie dickflüssiger Sirup dahin. Mit der Zeit wird auch die Luft wieder besser, wie zuvor lässt sich nur noch eine Ahnung des tierischen Gestanks wahrnehmen.

Der Gonzo könnte schwören, dass bereits ein halber Tag vergangen ist, als sich zu den Schmerzen, die ihm das E7 verursacht, noch ein weiterer, ganz banaler Schmerz gesellt: der Hunger. Es kommt ihm vor, als hätte er seit Ewigkeiten nichts mehr gegessen. Der Doktor Nowak sitzt immer noch zusammengekauert da und winselt vor sich hin. Das geht dem Gonzo schon dermaßen auf den Sack, dass er den Typen glatt erwürgen könnte, aber er wagt es nicht, aufzustehen und seinen Zellengenossen zum Schweigen zu bringen, allzu schnell würden wieder die Lautsprecher anspringen und die Zelle mit extrem schrillem, extrem lautem Lärm fluten. Also schluckt er seinen Ärger runter und versucht das elende Gejammer zu überhören.

Die Tür springt auf. Zwei der hiesigen Wachleute treten ein und pflanzen sich rechts und links von der Tür auf, beinahe zwei Meter hohe Wandschränke der Marke solariumgebräuntes Kärntner Beefsteak, mit deutlich erkennbaren Modifikationen aus Chrom. Gesichter wie aus Stein gemeißelt, kantige Schultern, undurchdringliche Mienen. In den Händen halten sie Gummiknüppel, und sie sehen so aus, als ob sie genau wüssten, wohin sie schlagen müssen, damit's echt weh tut. Danach treten drei Typen in die Zelle, allen voran ein hagerer Mann mittleren Alters mit einer scharfen Hakennase.

»Herr Schlegel!«, kreischt der Tulpenstingl mit schriller Stimme los, die schiere Panik in seiner Stimme lässt sich beim besten Willen nicht überhören.

Kapitel 25

Wien, 17. April 2033

Der Novotny hat völlig Recht gehabt mit seiner Befürchtung, dass sie nichts über das ominöse Projekt Montezuma herausfinden werden, wenn Agent Gruber die Sicherheitsvorkehrungen dafür leitet.

Irgendwann gegen Morgengrauen müssen sie ihre kleine Daten-Schmökerei dann doch abbrechen und wieder zurück nach St. Pölten fahren, auf ein neues Stelldichein mit ihren Freunden Nemesis und Rattlesnake. Deren kleiner Lastwagenüberfall hat prima geklappt, sie haben das Zeug wie vereinbart an der richtigen Adresse abgeliefert, und – trotz einiger Bedenken, die der Kajetan Schiefer in dieser Hinsicht gehabt hat – bei der ganzen Geschichte nur Betäubungsmunition verwendet.

In den nächsten Tagen unternimmt der Novotny noch ein paar Versuche, mehr Informationen über das CSX und das Projekt Montezuma zu sammeln, aber das führt zu nichts. Das, was sie übers CSX rausfinden, ist das, was MediaSim darüber in die Welt hinausposaunt. »Unsere Wunderwaffe!« und »Der Schrecken der Kanaken!« und dergleichen. Wirklich nicht besonders hilfreich.

Aber es interessant, dass es vorerst trotz dieser Propaganda zu keinem weiteren Einsatz von CSX kommt. Der Krieg tobt zwar weiter wie gehabt, da es dem Jazrir in der Zwischenzeit gelungen ist, seine Verluste durch neue Truppenkontingente aus dem Iran, der Türkei und Arabien auszugleichen und wieder die Initiative an sich zu reißen.

Kunststück aber auch, er hat sich einfach den Frontabschnitt für seinen Gegenschlag ausgesucht, der von Padanien und den anderen italienischen Teilstaaten verteidigt wird, und bricht dort spielend durch. Nun, es wird schon seinen Grund haben, dass man sagt, dass »Italienische Heldensagen« eines der dünnsten Bücher der Welt ist ...

Wie dem auch sei, drei Wochen nach dem Debakel bei Villach steht der Sayid Jazrir jedenfalls erneut in Kärnten, mitten drin, diesmal berennt er Klagenfurt, dass es nur so kracht.

»Das neue CSX – jetzt noch schlagkräftiger!« jubiliert MediaSim, als das CSX ein zweites Mal zum Einsatz kommt, kaum dass die Lage bei Klagenfurt kritisch wird. Eine neue Version der Schreckenswaffe, die Zauberflammen einen Deut heißer, decken einen Deut mehr Fläche ab, daher mehr Tote, mehr Verwüstung und mehr Verseuchung im Astralraum. Dutzende Schamanen der europäischen Armeen werden wahnsinnig und laufen Amok, als sie sich mit dem vergifteten Mana einlassen.

Zwei Wochen später, am Loiblpass, kommt das Teufelszeug zum dritten Mal zum Einsatz. Sämtliche Schamanen werden aus den Frontlinien entfernt und nach hinten versetzt – Zauberer sind kostbar, man darf ihren Tod nicht leichtfertig riskieren! Ansonsten ist man damit allerdings nicht so zurückhaltend. Die Todesrate in den cisleithanischen, sprich alpenländischen Einheiten der k.u.k.-Armee ist wirklich enorm, da können auch geschichtsträchtige Regimentsnamen nichts daran ändern. Ob das nun die Hoch- und Deutschmeister aus Wien sind oder die Kaiserjäger aus Tirol – g'sturm is' g'sturm, sagt der Wurm, als Leich' is' jeder gleich. Deshalb sind im ganzen Land die Presskommandos und die Feldgendarmen unterwegs, die alles, was sich grad nicht wehren kann, mit jedem nur erdenklichen Mittel in die Uniform zwingen. Jeder, der nur irgendwie kann, schaut, dass er Konzernbürger wird, um dem Militär zu entkommen. Man schreckt selbst vor den entwürdigendsten Dienstverhältnissen nicht zurück, um dem sicheren Krepieren an der Front zu entgehen. Damit der Unmut der Bevölkerung nicht überkocht, geht man immer mehr dazu über, hauptsächlich fünfzehnjährige Ork- und Trollbuben einzuziehen, weil die kurzlebigen Orks und Trolle sind in diesem Alter schon ausgewachsen, und das allgemeine Mitleid mit Metamenschen hält sich in Grenzen. Dummerweise ist die Verlustrate höher als die Ausbildungsgeschwindigkeit, darum kommt man trotz allem nicht umhin, auch Norms einzuziehen.

Aber, so schlimm es auch steht, es wär nicht Österreich, wenn man sich nicht mit ein wenig Protektion und Beziehungen zu helfen wüsste! Die Schnelligkeit, mit der die drei Söhnchenregimenter aufgestellt worden sind, ist ein absolutes Novum in der Geschichte generalstablicher Tätigkeit. Und die Söhnchenregimenter, voll gestopft mit den Abkömmlingen der Oberschicht und anderen beziehungsreichen Leuten, deren Ausbildung in etwa genau zu der Zeit zu Ende gehen wird, wenn es warm genug ist zum Schwimmen, üben schon kräftig für ihren Einsatz. Voller Heroismus bereiten sie sich vor auf die Verteidigung der Seebäder von Podersdorf am Neusiedlersee, St. Gilgen am Wolfgangsee und Bregenz am Bodensee. Ha, jetzt kann niemand mehr sagen, der Bub vom Herrn Hofrat würde sich vor seiner Pflicht gegenüber dem Vaterlande drücken!

Weil der Kajetan Schiefer beim Heeresnachrichtenamt arbeitet, hat er natürlich auch mit der Zensur zu tun. Jetzt nicht nur, dass er hin und wieder mithelfen muss, dafür zu sorgen, dass sich die Medien des Landes schön brav an die vorgegebene Berichterstattung halten und recht fleißig die Kriegsführung Ihrer Majestät und der Konzernwelt loben, nein, der Schiefer kriegt natürlich auch die Meldungen mit, die der Zensur zum Opfer fallen und nicht veröffentlicht werden. So weiß er um die Verheerungen, die das CSX im Süden Kärntens angerichtet hat. Nicht nur, dass

141

alles Leben in den betroffenen Gebieten ausgelöscht worden ist, er erfährt auch von der Art und Weise, wie das vonstatten gegangen ist. Die blauen Flammen, die von Lebewesen zu Lebewesen überspringen, ihre Opfer innerlich auffressen und binnen Sekunden verrotten lassen, bis nicht mehr von ihnen übrig bleibt als ein Häufchen leblose Asche, die der Wind im heimgesuchten Land verstreut.

Der Schiefer weiß auch von der durchgeknallten Magie, dem absoluten Grauen im Astralraum, er weiß von den verrückt gewordenen Schamanen und den toxischen Geistern, die sie in ihrem Wahn beschwören und voller Hass auf die Welt hetzen. Und die Rede ist da nicht von ein paar kleinen Geisterchen, die sich halt spontan über einem leck gewordenen Fass Altöl materialisieren und in der näheren Umgebung ein wenig Rambazamba machen, nein, da ist von ganz anderen Kalibern die Rede!

Dazu kommen unglaubliche Mutationen, die urplötzlich in der Flora und Fauna Kärntens auftreten. Es schaut so aus, als ob Mutter Natur neuerdings Albträume hätte und sich bei der Entstehung neuer Arten davon inspirieren lassen würde.

Allerdings gibt es auch Berichte über mutierte Menschen – oder wenn man das, was von den Einwohnern der Dörfer südöstlich von Villach übrig geblieben ist, noch Menschen nennen kann.

Auch ohne dass sie Einblick in die Unterlagen von Projekt Montezuma haben, erfährt der Kajetan Schiefer genug über das CSX, um sich gründlich die Laune zu verderben.

»Novotny«, geht der Schiefer seinen Kollegen eines Tages an, »so kann das nicht weitergehen. Wenn Sie noch irgendeine Idee haben, wie wir den Wahnsinn stoppen können, dann raus damit, bevor wir noch mehr Stückerl unseres Landes in eine Art Vorhof der Hölle verwandeln.«

Der Angesprochene brütet eine Weile darüber. »Na ja«, gibt er schließlich zurück, »da wüsst ich schon noch eine Möglichkeit. Aber ich weiß nicht, ob sie uns wirklich weiterhilft, und sie hat natürlich ihren Preis. Wir müssten ein anderes Stückerl Land aufgeben und ebenfalls zu einer Art Vorhof der Hölle werden lassen. Zugegeben, nicht zu vergleichen mit dem, was da grad in Südkärnten passiert.«

Nachdenklich kaut der Novotny auf seiner Unterlippe herum, ehe er sich entscheidet. »Okay, Herr Schiefer, ich werd Kontakt mit der Verena aufnehmen.«

»Aha, und wer ist die Verena?«

»Die kenn ich von früher, wir haben uns mal näher kennen gelernt, aber, äh, wir sind sozusagen rein oberflächlich bekannt geblieben, ähem. Jedenfalls arbeitet die gute Frau in leitender Position bei der Konzernsicherheit der M&R Keramik GmbH.«

Na aber hallo! Wenn's nach der Anzahl an *flüchtigen Bekanntschaften* geht, war der gute Novotny zu seiner Zeit ja ziemlich umtriebig, frage nicht.

Keine drei Stunden nach diesem Gespräch sitzen die beiden Agenten im Hauptquartier des M&R-Konzerns. Der protzige Nachbau einer mittelalterlichen Burg, allerdings aus weiß schimmerndem Beton, glänzendem Chrom und glitzernden Glasfassaden, der droben am Massenberg über dem Zentrum Leobens thront. Man merkt, dass hier eine Menge Geld zu Hause ist. Alles ist geschäftsmäßig kühl gehalten, weiße Wände, indirekte Beleuchtung und glänzende Kunstmarmorböden, in den Fahrstühlen dudelt leichte Musik. Durch die verspiegelten Fenster hindurch sieht man ein gutes Dutzend Rotordrohnen um den Gebäudekomplex schwirren. Im Hintergrund der Panoramablick auf die Stadt, auf die Rußschwaden des Stahlwerks von Saeder-Krupp drüben in Donawitz, auf die futuristische Chip-Fabrik von Fuchi in Hinterberg, auf die altehrwürdige Gösser Brauerei und all die anderen, kleineren Fabriken dieser Industriegegend.

Im Augenblick wird die Aussicht allerdings durch die ausufernden Elendsquartiere von Abertausenden von

Flüchtlingen getrübt, zerlumpte Gestalten, die jedes freie Plätzchen innerhalb der Stadt okkupiert haben, um darauf ihre windschiefen Zelte und Hütten aufzustellen.

»Meine Herren!« Eine zierliche Vorzimmerdame in modischem Konzernoutfit öffnet dem Novotny und dem Schiefer die Tür zum Büro ihrer Verabredung. ›Kdt. Verena Obermoser‹ steht in schnörkellosen Messingbuchstaben auf einem schwarzen Holzbrett neben dem Türrahmen. Und wenn man sich dieses Büro so ansieht, kommt man nicht umhin festzustellen, dass diese ominöse Verena Obermoser aus der Vergangenheit vom Novotny ein hohes Tier in der Konzernhierarchie zu sein scheint.

Ohne Umschweife lässt sich der Novotny in einen der kunstlederbezogenen Sessel fallen, die vor dem Schreibtisch aufgebaut sind.

»Da schau her, der Novotny, oder wie auch immer du dich jetzt nennen magst«, meint die knapp vierzigjährige, schwarzhaarige Frau in der rot-schwarzen Konzernuniform, die hinter dem Schreibtisch in einem voll elektronischen Hightech-Bürosessel lümmelt, die Beine übereinander geschlagen, die Hände vor der Brust verschränkt. An ihrem Kragen glänzt ein goldenes Rangabzeichen, ein Knopfempfänger steckt in ihrem Ohr und ist über ein geringeltes Kabel mit dem Kehlkopfmikrofon an ihrem Hals verbunden. An ihrem Gürtel hängt eine Pistolentasche aus geriffeltem, schwarzem Plastik. »Hast ewig nichts mehr von dir hören lassen, hab schon gedacht, dich gibt's nimmermehr!«

»Ach, tu bloß nicht so, als ob dich das überraschen würde. Ich weiß doch genau, dass du mich und meine Umtriebe von Zeit zu Zeit unter die Lupe genommen hast.«

»Geh ich recht in der Annahme, dass du nicht zu mir gekommen bist, um über die alten Zeiten zu plaudern?«

Der Schiefer, dessen Anwesenheit sowohl von der Frau als auch vom Novotny ignoriert wird, räuspert sich kurz, ehe er sich ebenfalls auf einem Sessel niederlässt. Ein kurzer Blick in den Astralraum zeigt dem Magier, dass die Frau Obermoser die gleiche Menge an schwarzen Flecken in ihrer Aura vorzuweisen hat wie der Novotny. Offenbar verfügt sie über ähnliche Implantate wie der Geheimagent.

»CSX«, kommt der Novotny ohne langes Palaver auf den Punkt. »Ich will alles darüber wissen.«

Das Lachen der Frau Obermoser klingt rau und wenig herzlich. »*Du* fragst mich, was es mit dem CSX auf sich hat? *Du*? Ausgerechnet *du*? Wer von uns beiden arbeitet denn für das Nachrichtenamt?«

Der Novotny zuckt bloß teilnahmslos mit den Schultern. »Meine Chefs wollen nicht mit mir darüber reden, darum hab ich mir gedacht, ich wende mich an dich. Offiziell lebt dieser Konzern ja davon, dass er Hightech-Keramiken kocht, aber ich weiß doch, dass ihr im Keller dieser Bude einen diesen neumodischen Vollsensorik-Isolationstanks stehen habt, mit dem ihr einen eurer Netzpiloten in die Matrix schicken könnt. Direktes neurales Interface für gedankenschnelles Operieren im Datenuniversum.«

Die Frau zieht erstaunt beide Augenbrauen hoch.

»Mir brauchst nichts vormachen, ich weiß schon längst, dass ihr einen schönen Anteil von eurem Gewinn nicht mit Keramik macht, sondern mit Industriespionage und Informationshandel. Solang diese Tech noch halbwegs geheim und nicht in jedermanns Hand ist, müsst ihr euren Vorsprung ausnützen, nicht wahr?«, legt der Novotny noch ein Schäuferl nach. »Und jetzt erzähl mir nicht, dass ihr euch nicht bis kleinste Detail übers CSX schlau gemacht habt!«

»Und wenn's so wäre?«

»Dann würde ich dir ein Geschäft vorschlagen.«

»Es gibt nur eine Sache, die ich von dir will, und diesbezüglich weigerst du dich ja seit Jahren, mir entgegenzukommen.«

»Hab meine Einstellung dazu geändert. Nein, korrigiere, das CSX hat meine Einstellung dazu geändert.«

Der Schiefer hat keine Ahnung, worum es bei diesem Geplänkel geht und glotzt abwechselnd von der Frau Obermoser zum Novotny hinüber und wieder zurück zur Obermoser.

»Du gibst mir alle Daten, du ihr übers CSX gefunden habt, und ich hindere dich nicht länger daran, das Dingsbums hier aufzuziehen – wie habt ihr die Polizeidiktatur noch gleich genannt, den ihr hier plant? ARGUS?«

Seelenruhig schüttelt die Frau den Kopf. »Ach was, ARGUS klingt doch so abgedroschen. FALKE nennen wir's. Und von einem Polizeistaat kann überhaupt keine Rede sein. Ein flächendeckendes Verkehrs- und Kriminalitätsüberwachungssystem dient allen Bürgern dieser Stadt und hat mit einem Polizeistaat nichts zu tun.«

»Ach komm, das glaubst dir doch selbst nicht, also lassen wir das. Nimmst den Deal an oder nicht?«

»Könnten Sie mir erklären, was das alles zu bedeuten hat?«, schnauzt der Kajetan Schiefer seinen Kollegen an, kaum dass sie mit einer Hand voll Datenchips aus der Konzernzentrale rausgekommen sind und wieder in ihrem Wagen sitzen. Er ist es leid, nie zu wissen, was grad Sache ist.

»Gut, Herr Schiefer, wenn Sie es unbedingt wissen wollen: Man plant ein lückenloses Überwachungssystem für die ganze Gegend hier. Kameras, Gesichtserkennungssoftware, Waffendetektoren, Wanzen und Transponderanlagen für ein Verkehrskontrollsystem an jeder Hausecke. FALKE soll der Schwachsinn heißen, den sich die Konzernbosse hier ausgedacht hat. Eine reine Diktatur der Konzernwelt. Produziere auf Teufel-komm-raus, aber sorg dafür, dass dich niemand dabei stören kann!«

»Und bei so was macht die M&R Keramik GmbH mit?« Der Schiefer ist verwirrt. Ausgerechnet dieser Konzern hat nämlich einen ziemlich guten Ruf in gewissen Kreisen. Eines der wenigen Unternehmen, die noch ein klein wenig Geld ausgeben für Umweltschutz, und einer der wenigen

Konzerne, in dem Metamenschen willkommen sind – mit Ausnahme von Elfen, aus irgendwelchen Gründen kann der Kon die Langohren einfach nicht leiden. Nun, den Orks und Zwergen kanns egal sein, die haben sichere Jobs, und sogar für Trolle gibt's konzerneigene Wohnungen in entsprechender Größe. So was macht Eindruck, kein Drek.

»Geh, Herr Schiefer, die machen das doch nicht aus purer Nächstenliebe! Auf diese Weise züchten sich einen hochmotivierten Stab an metamenschlichen Arbeitern und Konzerngardisten heran, die froh sind, dass sie überhaupt eine Arbeit haben und bei den Löhnen nicht allzu heikel sind. Und die natürlich jede kriminelle Aktivität in der Stadt, die sich gegen den Konzern richtet, sofort an die Sicherheit verpfeifen. Die beste periphere Verteidigung, die man sich wünschen kann.«

Da ist was dran, das muss der Schiefer zugeben. Aber der Novotny ist noch nicht fertig mit seiner Predigt: »Und jetzt passen's auf, ich bin mir sicher, dass der Kon auch noch die Flüchtlinge in dieses Konzept einspannen wird. Wird nicht mehr lang dauern, bis sie hier überall billige Plattenbauten aus dem Boden stampfen und zwischen die übrigen Häuser pferchen, um Wohnraum für die Neuankömmlinge zu schaffen. Schließlich sind unter den Flüchtlingen vom Balkan genug Facharbeiter, Ingenieure und Wissenschaftler!«

»Und Sie wissen irgendwas über die M&R GmbH, mit dem Sie den Kon erpresst und FALKE bislang verhindert haben – seh ich das richtig?«

»Ja, das kann man so sagen.«

So ganz auf einer Linie mit dem Novotny ist der Kajetan Schiefer aber noch nicht. »Wissen's, mir kommt dieses FALKE nicht so schlimm vor. Egal wie super die Überwachungsgeräte sein mögen, hinter den Bildschirmen sitzen ja immer noch Österreicher. Das relativiert die Sache etwas, wie ich finde.«

Mit den Daten über das CSX, die ihnen die Frau Obermoser von der M&R Keramik GmbH zukommen hat lassen, können weder der Novotny noch der Schiefer viel anfangen. Das Zeug ist interdisziplinäre Wissenschaft pur, frage nicht. Bei der Magie kann der Kajetan Schiefer wenigstens noch ein wenig mitreden, aber wenn's dann um fortgeschrittene Biotech und die höheren Spielarten der Chemie geht, steigt er genauso aus wie sein Kollege.

In jedem x-beliebigen Agenten-Trid aus Hollywood bekäme man solche Daten in leicht verständlichen Kurzfassungen geliefert, da hätte kein Agent ein Problem damit, das Zeug zu verstehen. Aber so ist das halt mit dem richtigen Leben, das hält sich meistens nicht ans Drehbuch.

In Grundzügen können sich die beiden Agenten allerdings schon zusammenreimen, was es mit dem CSX auf sich hat. Ein Zusammenspiel von Technik, Wissenschaft und Magie. Dunkle Magie, die ihre Kraft aus dem Blut von Menschenopfern zieht. Magie, die unter Anleitung und tätiger Mithilfe aus Aztlan entwickelt worden ist. Der Juan Sanchez, eh klar.

Eine Mischung aus Kampfzauber, Virus und Kettenreaktion. Verdammt kniffelig herzustellen, und auch nicht grad billig. Eine magisch aufgepeppte Massenvernichtungswaffe in Form bläulich lodernder Flammenlohen, die direkt auf die Aura des Opfers abzielt, ihm die Lebenskraft wegbrennt, indem es seine Organe binnen Sekunden verrotten lässt und sich an seinen Schmerzen labt, um solcherart gestärkt zur nächsten Aura überspringt. Gasmasken und Schutzanzüge sind dagegen völlig wirkungslos, einzig und allein mit Magie – oder genügend räumlichem Abstand – kann man sich davor schützen.

Zu dumm, dass der Mullah Jazrir magisch aktive Personen in der Liga von Damaskus grundsätzlich steinigen lässt.

Mittlerweile gibt's mehrere Versionen des CSX. Bei Villach haben sie das C3 verwendet, bei Klagenfurt dann das aufgemotzte C4, und mittlerweile gibt's schon das C5. Jede Version noch ein bisserl abartiger als der Vorgänger.

Und weil sie sich so hart tun mit dem Verständnis dieses magisch-wissenschaftlichen Fachchinesisch, konzentrieren sich die beiden Agenten auf das Drumherum. Die Rohstoffe, die für die Herstellung des CSX notwendig sind, die Dauer der Rituale und Blutopfer sowie die Anzahl der Zauberer in diesem Land, die zu solcher Art von Magie überhaupt in der Lage sind. Und das ist interessant, weil es nämlich laut diesen Aufzeichnungen im Team vom Projekt Montezuma nur drei Magier gibt, die diese Zauber beherrschen, und jeder von ihnen ist für einen bestimmten Teil des Zauberrituals absolut unabkömmlich. Ohne das gesamte Dreierteam ist da nichts zu machen.

»Was wäre«, stellt der Kajetan Schiefer eine Frage in den Raum, »wenn einem dieser drei Herren ein tragischer Unfall widerfahren würde? Ich meine, bei einem Magier kann es jederzeit vorkommen, dass er von einem außer Kontrolle geratenen Elementargeist attackiert wird. Dann würde sich dieser Albtraum schlagartig aufhören, oder nicht?«

Der Novotny schaut eine paar Augenblicke unverwandt zu ihm rüber, ehe er ganz emotionslos meint: »Herr Schiefer, mir gefällt diese Art zu denken! Äh, Sie haben nicht zufällig einen Feuerelementargeist auf Lager?«

Kapitel 26

Wien, 8. Feber 2063

Im Wahlkampf ist es ganz wichtig, den Kontakt zur Basis zu suchen, das bringen dir die Parteistrategen ziemlich schnell bei. Achtundvierzigtausend Kilometer hat Vizekanzler Hacklhuber deshalb in den letzten Wochen im Zuge seiner »*Weil jeder einzelne Mensch zählt!*«-Tour abgespult, kreuz und quer im ganzen Land unterwegs, aber selbst im echtledergepolsterten Fond seines fetten Maybachs beziehungsweise im Passagierabteil des Parteihubschraubers wird so eine beachtliche Wegstrecke auf Dauer zur Qual. Die G'fraster da draußen wissen ja gar nicht zu schätzen, was man alles für den Kontakt zur Basis tut, ehrlich wahr!

Das Land wird mit Werbedrohnen und glitzernden Holo-Projektionen überzogen, die Lasershows und Trideo-Spots sind omnipräsent, die Ortsgruppen machen mobil und tauchen das Land in ein Meer roter Fahnen, wenn der Herr Parteichef in ihrem Grätzl auftaucht. Poppige Auftritte im Menschenmeer, dazu unzählige Besuche in diversen Fabriken, Kindergärten und, ganz wichtig, in möglichst vielen Tierheimen, weil es jedes Mal ein paar Prozent Wählerstimmen bringt, wenn du dich mit einem knopfäugigen Hasi oder einem schnurrenden Katzi den Medien präsentierst.

Aber nach achtundvierzigtausend Kilometern Wahlkampftour hängt dem Hacklhuber der Kontakt zur Basis schon zum Hals raus, er kann die ganzen G'sichter nicht mehr sehen, frage nicht. Das Einzige, was diese Schinderei einigermaßen erträglich macht, ist die Tatsache, dass es in diesem Land nirgends weit zu einem exquisiten Restaurant ist. Wenigstens kulinarisch verkommst du auf so einer Wahlkampftournee nicht. Frisch eingeflogene Austern in Melk, pochierter Heilbutt mit Spargelmousee in Bad Ischl und eine ziemlich raffinierte Tomatenconsommé mit zarten, kurz blanchierten Zuckerschoten in Zell am See. Zur Abrundung noch die eine oder andere Flasche Chateau Rothschild nachgespült, und zwar die 2039er Spätlese, dann lässt sich der Kontakt zu der depperten Basis schon irgendwie überstehen. Auch wenn das bedeutet, dafür Sorge tragen zu müssen, dass man gelegentlich von den Medien – rein zufällig, natürlich – in einer Runde von lauter Karl Durchschnitts an einem Würstelstand aufgestöbert wird, wenn man grad einen Leberkäse und eine Dose Lupinenbier in der Hand hat. Die Nähe zum Bürger also, der Kontakt zur Basis. Aber das ist doch der volle Schwachsinn! Und anstrengend obendrein.

Nein, das, was dem Hacklhuber am Wahlkampf gefällt, ist die Arbeit hinter den Kulissen. Das Schnüffeln der Parteiagenten und Spitzel nach dem Drek am Stecken der anderen Partien, die wilden Schlammschlachten in den Medien, aber noch viel mehr gefällt dem Vizekanzler das *Skandalmanagement*. Die Deals und Geschäftchen, die im Hintergrund laufen, wenn man beispielsweise den Kontaktleuten von der FNF mit giftigem Grinsen das Video der Überwachungskamera einer Tiefgarage präsentiert, das zeigt, wie ein ehemaliger Spitzensportler in den Reihen der Rechten im Vollsuff einen nicht ganz so freiwilligen Beischlaf mit einer sternhagelvollen, aber doch nicht ganz so bereitwilligen Schnepfe vollzieht. Und als Ausgleich für die Verschwiegenheit hinsichtlich dieser pikanten Affäre setzt sich die FNF innerhalb der Partei für das Erbe Österreichs dafür ein, den einen oder anderen kleinen Skandal vom Club 65 unerwähnt zu lassen.

Ja, das sind die Spielchen, die dem Hacklhuber gefallen! Hinter den Kulissen rotieren die Parteiagenten und die Spitzel der Gewerken und tragen zusammen, wessen sie habhaft werden können. Allerlei Gesindel von der Straße, diverse Schattenläufer und Kleinkriminelle verdienen sich ein paar Flocken mit pikanter Paydata, dann machen sich die Parteistrategen daran, das Material auszuwerten und dem Hacklhuber in leicht verdaulichen Happen vorzusetzen. Er braucht es dann seinen Gegnern nur noch wie einen nassen Waschlappen um die Ohren knallen – da kommt Freude auf, frage nicht.

Und dass es im Zuge dieser schattigen Umtriebe etwas ruppig zugeht, dass man sich dabei nicht gerade mit Samthandschuhen anfasst, versteht sich wohl von selbst. Manch ein Schläger vom Radikaldemokratischen Schutzbund übersteht diese Ausflüge in die Schattenwelt nicht mit heilen Knochen, tendieren diese hirnamputierten Brutalos doch ständig dazu, sich mit Raubtieren der Straße anzulegen, die eine Nummer zu groß für sie sind. So geht die Tatsache, dass in der obersteirischen Provinz eben erst ein vierköpfiger Trupp Schutzbündler ins Gras gebissen hat, komplett im Hintergrundrauschen des tobenden Wahlkampfs unter.

Niemand, weder der Hacklhuber noch seine Parteistrategen und Subkommandanten, kümmern sich um diesen Schwund an der Parteibasis. Ganz im Gegenteil, man tut alles, um dieses kleine Malheur unter den Teppich zu kehren, weil den Kiberern in Leoben, diesen Wapplern mit ihrem blöden Überwachungssystem FALKE, ist nicht entgangen, dass neben dem Blut von den vier toten Schutzbündlern auch noch das Blut einer unbekannten fünften Person am Tatort zurückgeblieben ist. Jetzt hat man alle Hände voll zu tun, um die aufdringlichen Schnüffler ruhigzustellen, die Medien abzuwimmeln und stumm zu halten und die Sachen unter den Teppich zu kehren. Die seltsame Spielkarte, die man bei den Leichen der Parteischläger gefunden hat, diese Spielkarte wird noch nicht einmal ignoriert ...

Allerdings, solche Ignoranz kann dich mitunter teuer zu stehen kommen, Freunderl.

Kapitel 27

Am Flug nach Kärnten, 8. Feber 2063

»Allora, va bene, wir haben gerade Wolfsberg passiert, wenn der Vogel vor uns auf diesem Kurs bleibt, führt ihn das genau nach Klagenfurt. Ich krieg schon die Signale des dortigen Funkfeuers rein.«

»Was, nach Klagenfurt? In die verseuchte Zone?« Die Karo Ass schaut skeptisch zum Topolino rüber. »Du hast nicht zufällig eine amtliche Blanko-Berechtigung, dort zu landen, hm?«

Der Topolino wirft der Karo Ass einen langen Blick zu und zeigt ihr den Vogel. Es ist nicht so, dass er noch nie im Wiederaufbaugebiet Klagenfurt gewesen wäre, aber damals hat er genug Zeit gehabt, sich eine bessere Tarnung zur falschen Kennung zu besorgen.

Nein, heutzutage ist es gar nicht so einfach, nach Klagenfurt zu gelangen. Die Stadt ist militärisches Sperrgebiet, außer der Garnison, ein paar Öko-Schamanen, die die Böden entseuchen, ein paar freiwilligen Siedlern und einer ganzen Reihe von verbannten Sträflingen ist dort nicht viel los. Zwar ist der Flughafen wieder intakt, aber die gesamte Siedlung muss wegen der durchgeknallten Magie und der Horden mutierter Monster, die sich in Südkärnten tummeln, hermetisch abgeriegelt werden. Und wenn hier von *hermetisch* die Rede ist, dann ist das auch genau so gemeint. Wortwörtlich. Nicht weniger als drei oder vier Dutzend hermetische Magier im Sold der Regierung, die alle Hände voll zu tun haben, die dicht gedrängten Baracken und

Wohnlöcher der Neusiedler zu beschirmen, toxische Geister auszutreiben und Manawirbel unter Kontrolle zu bringen. Ein Scheiß-Job, was man so hört, aber irgendwer muss es ja machen.

»Du, das sag ich dir, in die verseuchte Zone flieg ich nicht rein. Ich häng an meinem Plutocrat, und an meinem Leben auch! La vita è bella, capisci?«

»Dann hast du jetzt aber Glück gehabt«, gibt die Karo Ass ungerührt zurück, und deutet mit einem Finger in die Mitte der Konsole, auf den Bildschirm mit dem Radarbild. »Schaut so aus, als ob du um Haaresbreite an einem Abstecher nach Südkärnten vorbeikämst. Schau nur, der Heli hat den Kurs geändert und fliegt an Klagenfurt vorbei, den Wörthersee am Nordufer entlang.«

Tatsache. »Er wird langsam, extrem langsam. Und er geht runter«, stellt der Rigger fest. »Wenn du mich fragst, setzt er grad zur Landung an. Mitten im Nirgendwo, weit und breit keine Siedlung.«

»Okay, funk die GPS-Koordinaten seiner Landezone an den Click. Der soll sich hinter sein Cyberdeck klemmen und rausfinden, was es damit auf sich hat. Und dann gehst erst mal runter, so weit du kannst, wir wollen nicht, dass jemand auf uns aufmerksam wird, bis uns der Click sagt, woran wir sind.«

Lang brauchen sie nicht zu warten, bis sich der verrückte Decker wieder bei ihnen meldet. Die Koordinaten, die der Topolino dem Click durchgegeben hat, liegen ziemlich genau im Zentrum einer Liegenschaft, die laut Grundbucheintragung vom 21. Mai 2047 ein gewisser Herr Doktor Wolfhart Schlegel zum Preis eines symbolischen Euros zwecks Errichtung eines Zweitwohnsitzes erworben hat. Und dieser Herr Schlegel ist niemand anderer als der Parteichef der Freiheitlich-Nationalen Front, aber das braucht der Click dem Rest seines Teams nicht groß auf die Nase binden, das weiß eh ein jeder von ihnen.

»Gut, dann werden wir jetzt dem Herrn Schlegel einen Besuch abstatten.«

»Ein Bruch? So aus dem Stehgreif heraus, ganz ohne Vorbereitung?« Der Topolino ist kein Freund von übereilter Tollkühnheit, sprich Selbstmord, er geht lieber nach Plan vor. »Wir haben ja überhaupt keine Ahnung, was uns dort erwartet!«

Da muss die Karo Ass ihrem Piloten Recht geben. Aber auf der anderen Seite kommt so eine Chance nie wieder, keiner von ihnen wird je wieder die Gelegenheit haben, einen so unglaublichen Batzen Effektive zu ergattern. Und die Karo Ass ist nicht gewillt, sich so knapp vor dem Ziel von ihrer Beute abbringen zu lassen, nein, ganz sicher nicht! Das ist einer der Augenblicke, wo man Tod und Teufel kräftig ins Gesicht lachen und alles auf eine Karte setzen muss!

»Hey, wir reden hier doch nicht von einem Megakon, es handelt sich bloß um die Freiheitlich-Nationale Front, einen der Ableger der PEÖ. Hirntote Schläger mit blauen Baseballmützen, weißt eh!«

Ja, knurrt der Topolino missmutig, *hirntote Schläger mit blauen Baseballkappen. Und jeder von denen hält eine Maschinenpistole in der Hand!*

Es geht noch eine Weile in dieser Tonart hin und her, ehe die sture Entschlossenheit, die rücksichtslose Habgier der Schattenläuferin den Topolino am Ende doch klein kriegt. »Va bene, va bene, ich bin dabei. In Gottes Namen fliegen wir halt zum Herrn Schlegel hin, stürmen seine Bude, schnappen uns die Paydata, versuchen uns nicht erschießen zu lassen und verduften wieder.« Ein wenig Sarkasmus kann sich der kleinwüchsige Rigger allerdings nicht verkneifen: »Ein so hirnverbrannt dämlicher Plan kann ja nur gelingen.«

Die Karo Ass schaut belustigt zum Rigger rüber und zieht spöttisch eine Augenbraue hoch. »Hinfliegen? Wer redet denn von hin*fliegen*? Wir werden hin*fahren*. Bei dem Krach, den dein Vogel macht, könnten wir gleich beim Haupteingang anklopfen und unsern Besuch ankündigen. Nein, wir müssen etwas weniger auffällig anreisen, darum drehst jetzt nach Norden ab, wir müssen uns einen fahrbaren Untersatz organisieren. Am besten was mit Allradantrieb und Geländeaufhängung.« Und nach einer kurzen Pause: »Du, sag mal, hast du eigentlich irgendwelchen Stoff dabei? Angel, Whoom, Banana Dust, ist nicht so tragisch, Hauptsache Stoff.«

Der Topolino weiß nicht, was er sagen soll. *Drogen???* Die gute Frau will Drogen? Ausgerechnet jetzt? Der Rigger, dem schön langsam der Verdacht kommt, dass die Karo Ass nun völlig übergeschnappt ist, hat keine Lust mehr auf irgendwelche Diskussionen. Schweigend zieht er das Päckchen hervor, das er in der Innentasche seiner Pilotenjacke stecken hat, und drückt es der Schattenläuferin in die Hand. Ein Dutzend Thermalpflaster voll erlesenster Chemtech.

Um diese Zeit ist nicht viel los in dieser gottverlassenen Gegend. Der Topolino hält sich an die Schnellstraße, die hinauf nach St. Veit führt, und da werden sie trotz der fortgeschrittenen Stunde und der geringen Verkehrsdichte rasch fündig: ein kantiger Lada, ein plump und ungeschlacht wirkender Geländewagen älteren Baujahrs, der gemächlich nach Norden tuckert.

»Der gehört schon so gut wie uns!«, verspricht der Topolino seinen beiden Passagieren, als er den Plutocrat in einer extrem engen Steilkurve wendet, geradewegs nach unten sticht, bis er über der Straße zu schweben kommt und den Suchscheinwerfer im Bug des Hubschraubers aufglühen lässt. Den brennend hellen Strahl geradewegs auf die Windschutzscheibe des Ladas gerichtet, zwingt er den unbekannten Fahrer des Autos zu einer Vollbremsung. Mit quietschenden Bremsen schlittert der Geländewagen über die Fahrbahn, gerät ins Schleudern, als das Heck ausbricht, dreht sich einmal um die eigene Achse und kommt schließlich quer zur Fahrtrichtung zu stehen. Durchs grell bestrahlte Seitenfenster kann man in aller Deutlichkeit das verblüffte Gesicht des paralysierten Fahrers erkennen, der sich eine Hand vor die Augen hält und ziemlich geschockt zu dem Hubschrauber hinüberblinzelt, der wie eine Fata Morgana einen knappen Meter über der Fahrbahn schwebt. Die Augen vor Schreck und Verblüffung weit aufgerissen, starrt der arme Sack mit offenem Mund zur Karo Ass hoch, als sie die Tür des Ladas aufreißt und ihm eine riesige Pistole vors Gesicht hält. »Fahrerwechsel!«, meint sie ungerührt.

Der Lada ist ein altes Vehikel, fürchterlich unbequem, und bietet seinen Passagieren kein bisschen Luxuseinrichtung. Vom ästhetischen Standpunkt her ist er – gelinde ausgedrückt – sowieso alles andere als ein Augenschmaus, dafür ist er allerdings verdammt robust und hat einen ganz ansehnlichen Laderaum. Genau dort hinten landet der Besitzer des Wagens, ein Norm mittleren Alters, nachdem ihm die Karo Ass die Hände mit Handschellen hinterm Rücken gefesselt hat und ihn zusätzlich auf einen schönen Himmelsritt geschickt hat, und zwar mit dem ganzen, verdammten Stoff, den ihr der Topolino gegeben hat.

Bon Voyage, Mister!

Den Hubschrauber haben sie am Rand eines total verkommenen Waldes abgestellt, in einer Gegend, wo sich Fuchs und Hase gute Nacht sagen. Niemand hat ihn dort landen sehen, niemand wird ihn dort finden.

Mit klammen Fingern muss die Peperoni mit anfassen, als es gilt, die Ausrüstung des Teams aus dem Frachtraum des Hubschraubers in den Geländewagen umzuladen. Die Rucksäcke für sie und die Karo Ass, mit dem ganzen Bruchwerkzeug, die sind kein Problem. Aber die beiden elendigen Vektorschubdrohnen, die der Topolino aus sicherer Entfernung über seine Funkeinheit fernsteuern will, die haben's voll in sich. Zu dritt wuchten sie die beiden Fluggeräte vom Laderaum des Plutocrats in den Lada. Megaschwere Trümmer, und sowohl ihre großkalibrigen Krachen als auch die fetten Panzerplatten aus faserverstärktem Borkarbid, mit denen sie ringsum geschützt sind, machen sie keineswegs leichter. Die Dinger selbstständig ins Auto reinfliegen zu lassen spielt sich in diesem Fall nicht, weil der Lada im Gegensatz zu Topolinos Landrover keine Drohnenzellen besitzt, die mit hitzebeständigen Keramikkacheln ausgekleidet sind, und die Düsentriebwerke der Drohnen nicht nur auf den Sitzbezügen Brandflecken verursachen würden, verstehst schon.

Zwar verfügt der Lada über keinerlei elektronische Steuereinrichtungen, trotzdem installiert sich der Topolino hinterm Lenkrad. Auch ohne Zuhilfenahme seiner Riggersteuerung ist sein Fahrstil bestechend, dem der Karo Ass weit überlegen. Und dass die Peperoni ein Auto fahren könnte, ist ohnehin mehr als unwahrscheinlich, also erübrigt sich die Frage, wer das Vehikel fährt.

Wie vom Keuchhusten geplagt springt der Motor an, tuckernd wie ein Traktor, aber gehorsam und ohne alle Zicken. Den einen Fuß auf der Kupplung gibt der Topolino mit dem anderen Vollgas, lässt jedes einzelne Pferdchen in der Maschine mit voller Kraft aufröhren, und der brachiale Motor hämmert los wie ein überschweres Maschinengewehr. Dann schaltet er das Radio des Wagens ein. Im Programm läuft gerade F&FF, *Free & Fucking Funky*, ein angeblich unabhängiger Piratensender, der bei den Straßenkids momentan ziemlich angesagt ist, die Peperoni ist da keine Ausnahme.

Teddy hat neulich mal gemeint, F&FF habe eine auffallend wohlwollende Einstellung gegenüber Yamatetsu und Ares Macrotechnology. Seit er das erwähnt hat, ist es der Peperoni auch aufgefallen. Aber die Lobby hinter dem Sender ist eigentlich kein Wunder, denn kein Piratensender überlebt heutzutage lange ohne eine mächtige Partei, die ihre schützenden Hände über ihn hält. Und viel mächtiger als Yamatetsu und Ares geht's ja wohl nicht.

»Okay, Mädels, dann schnallt euch mal schön an – das wird eine lustige Fahrt werden, die Karre hat nämlich noch Blattfedern!« Im fahlen Licht der Innenbeleuchtung wirkt das Lachen des kleinwüchsigen, schmächtigen Riggers wild und barbarisch, als er das Gas etwas zurücknimmt, die Kupplung kommen lässt und querfeldein davonprescht.

Kapitel 28

Am Wörthersee, 8. Feber 2063

Ungefähr drei Kilometer von der Anlage entfernt, die sich der Herr Schlegel mitten in die verbrannte Erde Kärntens hinpflanzen hat lassen, steuert der Topolino den Lada mit ausgeschalteten Lichtern so tief zwischen die verkrüppelten Bäume, wie es eben möglich ist, und stellt den Motor ab. Von hinten, vom Laderaum her, hört man brünstiges Stöhnen. Der ruhig gestellte Besitzer des Wagens, der im Delirium seines drogeninduzierten Himmelsritts offensichtlich wonnige Genüsse erlebt. Im Radio laufen grad die Nachrichten, mit sonorer Stimme meldet der Sprecher, dass am Semmering offenbar in allerletzter Sekunde ein hinterhältiger terroristischer Anschlag auf ein Flugzeug vereitelt werden konnte. Einem Großaufgebot an Rettungskräften und Sicherheitsbeamten ist es in einem präzise koordinierten Schlag gelungen, sämtliche Passagiere in Sicherheit zu bringen. Die Terroristen, zwei offensichtlich geisteskranke Cyberware-Fetischisten ohne SIN, wurden bei der Aktion erschossen, nach einem dritten, offensichtlich magisch aktiven Komplizen, der mit einer hochgefährlichen Eruption arkaner Energie in Zusammenhang stehen dürfte, wird derzeit noch gefahndet. Eventuelle Verstrickungen internationaler Terrororganisationen in den Fall schließt das BKA allerdings aus.

»Waffencheck«, sagt die Karo Ass ruhig und dreht sich um. Sie zeigt der Rattenschamanin, die hinten Platz genommen hat, ihren Glock Drachentöter, mit dem obligaten

Schalldämpfer und dem Greifenauge™ Zielsystem. Allerdings hat sie diesmal ein übergroßes Magazin im Griff der Waffe stecken. »Die Ernstfallvariante«, meint sie ungerührt auf Peperonis fragenden Blick hin. »Extragroßes Magazin, vierzig Schuss. Uran-Geschosse.«

»Du, sag mal«, will die Peperoni wissen, »ist das Zeug nicht irgendwie gefährlich?«

Die Karo Ass nickt. »Jawoll, und zwar für jeden, der sich mit mir anlegt.«

»Nein, ich mein, ist das Uran-Zeug nicht giftig oder so?«

Die Karo Ass schnaubt verächtlich durch die Nase. »Ja, sapperment, gut, dass du mich daran erinnerst. Das hätt' ich jetzt beinah übersehen! Schließlich wird man ja hauptsächlich deshalb Schattenläufer, weil man sich so große Sorgen um seine Gesundheit macht!«

Die Peperoni beachtet den Spott erst gar nicht, sondern zieht ihrerseits die schlanke Ceska hervor und zeigt sie der Schattenläuferin. Der Schalldämpfer sitzt, das Magazin ist voll, eine Kugel im Lauf. Konventionelle panzerbrechende Geschosse mit einem Kern aus Wolframkarbid.

Mit raschem Griff dreht die Karo Ass den Kopf der Rattenschamanin zur Seite und überprüft kurz den Sitz des Knopfempfängers in ihrem Ohr sowie des Kehlkopfmikrofons, das sie am Hals kleben hat.

»Passt! Aber jetzt noch was«, sagt die Karo Ass und hält plötzlich eine handelsübliche Packung Schuhcreme in der Hand. »Es wär' dumm, unnötige Risiken einzugehen.« Sie taucht zwei Finger in die schwarze Paste und übermalt mit raschen Handgriffen das Gesicht der Rattenschamanin. Wangenknochen, Stirn, Kinn und Nase bestreicht sie mit der dunklen Farbe. Sich selbst braucht die Karo Ass allerdings nicht einzucremen, ihr Gesicht ist noch von der Detonation des außer Kontrolle geratenen Zaubers ganz mit Drek verschmiert.

Dann kommt der Peperoni ein interessanter Gedanke: »Was ist mit der Chamäleon-Tech auf unseren Panzerjacken?«

162

Die Karo Ass zuckt bloß gleichgültig die Schultern und deutet auf ihre total verdrekte Jacke. »Funktioniert natürlich nicht mit der dicken Schicht Drek darauf. Und zum Putzen fehlt uns die Zeit. Aber Drek tarnt ja auch, nicht wahr?«

So, Fragestunde beendet. Sie wendet sich brüsk ab und greift sich gedankenverloren mit einer Hand an die Schläfe.

»Click? Wie schaut's bei dir aus, bist du so weit?«

Über das Cyber-Kommlink meldet sich der durchgeknallte Decker. Trotz der Distanz ist die Verbindung ganz passabel, es rauscht zwar ein wenig im Hintergrund, aber damit kann man leben.

»Perfekt.« Dann wendet sich die Schattenläuferin an den Rigger. »Hast du Funkkontakt zum Plutocrat? Wenn die Sache den Bach runtergeht, muss uns der Vogel raushauen, mit dem ganzen Feuerwerk, zu dem er in der Lage ist.«

Topolino checkt kurz den Input seines Fernsteuerdecks und hält der Karo Ass dann seinen emporgerichteten Daumen entgegen. »Roger!«

»Okay, die Decknamen sind auch klar, ich bin One, die Peperoni ist Two, du bist Three und der Click ist Four. Jetzt bleibt uns eigentlich nur noch eins zu tun«, meint die Schattenläuferin auf ihre ruhige, gelassene Art. Und schon wenige Augenblicke später findet sich die Peperoni hinten bei der Heckklappe des Ladas wieder und hilft wild fluchend mit, die beiden Drohnen aus dem Fahrzeug herauszuzerren. Natürlich sind die blöden Dinger auf der Fahrt hierher kein Jota leichter geworden, kannst dir eh denken.

Geduckt hasten zwei kaum wahrnehmbare Schemen durch das Gestrüpp, gleiten wie Gespenster durchs Gehölz. Dank ihrer jahrelangen Erfahrung und der sündteuren Cyberware verursacht die Karo Ass trotz des Tempos ungefähr so viel Lärm wie ein kleines Waldtier – mit anderen Worten, nicht viel. Sie könnte beinahe eine holografische Projektion sein. Im Gegensatz dazu verursacht die

Peperoni überhaupt kein Geräusch, so ein Heimlichkeitszauber ist halt schon eine feine Sache!

Ein wenig mehr Lärm verursachen allerdings die beiden Vektorschubdrohnen, die ihnen in einigem Abstand folgen, die eine etwa zwanzig Meter zu rechten, die andere zur linken. Trotzdem ist die Peperoni erstaunt, wie leise die Dinger sind, wenn man bedenkt, dass sie von Düsentriebwerken angetrieben werden.

Sie brauchen mehr als fünfzehn Minuten, um zu Punkt eins zu gelangen, den ersten Drahtzaun, der das Zielgelände umspannt. Zweimal packt die Peperoni die Karo Ass bei der Schulter und dirigiert sie in sicherem Abstand um eine Pflanze herum, die in der mundanen Welt zwar etwas mutiert, ansonsten aber recht unauffällig ausschaut. Im Astralraum dagegen ist anhand der Aura jedes Mal schön zu sehen, dass mit diesen Pflanzen schon mehr nicht in Ordnung ist als nur ein bisserl Mutation. Das Erwachen und die Gentechnik haben bei der Fauna seltsame Blüten getrieben, im wahrsten Sinne des Wortes, aber hier, am Rand der verseuchten Zone, am Rand des Einflusses von völlig durchgeknallter Magie, hat die Fauna noch ein Schäuferl draufgelegt. Da gibt's heutzutage ein paar mörderische Exempel in Sachen Pflanzenwuchs, frage nicht.

Der Himmel über ihnen ist wolkenverhangen, und im Schatten der verkrüppelten Bäume ist es in etwa genauso dunkel wie in einem Bärenarsch, trotzdem kommen die beiden mit den Sichtverhältnissen prima klar. Als Ork ist die Peperoni von Geburt an mit nachtsichttauglichen Katzenaugen gesegnet, bei der Karo Ass hat halt ein Chirurg in einer extrem teuren Schattenklinik in Sewastopol nachgeholfen. Das Ergebnis ist das gleiche. Beide können sie in aller Klarheit die Hinterseite eines lang gezogenen Gebäudes erkennen, das praktisch nur aus ineinander verschachtelten Türmchen, Erkern und Giebeldächern zu bestehen scheint. Von der anderen Seite her wird das Bauwerk offensichtlich von kräftigen Scheinwerfern bestrahlt, man sieht es an den Streifen reflektierten Lichts, die die Konturen des Hauses nachzeichnen. Und jenseits davon, hinter einer großen Wasserfläche, deren ölig schimmernde Oberfläche wie tot daliegt, brennen sich die verrücktesten Farbmuster in den düsteren Nachthimmel, das irrste Lichterfunkeln, zu dem spontane Entladungen außer Kontrolle geratener Magie in der Lage sind. Die Peperoni hat schon von der sagenhaften Hintergrundstrahlung gehört, die sich des Nachts in Südkärnten manifestiert. Gesehen hat sie's aber noch nie.

Sobald sie den Zaun erreicht haben, lassen sie sich auf die Knie sinken. Ganz in der Nähe sinken auch die beiden Drohnen zu Boden, verschwinden hinter dickem Buschwerk und dornigen Ranken.

Beide wissen, was sie zu tun haben. Die Peperoni blinzelt ein wenig, als sie ihre Wahrnehmung in den Astralraum ausdehnt und die freie Fläche hinter dem Zaun in Augenschein nimmt. »Nichts«, flüstert sie leise, »keine Geister, keine Schutzzauber.«

Währenddessen hat die Karo Ass ihren Rucksack abgestreift und ein paar elektronische Spielsachen daraus hervorgekramt. Ein kleines, schwarzes Plastikkästchen, an dessen Seite eine Kupferspule angebracht ist. Sie hält es so nahe wie möglich an die einzelnen Drähte des Zauns ran, ohne diese allerdings zu berühren. Das Ding ist der Peperoni nicht unbekannt, sie hat sich vor einiger Zeit auch so etwas basteln lassen. Ein Induktionsschnüffler, ein Sensor, der auf die elektromagnetische Strahlung anspricht, die selbst schwache Stromleitungen aufbauen. Dreimal erwacht ein winziger LCD-Bildschirm auf dem kleinen Kästchen zum Leben, grüne Pixel wandern in geschwungenen Sinuskurven von links nach rechts über die Anzeige.

Rasch deutet die Karo Ass auf drei Drähte des Zauns. »Der da, der da und der da!« Und während sie drei Kabel mit Klemmen an den Enden aus ihrem Rucksack hervorzieht, packt die Peperoni den nagelneuen Bolzenschneider

aus, den ihr der Türk über ein Online-Werkzeugversand-
haus besorgt hat.

Einen Drahtzaun, egal ob Stacheldraht oder nicht, unter
Strom zu setzen ist sicher die geläufigste Art, um ihn auf-
zupeppen und ihm etwas mehr Wirkung zu verleihen.
Allerdings ist das eine äußerst plumpe Methode, die unnötig Ärger verursachen kann. Kannst ja nie wissen, ob
nicht irgendwer aus Versehen am Zaun ankommt. Macht
keinen guten Eindruck, wenn du es als sauberer Konzern
damit in die Abendnachrichten schaffst, Freunderl! Aber
davon einmal abgesehen ist Starkstrom alles andere als
gratis.

Darum haben die Tüftler in den Sicherheitsabteilungen
der diverser Wachmannschaften schon vor ewigen Zeiten
Trick siebzehn entwickelt. Anstelle einer Spannung, die
Mensch und Tier grillen sowie den Credstick leeren würde,
nimmt man bloß noch eine ganz schwache, kaum wahrnehmbare Voltzahl. Die Widerstände, an denen die Drähte
befestigt werden, können daher aus Kunststoff gefertigt
werden und winzig klein ausfallen, sodass sie nicht weiter
auffallen. Falls allerdings irgendwer hergehen und den
Zaun mit einem Bolzenschneider aufzwicken sollte, kann
man das ganz einfach am Zusammenbruch des Stromkrei-
ses feststellen und in aller Ruhe Alarm auslösen.

Auf Trick siebzehn hin haben die findigen Schatten umgehend Trick achtzehn entwickelt. Man umgeht die Stelle
des Zauns, die man mit dem Bolzenschneider öffnet, einfach mit einem Bypass, und schon gelangt man in aller
Seelenruhe durch die Öffnung im Zaun, ohne Alarm aus-
zulösen.

Einer nach dem anderen kriechen die beiden durch das
Loch im Zaun. Die beiden Drohnen rühren sich nicht, bleiben weiterhin in Deckung. Hinter dem Zaun angelangt
kauern sich die beiden Einbrecherinnen zusammen, machen sich so klein wie möglich für die Zeitspanne, die die
Peperoni braucht, um zwei Heimlichkeitszauber auf die

Karo Ass und sich selbst zu legen. Dieser Zauberspruch unterdrückt Geräusche und jede Art von Schall, die sie erzeugen. Macht damit auch alle Bewegungsmelder nutzlos, die auf Ultraschall basieren. Macht aber auch jedes Gespräch unmöglich, für die Peperoni jedenfalls. Die Karo Ass kann über ihr Cyber-Kommlink immer noch kommunizieren, das Ding hängt direkt an ihrem Hirn und wird mit bloßen Gedanken gesteuert.

Stumm sprinten die beiden weiter, über einen freien Streifen einer halb verwilderten Wiese, die stellenweise noch von einer dünnen Schicht Schnee bedeckt ist. Vorsichtig suchen sich die beiden einen Weg zwischen den Schneefladen hindurch, immer darauf bedacht, keine Fußabdrücke im fleckigen Weiß zurückzulassen.

Sie haben knapp die Hälfte des Wegs zu Punkt zwo, den nächsten Zaun, zurückgelegt, als die Karo Ass abrupt stehen bleibt, die Peperoni beim Arm packt und zu Boden drückt. Mit dem Lauf des Drachentöters, den sie urplötzlich in der Hand hält, deutet sie nach links, wo die Wiese in einiger Entfernung in einen Abhang übergeht und ihrem Blickfeld entschwindet.

Etwas Unförmiges, Großes kommt den Abhang hochgerannt. Eine langbeinige, gefiederte, vogelähnliche Kreatur, etwa so hoch wie ein ausgewachsener Ork. So hoch wie ein *großer* ausgewachsener Ork.

»Ärger!«, meldet sich die Karo Ass über Funk.

Die Peperoni erkennt einen Schreckhahn, wenn sie einen sieht, und, wie die Schamanin erst jetzt erkennen kann, hat dieses spezielle Exemplar ein paar Kumpels mitgebracht, die ihm frohgemut hinterhertraben. Schreckhähne sind beliebte Wachtiere, weil sie einerseits furchtbar schnelle Laufvögel sind, denen kein Mensch davonrennen kann – kein unmodifizierter jedenfalls –, und weil sie andererseits über die magische Gabe verfügen, ihre Opfer mit einer Schwanzberührung lähmen zu können. Das hat den Vorteil, dass man das, was die aggressiven Schreckhähne von ihren Opfern übrig lassen, hinterher vielleicht noch verhören kann.

Noch haben die Biester sie nicht entdeckt, aber das wird wohl nicht mehr lang so bleiben. Mehr aus Gewohnheit als aus bewusster Überlegung heraus fängt die Peperoni an, nach dem Mana ringsum zu greifen, um einen Unsichtbarkeitszauber zu wirken, lässt die Sache aber gleich wieder bleiben. Zwecklos, die elendigen Viecher sind nämlich Dualwesen, gleichzeitig auf der physischen Ebene sowie im Astralraum präsent. Da nützt es natürlich wenig, wenn du deinen Körper unsichtbar machst, sie sehen ja deine Aura weiterhin.

Die Karo Ass zielt mittlerweile mit ruhigem, ausdruckslosem Gesicht auf den ersten der Schreckhähne. Das elektronische Zielsystem hat die Viecher schon fest im Visier, noch sind sie zwar nicht in Reichweite, aber lang kann das ja nicht mehr dauern.

Die Peperoni hat kein gutes Gefühl bei der Sache. Sicher, sie ist überzeugt davon, dass ihre Teamkollegin im Zusammenspiel mit dem übergroßen Kaliber ihres Drachentöters kurzen Prozess mit den Biestern machen wird. Lärm wird's sowieso keinen geben, erstens hat die Karo Ass einen Schalldämpfer auf ihrer Krache montiert, und zwotens hält die Peperoni immer noch die beiden Heimlichkeitszauber aufrecht. Das Problem ist allerdings, dass hier bald unübersehbare Haufen totes Federvieh herum liegen werden, kaum dass die Karo Ass mit dem Massaker beginnt. Nicht auszudenken, wenn das jemand sehen würde! Dann müsste sogar der dümmste Wachmann der FNF schnallen, dass etwas faul ist, und Alarm schlagen.

Nein-nein, das ist gar nicht gut!

Energisch legt die Peperoni eine Hand auf den Waffenarm der Karo Ass und drückt ihn zu Boden. Den fragenden Blick der Schattenläuferin beantwortet sie mit einem Kopfschütteln, ehe sie den einen Heimlichkeitszauber fallen lässt, den sie auf sich selbst gewirkt hat. Dann pfeift sie

168

einmal leise. Es macht »Plop!«, und eine zerknautsche, wackelnde Cola-Dose mit kleinen Augen und frechem Grinsen erscheint neben ihr in der Luft. Ein Watcher, ein Beobachtergeist.

Sie streckt dem kleinen Astralwesen einen Arm ent-gegen. Das Geisterchen lässt sich darauf nieder, zappelt und wackelt aber weiter vor sich hin. Watcher sind nicht wirklich stofflich, sie bleiben auch dann ätherische Wesen, wenn sie sich auf der physischen Ebene materialisieren und können nichts angreifen. Die Peperoni spürt nur eine leichte Berührung, etwa so, als hätte sie ein Schmetterlingsflügel gestreift.

Das Geschöpf auf ihrem Arm rückt zappelnd näher. Hastig flüstert sie ihm ihre Anweisungen zu, dann hält sie den Arm hoch und der kleine Geist schwirrt davon, im Eilzugstempo rüber zu den Schreckhähnen, die mittlerweile schon misstrauisch zu ihnen herüberglotzen. Für die Karo Ass schaut es so aus, als ob der Beobachtergeist plötzlich seine Farbe verlieren und sich schließlich ganz auflösen würde. Sie ist eben nicht magisch aktiv, kann nicht in den Astralraum sehen. Dort ist die fliegende Cola-Dose grad fest dabei, das Leittier des Schreckhahnrudels wie ein kleiner, wild gewordener Derwisch zu umkreisen, wilde Grimassen ziehend um seinen Kopf herumzuflitzen und den Zorn des erwachten Monstrums mit hämischem Gelächter anzustacheln. Viel Stimulation braucht es dazu ohnehin nicht, Schreckhähne sind bekannt für ihre Aggressivität und Angriffslust. Wütend stürzen sich die restlichen Biester mit blutunterlaufenen Augen, gesträubten Nackenfedern und hoch aufgerichteten Kämmen auf ihr Leittier und hacken wie wild nach dem hin und her flutschenden Lichtblitz, der wie ein Wirbelwind zwischen den messerscharfen Schnäbeln, den unterarmlangen Krallen und den herumwirbelnden Schwanzfedern hindurchfegt.

Von all dem sieht die Karo Ass freilich nur das wild gewordene Rudel Schreckhähne, das in wütender Raserei aufeinander einpickt und ihnen keine Beachtung schenkt. Sie weiß zwar nicht genau, was die Peperoni gemacht hat, ihre Zufriedenheit mit der gewieften Rattenschamanin steigt aber jedenfalls einige Grade an. Das hindert sie allerdings nicht daran, die Peperoni umgehend beim Arm zu packen und so rasch wie möglich hinüber zum nächsten Zaun zu treiben, den sie genauso gekonnt überwinden wie den ersten. Die Schreckhähne bleiben in ihrem Gehege zurück und hacken noch eine kleine Weile wild in der Gegend herum. Für die Augen zufälliger Betrachter wirkt das Ganze wie einer der dauernden Rangkämpfe innerhalb des Rudels. Sehr bald kehrt allerdings wieder Ruhe ein, die Biester haben den Watcher zerfetzt und die magere Essenz seiner Lebenskraft zurück in tiefere Abgründe des Astralraums geschleudert.

Hinter dem zwoten Zaun – diesmal ein Ding mit fingerlangen Stacheln und Selbstschussanlagen, die zusammen mit den dazu gehörenden Wärmebildkameras alle hundert, zweihundert Meter auf den Pfosten montiert sind –, liegt eine schmale Schotterstraße. Und dahinter ragt eine gut vier Meter hohe Betonmauer in die Höhe, deren Oberkante mit Unmengen an Stacheldraht geschmückt ist.

Die beiden Einbrecherinnen kauern sich nieder, den Rücken gegen die Wand gepresst. Die Selbstschussanlagen rühren sich nicht, offensichtlich hat man sie wegen ihrer Tarnung und der Thermoisolationsanzüge nicht entdeckt, oder der Click hat seine Hände im Spiel gehabt, beides wäre möglich.

Sie haben Punkt drei erreicht. Direkt neben ihnen befindet sich eine schmale Metalltür in der Wand, auf halber Höhe ist ein Magschloss an der Wand befestigt. Ein einfaches Kästchen aus anthrazitgrauem Plastik, mit einer grünen und einer roten Leuchtdiode beiderseits des Schlitzes, in den man seine Keycard einführen muss. Den scharfen Augen der Peperoni entgeht der kleine Schriftzug mit der Herstellerbezeichnung keineswegs: Yosuka Techtronics,

Japans kleiner, genialer und sündhaft teurer Vorreiter in Sachen Elektronik. Das Schloss ist allerfeinster Schlagobers – Zeit, Quid Pro Quos Arbeit auf die Probe zu stellen!

Bevor sich die Peperoni daran macht, das Magschloss zu knacken, nestelt die Karo Ass ein weiteres Elektronikspielzeug aus ihrem Rucksack hervor. Eine langer, dünner Glasfaserdraht, der um einen kleinen Monitor gewickelt ist. Ganz vorsichtig wickelt sie den Draht ab, um das spröde Glas nicht zu zerbrechen, richtet ihn gerade, nur das Ende mit der winzig kleinen Fischaugenkamera biegt sie nach unten. Dann hält sie das Ding die Wand entlang nach oben, schiebt die Kamera vorsichtig über den Rand und linst auf die andere Seite hinunter. Das Bild, das auf dem kleinen Monitor zu sehen ist, ist dunkel, verzerrt und von erbärmlicher Qualität, reicht aber völlig aus. Nichts zu sehen, keine Drohnen, keine Wachen, die Luft ist rein. Dann dreht sie die Kamera ein wenig nach links, schließlich noch ein wenig nach rechts. Auch dort nichts zu sehen, die Luft scheint wirklich rein zu sein. Die Karo Ass gibt der Peperoni das Okay-Zeichen und packt ihren Teleskopstab vorsichtig wieder ein. Dann aktiviert sie ihr Cyber-Kommlink und ruft den Click: »Four, hörst du mich? Wie sieht's bei dir aus? Ich brauch noch ein paar Übersichtspläne vom Gebäude. Wie weit ist es von Punkt drei zum nächstgelegenen Eingang? Spiel mir das grafisch ins Blickfeld! Three, deine beiden Babys bleiben erst mal in Deckung. Lass sie dort, wo sie sind.«

Yosuka Techtronics gegen Quid Pro Quo, alles andere als ein einseitiges Kräftemessen. Die Peperoni steckt die Magnetkarte ihres Magschlossknackers in den dafür vorgesehenen Schlitz. Sekunden vergehen, nichts tut sich. Kein Lämpchen leuchtet auf, weder das grüne noch das rote. Die Peperoni weiß, dass in diesem Augenblick ein Strom aus Myriaden Elektronen durch die beteiligten Schaltkreise bolzt, dass sich die Chips ihres Knackers mit ihren Routinen und ihrer ganzen Rechenpower wie ein

Wirbelwind auf die entsprechenden Gegenstücke im Magschloss stürzen und versuchen, dessen Betriebslogiken niederzuringen und mit neuen Befehlen zu überschreiben.

Dann hat er es geschafft, der Knacker, es piepst, das grüne Lämpchen leuchtet auf und die Metalltür springt mit einem kaum hörbaren Klicken auf. Der Weg ins innere Sanktum von Herrn Schlegels Landsitz ist frei.

Kapitel 29

Leoben, 8. Feber 2063

Click, der Cyber-Bergmann der Matrix, schwebt himmelhoch über dem unendlichen Lichterfeld des Netzes, das sich nach allen Seiten vor ihm erstreckt. Unermessliche Mengen grellen Neons huschen von Knoten zu Knoten, wie Sternschnuppen glühen die pulsierenden Datenströme auf ihrem Weg durch die Adern des Informationsuniversums. Lichterfunken und gleißende Helligkeit vor dem absoluten Nichts des unprogrammierten Horizonts, rein visueller Input, aber keinerlei Geräusche, die zum Click heraufdringen. Mitleidig starrt der Decker zu den Icons hinab, die unter ihm herumflitzen, diesen zurückgebliebenen Usern und Programmen, die sich von all dem grafischen Firlefanz blenden lassen. Für ein Kind der Matrix, für eine KI, ist diese ganze Zurschaustellung von pixeligem Popanz bloß unnötige Effekthascherei, die er wirklich nicht nötig hat. Er, als überzeugter Datenpurist, zieht die schlichte Eleganz nackter Programmierung vor. In Gedanken aktiviert er seinen Realitätsfilter, der sich umgehend daran macht, den grafischen Input der Matrix auszublenden und den grünlich schimmernden Code der darunter liegenden Programme offen zu legen, endlose Zahlen- und Ziffernkolonnen, die zeilen- und spaltenweise an ihm vorbeiflimmern.

Der nachtschwarze Bergmann nickt zufrieden und fängt an, sich seinen Weg in die Innereien der Matrix zu graben. Er kennt seine Aufgabe, er weiß, was er für das Karo-Ass-

173

Konstrukt zu tun hat. O ja, dieses Konstrukt hat gut daran getan, sich an ihn zu wenden, denn die virtuelle Welt, in der die Menschenprogramme verhaftet sind, lässt sich sehr leicht von der realen Welt, der Datenwelt der Matrix aus steuern. Im Prinzip lässt sich nämlich alles auf eine Abfolge von Einsen und Nullen reduzieren.

Und egal, was diese dämlichen Ärzte von Mitsuhama sagen, er ist nicht *verrückt!*

Die Chips in seinem Cyberdeck glühen auf, als sich sein Presslufthammer, dieses mächtige Dekompilierungsprogramm, durch die Sedimentschichten übereinander aufgetürmter Systemprogramme schremmt und sich den Weg hinab zu den grundlegendsten Routinen des weltweiten Netzes wühlt. Während er sich durch den ganzen Code arbeitet, hält er gleichzeitig den Funkkontakt zum Rest seines Teams aufrecht. Das ist kein Problem für ihn, schmälert weder seine Aufmerksamkeit noch seine Reaktionsschnelligkeit. Ha! Verdacht auf Persönlichkeitsspaltung haben die Ärzte von Mitsuhama gemeint, diese visionslosen, engstirnigen Trottel, die doch von überhaupt nichts eine Ahnung haben. Multitasking-Fähigkeit sagt der Click dazu, als KI hat man nun mal gewisse Vorteile gegenüber herkömmlichen 08/15-Usern, kein Drek!

Kaum, dass er sich ins Mark der Datenwelt vorgearbeitet hat, kommt er rasch voran. Es dauert bloß Millisekunden, den Programmkomplex ausfindig zu machen, den das Computersystem des Zielgebäudes in der Matrix darstellt. Eine Zeit lang steht er schweigend vor der Programmierung des Hosts und starrt den Code an, der grün leuchtend vor ihm vorüberzieht. Als er gefunden hat, wonach er sucht, packt er seinen Presslufthammer mit den schaufelgroßen Händen und legt los. Ohne große Schwierigkeiten dringt er in den offen gelegten Code ein. Das Eis ist zwar topmodern, hat der Schlagkraft einer KI aber nichts entgegenzusetzen und ist rasch ausgetrickst, und mit ein paar eingefügten Endlosroutinen zur Untätigkeit verdammt.

Allzu umfangreich ist das Computersystem nicht, das zu Herrn Schlegels Zweitwohnsitz gehört. Unspektakulär, um nicht zu sagen primitiv. Der Click findet die Steuerung von gewöhnlicher Büroausrüstung, die Bedienung umfangreicher Unterhaltungselektronik und ein paar kleinere Datenspeicher. Den größten und am besten abgesicherten Brocken stellt der Programmkomplex dar, der die Gebäudesicherheit repräsentiert, die Überwachungskameras, Magschlösser, Selbstschussanlagen und Fahrzeugdrohnen. Aber auch hier ist nicht viel los, etwas Verteidigung an der Peripherie des Geländes, aber im Inneren des Gebäudes lässt die Überwachung sehr zu wünschen übrig. Offensichtlich will der Schlegel vermeiden, seinen eigenen Schlägertrupps tiefere Einblicke in sein Privatleben zu geben.

Enttäuscht spuckt der Click zu Boden, kein alter, interessanter Code zu finden, bloß dieses zusammengeschusterte Standardzeug aus den Software-Schmieden der Konzerne. Nein, er hätte sich mehr erwartet.

Die Konstrukte, mit denen er zusammenarbeitet, haben bereits mit einer Wahrscheinlichkeit von vierundneunzig Komma sieben Prozent das Zielgelände erreicht. Mit einer Wahrscheinlichkeit von neunundachtzig Komma vier Prozent sind die beiden Konstrukte, die sich Karo Ass und Peperoni nennen, inzwischen ins Zielgebiet eingedrungen und auf dem Weg zur Heimstatt des Herrn Schlegel. Zwischendrin kriegt er eine Bestätigung seiner Prognosen. »Four, hörst du mich?«, meldet sich das Karo-As-Konstrukt über Funk bei ihm. »Wie sieht's bei dir aus? Ich brauch noch ein paar Übersichtspläne vom Gebäude. Wie weit ist es von Punkt drei zum nächstgelegenen Eingang? Spiel mir das grafisch ins Blickfeld!«

Etwas später will sie wissen, ob sich hinter einer bestimmten Tür in dem Gebäude eine Kamera befindet – du meine Güte, was für eine aufregende Beschäftigung für eine KI! Offensichtlich legt man viel Wert darauf, ihn nicht zu überfordern, frage nicht.

Missmutig macht er sich daran, ein bisserl mit dem Code rings um ihn herum zu spielen. Ja, er geht sogar so weit, seinen Realitätsfilter zu deaktivieren und sich gewisse Teile des Hosts in voller grafischer Pracht anzuschauen. Ein Spiegel, der an einer üppig gerenderten Wand hängt, hat es ihm besonders angetan. Erstaunlich komplexe Programmierung, viel zu aufwendig, das erregt seine Aufmerksamkeit. Rasch zerlegt er das Programm in seine Einzelteile und überfliegt den Code. Dann huscht die Andeutung eines Grinsens über das schwarze Gesicht des Bergmanns. Ausgeklügeltes Barrieren-Eis, das den Zugang zu einem geheimen Teil des Computernetzwerkes von Herrn Schlegel schützt. Offensichtlich ist der Spiegel eine Art Tor. Noch einmal geht der Click den Code durch, und diesmal ist das Grinsen nicht mehr zu verkennen, das die grünen Kolonnen aus Null und Eins auf das Gesicht des Bergmanns zaubern.

O ja, der Spiegel ist ein Tor, eine in der Fantasy-Szene anerkannte, oft gebrauchte und ziemlich offensichtliche Metaphorik, und herkömmliches Deckervolk würde nun hergehen und versuchen, das Barrieren-Eis zu überwinden, um sich die Paydata zu krallen, die dahinter gespeichert ist. Der Click ist sicher, dass dort hinten tatsächlich ein wenig Data herumliegt, irgendetwas Unwesentliches zwar, das aber dennoch ein paar Flocken einbringt. In ihrer kurzsichtigen Gier wären normale Decker nun befriedigt und würden sich vom Acker machen.

Aber der Click ist kein normaler Decker. Er ist mehr, viel mehr. Eine KI, und nebenbei ein Sammler von interessantem Code. Er weiß, wer den Spiegel programmiert hat, er kennt die Handschrift, die dieses spezielle Stück Code trägt. Kenji Nishizawa, einst genialer Software-Guru bei Fuchi, dann unfreiwillig in die Dienste von Renraku gelangt. Vor etwas mehr als drei Jahren verliert sich seine offizielle Spur, aber der Click weiß Bescheid. Die Entführung des Nishizawa-Konstrukts während des Urlaubs, den es in Wien und Salzburg verbracht hat, und seine Auslieferung an Yosuka Techtronics, war die letzte Hockn, die der Click gemeinsam mit der Karo Ass durchgezogen hat, bevor sie sich nach Chiba verabschiedet hat. Und der Lieblingstrick dieses Programmierers ist dem Click nicht unbekannt. Tarnen und täuschen, und mit einem Lockvogel von der eigentlichen Paydata ablenken.

Der Click packt den Spiegel beim Rahmen und nimmt ihn von der Wand. Dann dreht er ihn um und hängt ihn verkehrt herum auf. Statt der spiegelnden Glasfläche starrt ihm nun der fade Plastikbelag der Spiegelhinterseite entgegen. Niemand würde annehmen, das Plastik könnte ebenfalls ein Tor sein.

Ohne lang zu fackeln, lässt der Click die Matrix wieder im gewohnten Monochrom erscheinen, vergräbt seine Sonden in den Zugangslogiken und macht sich daran, die Zugangsbarriere des unscheinbaren Tors zu knacken.

Kapitel 30

Am Wörthersee, 8. Feber 2063

Über Funk meldet sich die Karo Ass bei der Peperoni: »Sobald ich die Tür aufmach', rennst los. Ist nicht weit bis zum Haus, zwanzig Meter, wenn's hochkommt. Knapp zehn Meter rechts von unserm Standpunkt hab ich eine Hintertür gesehen. Das ist unser Punkt vier, verstanden?«

Die Peperoni nickt und macht alles genau so, wie die Karo Ass es verlangt hat. Kaum, dass die Tür offen ist, schießt die kleine Schamanin auch schon durch und prescht über eine Schotterfläche mit ein paar winterlich tristen Blumenbeeten hinweg, die sie von der Rückseite des Anwesens trennt.

Die Karo Ass, die die Tür wieder geschlossen hat, schließt rasch zu ihr auf, wird dann aber langsamer. Sie versucht merklich, ihren linken Fuß weniger stark zu belasten als den rechten. Offensichtlich hat sie sich bei dem kleinen, explosiven Zwischenfall am Semmering doch mehr als eine Verstauchung zugezogen.

Nein-nein, findet die Peperoni entsetzt, das ist jetzt gar kein guter Zeitpunkt, um die Verletzte zu markieren!

Von hinten macht das Gebäude wenig her, hierher verschlägt es wohl nur die Dienstboten und Wachen. Zwei große Müllcontainer stehen an der Rückwand des Gebäudes, daneben türmen sich Brennholzstapel und ein paar rostige Gasflaschen. Die Fenster schimmern auf die bläuliche Art und Weise, wie das diese neuartigen, angeblich so bruchfesten Sicherheitsgläser tun, für die Saeder-Krupp derzeit grad so irrsinnig viel Werbung macht. Neben der schmalen, kotzgrün lackierten Hintertür kauern sie sich nieder. Die Karo Ass reibt ärgerlich grunzend die Knöchelpartie ihres linken Stiefels, während die Peperoni das Magschloss checkt. Yosuka Techtronics, was für eine Überraschung!

Sie holt einen Scanner aus ihrem Rucksack und fährt damit den Türrahmen entlang. Sicherheitshalber. Der Scanner zeigt keine Reaktion, die Tür ist also nicht durch zusätzliche Sensoren geschützt. Pah, solche Amateure! Die Peperoni kann's gar nicht glauben. Einfacher kann man's ihnen nun wirklich nicht machen!

Bevor sie sich allerdings daran macht, das Schloss zu knacken, presst sie die Augen zusammen, so fest sie kann, murmelt ein paar unverständliche Silben und stimmt dann einen leisen, kaum hörbaren Singsang an. Rattes große Hellsicht, ein Hypersinn-Zauber, der ihre Wahrnehmung aufpeppt und es ihr ermöglicht, ferne Szenen zu sehen, als wäre sie dort anwesend. Sie muss sich konzentrieren, um diesen Sinn einzusetzen, und kann ihr körperliches Sehvermögen während dieser Zeit nicht benutzen. Aber das macht nichts, dafür kann sie hinter die Metalltür gucken, was sich als durchaus nützlich erweist. Gut-gut. Sie gestikuliert noch einmal, ändert die Melodie ein wenig, fokussiert ihre Gedanken auf einzelne Überwachungsgeräte und nickt, als sie ihre Augen wieder öffnet. Eine Kamera war im Wirkungsbereich ihres Zaubers spürbar. Ein kurzer Funkspruch an Four, also an den Click, und der bescheuerte Decker verspricht, sich darum zu kümmern.

Sie zeigt der Karo Ass zwei Finger. Die nickt mit stoischem Gesichtsausdruck und bezieht vor der Tür Aufstellung, beide Arme ausgestreckt, die Glock schussbereit in den Händen. Wieder steckt die Peperoni ihren Knacker in das Magschloss, wieder dauert es ein paar Sekunden, bis ihr Gerät das hochentwickelte Türschloss niedergerungen hat. Die Peperoni schaut fragend zur Karo Ass rüber, erhält ein kurzes Nicken als Antwort und reißt die Tür sperrangelweit auf. Der altersschwache Lack platzt ab und segelt davon, im grellen Licht einer Neonleuchtröhre, das sich nach draußen ergießt.

Die Karo Ass fackelt nicht lang. Hinter dem Eingang stehen zwei bewaffnete Sicherheitsleute mit blauen Baseballmützen und kantigen Flakwesten über den grau-schwarz-weiß gefleckten Kampfanzügen. Als sich die Tür öffnet, fahren sie herum, sie versuchen sogar noch, die Arme mit ihren Waffen hoch- und die Münder aufzureißen, haben aber nicht den Hauch einer Chance. Zweimal hustet die Glock der Karo Ass, fetzt beiden Todeskandidaten den Kopf weg und schmettert sie völlig ohne Radau in die ewigen Jagdgründe. Das einzig Laute an der Aktion ist das Scheppern, als die Wachen am Boden aufschlagen.

Ohne großes Getue drängen sich die beiden Einbrecherinnen in den Eingang und ziehen die Tür hinter sich zu. Sogar diese leichte Bewegung ist zu viel für die spröde Lackschicht an der Oberfläche des Metalls. Ein paar kotzgrüne Fetzen Farbe rieseln zu Boden.

Rattenschamanen lernen aufgrund der Natur ihres Totems im Laufe der Zeit ziemlich viele Hintertüren kennen, und die Peperoni findet es immer wieder erstaunlich, in was für grässlichen Farben diese Hintertüren üblicherweise gestrichen sind. Scheint so eine Art Naturgesetz zu sein: Hast du eine Hintertür, streichst du sie drekbraun, chemiemüllgelb oder eben kotzgrün. Weiß der Kuckuck, warum das so ist.

Rasch bückt sich die Peperoni und checkt die Waffen der beiden Wachposten. Klobige Bleispritzen von Nanjong Armament Inc., minderwertige Lowtech made in Indonesia. Dazu haben sie an ihrem Gürtel diese neumodischen Allzweck-Sicherheitsgeräte von Dai Wong Multitech hängen. So Dinger mit noppenbesetztem Gummigriff und einem Metallstab, die wie eine Mischung aus Schlagstock und Taschenlampe aussehen und einen Betäubungsschlagstock, ein Funkgerät, eine Pfefferkanone, eine Lampe und einen Waffendetektor in sich vereinen. Die Idee, die hinter den Geräten steht, wäre ja an sich nicht schlecht. Das Problem ist nur, dass die Elektronik und die Lampe in den Dingern nicht sonderlich sorgfältig verarbeitet sind und nach dem ersten *wirklichen* Hieb, den man damit austeilt, nicht mehr funktionieren. Wackelkontakt. Die eingebaute Pfefferkanone dagegen ist ein rein mechanisches Teil, hergestellt in Russland und daher unverwüstlich, die bleibt auch nach heftigen Schlägen noch voll funktionstüchtig. Die Peperoni kennt sich aus damit, hat in den Schattenhosts massig viel Info über diese Dinger gefunden. Aber es rentiert sich nicht, das Zeugs einzusacken. Achtlos legt sie sie wieder zurück auf den Boden.

Die Karo Ass ist in der Zwischenzeit weitergehuscht, den schmalen, weiß gestrichenen Gang entlang, beinahe bis ganz zu seiner Mündung in einen anderen, quer verlaufenden Korridor. Wieder nestelt die Schattenläuferin ihr kleines Fischaugenteleskop hervor, legt das Glasfaserkabel vorsichtig auf den Boden und schiebt es ganz langsam an der linken Wand entlang nach vorne, bis sie um die Ecke schauen kann. Bedächtig wiederholt sie die Prozedur auf der anderen Seite.

»Ein leerer Gang, mehrere Holztüren zu beiden Seiten. Rechts verschwindet er hinter einer Biegung, links endet er vor einer großen, mit Schnitzwerk verzierten Tür.«

»Wachen?«, will die Peperoni wissen.

»Nein, hab ich keine gesehen«, kommt flüsternd retour.

»Also, wo lang?«

»Gute Frage. Dein Tipp ist genauso gut wie meiner.«

Im Schneidersitz setzt sich die Peperoni auf den Boden und lehnt sich mit dem Rücken möglichst breit gegen die Seitenwand des Gangs. Sie schließt die Augen und verlangsamt ihre Atmung. Nach wenigen Sekunden erwacht sie wieder aus ihrem tranceähnlichen Zustand.

»Und?«, flüstert die Karo Ass.

»Das gefällt mir nicht, das gefällt mir wirklich überhaupt nicht. Besser, wir verduften so schnell wie möglich!«, presst die Schamanin mit belegter Stimme und bleichem Gesicht hervor.

Kapitel 31

Leoben, 8. Feber 2063

Der Durchgang in die geheime Datenwelt hinter dem Spiegel ist ganz schön kniffelig, sogar für eine KI. Endlos lang fummelt der Click an dem raffinierten Code herum, muss auf die mächtigsten Programme seines Cyberdecks zurückgreifen, um mit dem Eis fertig zu werden.

Schließlich hat er es geschafft, der Durchgang liegt frei vor ihm, bloß ein einzelnes Teerbaby ist noch übrig, das muss er noch entschärfen. Er will gerade damit beginnen, als ihn ein Gedanke durchzuckt. Er kennt ihn aus dem Effeff, den Nishizawa, den Schöpfer dieses Codes, hat sich bei der Vorbereitung seiner Extrahierung lang genug mit ihm beschäftigt, und er weiß von seiner Vorliebe für Finten und Lockvögel. Was, wenn auch die Rückseite des Spiegels bloß eine Ablenkung darstellt? Eine sorgsam ausgetüftelte Finte für die gewiefteren Decker, die nicht auf den offensichtlichen Trick mit dem Spiegel reingefallen sind und nun zufrieden mit sich selbst daran gehen, unter selbstgefälligem Grinsen den vermeintlichen Datenschatz zu bergen. Der Click nimmt stark an, dass die Paydata hinter dem zweiten Geheimtor deutlich mehr Flocken einbringt als die hinter dem ersten Tor.

Mittlerweile gibt es unter den fortschrittlicheren Deckern der Schatten bereits erste Nachahmer dieser Technik, erst neulich hat der Click von einem geheimen Eingang ins Schattenland-Netzwerk gehört, der ähnlich aufgebaut sein soll.

Neugierig nimmt er sich das Teerbaby vor, doch anstatt es zu entschärfen, hetzt er seine besten Programme darauf, wie mit einem Skalpell legt er seinen Code offen und geht so vorsichtig wie möglich Subroutine um Subroutine durch, auf der Suche nach einer Bestätigung seines Verdachts. Und er behält Recht: Nicht der Spiegel ist das Tor zu dem entscheidenden geheimen Datenspeicher, das Teerbaby ist's.

Er fährt alle seine Tarnungs-, Umlenkungs- und Deckmantelprogramme nieder, auch der Realitätsfilter wird deaktiviert. Rings um ihn herum wird die Welt wieder poppig bunt, er findet sich in einem kurzen Tunnel wieder, dessen Boden aus hellem Sand besteht. Um das Teerbaby auf sich aufmerksam zu machen, springt der Click trampelnd auf dem sandigen Boden herum und macht so viel Krawall wie nur möglich. Sekundenbruchteile später hat ihn das Eis registriert und schlägt zu. Der Boden unter ihm gibt nach, aus dem Sand wird ein Treibsandloch, das den Decker erbarmungslos nach unten zieht. Tiefer und tiefer versinkt er im Treibsand, die Luft wird ihm aus den Lungen gepresst, es wird dunkel um ihn herum, aber der Druck nimmt zu, wächst und wächst, er müsste dringend atmen, aber da ist nichts außer Sand rings um ihn herum, und ihm wird schön langsam schwarz vor Augen. Wenn seine Schildprogramme nicht stark genug sind, wird er in diesem Teerbaby ersticken. Er kämpft gegen den Druck an, versucht zu strampeln und zu kämpfen, will seine Schutzprogramme aktiv ins Gefecht werfen, aber daraus wird nichts, er hat einfach nicht die Kraft dazu.

Ein letzter Gedanke manifestiert sich in seinem Hirn, beinahe lachend nimmt er die Ironie zu Kenntnis, die darin liegt, dass sich ausgerechnet eine KI von einem so depperten Stück Eis wie einem Teerbaby ausknipsen hat lassen, dann wird ihm gänzlich schwarz vor Augen und er baut einen Bobby.

Kapitel 32

Am Wörthersee, 8. Feber 2063

Normalerweise ist der Astralraum ein paralleles, exakt überlagertes Konterpart zur physischen Welt, durchwoben von der Kraft des Manas, erleuchtet von der Lebenskraft jeder einzelnen Aura, verdunkelt von den leblos grauen Schatten anorganischen Materials. Üblicherweise kann sich jeder, der seine Aura in den Astralraum projiziert hat, dort ohne Anstrengung mit Gedankenschnelle bewegen, kann mit der luftigen Leichtigkeit eines kleinen mentalen Befehls mit unglaublichem Speed beinahe nach Belieben durch den Raum fliegen. Anorganische Masse hält dich nicht auf, stellt keine Barriere für einen Astralkörper dar. Man kann einfach hindurchgleiten.

Ganz anders verhält sich der Astralraum im Inneren des Anwesens vom Schlegel. So was hat die Peperoni noch nie erlebt. Es ist kein Problem für sie, ihren Astralleib aus dem physischen Körper zu lösen und durch die nächstbeste Wand zu schweben. Aber dann merkt sie plötzlich, wie das Mana um sie herum anfängt, sich zu verändern. Das Licht wird matt und madig fahl, die Form des Hauses scheint sich zu verzerren, der Astralraum wird gedehnt und ge-staucht, scheint wie mit einer unsichtbaren, gallertartigen Masse ausgefüllt, die die Peperoni einbremst und ihre Be-wegungen behindert. Etwas Öliges, Unangenehmes legt sich über sie, fängt an, ihre Kehle zuzuschnüren. Sie fühlt eine bösartige Präsenz an diesem Ort, die selbst das Mana durchdringt und es korrumpiert. Sie spürt panischen Schrecken, der sie durchflutet, sie spürt den salzigen Geschmack bitterer Tränen, endloses Leiden, das höllische Brennen unerträglicher Schmerzen, den kalten Hauch des Todes. Vor ihrem inneren Auge flackern abgehackte Szenen, sie sieht, sie fühlt die Brutalität eines Kriegs, die kalte Unnachgiebigkeit einer heranrasenden Naturkatastrophe, die phlegmatische Lähmung einer Hungersnot. Und blutroten, geifernden Hass.

Ein schwarzer Strudel leerer Verzweiflung tut sich plötzlich unter ihr auf, farblos schimmern die Manafunken, die daraus hervorspritzen. Panisch tritt die Peperoni um sich, versucht, den unsichtbaren Widerstand zu überwinden, der sie an ihren Bewegungen hindert, irgendwie gelingt es ihr, zurückzuweichen, die Wand hinter ihr zu durchdringen, was ihr kalte Schauer über den Rücken fahren lässt, und wieder in ihren Körper einzutauchen.

Bloß weg hier!

Erstaunt schaut die Karo Ass zur Rattenschamanin runter, überrascht zieht sie eine Augenbraue hoch.

»Was ist los mit dir?«

Die Peperoni setzt zu einer Antwort an, bricht aber gleich wieder ab. Sie bringt kein Wort heraus, unmöglich, einer mundanen Person den Schrecken begreiflich zu machen, den sie eben erlebt hat. Unmöglich, das zu beschreiben, zu dem der Astralraum hier in diesem Gebäude geworden ist.

Die Karo Ass streckt ihren Arm aus, packt die Peperoni bei der Hand und zieht sie mit einem schnellen Ruck aus ihrem Schneidersitz hoch, bis sie wieder auf den Beinen steht. Irritiert schüttelt das Orkmädchen den Kopf und kriegt sich wieder ein. Muss wohl daran liegen, dass man das Haus direkt an den Rand der verseuchten Zone gebaut hat, das kann ja keine positiven Auswirkungen auf den Astralraum haben.

»Geht's wieder?«

Die Rattenschamanin kommt nicht dazu, auf diese Frage zu antworten. Plötzlich wird im Korridor vor ihnen eine Tür geöffnet, und die Tritte schwerer Stiefel hallen durch den Gang. Ein blaubemützter Wachmann stapft energisch in ihr Blickfeld. Erschrocken bleibt er einen Augenblick stehen und glotzt den beiden Einbrecherinnen dämlich entgegen. Als er sich endlich dazu durchringen kann, irgendwie auf die Anwesenheit der beiden Eindringlinge zu reagieren, ist es längst zu spät. Die Karo Ass schießt ihm ein Bein unter dem Leib weg, und er kracht schwer zu Boden. Wie der Blitz stürzt sich die Schattenläuferin auf den Kerl, reißt ihm das Funkgerät vom Kopf und wirft es weg. Bevor der waidwunde Schläger richtig losbrüllen kann, presst ihm die Schattenläuferin auch schon eine Hand aufs Maul, während sie ihm mit der anderen die Mündung ihrer Krache vors Gesicht hält. Die Augen des Kerls weiten sich und gehen auseinander, dass die Peperoni Angst kriegt, sie könnten jeden Moment aus den Höhlen kullern.

»Wo ist der Schlegel? Sag schon, wo find ich den Schlegel? Da lang?« Die Karo Ass deutet mit einem Kopfnicken nach links, dann nach rechts. »Oder da lang?«

Mit schmerzverzerrtem Gesicht, den Mund gewaltsam verschlossen, lässt der Wachmann seinen Kopf mehrmals nach links zucken.

Mit einem grimmigen Grinsen auf den Lippen bedankt sich die Schattenläuferin bei dem Sack, ehe sie ihm die Rübe wegballert.

»Kann ihn ja nicht hier zurücklassen, der schreit doch wie am Spieß herum und hetzt uns die ganze Meute auf die Fersen«, meint sie achselzuckend zur Peperoni, ehe sie den Kerl packt und zu den anderen beiden Leichen schleift. Freilich zieht sie dabei eine glitschige Blutspur über den Fußboden hinter sich her, aber dagegen kann sie im Augenblick nichts machen.

Nach links, rüber zu der großen, mit Schnitzereien verzierten Holztür.

»Four? Kannst du kontrollieren, ob sich hinter der Tür eine Kamera befindet? Wenn ja, kümmer' dich darum!«

Es dauert eine Weile, bis sich der Click wieder meldet. Zu neunundneunzig Komma acht Prozent keine Kamera hinter der Tür. Ein einfaches Ja oder Nein hätte es auch getan.

Vorsichtig probiert die Schattenläuferin, die Klinke hinunterzudrücken. Die Tür geht anstandslos auf. Die Karo Ass springt hindurch, die Pistole mit beiden Händen vor sich ausgestreckt. Ein extrem mondänes Stiegenhaus in diesem derzeit so hypermodernen Stil aus glänzendem Chrom, schimmerndem Kristall und spiegelndem Kunstmarmor. In dem Stiegenhaus kommen mehrere Tore zusammen, die gleich aussehen wie dasjenige, durch das die beiden Schattenläuferinnen eben gekommen sind. Eine breite Holztreppe schraubt sich in eleganten Windungen nach oben und nach unten, ein dicker, roter Teppich ist über die Treppe ausgebreitet worden und bedeckt die einzelnen Stufen. Weit über ihnen, an der Decke des Stiegenhauses, hängt ein schwerer Kristalllüster, dessen matt glimmende Glühbirnen die hohe Treppenflucht nur schwach ausleuchten. Ein eigenartiger Geruch liegt in der Luft, scharf und irgendwie tierisch.

Doch weder die Peperoni noch die Karo Ass können erkennen, wonach es hier riecht. Die Rattenschamanin wirft einen unsicheren Blick zur Karo Ass rüber, aber die starrt angestrengt nach oben. Dann kann es auch die Peperoni hören: die leise Andeutung eines rauen Gelächters, das von oben kommt.

Die Pistole vor sich ausgestreckt, schleicht die Schattenläuferin zügig nach oben, die Treppe hinauf. Es ist nicht zu übersehen, dass sie dabei den linken Fuß weniger stark belastet als den rechten. Die Peperoni, die mittlerweile ebenfalls ihre Waffe gezogen hat, folgt ihr.

Nach ein paar Schritten bleibt sie stehen und starrt irritiert auf ihre Füße hinunter. Völlig erstaunt stellt sie fest, dass sie beinahe bis über die Zehen in dem dicken Teppich versinkt. Unglaublich!

Rasch hastet sie hinter der Karo Ass her, in den nächsten Stock hinauf. Auf halbem Weg dorthin bleiben sie stehen und starren geschockt auf den blutigen Haufen, der vor ihnen mitten auf der Treppe liegt: die kopflose Leiche einer molligen Frau, die in einer Lacke geronnenen Blutes auf dem dicken Teppich liegt. Der brutal abgerissene Kopf der Toten ist nirgendwo zu sehen, aber, um der Wahrheit die Ehre zu geben, die Peperoni sucht auch nicht allzu enthusiastisch danach.

Mit bleichem Gesicht und einem unguten Knoten im Hals schleicht sie weiter nach oben, der Karo Ass hinterher, der der Anblick der verstümmelten Leiche scheinbar wenig ausmacht. Mehrmals bleiben sie stehen und pressen sich flach an die Wand, als sie aus dem Stockwerk über ihnen Schritte hören, die hastig über einen Kunstmarmorboden tappen.

Im nächsten Stockwerk mündet die Treppe in eine geschwungene Balustrade, deren reich mit Chromzierrat bestücktes Geländer in einem eleganten Bogen über der üppig dekorierten Empfangshalle und dem wuchtigen Eingangstor des Gebäudekomplexes thront. Schimmernde Säulen, glänzende Spiegel, glitzernde Kristallleuchten und flauschig dicke Teppiche, so weit das Auge reicht. Von der Balustrade aus gehen nach beiden Seiten breite, aber unbeleuchtete Korridore weg, die schon nach weniger Metern hinter einer Windung verschwinden. Offensichtlich ist die verwinkelte Bauweise Absicht, den scharfen Augen der Peperoni entgeht es keineswegs, dass das Gemäuer dort hinten, bei der Ecke, hinter der der Gang verschwindet, schon deutlich weniger protzig, ja, irgendwie heruntergekommen und verwahrlost aussieht. Der Glanz und der Pomp des Neon-Chrom-Kristall-Marmor-Glitzer-Stils ist offensichtlich nur oberflächlicher Art, erstreckt sich nur über die leicht zugänglichen und auf den ersten Blick sichtbaren Bereiche des Bauwerks. Sehr seltsam, die Peperoni ist irritiert. Wer, um Gottes Willen, pflanzt sich so eine übertrieben protzige Bude mitten in die Wildnis und kümmert sich dann so wenig um ihr Inneres? Wem, um Gottes Willen, gefällt denn so eine heruntergekommene Verwahrlosung?

Vorsichtig drücken sich die beiden Einbrecherinnen um die Ecke und schleichen die Treppe hoch, eifrig darauf bedacht, sich möglichst nicht zu exponieren und den neugierigen Blicken eventuell vorbeikommender Hausbewohner auszusetzen, die unten durch die Empfangshalle spaziert kommen. Aber sie haben Glück, niemand sieht sie, und sie kommen unbemerkt in den nächsten Stock hinauf. Dort ist das raue Lachen deutlicher zu hören, es muss aus einem Raum ganz in der Nähe kommen. Außerdem finden sie hier eine zweite Leiche, der leblose Körper eines kleinen, etwa zehn oder zwölf Jahre alten Buben mit argem Übergewicht liegt in einer Blutlache am Boden, sein Kopf fehlt und ist nirgendwo zu sehen.

Angeekelt wendet sich die Peperoni von dem Anblick des toten Jungen ab und folgt der Karo Ass. Wieselflink huschen die beiden von Tür zu Tür, den Gang entlang, bis sie an seinem Ende zu einer breiten Flügeltür kommen, die beiderseits von schimmernden Säulen aus Kunstmarmor gesäumt wird. Die Holzflügel der Tür scheinen furchtbar alt zu sein, stammen vermutlich aus einem anderen Gebäude, einem Schloss oder einem Palais oder so. Auf dem dunklen, wurmstichigen Holz ist die abgewetzte, kaum noch zu erkennende Gravur eines Wappens erkennbar, die Türgriffe und Beschläge sind aus goldig glänzendem Messing und das Schloss ist ein altmodisches, riesiges Kaliber, dessen Dimension darauf schließen lässt, dass der dazugehörige Schlüssel in etwa genau so lang ist wie Peperonis Unterarm. Stammt vielleicht gar aus der Zeit, wo sie mit Schwertern und den komischen Pullovern rumgerannt sind, die sie aus engmaschigen Eisenketten gestrickt haben – die Peperoni kennt sich aus im Altertum, der Teddy hat ihr genug Gesichten darüber erzählt, kein Drek.

Die Dimension des Schlüssellochs korreliert mit der geschätzten Größe des dazu passenden Schlüssels, daher dauert es nur ein paar Sekundenbruchteile, bis die findige Rattenschamanin am Boden kniet und mit einem Auge durch die daumennagelgroße Öffnung spechtelt. Die Sicht durch das übergroße Schlüsselloch ist fantastisch, quasi Kino, und zwar im wahrsten Sinn des Wortes. In dem Raum hinter der Flügeltür, der ein bisschen an einen Tanzsaal erinnert, lümmeln ein gutes Dutzend Leute in teuer aussehenden Fauteuils und glotzen hinauf zu einer Leinwand, die an einem Aluminiumgestell angebracht ist und von ihren Dimensionen her so aussieht, als ob sie früher einmal auf einer stolzen Galeone als Segel vom Hauptmast gebaumelt ist. Zu sehen ist gerade die flackernde Projektion eines jungen Mannes mit Bart und einem erstaunlich kleinen, eiförmigen Kopf, der der Peperoni irgendwie bekannt vorkommt, aber sie kommt einfach nicht darauf, wer das sein könnte. Jedenfalls windet sich der Typ unterwürfig am Boden herum und küsst die Erde zu Füßen eines orientalisch aussehenden Freaks, der für die Peperoni ein bisserl so aussieht wie eine Mischung aus einem Fremdenlegionär und dem Ayatollah. »Heimat! Heimat!«, schreit der Typ am Boden winselnd und küsst weiterhin voller Inbrunst den Boden.

Ach geh, wenn der Peperoni bloß einfallen würde, wer der Typ ist, sie könnte schwören, sie hat diese Gesichtszüge erst neulich irgendwo gesehen! Na egal, wer der winselnde Eierkopf zu Füßen des Mullahs auch sein mag, wenigstens erkennt die Peperoni ein paar der Zuschauer in den Fauteuils. Da ist zum Beispiel der Herr Ostenberger, der wortgewaltige und scharfzüngige Clubobmann der FNF im Parlament, der seit der Gründung der PEÖ auch dort ganz oben zu finden ist. Und auch die Frau Werrhoff ist zu sehen, in einem ziemlich teuer aussehenden Kostüm, das geradezu nach Armanté schreit. Inmitten der Zuschauer, neben einem altmodischen, optischen Projektor, steht ein hagerer Typ mit einer scharfen Hakennase, den die Peperoni ebenfalls sofort erkennt. Wolfhart Schlegel, der Vorsitzende der Freiheitlich-Nationalen Front und Vizeboss der PEÖ, dessen markantes Konterfei dir im Trid alle zehn Minuten aus einem Werbesport entgegengrinst.

»Aufgepasst!«, grölt er, der Schlegel, und krümmt sich vor Lachen, »jetzt kommt die beste Szene!«

Leider hat die Peperoni nichts davon, sie wird von der Karo Ass zur Seite geschoben, weil die Schattenläuferin ebenfalls einen Blick durch das Schlüsselloch werfen will. Als sie genug gesehen hat, kontrolliert sie den Füllungsgrad des Magazins in ihrem Drachentöter und meint dann in aller Seelenruhe zur Peperoni: »Jetzt ist Schluss mit der Heimlichtuerei, wir gehen jetzt da rein, krallen uns das Videotape und hauen uns über die Häuser. Bereit?«

Als die Peperoni nickt und ihre schlanke Ceska mit beiden Händen packt, meldet sich die Karo Ass über Funk noch rasch bei ihrem Rigger, dem Topolino: »Three, der Tanz geht los, ohne Radau kommen wir nicht an die Paydata. Auf mein Kommando lässt du deine Vögel fliegen und ballerst uns hier raus!«

Dann nimmt sie ihren Rucksack ab und zieht daraus eine schwere Atemmaske mit integrierter Schutzbrille für die Augen hervor. Die Peperoni zögert nicht lang und tut es der Schattenläuferin nach. Außerdem holen die beiden je eine Tränengasgranate aus ihren Rucksäcken hervor – die Spielsachen, die sie für den Run bei Y-Link Datacom vorbereitet haben, lassen sich hier genauso gut anwenden!

Dann ist es so weit. Mit trockenem Mund starrt die Peperoni rauf zur Karo Ass, die sich vor der Flügeltür postiert hat.

»Drei, zwo, eins, gemma!«

Gekonnt tritt die Schattenläuferin die Tür auf – mit dem rechten Fuß, dem unverletzten, versteht sich. Masochistin ist sie schließlich keine –, dann segeln die Treibsätze mit dem Reizgas in den Raum und die beiden Einbrecherinnen stürmen vorwärts, mitten rein in die Schwaden des ätzenden Nebels, der sich rasend schnell im Inneren des Saals ausbreitet. Man hört ächzendes Keuchen und überraschte Schreie, die aber rasch in rasselnden Husten übergehen. So zielgenau, wie das nur mit einer Smartgun-Verbindung möglich ist, gibt die Karo Ass einen Schuss auf das Aluminiumgestell ab, das die riesige Leinwand hält, und ballert den Haken weg, an dem die weiße Kunststoffplane angebracht ist. Donnernd kracht die Leinwand zu Boden und begräbt zwei oder drei der Zuschauer unter sich, die unter panischem Geschrei davonkriechen. Fauteuils werden umgeschmissen, poltern zu Boden, Leute stolpern darüber und knallen auf andere Leute, die bereits am Boden liegen und keuchend um Atem ringen. Irgendwo kracht es, ein Schuss peitscht herum, Glas klirrt. Darauf folgt mehr Geschrei und mehr Gekreische und noch viel mehr panisches Husten.

Mit schmerzverzerrtem Gesicht hat die Karo Ass den Projektor erreicht und tappt mit einer Hand hastig darauf herum, auf der Suche nach dem Slot, in dem der Video-Chip steckt. Mit der anderen Hand lässt sie ihre Waffe schussbereit durch den Raum streichen, bereit, sofort loszuballern, sollte es Anzeichen von Widerstand geben. In Gedanken verflucht sie ihren Fuß, der anfängt, sie ausgerechnet jetzt im Stich zu lassen.

Dann hat sie den Chip gefunden. Blitzschnell zieht sie ihn heraus und steckt ihn in die Datenbuchse auf ihre Schläfe. Es dauert eine Weile, bis ihre hochgezüchtete Cyberware mit dem altertümlichen Input klarkommt, aber dann kriegt sie das Video in ein Pop-Up-Fenster geblendet, das sich in ihrem Sichtfeld öffnet. Sie erkennt die Bilder wieder, ist genau das gleiche, das sich die Damen und

Herren von der Freiheitlichen Parteispitze gerade zu Gemüte geführt haben. Sie hat die Paydata, sie hat das Videoband aus Damaskus!

Aus dem dicken Nebel des Tränengases stürzt sich ein massiger Schatten auf die Peperoni und reißt sie zu Boden. Die Rattenschamanin kreischt auf, verkrampft sich vor lauter Schreck und drückt dadurch ungewollt den Abzug ihrer Ceska durch. Gellend hallen ein paar Schüsse durch den Saal, aber den Angreifer, den Herrn Ostenberger, stört das nicht, mit aller Kraft presst er die Rattenschamanin zu Boden. Bis sich plötzlich die Mündung eines Drachentöters gegen seine Brust presst. Der Ostenberger will anscheinend den Ernst der Lage nicht so recht kapieren und lässt nicht ab von der Peperoni. Mit einem leisen Husten entlädt sich der Drachentöter der Karo Ass, Blut und verschmorte Fleischfetzen spritzen durch die Gegend, und der zerschmetterte Körper des Politikers wird wie von Riesenhand nach hinten, in das undurchdringliche Grau des Tränengasnebels geschleudert.

Blitzschnell greift die Karo Ass nach unten, packt die Peperoni am Arm und zieht sie hoch. »Alles in Ordnung?«

Die Peperoni nickt, immer noch ein wenig benommen, dann trabt sie hinter der Karo Ass her, raus aus dem Saal, zurück in Richtung Treppe. Zeit, abzuhauen. Zeit für den Topolino, ihren Rückzug zu decken und der Kavallerie die Sporen zu geben, die die schweren Krachen ins Gefecht werfen soll.

»Three? Hörst mich, Three? Lass die Drohnen fliegen!«

Dann rennen sie den Gang entlang, reißen sich die Atemmasken vom Gesicht, wie von allen guten Geistern verlassen fegen sie die Treppe hinunter, runter zur Balustrade, wo sie zum ersten Mal das Getrampel schwerer Stiefel hören, und heisere Kommandorufe, die wirre Befehle durcheinander brüllen. Wie vom Teufel geritten geht es nach unten, dann wird die Peperoni urplötzlich von einer starken Hand gepackt und zur Seite geschleudert. Krachend schlägt eine Salve genau dort ein, wo sie eben noch gestanden hat, und perforiert das Bauplastik. Aber sie hat keine Zeit, darüber nachzudenken, sie wird gepackt und hochgerissen, dann stolpert sie weiter, gerade mal ein paar Schritte, bis sie wieder gepackt und dermaßen schwungvoll nach hinten geschleudert wird, dass es der kleinen Rattenschamanin die Luft aus der Lunge und die Sternchen vor die Augen treibt, als sie gegen die Wand kracht. Wieder heulen Schüsse aus automatischen Waffen durch das Gebäude, neobarocker Putz und üppiges Stuckwerk aus billigem Gips zerplatzen unter den Einschlägen der Kugeln, als aus dem Gang zur Rechten eine Gruppe blaubemützter Wachleute hervorgequollen kommt. Weiter, weiter, nach unten! Sie ist voll in Fahrt, das Adrenalin schaltet ihr Hirn auf bloßen Überlebensinstinkt um. Ohne große Überlegung rast die Peperoni hinter der Karo Ass her, der man jetzt gar nichts mehr anmerkt von den Problemen, die sie vorhin noch mit ihrem linken Fuß gehabt hat.

Sie schießen das Rund der elegant geschwungenen Treppe hinunter, was ihre Beine hergeben, aus dem Lauf heraus gibt die Karo Ass zwei Schuss nach hinten ab, allerdings ohne sich Zeit fürs Zielen zu nehmen. Mehr als ein bisserl Schreck verbreitet sie dadurch nicht unter ihren Verfolgern. Aber wenn sich die beiden Einbrecherinnen gedacht haben, im Erdgeschoss wären sie aus dem Schneider und bräuchten nur wieder durch die Hintertür zu verduften, dann haben sie sich ganz schön getäuscht: All die großen Holztore, die zum Treppenhaus führen, werden gerade geöffnet, gaaaanz vorsichtig und bedächtig. Man hört aufgeregtes Geschrei aus vielen Kehlen und das Klacken, mit dem Magazine in Schusswaffen einrasten.

Keine Zeit mehr für irgendwelche Finessen, keine Zeit mehr für irgendwelche Tricks, die beiden stürmen weiter, auf dem einzigen Weg, der ihnen noch verbleibt: nach unten.

Hapitel 33

Leoben, 8. Feber 2063

Totenstille umfängt ihn wie in einem Grab. Blinzelnd schlägt er seine Augen auf und blickt irritiert in die Dunkelheit, die sich rings um ihn herum erstreckt und nur von ein paar silbrig angehauchten Nebenschwaden erhellt wird.

Offensichtlich haben seine Schildprogramme doch gehalten, das Teerbaby hat den Click wieder ausgespuckt. Er ist immer noch online, befindet sich aber in einem ganz anderen Teil der Matrix.

Vor ihm in der Dunkelheit ragen die himmelstürmenden Überreste einer verfallenen gotischen Kathedrale in den Himmel, zarte Streben und zahnstocherdünne Säulen aus verwittertem Kalkstein, die das löchrige Spitzbogengewölbe allen Gesetzen der Schwerkraft zum Trotz in den Himmel stemmen. Hinter dem verfaulten Holz eines Türflügels, der schief in den Angeln hängt und den Blick durch das Seitentor freigibt, das er eigentlich abschließen sollte, kann der Click einen Blick auf einen komplett verwüsteten Friedhof werfen. Nebelschwaden ziehen durch die hochgestreckten, scheibenlosen Fenster in den Kirchenraum hinein, eine eisige Kälte macht sich im programmierten Körper vom Click breit. Obwohl sie vollkommen verfallen ist, strahlt die Ruine doch etwas Majestätisches, unbeschreiblich Ehrfurcht gebietendes aus.

Der Click spürt den Atem ausgesprochen raffinierter Programmierung rings um sich herum. Er hat so etwas noch nie erlebt, der dunkle Umriss der Ruine scheint gleichzeitig das schönste wie das abstoßendste Stück Code zu sein, das ihm je untergekommen ist. Mit der optischen Aufmachung hat das nichts zu tun, das liegt vielmehr an dem durchdringenden Gefühl des Verlassenseins, das den Click durchströmt, dem schaurigen Pesthauch, der wie eine unsichtbare Wolke über dem Ganzen zu liegen scheint.

Drek, wo bin ich?

Enerviert gibt er seinem Realitätsfilter den Befehl, wieder auf das schwarzgrüne Monochrom umzuschalten, aber erstaunt muss er feststellen, dass er nicht in der Lage ist, den optischen Input dieses Hosts mit seiner eigenen Programmierung zu überschreiben. Dann fällt ihm auf, dass er keinen Kontakt zu seinem Körperkonstrukt mehr hat, das immer noch in der Bude des Türken herumliegt, auf Stand-by geschaltet, und reglos darauf wartet, dass er aus seiner Heimat, der Matrix, zurückkehrt. Außerdem stellt der Click fest, dass er keinen Funkkontakt zum Rest des Teams mehr aufnehmen kann. Er ist vollkommen isoliert, komplett von der Außenwelt abgeschnitten.

Er versucht erst gar nicht, sich auszuloggen, er weiß, dass das nicht möglich ist. Mittlerweile hat er nämlich erkannt, was es mit diesem Computersystem auf sich hat. Als KI hat er natürlich schon von ultravioletten Hosts gehört, der höchsten Stufe virtueller Realität, das Äquivalent der Matrix zu einem BTL-Chip.

Vergiss Eis, aktives wie reaktives, vergiss weißes, graues und schwarzes Eis, auch wenn's dir so dunkel erscheint wie die Nacht, gegen das, was ein ultravioletter Host auffahren kann, ist herkömmliches Eis eine Lappalie, die nicht der Rede wert ist!

Vergiss auch die Tatsache, dass die Konzernwelt bisher nicht einmal die Existenz roter Hosts zugibt – absolut tödlich kodierte Computersysteme mit einer dermaßen hochgezüchteten Programmierung, dass es für gewöhnliche Decker äußerst schwierig ist, auch nur die Nase reinzustecken –, Netzwerke, die darauf ausgelegt sind, mit illegalen Eindringlingen nicht lang zu fackeln und ihnen stante pede das Hirn zu rösten. Aber, wie gesagt, vergiss das Zeug. Im Vergleich dazu sind ultraviolette Hosts nämlich noch ein gutes Stückerl heißer programmiert.

Glassplitter und abgebröckelte Stückchen Kalkstein knirschen unter seinen Füßen, als der Click langsam durch das lang gestreckte Mittelschiff der Kirche nach vorne schreitet. Die Zeit koooooommmt iiiihhhhhmmmm plöööötzlich sooooo koooomisch vor, scheint sich zu dehnen und keinen pysikalischen Gesetzen mehr zu unterliegen. Fühlt sich ein wenig so an, wie wenn du durch eine Satellitenleitung schießt, aber doch anders. Die Sitzbänke beiderseits des Hauptgangs sind komplett verfallen, das wurmstichige Holz liegt zersplittert am Boden und modert vor sich hin.

Endlos lang scheint sich der Weg nach vorne zum Altar zu dehnen, längst hätte er ihn schon erreichen müssen. Er fängt an zu rennen, aber das bringt ihn auch nicht wirklich weiter. Keinen Meter kommt er dem Altar näher. Missmutig setzt er sich auf den Sockel einer der tragenden Säulen und starrt dumpf um sich. Vorne, beim Altar, ist kaum was zu sehen. Die Nebelfetzen, die durch das Gemäuer kriechen, sind dort dichter als anderswo. Trotzdem erhascht er einen kurzen Blick auf den zerschmetterten Steinblock, der einst der Altar gewesen sein muss. Dahinter glaubt er kurz das goldene Funkeln eines Tabernakels gesehen zu haben, der von zwei schwarzen Kerzen flankiert wird, aber sicher ist er sich dabei nicht. Eins allerdings ist ganz deutlich zu sehen: das ramponierte Holzkreuz, das verkehrt herum in der Apsis zu schweben scheint.

Wo, zum Kuckuck, ist der Click da bloß reingeraten? In den Online-Chatroom einer Horde satanistischer Programmiergenies, oder was?

Kapitel 34

Am Wörthersee, 8. Feber 2063

Der Keller. Sie tauchen ein in eine seltsame Welt aus langen, gewundenen Gängen, deren Wände mit weißen Kacheln ausgekleidet sind. Mehrmals zweigen weitere Gänge ab, in regelmäßigen Abständen sind Metalltüren in die Wände eingelassen, neben denen Magschlösser an der Wand hängen, und die Karo Ass wird wieder langsamer. Spielend könnte ihr die wieselflinke Peperoni nun davonrennen, wenn sie Wert darauf legen würde. Die beiden Einbrecherinnen kommen an zwei weiteren Stiegen vorbei, schmalen Wendeltreppen, die jeweils nur in eine Richtung führen. Die eine nach oben, die andere nach unten. Letzteres scheidet als gangbare Route aus, tiefer in diesen gemauerten Albtraum wollen sie auf keinen Fall eindringen, aber nach oben, zurück ins Erdgeschoss, das wär nicht blöd! Leider trampelt hinter ihnen grad eine erkleckliche Anzahl schwerer Kampfstiefel über die gefliesten Böden. Es wird Zeit, sich ein wenig Vorsprung zu verschaffen! Die Peperoni bemerkt, dass die Karo Ass stehen geblieben ist und kauernd hinter einer Ecke Deckung gesucht hat. Den Drachentöter in der Rechten, blindlings Schüsse um die Ecke feuernd, greift sie mit der linken Hand nach hinten und fischt mit geübten Bewegungen etwas aus dem Rucksack hervor, das die Peperoni nicht erkennen kann. Eine schnelle Armbewegung aus dem Handgelenk, etwas Kleines, Dunkles pfeift um die Ecke. Einen Augenblick später zuckt ein Lichtblitz hinter der Ecke hervor, gefolgt von einem unglaublich hallenden Donnerknall und einer Wolke aus Rauch, Fliesensplittern, Plastibetonstückchen und dem einen oder anderen blutigen Fleischklumpen.

Der Peperoni dröhnt der Schädel, dass sie glaubt, ihr klingen sämtliche Kirchenglocken von hier bis Mariazell in den Ohren, doch die Karo Ass ist die Ruhe in Person. »Leicht modifizierte Handgranate«, erklärt sie beiläufig, als sie sich wieder aufrichtet und anfängt, die schmale Wendeltreppe nach oben zu humpeln.

Dummerweise scheint die Wendeltreppe, die sie sich ausgesucht haben, eine Art Expressroute ins oberste Stockwerk des Gebäudes darzustellen, denn anstatt dass sie irgendwo im Erdgeschoss wieder herauskämen, geht es Runde um Runde nach oben, bestimmt mehrere Stockwerke lang. Am Ende der Stiege angekommen verharren sie erst einmal und sichern nach beiden Seiten, während sie versuchen, wieder zu Atem zu kommen. Eine Tür in der Nähe steht leicht offen, Stimmen dringen daraus hervor. Die beiden wollen kein Risiko eingehen und schleichen mucksmäuschenstill in die entgegengesetzte Richtung. Ein Knacken hinter ihnen lässt sie zusammenfahren, sie zischen um die nächste Ecke und fegen den Korridor entlang, so lautlos wie zwei körperlose Schatten. Am Ende des Korridors kommen sie vor drei Türen zu stehen. Die Karo Ass schaut von einer zur anderen, zuckt mit der Schulter und nickt der Peperoni zu, die erwartungsvoll zur Schattenläuferin hochblickt.

»Setzt deine Magie ein. Schau nach, was uns hinter den Türen erwartet.«

Der Raum hinter der mittleren Tür ist schwach beleuchtet. Ein lang gestreckter Saal, mit einer ebenso lang gestreckten Tafel, die von unbequem aussehenden Holzstühlen gesäumt wird. Zwischen den Fenstern hängen altertümliche Wappenschilde an den Wänden, auf der gegenüberliegenden Seite steht eine Tür offen. Die Peperoni drückt die Klinke, aber die Tür ist verschlossen. Ein veraltetes

Zylinderschloss, wie sie es noch vor fünfzig Jahren verwendet haben. Grummelnd kramt sie in ihrer Hosentasche herum und bringt eine Haarnadel zum Vorschein, fummelt sie ins Schlüsselloch und arbeitet eine Zeit lang daran herum. Die Scharniere der Tür knarren, als sie sich öffnet. »Tritt ein, bring Geld herein!«, wispert die Rattenschamanin giftig grinsend zur Karo Ass, bevor ein hallendes Geräusch sie unterbricht. Ihr Kopf fährt herum, nach hinten, wo drei Gestalten um die Ecke spaziert sind.

Der Schlegel, die Werrhoff und der Ostenberger, der ja eigentlich tot sein sollte, im Augenblick aber einen putzmunteren, wenn auch etwas zornigen Eindruck vermittelt. Jeder von ihnen hält eins dieser Mehrzweck-Sicherheitsgeräte in der Hand, die allerlei Elektronikschrott mit einer ziemlich potenten Pfefferspritze kombinieren.

Auch die Karo Ass hat sich umgedreht, und sie hält ihre mächtige Pistole schussbereit in der Hand. Ganz ruhig, ohne jede Gefühlsregung, fast schon ein bisserl gelangweilt, meint die Schattenläuferin lakonisch: »Ihr gebt wohl nie auf? Aber wisst ihr was? Ihr Parteifritzen seid doch echt deppert. Taucht mit Pfefferspray bewaffnet bei einer Schießerei ...«

Tja, guter Versuch, einen flotten Spruch vom Stapel zu lassen, aber halt leider nicht mehr als ein Versuch, weil jetzt fällt sogar der Karo Ass, die ansonsten immer so ultracool tut, ganz schön die Fresslade runter, als die Gestalten der drei Parteigranden urplötzlich anfangen zu flimmern, zu verschwimmen, sich auszudehnen und sich mit eigenartigen Bewegungen zu recken. Sie werden größer und schlanker, ihre Arme und Beine werden länger, und sie hören einfach nicht auf zu wachsen und zu wachsen und zu wachsen. Ein bestialischer Gestank liegt plötzlich in der Luft, ein infernalisches Gebrüll dröhnt durch die Gänge. Die Kleider, die die drei Parteichefs eben noch getragen haben, wandeln sich in ein zotteliges, weißes Fell um. Ihre Gesichter haben sich in grausige, hassverzerrte Fratzen verwandelt, in Visagen, die in etwa so aussehen wie der Zweite Weltkrieg. Und glaub mir, *der* war nicht schön!

Mit schreckensbleichem Gesicht packt die Karo Ass die Peperoni am Arm und reißt sie mit sich, als sie durch die Tür mit dem geknackten Schloss davonstürmt, so blitzschnell es ihre Cyberware erlaubt.

»DREK!!! Nichts wie raus hier! Renn, renn, *RENN!!!*«

Aber das braucht die Karo Ass der Peperoni nicht zweimal sagen, die kleine Rattenschamanin fährt schließlich voll auf den Vicco di Lamino ab, und seinen größten Hollywood-Erfolg, »Der Fluch des Wendigo«, hat sie nicht weniger als sechs Mal im Kino gesehen. Die ersten beiden Male ist sie sogar hochoffiziell beim Haupteingang rein und hat für ihre Tickets bezahlt, das will schon was heißen. Und eins kannst mir glauben: Nach sechs Vorstellungen dieses Hollywood-Machwerks erkennst einen Wendigo, wenn du einen siehst, frage nicht!

Die Peperoni rennt, was das Zeug hält.

Leider tun das auch die drei weißzottigen Ungeheuer mit den rot glühenden Augen, die mit wütendem Geheul hinter ihnen her hetzen.

Kapitel 35

Am Wörthersee, 8. Feber 2063

Vor ihr hechtet die Karo Ass nach rechts, durch eine offen stehende Tür. Die drei Monster hinter ihnen scheinen Verstärkung erhalten zu haben, das Trampeln schwerer Stiefel hinter ihr ist nicht zu überhören. Die Peperoni schaut über die Schulter zurück, genau ins Mündungsfeuer einer großkalibrigen Waffe. Der Knall ist genauso wenig gedämpft wie der Aufprall, als die Kugeln sie treffen. Die Panzerjacke, die ihr die Karo Ass aufgezwungen hat, stoppt die Projektile zwar und verteilt ihre kinetische Energie auf eine größere Fläche, aber es ist trotz allem immer noch so, als ob sie einen Vorschlaghammer in den Rücken getrieben bekäme, frage nicht. Sie verliert das Gleichgewicht, gerät ins Taumeln, der Schmerz fährt ein wie ein Messerstich. Alle Muskeln verkrampfen sich, als sie zu Boden stürzt und mit vollem Schwung ein paar Meter auf dem glatten Parkett dahinschlittert. Sie verpasst die Tür, durch die die Karo Ass verschwunden ist, und rutscht weiter, bis sie schließlich am Ende des Gangs polternd die ersten Stufen einer schmalen Wendeltreppe nach unten purzelt und dann jäh zu stehen kommt, als sie gegen die Rundung der Wand kracht.

Drek, jetzt ist sie allein, getrennt von der Karo Ass! Aber die Peperoni hat keine Wahl, wieder blitzt die Kanone hinter ihr auf, Putz und Mauerteile spritzen heulend davon. Keine Chance, zurückzurennen, sie muss die Treppe da runter, mit oder ohne Karo Ass.

Im gestreckten Galopp geht es die Stiege hinunter, durch leer stehende Kammern und Zimmer, über schlecht beleuchtete Gänge und Korridore, ohne ihre Verfolger gänzlich abschütteln zu können. Ein rasch heruntergenudelter Unsichtbarkeitszauber scheint zwar ein wenig zu helfen, ganz aus dem Schneider ist sie aber noch nicht. Schließlich kommt sie vor einer verheißungsvollen Metalltür zu stehen.

»Four? Four, bitte kommen? Da ist so ein Lift, sei so gut und nimm ihn unter deine Fittiche, ja?« Die Peperoni steht irgendwo im zweiten Obergeschoss, in einem Gang mit brüchigen Tapeten und bröckeligen Löchern in den Wänden, vor einem Fahrstuhl, so einer Art Lastenaufzug. Das Ding, das sie sich als Ticket nach drunten auserkoren hat, weil es auf den Treppen von Wachen nur so wimmelt. Vor dem Lift kommen drei Gänge in der kleinen Lobby zusammen, die mit zwei Topfpflanzen aus Plastik, einem Reißwolf und einem Kopiergerät voll gestopft ist.

Die Wachmannschaft der FNF scheint inzwischen vollständig ausgeschwärmt zu sein und durchkämmt das Gebäude. Von allen Seiten hört die Rattenschamanin die Rufe der Gardisten näher kommen. Nur der blöde Lift rührt sich nicht, der steht immer noch im Erdgeschoss. Drek, was soll das? Sie hat ihn doch schon vor Ewigkeiten dem Click anvertraut! Langsam sollte ihn der Decker zu ihr raufschicken, denn die Wachen kommen näher. Noch kann sie keinen von ihnen sehen, noch sind sie in irgendwelchen Seitengängen, aber lang wird's nicht mehr dauern.

Die Sekunden vergehen, der Lift rührt sich nicht, und die Rufe der Wachen kommen näher. Sie flüstert noch einmal einen Funkspruch in ihr Kehlkopfmikrofon, der Click soll endlich den Lift aktivieren. Drek-Drek-Drek, da rührt sich einfach nichts!

Der erste Wachmann der FNF springt um die Ecke, in dem Gang rechts von ihr. Er macht das wie die Cops im Trid, die klobige Maschinenpistole fest gegen die Schulter gepresst, mit zusammengekniffenem Auge über den Lauf zielend. Nachdem er auf diese Weise den Gang gesichert hat, gibt er ein aufforderndes Zeichen mit dem Kopf, und ein weiterer Typ taucht auf. Der sichert nach hinten.

Die Peperoni können sie nicht sehen, die beiden, schließlich ist sie unsichtbar. Das nützt ihr aber nichts, wenn sie nicht schleunigst von hier verschwindet. Die Lobby vor dem Lift ist nicht breit genug, als dass die beiden Gardisten an ihr vorbeikämen, ohne sie anzurempeln. Und dann wüssten sie, was gespielt wird. *Drek, Click, mach schon, schick mir den Lift rauf!*

Die Stimmen aus dem Gang links von ihr werden nun ebenfalls lauter. Die beiden Wachmänner rechts von ihr gehen in die Knie und legen ihre MPs an. Der vordere von den beiden schreit in Richtung der Neuankömmlinge: »Tommi? Fredl? Seid ihr das?«

Na, das is' ja richtig professionell, grummelt die Perperoni sarkastisch. Bei jeder halbwegs vernünftigen Sicherheitsagentur werden die Wachmannschaften von der Sicherheitszentrale aus dirigiert. Nun, diesen Wapplern fehlt diese Professionalität. Aber das nützt der Rattenschamanin derzeit gar nichts. Aus dem Gang kommt die Antwort: »Alex? Kammerer? Alles klar bei euch? Haben nichts gefunden, alle Gänge in unserem Bereich gesichert.«

Die beiden angehenden Super-Cops zu ihrer Rechten senken ihre Bleispritzen, dann kommen zu ihrer Linken die zwei anderen Wachleute um die Biegung des Gangs. Schließlich tauchen auch im dritten Gang zwei Wachmänner mit blauen Baseballmützen auf. Jetzt ist die Peperoni vollständig eingekreist.

Die drei Trupps lassen die Waffen sinken, rufen einander Scherze zu und schlendern übertrieben lässig auf den Lift zu. Noch sind sie etwa fünf, sechs Meter von ihr entfernt. Keine Chance, ihnen in der winzigen Lobby auszuweichen. Verzweifelt knobelt die Peperoni an einem Weg, wie sie aus dieser verschissenen Situation wieder rauskommt.

Keine Panik, kleine Ratte, jetzt bloß keine Panik! Ihr schwäch-
licher Versuch, sich selbst zu beruhigen, nützt gar nichts,
Angstschweiß bricht ihr aus allen Poren hervor. Die sechs
Wachleute der FNF schlendern von allen Seiten näher.
Ratte hilf, bitte, es muss einfach einen Ausweg geben! Krampfhaft umklammern ihre Finger die schlanke Ceska. Die
Namen verschiedener Zauber schießen durch ihren Kopf,
das ganzes Repertoire, das ihr Ratte beigebracht hat. Ver-
wirren mit einem Chaoszauber? Oder doch eine übel rie-
chende Gestankswolke? Nichts davon würde funktionieren, sie würde selbst mitten im Wirkungsbereich dieser
Zauber stehen. Eine Zone absoluter Stille beschwören?
Heimlichkeit? Einer ihrer Wahrnehmungszauber? Drek,
was soll sie jetzt damit?

Die Typen kommen näher, noch wenige Schritte und einer von ihnen wird sie anrempeln. Keine Zeit mehr für
subtiles Vorgehen. Die Peperoni visiert den Trupp links von
ihr an. Zwei Typen, der eine so eine Art Bohnenstange,
aber echt unglaublich dünn, mit einen schütteren Ziegenbärtchen. Anstelle einer Maschinenpistole trägt er einen
dieser Pfeffer-Taschenlampen-Waffenscanner-Funkgeräte-
Schlagstöcke, die derzeit bei kleineren Sicherheitsfirmen
so angesagt sind. Der andere ist ein kleiner Kerl mit Brille
und Bierbauch, der glaubt, es sei cool, wenn er seine Base-
ballkappe verkehrt herum aufsetzt. Völlig arglos, die beiden, lassen ihre Waffen locker baumeln – jetzt oder nie!

Dem Ziegenbärtchen tritt sie mit aller Kraft seitlich gegen
das Knie. Viel fehlt wohl nicht, dann wär's eine Amputati-
on. Es knirscht grässlich, und die Bohnenstange bricht wie
vom Blitz getroffen zusammen. Beim Losstarten drischt
die Peperoni dem Bierbauch den Lauf ihrer Pistole ins
Gesicht, worauf seine Brille zerbirst und der Wappler vor
Schreck gegen die Wand taumelt. Und dann rennt sie, mit
allem, was ihre Beine hergeben.

Sie hat die Biegung des Gangs erreicht, lange bevor den
Wachleuten der FNF klar geworden ist, dass hier irgend-

was nicht stimmt. Als die ersten von ihnen die Waffen hochreißen, um dieses Problem auf amerikanische Art mit sinnlosem Herumballern zu lösen, wird ihnen von denjenigen Kollegen die Schusslinie versperrt, die sich ineinander verkeilt haben bei dem Versuch, sich zeitgleich in den schmalen Gang zu quetschen und die Verfolgung aufzunehmen. Die Bohnenstange mit dem kaputten Knie beginnt in der Zwischenzeit wie am Spieß zu schreien. Dem hat die Peperoni ganz schön den Tag verdorben. Weit, weit hinter sich hört sie, wie die Pfefferkanone mit dumpfem Puffen losgeht, gefolgt von schrillen Schmerzensschreien.

Na, diesen Kasperln ist sie gerade noch einmal entkommen. Aber jetzt hat sie die Schnauze voll, jetzt wird sie schwere Geschütze auffahren und sich endgültig verdünnisieren. Und das scheint leichter als gedacht zu gehen, weil in dem Zimmer neben ihr scheppert plötzlich zersplittertes Fensterglas – so viel also zu den flotten Werbesprüchen, mit denen Saeder-Krupp sein Sicherheitsglas promotet – und mit zischenden Triebwerken schwebt eine von Topolinos Drohnen heran.

»Schön, dass du auch endlich was von dir blicken lässt!«

Die Rumpelkammer, die von oben bis unten mit allem möglichen Plunder und Krempel voll gerammelt ist, ist genau das, wonach sie gesucht hat. Ein rascher Blick bestätigt ihr, dass die Wände morsch sind, dass sich hinter dem bröckeligen Verputz ein von Lunkern zerfressenes, undichtes Mauerwerk befindet.

Es ist genau so, wie der Teddy immer sagt: Heutzutage wird einfach nicht mehr anständig gebaut, alles nur Potemkinsche Dörfer mit hübschen Tapeten über der bröckeligen Bausubstanz, die gemäß den Plänen bekiffter Architekten von irgendwelchen mies bezahlten Analphabeten aus der Dritten Welt aus den allerbilligsten Rohstoffen zusammengestopselt wird. Meistens darfst nicht mal mehr hinter die Tapete deines Wohnklos schauen, sonst wird dir schlecht, kein Drek.

Inmitten des Plunders, der die Rumpelkammer ausfüllt, verkriecht sich die Peperoni und schlüpft rasch aus ihren Sachen. Sie packt alles zusammen, ihre Stiefel, die Hosen, den Isolationsanzug, die Unterwäsche, den Rucksack sowie die restliche Ausrüstung, und verpackt alles gewissenhaft in einem Bündel, das sie aus ihrer Panzerjacke schnürt. Dann tapst sie völlig nackt zu der Drohne hinüber, die am Eingang der Rumpelkammer schwebt, und hängt ihr Bündel am Lauf des Maschinengewehrs auf, mit dem das Fluggerät bewaffnet ist. Ruckartig macht die Drohne einen Satz nach hinten, aber man muss schon verstehen, dass der Topolino einen schönen Schreck kriegt, weil der Schattenrigger muss erst noch geboren werden, der nicht auch ein wenig verdattert dreinschaut, wenn mitten in einem Schattenlauf eine Teamkollegin anfängt, aus ihren Kleidern zu schlüpfen und splitterfasernackt vor den Kameras auf einer Drohne auftaucht!

»Bring mein Zeugs in Sicherheit«, lacht die Peperoni. »Pass mir ja gut darauf auf, du! Wenn was fehlt, gibt's anständig Krawall, kein Drek. Und mach dir keine Sorgen, ich komm hier schon allein zurecht!«

Eigentlich sollte der Topolino nun die Nerven wegwerfen, laut schreien und anfangen, sich die Haare zu raufen, während er auf einem Bein durch die Gegend hüpft. Sie stecken mitten in einem Schattenlauf und jetzt so was, das ist doch zum Verrücktwerden, wirklich wahr! Aber der Topolino nimmt's gelassen.

Dass Zauberer im Allgemeinen und Schamanen im Besonderen einen Vogel haben, das ist nichts Neues, da hat sich der Rigger schon daran gewöhnt. Muss an diesem sagenhaften Mana liegen, von dem sie die ganze Zeit faseln, wenn's nach dem Topolino ginge, gehört das Zeug schleunigst verboten. Wie viel einfacher und berechenbarer ist da simples Motoröl!

Er lässt die Mantelstromtriebwerke in seiner Drohne aufröhren und schießt davon. Aus einiger Entfernung hört man wieder zersplitterndes Fensterglas, als die Drohne die kürzeste Route nach draußen nimmt und Peperonis Besitztümer in Sicherheit bringt.

Kaum dass die Drohne weg ist, fängt die Peperoni an, schrill zu fiepen, beginnt sich zu einer Melodie zu wiegen, die nur sie selbst zu hören scheint, dann fährt sie ihren Körper mit den Armen entlang. Ihre Gestalt scheint zu verschwimmen, löst sich langsam auf, ihr Gesicht wird spitz, die Augen werden zu kleinen, schwarzen Knöpfen und ihre Gliedmaßen schrumpfen. Sie fiept weiter, wiegt sich weiter in dem unhörbaren Rhythmus, löst sich mehr und mehr auf. Aus ihrer Haut wächst graues Fell, sie schrumpft und schrumpft und schrumpft – bis da, wo eben noch die Peperoni gestanden hat, eine magere, graue Kanalratte kauert und mit zuckenden Schnurrhaaren ihre Umgebung mustert.

Der Gestaltwandelzauber, den Ratte ihr beigebracht hat, ist eines der schwierigsten Lieder der Macht, die sie beherrscht. Aber auch eines der nützlichsten. Man tät ja nicht meinen, wo man in der Gestalt einer Ratte überall hinkommt, ohne dass man wahrgenommen wird! Bis vors Büro des Direktors der Novatech-Niederlassung in Leoben-Hinterberg, beispielsweise, wenn man es unbedingt darauf anlegt, von dort ein Magschloss zu fladern. Und die einzige Schlussfolgerung, die die Konzernsicherheit aufgrund deiner Spuren ziehen kann, ist die, einen Kammerjäger anzuheuern. Die kleine, graue Ratte stößt bei diesem Gedanken fiepende Zischlaute aus, die ein wenig so klingen wie hämisches Gelächter.

Kaum dass die Peperoni ihren Zauberspruch zum Abschluss gebracht hat, hört man von draußen, wie mächtige Krallen über den glatten Boden scharren. Die kleine, graue Ratte, in die sich die Peperoni verwandelt hat, flitzt eilig zwischen dem aufgetürmten Krempel davon, mit ihren zierlichen, geschickten Pfoten bahnt sie sich einen Weg über ganze Haufen von altem Werkzeug, Brettern, alten Elektrogeräten, Bücherstapeln, Jutesäcken und sonstigem Plunder. Mit zuckendem Näschen und vibrierenden Tasthaaren huscht sie die Wand entlang, sucht den bröckeligen Verputz nach einer Ritze ab, die breit genug für sie ist, um sich hindurchzuquetschen. Ratten brauchen dazu nicht viel Platz, es ist erstaunlich, wie schmal sich die kleinen Biester machen können, welche Verrenkungen sie anstellen können, um selbst durch die allerkleinsten Spalten und Löcher hindurchzukrabbeln zu können. Es dauert nicht lang, dann hat die Peperoni gefunden, wonach sie gesucht hat. Mit peitschendem Schwanz und rudernden Hinterpfoten zwängt sie sich in eine Ritze, als hinter ihr das bestialische Gebrüll einer unmenschlichen Kehle ertönt. Die Peperoni steckt beinahe fest und kann darum ihren Kopf nicht wenden, aber das ist auch gar nicht nötig, sie kann sich schon denken, was los ist. Als magische Wesen sind Wendigos im Astralraum präsent, die kann die Peperoni mit ihrem Gestaltwandelzauber nicht täuschen. Der Zauber wirkt nur auf ihre körperliche Gestalt, weder ihr Intellekt noch ihre Aura sind davon betroffen, im Astralraum kann man sie nach wie vor in voller Lebensgröße bewundern.

Angestrengt presst sie sich durch den Spalt, quetscht sich durch den Verputz und verschwindet in den Hohlräumen der miserabel gemauerten Ziegelwand. Gerade noch rechtzeitig. Kaum, dass sie mit fliegenden Pfoten und zuckendem Schwanz durch die Bausünden der Vergangenheit davontrippelt, zertrümmert eine gewaltige Monsterpranke mit übermenschlicher Kraft den Teil der Wand, in dem sie eben noch herumgekrochen ist. Infernalisches Gebrüll quittiert den Fehlschlag, dafür breitet sich ein erbärmlicher Gestank aus, der der Peperoni den Magen umdreht. Nur gut, dass Ratten nicht kotzen können, aber sie können eine Kolik kriegen, und auf diese fatale Erfahrung kann die Peperoni gern verzichten. Rasend huscht sie mit rasselnden Atemzügen durch die Hohlräume der Ziegelwand, klettert mehr auf Tempo als auf Eleganz und Sicherheit bedacht nach unten. Immer noch verfolgt sie das Gebrüll, mehrere Schläge lassen die Wand erzittern, in der sie steckt, und immer noch raubt ihr der höllische Gestank den Atem, aber schlussendlich gelingt ihr die Flucht. Durch mehrere leer stehende Räume, eine vergammelte Küche und zwei andere, ebenso löchrige Wände geht es nach draußen, zur Hinterseite des Gebäudes hinaus.

Im Schutz einer rostigen Mülltonne hält sie erleichtert inne, saugt mit gierigen Atemzügen die reine, klirrend kalte Luft in ihre Lungen, dann putzt sie sich mit ihren kleinen, geschickten Pfoten über die Schnauze und schüttelt sich Ziegelsplitt und Zementstaub aus dem Fell. Gerade als sie sich anschickt, durch den menschenleeren Park davonzuflitzen, kommt eine dicke, fette Ratte um die Mülltonne herumspaziert und bleibt überrascht stehen. Ein Ratterich von ansehnlichem Kaliber, ein Veteran des ständigen Überlebenskampfs, dessen narbenübersäte Ohren aufmerksam auf die Peperoni gerichtet sind, als er aufgeregt zu ihr rüberschnüffelt und ihre Witterung aufnimmt. In seinen hinterlistigen Knopfaugen hat er dieses gewisse Funkeln, das zu dem gierigen, typisch männlichen Blick gehört, den die Peperoni vom Ausgehen am Samstag Abend her kennt. Offenbar wollen Männer wirklich immer nur das eine, unabhängig davon, ob sie nun Menschen und/oder Ratten sind.

Drek, das ist jetzt aber bitte nicht wahr!

Wie Stahlfedern spannt die Peperoni jede einzelne Muskelfaser ihres kleinen Nagetierkörpers an, schnellt blitzartig hoch und flutscht mit vollem Karacho davon. Ihre Zufallsbekanntschaft, der Ratterich, schießt hinterdrein. Wie gesagt, er ist ein lebenserfahrener Veteran, er ist es gewohnt, dass die Weibchen Zicken machen, aber davon lässt er sich nicht aufhalten.

Kapitel 36

Leoben, 8. Feber 2063

Der Click hat keine Ahnung, wie viel Zeit vergangen ist. Sekunden, Minuten oder Stunden, in der Matrix ist die Zeit sowieso schwer abzuschätzen, am besten, man greift auf die Systemzeit seines Cyberdecks zurück und lässt sie sich ins Gesichtsfeld einblenden. Aber in diesem speziellen Host steht dir diese Option offenbar nicht zur Verfügung, dem Click gelingt es nicht, auf die Uhrzeit seines Cyberdecks zurückzugreifen. Immer noch sitzt er auf dem Sockel der Säule und grummelt vor sich hin. Dann fängt er an, die weißen und schwarzen Steinplatten zu zählen, mit denen der Boden der Kathedrale gepflastert ist. Die meisten davon sind geborsten, viele sind unter dem Schutt begraben und nicht mehr zu sehen, aber im Mittelgang sind noch etliche frei geblieben.

Moment mal! Irritiert kratzt sich der verrückte Decker hinter den Ohren, als er die kleinen, bräunlichen Flecken bemerkt, die hie und da auf einigen weißen, nicht geborstenen Steinplatten zu sehen sind. Rasch sprintet er in die Mitte des Kirchenschiffs und bückt sich zu einem dieser Flecken runter. Blut, getrocknetes Blut.

Jetzt muss man schon zugeben, dass der Click kein Pathologe ist, dass seine Expertise auf diesem Gebiet alles andere als sattelfest dasteht, aber auf der anderen Seite würden ein paar Blutstropfen ganz gut zum Rest der Metaphorik dieses Hosts passen. Darum zweifelt der Click keine Sekunde daran, dass es sich bei den bräunlichen Flecken tatsächlich um den roten Vino handelt. Dann kommt ihm noch eine Idee. Wieder versucht er nach vorne zum Altar zu gehen, aber diesmal tritt er nur noch auf solche Steinplatten, auf denen er Blutstropfen findet.

Und siehe da, es klappt. Was für ein Blödsinn, was für eine stereotype Metaphorik, der Click schüttelt ungläubig den Kopf. Da glaubst, dass du grad in einem drittklassigen Horror-Trid bist, echt wahr! Kurz darauf hat er die in sich zusammengebrochene Kommunionbank erreicht und steigt die Stufen zum Altar hoch.

Er steht vor dem Tabernakel, dem Allerheiligsten dieses Hosts, offensichtlich ein Datenspeicher. Die Lebensgeister des Deckers erwachen wieder, in seinen Augen glüht wieder grünlicher Schimmer, energetisch wie eh und je. Hey, was es hier auch immer zu holen geben mag, es befindet sich direkt vor ihm! Rasch vergewissert er sich, dass er noch Zugriff auf die Dienstprogramme hat, die er zu Beginn des Datenruns in den aktiven Speicher seines Decks geladen hat, dann fängt er an, das Schloss zu knacken, mit dem der Tabernakel verschlossen ist. Es dauert eine Weile, aber dann gelingt es seiner Software, die Zugangslogiken des Datenspeichers zu entschlüsseln, und in den schaufelgroßen Händen des Cyber-Bergmanns manifestiert sich ein fleckiger Bronzeschlüssel, mit einer zerfaserten Quaste aus vermoderten Samtschnüren daran.

Der Click fackelt nicht lang und schließt den Tabernakel auf. Gleißende Lichtstrahlen fallen aus dem Datenspeicher heraus, und dann macht sich der Click daran, in den gespeicherten Dateien herumzuschmökern.

Er findet eine komprimierte SimSinn-Aufzeichnung, die die Adelheid Santori zeigt, die Vorsitzende des Neoliberalen Forums, wie sie gefesselt und geknebelt auf einem Bett liegt und ihr niemand Geringerer als der Vorsitzende des Konzernrates und stellvertretende Vorsitzende der Volkspartei, der greise Herr Hlawatsch, mit einer Reitgerte den

Allerwertesten grün und blau schlägt. Die SimSinn-Aufzeichnung lässt den Click den grellen Schmerzesblitz spüren, der durch den Körper der Santori brennt, wenn sie getroffen wird, aber auch die Geilheit, die sie dabei verspürt. Angeekelt schließt der Click die Datei und schmökert weiter. Er findet Aufzeichnungen über allerlei dubiose Geldtransaktionen der Sozialdemokraten, die allesamt in Moskau oder auf der Krim enden. Er findet andere pikante Daten, Fotos, Audioaufzeichnungen und Videos, Spuren von schmutzigen Deals und nicht ganz so legalen Abmachungen, die sich quer durch die politische und wirtschaftliche Landschaft des Landes ziehen, Geldflüsse, Grundstücksgeschäfte und Personalpolitik, alles da.

Und dann findet er alten Code, *wirklich* alten Code. Eine Unmenge an verknüpften Dateien aus der Zeit vor dem Virus, das im Jahr 2029 das weltweite Computernetz vernichtet hat. Er findet eine ganze Datenbank aus der Zeit, bevor seine Mutter, die Matrix, sich wie der Phönix aus der Asche des zusammengebrochenen Internets erhoben hat.

Ehrfürchtig streicht der Click mit seinen riesenhaften Pranken über die alten Routinen und Subroutinen, dann fängt er glücklich seufzend mit dem Download an. Der Code wird sich gut machen in seiner Sammlung, bestimmt findet sich darin das eine oder andere Schmankerl von einem Programm! *Schau, schau, was haben wir dann da,* denkt sich der Click, als er erkennt, was er da runtergeladen hat. Offensichtlich eine Art Grundbuch, ein Kataster mit den Eintragungen und den genauen Karten aller Grundstücke und ihrer Besitzer aus dem Jahr 2029. So was, und da hat es immer geheißen, das Virus hätte damals das Grundbuch zerstört und deshalb wäre es zu dem exzessiven Landraub gekommen, der damals stattgefunden hat. In einem Anflug von purem Faustrecht haben sich die Konzerne, aber auch andere Körperschaften, all die Grundstücke unter den Nagel gerissen, derer sie habhaft werden konnten, ob mit oder ohne Gewalt, das spielte damals überhaupt keine Rolle.

Der Click muss vorsichtig sein mit dieser Beute, die will gut verwahrt sein und zum richtigen Zeitpunkt an die richtige Person verscherbelt werden. Kommt irgendwer drauf, dass der Click im Besitz dieses Grundbuchs ist, hat er umgehend die Killerkommandos, soll natürlich heißen die *Löschprogramme* der Konzerne im Genick, ja was glaubst du!

Dann überfliegt er noch rasch den Rest des Datenspeichers. Bei einer Datei, die aussieht wie der abgerissene Schädel eines kleinen, fetten Schulbuben, wird er stutzig. Nicht so sehr das ekelhafte Motiv des Icons gibt ihm zu denken, nein, das Gesicht kommt dem Click bekannt vor. Das kennt er von der Passagierliste des Lufttaxis her, das die Datenkuriere von Wien nach Graz bringen hätte sollen.

Schnell kontrolliert er die Datei und schnaubt lautstark, als er feststellt, dass sie erst an diesem Tag hier abgespeichert worden ist. Eine komprimierte Videoaufzeichnung, ein Dateiformat aus den 2030ern, das heutzutage nicht mehr oft verwendet wird. Ebenfalls alter Code, der Click ist entzückt. Heut ist offenbar sein Glückstag. Rasch wirft er einen Blick auf den Inhalt der Datei und spielt die ersten paar Sekunden ab. Auf Anhieb erkennt er den Sayid Jazrir, den Anführer des Großen Jihad, der während der Eurokriege in Südosteuropa so arg gewütet hat. Grinsend lädt der Click die Daten vom Tabernakel runter, offensichtlich hat er gefunden, wonach das Karo-Ass-Konstrukt so fieberhaft sucht.

Kaum, dass der Download beendet ist, macht er tabula rasa und löscht das Original der Datei im Tabernakel.

Dann haut er sich über die Häuser, indem er wieder den Pfad auf den blutbespritzten weißen Steinplatten einschlägt, der ihn raus aus der Kathedrale bringt. Als er durch das mächtige Portal der Kirchenruine tritt, dessen reicher

Schmuck an Fresken von frevelhaften Händen zerschlagen worden ist, bleibt er zögernd stehen. Jetzt stellt sich nämlich die Frage, wie's weitergeht, weil aus einem solchen Host kannst dich nicht so einfach verabschieden.

Das Geräusch von knirschendem Kies und näher kommenden Schritten schreckt den Decker aus seiner Grübelei hoch. Instinktiv huscht er zurück in die tiefen Schatten der Kathedrale und verkrümelt sich hinter einen Schutthaufen. Am Portal taucht eine übermannsgroße Gestalt mit weißem, zotteligem Fell auf, ihre blutrot schimmernden Augen leuchten wie Signalfeuer in der Dunkelheit. Aus seinem Versteck heraus erkennt der Click ein breites Maul mit einer Reihe messerscharfer, überstehender Eckzähne, eine breite, schwarze Nase und Krallen, die in etwa genauso lang sind wie der Unterarm eines Volksschulkindes. Click sieht, wie die Gestalt dem Pfad der Blutstropfen folgend nach vorne hastet, wo sie in den schaurig silbergrauen Nebelschwaden verschwindet.

Dann hallt ein teuflisches Geschrei durch die zerstörte Kathedrale, deren Gemäuer das zornerfüllte Brüllen widerhallen lässt und mit schallendem Echo verstärkt. Offenbar hat da grad jemand bemerkt, dass der Click vorhin eine Datei gelöscht hat, und ist nicht so ganz glücklich darüber.

Wie ein weißer Wirbelwind kommt die monströse Gestalt zurückgerannt, prescht am Click vorbei und stürmt mit höllischem Gebrüll aus der Kirche hinaus. Das Geschrei des Wesens ist so laut, dass der Click keine Bedenken hat, es könnte seine Schritte hören, als er sich aus seinem Versteck erhebt und dem Ding hinterherwetzt, so schnell ihn seine Füße tragen. Er weiß, dass er jetzt schnell sein muss und keine Sekunde zögern darf. Von allein kommt er nicht aus einem ultravioletten Host heraus, und wenn man ihn gewaltsam ausstöpselt, kann es gut sein, dass sein Körperkonstrukt bleibende Schäden an den Nervenprogrammen davonträgt. Aber er schwört Stein und Bein, dass sich dieses erboste weiße Zottelmonster grad anschickt, den Host zu verlassen. Wenn er schnell genug ist, kann er sich dem Ding anschließen. Und dass er schnell ist, das weiß er, der Click, schließlich ist er eine Künstliche Intelligenz.

Kapitel 37

Am Wörthersee, 8. Feber 2063

»Verschissener Drek!«, zischt die Karo Ass wütend, als sie merkt, dass es ihren Verfolgern gelungen ist, die Peperoni von ihr zu trennen. »Three! Three! Two ist in Schwierigkeiten! Peil sie an, und schick ihr deine Drohnen zu Unterstützung, aber dalli, sonst kannst was erleben!«

Nachdem sie sich solcherart um das Überleben der Peperoni gekümmert hat, schickt sie sich an, etwas für ihr eigenes Überleben zu tun und rennt weiter. Jeder Schritt mit dem linken Fuß brennt wie die Hölle, jedes Mal sticht ihr der Schmerz wie ein glühendes Messer in die Fußsohle, ausgehend von der Ferse hinauf in den Unterschenkel. Aber jetzt ist nicht die Zeit zu jammern, sie sollte lieber schauen, dass sie von hier wegkommt, so schnell wie möglich. Leer stehende Räume, voll gerammelte Rumpelkammern und offensichtlich bewohnte Gemächer durchquerend, bahnt sich die Karo Ass ihren Weg durch das Gebäude. Drei blaubemützte Wachposten, die ihr leichtsinnigerweise ins Schussfeld laufen, bezahlen diesen Fehler mit ihrem Leben. Dann hat sie die Haupttreppe erreicht und hastet auf dem dicken Teppich nach unten, der die Stufen bedeckt und das Geräusch ihrer Schritte dämpft. Bevor sie ins darunter liegende Stockwerk vorstößt, presst sie sich mit dem Rücken eng an die Wand des Stiegenhauses und lauscht vorsichtig nach verdächtigen Geräuschen. Als sie nichts bemerkt, schnellt sie vorwärts und will so rasch wie möglich ins Erdgeschoss hinunterrasen. Sie kommt aber

218

nicht weit, etwas, das sich anfühlt wie eine Stahlklammer, packt sie von hinten und zerrt sie zurück. Ein überraschter Blick über ihre Schulter zeigt ihr einen Wendigo, den weiblichen, der ebenso wie sie mit dem Rücken zur Wand im Gang gelauert hat und sie am Krawattel gepackt hat, kaum dass sich die Gelegenheit dazu geboten hat. Schwungvoll reißt der Wendigo die Karo Ass zurück, die rohe Kraft des Wesens erschreckt die Schattenläuferin bis in die Knochen.

Aber auch mit der Karo Ass ist nicht zu spaßen, das muss nun auch der Wendigo feststellen. Die Schattenläuferin reißt ihren Drachentöter hoch und ballert damit wie blöde auf das Monster.

»Großes Viecherl, großes Ziel!«, presst sie zwischen den zusammengepressten Kiefern hervor, als sie den Abzug ihrer Waffe wieder und wieder durchzieht.

Die Schwierigkeit beim Kampf gegen so übermächtige Gegner wie Werwölfe, Vampire oder deren orkische Unterart, den Wendigos, liegt ja darin, dass sich die Wunden, die man ihnen zufügt, wegen ihrer magischen Regenerationsfähigkeit allzu schnell wieder schließen, außer man verwendet spezielle Munition, wie etwa Patronen aus Silber. Trotzdem heißt das nicht, dass man unbedingt auf Silberkugeln und Holzpflöcke zurückgreifen muss, um mit solchen Biestern fertig zu werden. Wenn man ihnen oft genug mit herkömmlichen, aber vorzugsweise schweren Kalibern zusetzt und empfindliche Körperteile wie den Kopf oder das Rückenmark trifft, geht's ihnen schon auch an den Kragen, keine Frage.

Und die wuchtigen Uran-Geschosse aus der Krache der Karo Ass beginnen bald Wirkung zu zeigen. Unter bestialischem Gebrüll lässt das Monster von ihr ab, zuckt unter den Einschlägen der Kugeln zusammen und weicht ein paar Schritte zurück, ehe es zu Boden geschmettert wird. Da, wo die schlagkräftigen Projektile in das Fleisch des Wendigos eindringen, reißen sie tiefe Krater heraus, zerfetzen Haut und massive Muskelstränge und zermatschen die darunter liegenden Knochen zu Brei. Zwar setzt beinahe zeitgleich die magische Heilung ein, und die Wunden beginnen sich zu schließen, trotzdem schaut es eine Weile so aus, als ob die Karo Ass die Oberhand gewonnen hätte. Ihre Glock arbeitet nämlich einen Deut schneller als die angeborene Magie des Wendigos.

Ganz so optimistisch blickt die Schattenläuferin allerdings nicht in die Zukunft, die Smartgunverbindung, die sie kybernetisch mit ihrer Waffe koppelt, blendet ihr ständig den Füllungsgrad ihres Munitionsclips ins Blickfeld, und die Zahl der verbleibenden Kugeln schwindet rasch dahin. Panisch nestelt sie ein weiteres Magazin hervor, das sie am Gürtel unter ihrer Panzerjacke trägt, und bereitet sich auf einen fliegenden Wechsel vor.

Noch drei Schuss, noch zwo, noch einer – Klick!

Ein mentaler Befehl an die Smartgunverbindung, und schon spuckt die Glock gehorsam den leer geballerten Clip aus. Gleichzeitig fährt die andere Hand der Karo Ass hoch und rammt das frische Magazin in den Griff der Waffe. Die Unterbrechung der Schussfolge hat nur wenige Augenblicke gedauert – aber selbst das ist zu viel, wenn du es mit einem Wendigo zu tun hast.

Wie ein Orkan aus wirbelndem weißem Fell und blitzenden Klauen stürzt sich das Monster auf die Schattenläuferin und betoniert ihr eine, dass ihr Hören und Sehen vergeht und sie wie ein nasser Sack zu Boden geschleudert wird.

Ein weiterer Hieb, und messerscharfe Pranken schlitzen ihre Panzerjacke auf, hinterlassen dicke Furchen im Kevlargewebe. Noch ein Hieb, und ihre Glock segelt in großem Bogen davon. Polternd kracht die Waffe zu Boden, weit außerhalb jeder Zugriffsmöglichkeit, dann schlittert sie wie zum Hohn noch ein Stückerl über den glatten Boden. Gackerndes Gelächter quittiert die Entwaffnung der Karo Ass.

Geduckt wartet die Schattenläuferin auf den nächsten, vermutlich finalen Schlag, aber der kommt nicht. Irritiert blinzelt sie zu der Wendigo-Frau hoch, die grausam lachend über ihr steht und mit hasserfüllten Augen zu ihr runterschaut.

»Lauf ein bisserl«, höhnt das Monster mit seiner rasselnden Tierstimme, »versuch doch, davonzulaufen! Ich hab's gern, wenn die Beute schön langsam vor Angst verkommt. Angst schmeckt so geil! Also, lauf los, du elendiges Stück Beute, du!«

Eine schemenhafte Bewegung hinter dem Wendigo, dann donnert der Widerhall peitschender Feuersalven durch die Gänge, als der Topolino seine Vektorschubdrohne heranrasen lässt und die Munitionsvorräte ihres schweren Maschinengewehrs in das Monster pumpt. Der Wendigo kreischt auf, schlägt ungeschickt nach dem lästigen Angreifer, trifft aber nicht und wird stattdessen wie eine zuckende Puppe nach hinten geschleudert.

Rasch krabbelt die Karo Ass zu ihrer Waffe und krallt sich den Drachentöter. Kaum dass sie sich wieder bewaffnet hat und es so aussieht, als ob sich die Situation dank des überraschenden Auftritts vom Topolino grundlegend gewendet hätte, muss die Schattenläuferin mit ansehen, wie ein magischer Blitzstrahl durch den Gang gezischt kommt und die Drohne erledigt. Die fette Panzerung fängt an zu brodeln, glüht in brandrotem Licht und platzt schließlich auf.

Die Drohne verwandelt sich in einen glühenden Feuerball, aus dem Scherben und Metallsplitter wie glühendes Schrapnell in alle Richtung davonspritzen. Ein Bruchstück fetzt haarscharf am Kopf der Schattenläuferin vorbei, bevor es sich in die Wand hinter ihr bohrt und zur Gänze darin verschwindet.

»Das Spiel ist aus, drekige Schnepfe!«, grölt der zweite Wendigo, der gemächlich den Gang entlang auf sie zuschlendert und sich zu dem weiblichen Wendigo gesellt. Seine rot leuchtenden Augen bohren sich mit hasserfülltem Blick in die der Schattenläuferin.

»Denkste!«, gibt die Karo Ass höhnisch retour, als sie den Datenchip aus Damaskus hervorzaubert und direkt vor die Mündung des Drachentöters hält. »Ein falscher Schritt und ...«

Eigentlich ein verzweifelter Schritt, das ist der Schattenläuferin schon klar, aber es sieht trotzdem so aus, als ob diese Drohung ihre Wirkung nicht verfehlen würde. Die Wendigos weichen zurück. Allerdings nur, um dann lauthals loszuprusten.

»Du blöde, saublöde Schnepfe, du! Schieß ihn ruhig zu Brei, den Chip, wir haben noch eine Kopie davon in unserm Tabernakel!«

Irritiert zieht die Karo Ass eine einzelne Augenbraue hoch. Zu viel passiert in diesem Augenblick. Einerseits erklärt ihr der Wendigo gerade, dass ihre kleine Geiselnahme nicht funktioniert, andererseits macht ihr der Topolino im selben Augenblick via Kommlink klar, dass sie gefälligst ihren Kopf einziehen und sich so klein wie möglich machen soll.

Sie schafft es gerade noch, dem eindringlichen Befehl des Riggers nachzukommen, als vor ihr die Welt explodiert und die beiden Wendigos ziemlich dumm aussehen lässt.

Den Autorotationseffekt ausnutzend, lässt der Topolino den Plutocrat mit abgeschalteten Turbinen unhörbar leise auf das Zielgebäude hinunterrasen. Mittlerweile sitzt der Rigger wieder im Cockpit seines Vogels, die Zeit für einen kleinen Zwischenstopp beim Versteck des Ladas hat er sich genommen, das musste einfach sein.

Im letzten Augenblick zündet der Rigger die Turbinen seines Hubschraubers und lässt sie gleich mächtig aufröhren, als er vollen Schub gibt und den Sturzflug des Fluggeräts abfängt. Gleichzeitig entfaltet sich das Waffenarsenal seines Babys in all seiner Macht und Glorie.

Da kannst du nun ein Wendigo sein, so viel du willst, wenn dir nicht weniger als zwounddreißig Raketen des

Kalibers siebzig Millimeter um die Ohren geschnalzt werden, dann tut das weh, verdammt weh!

Ächzend stemmt sich die Karo Ass hoch und starrt mit ungläubigem Gesichtsausdruck in die verschmorte Ruinenlandschaft um sich. Überall züngeln kleine Flammen, Rauch und Staub nehmen ihr die Sicht, aber so viel sieht sie schon noch, dass sie mitkriegt, dass an dieser Stelle weder von dem Gebäude noch von dem beiden Monstern viel übrig geblieben ist. Zwar kann sie nicht sagen, ob die beiden Wendigos tot sind oder ein Stockwerk tiefer unter einem Schuttberg begraben liegen, aber das ist der Karo Ass im Augenblick total Powidl. Viel mehr interessiert sie das Bergekabel mit dem Brustgeschirr, das zu ihr herabgelassen wird.

Rasch überzeugt sie sich davon, dass der Chip in ihrer Faust die ganze Sache unbeschadet überstanden hat, dann dauert es nur ein paar Augenblicke und sie taucht in der Passagierkabine des Plutocrats auf, der mit knatternden Rotoren über dem schwelenden Loch schwebt, das er in den Ansitz des Herrn Schlegel geballert hat.

»Hast dir ja ganz schön Zeit gelassen, Hawara!« Die Zähne vor Schmerz zusammengebissen, klopft die Karo Ass dem Rigger auf die Schulter, als sie sich schwerfällig in den Copilotensessel fallen lässt.

»Aaah, bella ragazza, ich seh dich halt gern ein bisserl zappeln. Man kriegt ja so selten Gelegenheit dazu.«

Erschöpft lehnt sich die Karo Ass in ihren Sitz und schließt die Augen. Dann wird sie vom Topolino angestupst, der grinsend auf einen Bildschirm in der Konsole zeigt.

»Schau, sogar die Ratten haben genug von ihrem Aufenthalt in diesem Gruselkabinett und vertschüssen sich!«

»Hä, was ist los?«

Der Topolino winkt ab. »Ach nichts. Die Nachtsichtkameras haben zwei Ratten oder Marder gezeigt, die in dem Garten unter uns quer durchs Gemüse flitzen.«

Und dann steht da plötzlich die Peperoni unter ihnen auf der Wiese, ohne Kleidung, ganz nackt.

Hinterher kann man nicht mehr genau sagen, wer überraschter darauf reagiert, ob das nun der Topolino und die Karo Ass sind oder doch der triebgesteuerte Ratterich mit dem ausgeprägten Drang zur Fortpflanzung, der immer noch hinter der Peperoni her war. Fakt ist jedoch, dass sowohl der Hubschrauber als auch das Rattenmännchen wie vom Blitz getroffen stehen bleiben und erst einmal einen Augenblick verharren, um das Geschehene zu verdauen und geistig zu verarbeiten, ehe sie zum nächsten Schritt übergehen. Der besteht im Falle des Topolino in einer engen Wendung des Plutocrat und dem Aufpicken der nackten, kleinen Rattenschamanin, und im Falle des sexbesessenen Ratterichs in einer unkontrollierten, panischen Flucht.

Kapitel 38

Podersdorf am Neusiedlersee, 19. August 2033

Im roten Licht der aufgehenden Sonne gleitet der silberne BMW mit den verspiegelten Scheiben leise schnurrend über die staubige Ebene östlich des Neusiedlersees, über der sich immer noch die Hitze des vorigen Tages staut, bereit, erneut von der glühenden Sommersonne aufgeheizt zu werden. Etwas hinter dem Luxusschlitten, gerade außerhalb der Sichtweite, tuckert ein unauffälliger, kleiner VW-Lieferwagen dahin. Zugegeben, von außen macht er nicht viel her, der kleine Laster von *TULLNERFELD KOOPERATIVE – FRISCH UND GESUND!*, aber im Inneren steckt er voller Überraschungen. Würde wohl niemand erwarten, im Laderaum eines Synthofraß-Transporters eine komplette militärische Abhöranlage zu finden. Der Schiefer und der Novotny, wieder einmal auf Abwegen, die dem Juan Sanchez hinterherschnüffeln.

Ein dreiviertel Jahr ist vergangen, seit der Kajetan Schiefer dem Heeresnachrichtenamt beigetreten ist, und man kennt ihn kaum wieder. Weg ist das Bierbäuchlein, weg sind die Schwimmreifen um die Hüfte. Dafür hat er jetzt ein paar interessante Narben, die er damals nicht gehabt hat. Manche davon spürt er jedes Mal, wenn das Wetter umschlägt. Raubt ihm den Schlaf, echt keine feine Sache, der Schiefer könnte jedem dieser superschlauen Klugscheißer eine G'nackwatschn verpassen, die dir erzählen, dass du auf deine Narben stolz sein solltest, weil Narben angeblich Siege seien.

Weg ist aber auch seine Unsicherheit, mittlerweile ist er ein Routinier in seinem Job, kennt sich aus, kennt die Leute im Business, hat den Dreh heraußen.

Ja, es hat sich viel getan in der Zwischenzeit! Der Krieg ist weitergegangen wie gehabt, beide Seiten setzen gelegentlich Giftgas und auch Biowaffen ein. Die Europäer scheuen auch vor großflächigen Kampfzaubern nicht zurück, aber die kann der Mullah Sayid Jazrir nicht recht kontern, weil er die Magie, das Erwachen und die Metamenschen als Teufelswerk ablehnt und magisch begabte Leute hinrichten lässt.

Ansonsten wogt der Kampf immer noch hin und her, vor und zurück. Schön langsam machen sich auf beiden Seiten die ersten Ermüdungserscheinungen bemerkbar. Der Jazrir tut sich immer schwerer dabei, seine Verluste auszugleichen und genug Nachschub heranzuschaffen. Auf der anderen Seite haben die Europäer einsehen müssen, dass es keinen Sinn hat, die mittlerweile stark abgenutzten Kräfte aufzusplittern und jedes Land sein eigenes Süppchen kochen zu lassen. Und weil zudem jedes betroffene Volk unter der finanziellen Last des Kriegs ächzt und stöhnt und vor dem Kollaps steht, hat man sich endlich dazu aufgerafft, den Lebenstraum von Leopold Habsburg wahr werden zu lassen und das Kaiserreich Donau ausgerufen. Seit dem 1. August 2034 bilden Österreich, Tschechien, die Slowakei, Ungarn und Slowenien einen gemeinsamen Staat, der sich gleich verzweifelt daran gemacht hat, alle denkbaren Synergieeffekte zu nutzen und in klingende Münze oder zusätzliche Wehrpflichtige umzusetzen. Man gleicht die Funkfrequenzen und Kommunikationscodes an, baut nun alle Waffen und Fahrzeuge gemeinsam und verwendet die gleichen Bauteile und Kaliber, was Koordination und Logistik erheblich erleichtert.

Zum alleinigen Oberkommandierenden hat man den Feldmarschall Danek aus Tschechien ernannt, einen ziemlich fähigen Heerführer. Diese Entscheidung hat sich gleich

in einem signifikanten Rückgang der allgemeinen Verlust-
zahlen niedergeschlagen.

Zu guter Letzt ist ein alter Bekannter vom Novonty und
vom Schiefer zurückgekehrt. Der Juan Sanchez aus Aztlan, der so maßgeblich an der Entwicklung des CSX mit-
gewirkt hat.

Als der Novotny geschnallt hat, dass der Kerl nach Österreich zurückgekehrt ist, hat er ohne zu zögern alles auf
Eis gelegt, woran er mit dem Kajetan Schiefer gerade gearbeitet hat. Der Sanchez und seine Teufeleien gehen vor,
wie Kletten haben sich die beiden an die Fersen dieses
Arschlochs geheftet.

»Was macht das Ziel?«, fragt der Schiefer nach hinten, in
den Frachtraum des VWs hinein, wo der Novotny sitzt und
den Monitor ihres Peilgeräts im Auge behält.

»Weiterhin auf Kurs.«

»Und der Funkspruch? Hat der Computer ihn endlich
entschlüsselt?«

Der Novotny schaut kurz hinter sich, checkt den Monitor
des Mainframes, das dort steht, und schüttelt den Kopf.
Von dem BMW aus ist vorhin ein Funkspruch ausgegangen, ein langes Signal mit einer echt brutal extremen Band-
breite, die auf eine noch extremere Verschlüsselung hin-
deutet. Der Schiefer und der Novotny kennen diese Art
von Funksprüchen, Expresssendung hinauf in den Orbit,
via Satellit weiter nach Tenotichtlan, das noch vor nicht
allzu langer Zeit als Mexiko City bekannt gewesen ist.

»Das Ziel wird langsamer, hat das Lager erreicht. Jetzt
bleibt es stehen.«

Eine kurze Weile fährt der Schiefer weiter, dann fährt er
den Transporter von der Straße, ohne irgendwelche Worte
zu verlieren, mitten hinein ins übermannshohe, verdorrte
Gestrüpp, und stellt den Motor ab. Der Novotny reicht ihm
einen Rucksack nach vorn, im Gegenzug wirkt der Schiefer einen Zauber auf sie beide, und dann sind sie auch

schon auf dem Weg zum Gefangenenlager Lange Lacke. Zu Fuß und unsichtbar. Sie brauchen nicht lang, um das Lager zu erreichen, sie kennen sich aus, sind in letzter Zeit schon oft genug hier gewesen.

Schon nach wenigen Minuten kommen sie an die ersten Drahtverhaue. Hinter den drei Drahtwänden, den Wachtürmen und Laufgassen für die Barghests liegen die windschiefen Wellblechbaracken, zwischen denen die unüberschaubare Menge von abertausenden ausgemergelten Gestalten in zerschlissenen Uniformfetzen herumschlurft. Ängstlich gebückt schleichen sie herum, die gefangenen Moslems, was sie aussehen lässt wie verdroschene Bernhardiner. Der Gestank, der sich vom Lager aus über die ganze Gegend verbreitet, ist kaum auszuhalten. Na, das Paradies mit dem Mega-Harem an dauerfeuchten Jungfrauen, das ihnen die Mullahs und Imame versprochen haben, hätten sich die Jungs von der Allahfront schon ein bisserl anders vorgestellt, keine Frage!

Außerhalb des Gefangenenlagers befinden sich die Unterkünfte der Wachmannschaft, simple Fertigteilbuden aus Plastibeton, die allerdings ebenfalls von Stacheldraht und Wachtürmen gesichert sind.

Ein lang gezogenes, flaches Gebäude ganz hinten ist ihr Ziel. Die Kommandantur des Lagers.

Mit raschen Schritten schlagen sich die beiden Agenten durchs Gestrüpp, umrunden das Camp der Wachtruppe in großzügigem Abstand, um die Barghests nicht auf sich aufmerksam zu machen, dann nähern sie sich ihrem Zielgebäude von hinten. Als sie nah genug dran sind, drücken sie sich in eine flache Mulde und kramen die Lasermikrofone aus ihren Rücksäcken hervor. Bevor sie die Abhörgeräte auf die beiden verspiegelten Fenster an der Rückwand der Kommandantur ausrichten können, ist plötzlich lauter Motorenlärm zu hören. Eine Staubwolke taucht neben dem Gebäude auf, Bremsen quietschen, und aus einem wuchtigen Jeep steigt ein großer, junger Mann mit ziemlich sportlicher Figur und einem erstaunlich kleinen, eiförmigen Kopf. Offensichtlich ein Offizier, der Schiefer kann das Lametta auf seiner Uniform im Licht der aufsteigenden Sonne funkeln sehen. Lässig schlendert der Kerl zum Hintereingang des Baus und verschwindet darin.

»Da schau her«, flüstert der Novotny zum Schiefer rüber. »Jetzt wird's interessant, der Hacklhuber ist wieder zu Hause. Na, wahrscheinlich geht er zu seinem Kumpel, dem August Dechant, um mit ihm eine neue Sauerei auszuhecken.«

O ja, die beiden Agenten kennen den Hacklhuber, bis vor kurzem war er noch hier stationiert. Als ein Befehlshaber der Wachtruppen des Lagers, der bei den Gefangenen ziemlich gefürchtet war. Seine, äh, *Leistungen* auf dem Gebiet der Haltung von Kriegsgefangenen haben ihm mittlerweile höhere Ehren eingebracht, er ist in den Generalstab des Oberkommandos der vereinigten Armee des Kaiserreichs Donau befördert worden.

»Was machen wir jetzt?«, fragt der Schiefer den Novotny flüsternd. »Bleiben wir am Sanchez dran, oder kümmern wir uns um den Hacklhuber? Oder tanzen wir auf beiden Hochzeiten?«

»Schiefer, ich hoffe, Sie können tanzen«, der Novotny stupst seinem Kollegen mit dem Ellbogen in die Seite, »Sie übernehmen das Fenster vom Dechant, ich übernehme das vom Kommandanten. So schlagen wir zwei Fliegen mit einer Klappe.«

Der Schiefer rückt in der Erdmulde herum, bis er eine etwas bequemere Liegeposition gefunden hat, und macht sein Richtmikrofon fertig für den Lauschangriff. Aus den Kopfhörern kommt knisterndes Rauschen, bis er den richtigen Winkel gefunden hat. Dann ist sein Gerät in der Lage, die ultrafeinen Vibrationen des Glasfensters mit einem Laserstrahl abzutasten und in die akustische Signale umzuwandeln, die auf der anderen Seite der Glasscheibe die Vibrationen hervorgerufen haben. Die Qualität einer solchen

Aufzeichnung ist natürlich alles andere als überragend, im Grunde genommen sogar eine Frechheit, aber mit der Zeit gewöhnt man sich daran.

»Servas, Hacki!«, hört der Schiefer in seinen Kopfhörern den jungen Dechant sagen, »schön, dass du dich wieder einmal anschauen lässt. Wie geht's dir im Generalstab? Ist's dort auch so lustig wie bei uns?«

Raues, verächtliches Gelächter. »Die Tschick dort sind besser, bestehen wenigstens zur Hälfte aus Tabak. Nicht so wie hier, Buchenlaub und getrocknetem Klärschlamm.«

»Und was ist mit, äh, kleinen Zuverdienstmöglichkeiten?«

Wiederum raues, verächtliches Gelächter. »Ihr verscherbelt also immer noch Organe an MonoMed? Die Niere zu fünfhundert Euro das Stück? Gusti, Gusti, mein Freund, wird das auf Dauer nicht langweilig?«

»Langweilig? Hey, ich bin hier für die Gefangenen so was wie der Herrgott, verstehst du? Entscheide über ihr Leben und ihren Tod! Nein, eigentlich bin ich sogar noch mehr, weil der Herrgott damit nichts zu tun hat, wenn sie den nächsten Tag erleben. Das hängt einzig und allein von meiner Gnade ab!«

Durch das Knistern und Rauschen der Übertragung des Richtmikrofons hindurch hört man das Lachen vom Hacklhuber: »Gusti, lass dir gesagt sein, dass du ein spießiger Kleingeist bist. Eine paar Nieren hier, ein paar Herzen da, Blut abzapfen, Leberentnahme, Vermietung menschlicher Versuchskaninchen an irgendwelche Labore – sicher, vor ein paar Monaten war das noch die volle Gaudi, aber jetzt ist das doch echt nur noch kindisch!«

»Kindisch?« Der Dechant Gusti traut seinen Ohren nicht. »Was ist denn mit dir los? Ist noch nicht so lang her, da hast noch ganz andere Reden geschwungen!«

»Na ja, Gusti, man wächst im Geiste. Hast Lust auf eine wirklich große Sache? Willst *wirklich* einmal herrschen? Willst wirklich *Macht* haben? Nicht nur in einem depperten

Lager am anus mundi, sondern die totale Macht übers ganze Land?«

»Nehmen Sie bitte Platz, Herr Sanchez. Wie ich gehört hab, sind Sie zurückgekommen, um ihre Forschungen fortzusetzen, Herr Sanchez. Wann werden Sie Ihre neue Wunderwaffe so weit haben, dass wir sie den Moslems auf den Kopf kippen können?«

Versehentlich zuckt der Novotny ein wenig mit der Hand, die das Richtmikrofon hält, und der Kontakt bricht ab. Bis er das Gerät wieder richtig ausgerichtet hat, ist nur statisches Rauschen zu hören.

»... mindestens einhundert, alle Blutgruppe B positiv. Die Sache ist dringend, ich will sie bis morgen im Labor haben.«

Der Novotny nickt grimmig, einhundert neue Versuchskaninchen. Es geht also weiter, C5 ist ihnen nicht grauslich genug. Aber für den Novotny ist das Schlimme daran, dass ausgerechnet seine Fraktion hinter der ganzen Sache mit dem CSX steht, die Typen, die ihm sein Gehalt überweisen: der Geheimdienst.

O ja, es wird Zeit, wieder einmal den Freigeist zu spielen und seinen Leuten in die Suppe zu spucken. Mit eiskaltem Gesichtsausdruck verfolgt er den Rest des Gesprächs.

»Was haben Sie?«, fragt der Novotny den Schiefer, als sie wieder in der relativen Sicherheit ihres wackeligen Kleinlasters sitzen und zurück nach Wien tuckern.

»Einen machtgeilen Spinner, der unser Land an den Mullah Jazrir höchstpersönlich verraten will. Und Sie?«

»Ach, nichts Besonderes. Einen durchgeknallten Blutmagier, der sich in Gewänder aus Menschenhaut kleidet, in einer Aztekenpyramide haust und die Welt mit DSX bereichern will.«

»DSX?« Der Schiefer ist verwirrt. »Sie meinen CSX, oder?«

»Nein, DSX, genau so, wie ich es gesagt hab. Der Sanchez will den C-Strang zum D-Strang mutieren lassen.«

Ein giftiges Grinsen liegt breit über dem Gesicht vom Kajetan Schiefer, als er seinem Kollegen antwortet: »Ich finde, da sollten wir etwas dagegen tun, Herr Novotny.«

»Wogegen? Gegen Ihren Fall oder gegen meinen Fall?«

»Gegen beide, Herr Novotny.«

Der Angesprochene lacht und nickt. »Und was machen wir mit all den schönen Beweisen, die wir in Sachen Organhandel gesammelt haben?«

Der Organhandel – die Sache, an der sie bislang dran waren. Der Frage nachgehen, warum das Kaiserreich Donau seit einiger Zeit der weltgrößte Exporteur von Organen und Blutkonserven ist, und wieso man trotz der endlosen Ströme an Gefangenen, die man dem Jazrir abnimmt, immer noch mit der gleichen Anzahl an Kriegsgefangenenlagern auskommt wie zu Beginn des Kriegs.

Auch diese Hockn ist nicht von oben genehmigt, ihre Vorgesetzten wissen nichts davon. Sie erledigen das so nebenbei, neben dem Alltagsgeschäft, zu dem sie verdonnert werden. Abhöraktionen von Konzernen und Politikern, Überwachung ausländischer Agenten und solcher Käse eben.

»Wenn Sie hinter dem Hacklhuber her sind, Herr Schiefer, und ich hinter dem Sanchez, dann war alles umsonst, was wir bisher an Material über die Geschichte mit den Organen gesammelt haben.«

Der Schiefer kaut an seinem Daumennagel, während er nachdenkt. Teufel noch eins, der Novotny hat verdammt Recht! Sie brauchen wen, der ihre Sache weiterverfolgt, der auf ihrer Seite steht, sie brauchen jemanden, der absolut korrekt ist. Schon ein wenig verzweifelt zermartert sich der Schiefer sein Gehirn.

»Und wenn wir alles, was wir bisher haben, auf einen Haufen werfen und das Zeugs dem Schweizer Roten Kreuz zuspielen?«

Es dauert eine Weile, bis der Novotny antwortet. »Herr Schiefer, das halte ich für keine gute Idee.«

Erstaunt glotzt der Kajetan Schiefer zum Novotny rüber, der ihn breit angrinst, ehe er fortfährt: »Nein, das halte ich für eine Spitzenidee!«

Kapitel 39

Am Wörthersee, 8. Feber 2063

»Herr Schlegel!«, kreischt der Tulpenstingl mit schriller Stimme.

Auch der Gonzo hat den Typen erkannt, der die Zelle betreten hat. Wolfhart Schlegel, seines Zeichens Vorsitzender der Freiheitlich-Nationalen Front in höchsteigener Person. Dahinter der Herr Ostenberger, der Clubobmann der FNF im Parlament, und außerdem noch die Frau Werrhoff, die rechte Hand vom Schlegel. Das Triumphirat der politischen Rechten in diesem Land, die drei Obermotze der FNF. Allerdings scheinen zwei von ihnen etwas ramponiert zu sein, der Schlegel hat ein dickes Pflaster über einem Auge kleben und trägt einen Arm in einer Binde, und die Werrhoff scheint ebenfalls Schmerzen zu haben, sie zuckt merklich, wenn sie sich zu schnell und zu ruckartig bewegt.

Noch ehe der Schlegel irgendetwas sagen kann, hat sich der Tulpenstingl schon vor ihm auf den Boden geworfen und versucht kriechend, die Schuhe seines Vorgesetzten zu erreichen. *Du verschissenes Arschloch*, verflucht der Gonzo seinen Auftraggeber in Gedanken, *willst ihm die Füße küssen, oder was?*

»Gnade! Gnade! Ich wollte ja nur ...«, wimmert Gonzos Zellengenosse mit heiserer Fistelstimme. Der Schlegel tritt einen Schritt zurück, holt mit einem Bein aus und knallt dem jammernden Elendshaufen seinen Fuß mit voller Wucht in die Fresse.

»Schnauze, du Arschloch!«, herrscht der Parteivorsitzende seinen Untergebenen an.

Und tatsächlich, der Tulpenstingl erstarrt zur Salzsäule, obwohl ihm Ströme von Blut aus dem Maul rinnen.

»Ts-ts-ts, Tulpenstingl, Tulpenstingl, tut man so etwas? Du mieses Schwein hast es tatsächlich gewagt, die Partei zu verraten! Wo wir doch grad dabei waren, darüber nachzudenken, dich in den inneren Kreis der Partei aufzunehmen, hast du unseren größten Coup hochgehen lassen, du drekiges Arschloch, du!

Unter Tränen versucht sich der Tulpenstingl zu verteidigen und sein Verhalten zu entschuldigen: »Aber ich hab doch bloß ... Ich wollte doch nur... Hätte doch nie die Partei ...«

»Halt's Maul!«, herrscht ihn die Frau Werrhoff an, eine große Frau, stolze ein Meter achtzig groß, mit langem, grauem Haar, das sie zu einem strengen Seitenscheitel gekämmt und nach hinten zu einem Zopf zusammengebunden hat. Das Wimmern vom Tulpenstingl erstirbt sofort.

»Wir wissen alles über dich, du miese Dreksau! Wir wissen von deinen regelmäßigen Ausflügen nach Leoben, ins *Marquis* der Lady. Wir wissen, wie viel Geld dich diese Ausflüge gekostet haben, o ja, das wissen wir! Du bist praktisch pleite, deine Schreckhahn-Zucht ist dermaßen überschuldet, dass du von deiner Bank nicht einen einzigen, drekigen Cent mehr kriegst!« Die Frau Werrhoff lacht schrill auf, als sie das sagt. »Man sollte halt nur dann ins *Marquis* pilgern, wenn man sich das auch wirklich leisten kann. So wie wir ...«

»Und dann hast du irgendwie von unserem Coup erfahren, unserem Plan, wie wir die Macht in diesem Land an uns reißen und den Herr Vizekanzler Hacklhuber und seine Hawara vom Club 65 ausschalten können, nicht wahr?«

Die Frau Werrhoff packt den Tulpenstingl, der vor ihr am Boden kauert, bei den Haaren und reißt seinen Kopf hoch, sodass er ihr in die Augen sieht.

»Wie hast du von unserem Coup erfahren? Wer weiß noch davon? Wem hast du von der Sache erzählt?«

Stotternd berichtet der völlig eingeschüchterte Tulpenstingl vom letzten Bundesparteitag in Knittelfeld, in dieser verödeten Stadt im oberen Murtal. Erzählt, wie er nach der Veranstaltung noch einmal in den Saal zurückgekehrt ist, weil er seinen Taschencomputer vergessen hat. Und wie er das große Triumphirat der Partei hinter den fleckigen Samtvorhang der Bühne verschwinden hat sehen. Neugierig ist er gewesen, der Tulpenstingl, aber eigentlich wollte er das Gespräch der drei Parteigranden gar nicht belauschen, eigentlich wollte er bloß seinen Taschencomputer suchen. Aber irgendwie hat es sich halt nicht vermeiden lassen, dass er von den Daten aus Damaskus erfahren hat. Kurz darauf ist die letzte Mahnung der Bank gekommen, die Drohung mit einem russischen Inkassobüro inklusive, und da ist er dann schwach geworden, der Tulpenstingl.

»Bitte ...«, winselt er, dieses Häufchen Elend, »ich hab doch die Partei nicht schädigen wollen, ich wollte die Daten eh gleich wieder zurückbringen, bloß ein bisserl ...«

Ein Fußtritt vom Herrn Ostenberger stoppt die Entschuldigung vom Tulpenstingl. »Halt endlich dein Maul, du Aas!«

»Tulpenstingl, Tulpenstingl, du hast ja überhaupt keine Ahnung, in welcher Liga du mitspielen wolltest. Wie bist du bloß auf die Idee gekommen, ausgerechnet *du* könntest so jemanden wie uns austricksen? Hast du überhaupt einen blassen Schimmer davon, hinter welchen Daten du her warst?«

Mit großen, tränenunterlaufenen Augen schüttelt der Tulpenstingl den Kopf. »Nein-nein, ich hab ... Nein, ich glaub, irgendwas, was dem Hacklhuber das politische Kreuz brechen würde, mehr weiß ich nicht, echt nicht!«

Die drei Parteibonzen lachen schallend auf. »Ja, so kann man das auch nennen!«, grölt der Ostenberger und klopft dem Schlegel mit der Hand auf den Rücken. »Hätte dem Hacklhuber das politische Kreuz gebrochen, keine Frage.«

»Daten aus dem Krieg, mein lieber Tulpenstingl, eine höchst pikante Aufzeichnung von unserem geschätzten Herrn Vizekanzler und den ganzen Parasiten, die an seinen Rockschößen hängen!«

Der Schlegel legt der Werrhoff eine Hand auf die Schulter. »Unbezahlbar wertvolle Daten, Tulpenstingl. Unsere gute Frau Werrhoff hat die glorreiche Idee gehabt, ein paar Lockvögel anzuheuern, um von unserem Kurier aus Damaskus abzulenken. Ein kleines Verwirrspiel, sozusagen. Mein lieber Tulpenstingl, wie auch immer es dir gelungen ist, uns zu belauschen, es war eine ziemliche Schnapsidee! Bist uns auf den Leim gegangen, du Volltrottel, der Japaner war überhaupt nicht der Kurier.«

Fließend übernimmt der Ostenberger die Konversation: »Leider war jemand anders nicht so blöd wie du. Hast eine weitere Partei auf die Daten aufmerksam gemacht, du Trottel du! Profis, die sich nicht so wie du austricksen haben lassen.«

Noch einmal holt der Schlegel mit einem Bein aus und tritt mit aller Kraft nach dem Tulpenstingl, der sich zur Seite wirft und versucht, den Tritt mit dem Arm abzuwehren. Dabei muss er sich mit seiner zerschmetterten Hand am Boden aufstützen, was ihm grelle Schmerzensschreie entlockt.

»Die Daten sind weg«, meint der Ostenberger lakonisch.

»Jetzt stehen wir schön blöd da«, meint die Werrhoff, genauso lakonisch.

»Und wenn wir eins nicht mögen, mein lieber Tulpenstingl, dann ist es, blöd dazustehen«, setzt der Schlegel ganz beiläufig fort. »Dafür wirst du sterben, du Verräter! Langsam und schmerzhaft werden wir dich zu Faschiertem verarbeiten! Wir werden ein bisserl mit dir spielen ...«

Auf den Hacken drehen die drei Parteigranden um und staksen mit schallendem Gelächter aus der Zelle. Die beiden

Stücke chromverstärktes Beefsteak, die mit regloser Miene beiderseits der Tür Wache gestanden haben, folgen ihnen und schmettern die massive Metalltür hinter sich ins Schloss.

Einen Augenblick herrscht Totenstille in der Zelle. Dann schnaubt der Gonzo resignierend durch die Nase und schüttelt seinen Kopf. Man hat ihn die ganze Zeit über unbeachtet gelassen, nicht einmal ignoriert hat man ihn, weil so ist das eben als Schattenläufer: Du glaubst, du wärst ein Raubtier in den dunklen Straßen der Sechsten Welt, aber in Wirklichkeit bist bloß ein billiges Werkzeug für die wirklichen Raubtiere dieser Welt. Austauschbar und leicht ersetzbar. Und natürlich auch leicht aus dem Weg zu räumen.

Der Tulpenstingl hat sich mittlerweile wieder erhoben und wankt zur Metalltür. »Neiiihhhiiin!«, plärrt er dem Vorstand seiner Partei verzweifelt hinterher. »Ich hab doch nur ... Ich kann alles wieder ... Nicht! Bitte nicht!«

»Ach, gibt endlich Ruhe!«, herrscht der Gonzo seinen Zellengenossen an. Er kann dessen Gewinsel einfach nicht mehr aushalten, sein Schädel brummt, alles tut ihm weh, in seinem Bauch lodern unerbittliche Schmerzen, da hat er für dieses erbärmliche Schauspiel kein Verständnis. Killt ihm den letzten Nerv, echt.

Der Tulpenstingl schaut mit aschfahlem Gesicht zum Gonzo rüber, schluckt heftig und flüstert leise: »Du hast doch keine Ahnung, *WAS* sie sind, die drei!«

Kaum, dass er das gesagt hat, ist der grässliche Gestank von vorhin wieder da, beißender und bestialischer als je zuvor. Dem Gonzo treibt es die Tränen in die Augen, er fängt an zu würgen.

Kapitel 40

Graz, 29. November 2033

Der Novotny zieht im Hintergrund ein paar Fäden, lässt seine Beziehungen spielen, und innerhalb von drei Tagen wird der Kajetan Schiefer als Schutzmagier nach Graz versetzt, zum Generalstab.

Es dauert weitere drei Tage, bis der Schiefer wie durch Zufall mit dem Hacklhuber bekannt worden ist. Man betreibt ein bisschen Smalltalk, mehr nicht. Schließlich will der Schiefer den Hacklhuber ja nicht misstrauisch machen.

Es dauert ganze drei Wochen, bis der Schiefer zum ersten Mal ein privates Gespräch mit dem Hacklhuber führen kann. Auch diesmal völlig ungezwungen, bloß nicht den Verdacht aufkommen lassen, man wolle ihn aushorchen, den Hacklhuber.

Sie fangen an, öfter miteinander zu reden, und der Schiefer lernt den Hacklhuber etwas besser kennen. Ein verdammt ehrgeiziger, machtgeiler junger Offizier, dem nichts heilig ist und der über Leichen geht, wenn er etwas erreichen will.

Anfang Oktober machen sie das erste Mal gemeinsam eine Sauftour durch die Szene von Graz, ein paar Tage darauf ziehen sie ihr erstes gemeinsames Ding durch. Nichts Schlimmes, Veruntreuung einer Ladung Stiefel aus einem Armeedepot, die sie unter der Hand an einen Hehler verhökern. Bringt eine Stange Geld, aber nicht genug, als dass sie es nicht im Laufe von zwei, drei Tagen wieder versoffen hätten.

Der Schiefer spielt seine Rolle gut, die Rolle des hinterfotzigen, durchtriebenen Magiers, der eine Menge krumme Dinger laufen hat, und der Hacklhuber schluckt den Köder. Er freundet sich mit dem Agenten an.

Allerdings dauert das ewig, der Schiefer lebt ständig in der Angst, dass er dem Hacklhuber nicht schnell genug auf die Schliche kommt. Was zum Kuckuck hat der Kerl vor?

Und es tröstet ihn nicht im Mindesten, als er erfährt, dass der Novotny bei seinem Job auch nicht schneller vorankommt. Gewisse Schwierigkeiten waren dabei von Anfang an zu erwarten, schließlich leitet wiederum Agent Gruber die Sicherheit des Projekts, an dem Juan Sanchez arbeitet.

Der Novotny ist mittlerweile zwar stellvertretender Sicherheitschef des Labors, in dem der Azteke tätig ist, aber da laufen so viele Sachen, dass er noch immer nicht an das D5 herangekommen ist. Geschweige denn, etwas dagegen unternehmen hätte können.

Mitte November macht der Hacklhuber den Schiefer mit dem Rest seiner Bande bekannt, dem Dechant Junior, dem Schreyerl Junior und ein paar anderen Halsabschneidern aus der besseren Gesellschaft. Gemeinsam denken sie sich ein paar Späße aus, mit denen sie sich ihren Sold etwas aufbessern.

Und Ende November, an einem total verregneten Tag, ist es endlich so weit. Der Hacklhuber nimmt den Schiefer beiseite, um etwas Wichtiges mit ihm zu bereden. Etwas total Wichtiges, den absoluten Oberhammer.

»Weißt«, flüstert ihm der Hacklhuber unter der Hand zu, »ich hab die Schnauze voll davon, ein Niemand zu sein. Mein Platz in diesem Land ist an der Spitze, verstehst? Und ich hab einen narrensicheren Plan, wie ich genau dorthin komme. Dazu bräuchte ich allerdings noch einen Magier. Bist dabei?«

Blöde Frage, genau deswegen ist der Schiefer hier.

Kapitel 41

Schloss Ambras bei Innsbruck, 10. Feber 2063

Genüsslich räkelt sich der Vizekanzler Hacklhuber in seinem Himmelbett, auf der bestickten Bettwäsche aus Jahrhunderte alter Florentiner Seide und nicht minder altem venezianischem Damast, dann langt er mit einer Hand rüber zu seinen Kleidern und zieht ein Päckchen Zigaretten daraus hervor. Der Tschick danach schmeckt immer besonders gut!

Es ist mitten in der Nacht, und er fühlt sich gut. O, wie Recht er doch gehabt hat, heute trotz des nahenden Wahlsonntags auf den ganzen Wahlkampfrummel zu verzichten und lieber bei der Feier des Club 65 aufzutauchen, für die sie extra die Lady als Zeremonienmeisterin engagiert haben!

Das war eine schweineteure Entscheidung, denn das Honorar der Lady kann sich sehen lassen, frage nicht. Und der Hubschrauber, mit dem sie sich aus Leoben hierher kutschieren hat lassen, war auch nicht gratis. Hat sich aber ausgezahlt, dieses Weibsbild ist echt jeden verdammten Effektiven wert, den ihre Dienste kosten. *Die glühenden Freuden astraler Begierde.* So etwas muss dir als Motto einer Orgie erst einmal einfallen! Ganz besonders war der Hacklhuber von dem kurvig modellierten und erstaunlich anschmiegsamen Wasserelementargeist angetan, allerdings war auch der Sex mit dem Feuerelementar ein einmalig heißes Erlebnis, im wahrsten Sinne des Wortes. Jedoch nur dann zu empfehlen, wenn man sich vorher mit gewissen

Schutzzaubern versieht, sonst kann das ziemlich weh tun, kein Drek.

Von draußen, aus dem Schlossgarten, kommt das enervierende Geschrei eines Pfaus, dieses durchdringende Geräusch, das selbst durch die wuchtigen Mauern und die dicken Butzenglasscheiben hindurch zu hören ist. Am liebsten tät der Vizekanzler ein Gewehr packen und in den Schlossgarten runtergehen, um die elendigen Federviecher ein für alle Mal zum Schweigen zu bringen, aber die Vögel gehören nun einmal zu einer Orgie im Historienstil, noch dazu in einer so erhabenen Atmosphäre wie dem prächtigen Renaissanceschloss Ambras, das majestätisch auf einem Berghang bei Innsbruck klebt und mit der ganzen arroganten Überlegenheit aristokratischer Würde auf die Stadt runterblickt.

Gierig streckt der Hacklhuber ein zweites Mal seine Hand aus, diesmal greift er nach der halb vollen Champagnerflasche, die neben dem Bett auf dem Edelholzboden steht. In schnellen Zügen gießt er sich das edle Gesöff hinter die Binde, niest, als ihm die prickelnden Gasbläschen in die Nase steigen, dann schwingt er die Beine aus dem Bett und quält sich von der unglaublich dicken Matratze des uralten Fürstenbettes hoch. Der Alk und der Stoff in seinem Blut lassen ihn schwanken, unsicher greift er nach den Pfosten, die den Baldachin des Himmelbetts tragen, um sich daran festzuhalten.

Keine schlechte Idee von den Leuten damals, die Betten mit Stangen zu versehen, an denen man sich festhalten kann. Außerdem keine schlechte Idee vom Dechant Gusti, den Ministerialrat Veskowitz vom Bundesdenkmalamt in den Club 65 aufzunehmen. Seit der Veskowitz mit von der Partie ist, stellt es überhaupt kein Problem mehr dar, exquisite Lokationen für ihre Späße aufzutreiben, das Denkmalamt macht's möglich! Weil immer nur in ihrem Wiener Stammlokal, dem *Demel*, herumzuhängen, wird auf Dauer fad.

242

Irgendwie schafft es der Vizekanzler mehr schlecht als recht, in seine reich bestickte barocke Gewandung zu schlüpfen und sich die kreideweiße Perücke über den Kopf zu ziehen. Waren wohl einmal Teile der Ausstattung einer Opernaufführung, die Lady hat ein Händchen dafür, solche Dinge zu organisieren.

Torkelnd stolpert der Hacklhuber aus dem Gemach und klettert umständlich eine Treppe nach unten. Dort, im Salon, hat sich mittlerweile der Großteil seiner Logenkumpel vom Club 65 eingefunden, ähnlich ramponiert und angeduselt wie er selbst. Erschöpft lümmelt die ganze Bande auf den antiken Möbeln herum, im Kreis um die Lady herum aufgefädelt, die mit ausgestreckten Beinen auf einem extravagant verzierten Sofa liegt und die Szenerie um sich herum mit süffisantem Grinsen goutiert. Vor ihr steht ein tragbarer Holo-Projektor am Boden, der zu den schmeichelnden Klängen klassischer Musik das Bild einer tanzenden Nymphe in die Luft brennt.

O, die Lady, was für ein umwerfendes Weib! Kaum, dass er ihre langen, makellosen Beine sieht, kriegt der Hacklhuber wieder heiße Wallungen und könnte glatt wieder ... Er schaut kurz an sich hinunter und korrigiert sich in Gedanken: Nein, kann er im Moment nicht, aber wenn er nicht so viel gesoffen hätte, dann könnte er sie jetzt glatt auf der Stelle ... ähem, dass die Bettfedern nur so krachen!

Ach, wenn sie nur nicht so unnahbar wär, die Lady! Wenn sie ihn doch nur an sich heranlassen würd'! Aber gut, der Hacklhuber ist zufrieden mit den *speziellen* Diensten, die sie anbietet, und nimmt auch gern mit einer oder zwei der Liebesdienerinnen Vorlieb, die sie in ihrem Sold hat.

Ächzend setzt sich der Hacklhuber zu Füßen der Adelheid Santori auf den Boden. Die Vorsitzende des Neoliberalen Forums hat sich erst gar nicht die Mühe gemacht, nach dem Liebesspiel wieder in ihr Kostüm zu steigen. Sie hält die ausladende Krinoline und das halbe Dutzend spitzenbesetzter Unterröcke wie eine Decke vor die Brust gepresst und lümmelt ansonsten nackt auf ihrem Sofa. Der Hacklhuber lehnt seinen Kopf schwer an die bloßen Beine seiner politischen Gegnerin, was ihr ein angeheitertes Kichern entlockt. »Das kitzelt!«

Der Hacklhuber will grad zu einer geistreichen Antwort ansetzen, als der Holo-Projektor plötzlich zu knacksen anfängt, sein Bild erlischt und das Gedudel der Musik abbricht. Das Licht geht aus, es wird stockdunkel.

»Haaacklhuber!«, ruft eine heisere Stimme, die von nirgendwo her kommt.

»Haaaaacklhuber! Hast uns schon vergessen?«

Der Projektor springt wieder an, man sieht lange Reihen marschierender Soldaten vorbeidefilieren, die irgendwie fremdländisch aussehen, mit ihren sonderbar eckigen Schirmmützen. Dem Vizekanzler plumpst das Herz in die Hose, als er diese Uniformen erkennt. Das gibt's doch gar nicht! Das ist doch schon eine Ewigkeit her, wer außer seinen Kumpanen kann denn noch davon wissen?

»Haaaaaaaacklhuber! Wir haben dich nicht vergessen!«

Entgeistert springt der Angesprochene hoch, gerät aber aus dem Gleichgewicht und kippt hintenüber, der Santori genau in den Schoß. »Was ist hier los???«, plärrt er lauthals, der Hacklhuber. »Hört's auf damit, das ist überhaupt nicht lustig!«

»Wir erinnern uns, Hacklhuber!«

Der Holo-Projektor wechselt zu einer anderen Szene, man sieht eine Staffel Jagdflugzeuge im Tiefflug über eine gebirgige Landschaft donnern, sieht, wie sie ihre Waffenlast ausklinken und abdrehen, als hinter ihnen strahlend blaue Flammen in den Himmel fackeln.

Nervös kämpft sich der Hacklhuber vom Schoß der Santori hoch. Dass er der Chefin der Neoliberalen dabei grob die Seidenkleider zerreißt, mit der sie ihre Blöße bedeckt, kriegt er gar nicht mit. Mit unsicheren Schritten schwankt der Vizekanzler auf den Projektor zu und tappt seinem angesoffenen Zustand entsprechend ungeschickt darauf herum. »Wo kann man denn das blöde Ding ausschalten?«, plärrt er mit brüchiger Stimme, aber niemand kümmert sich um ihn, alle starren wie gebannt auf die Szene, die nun zu sehen ist.

Der Hacklhuber in jungen Jahren, mit Vollbart und Offiziersuniform, wie er und der Rest der Anführer vom Club 65 zu Füßen des Mullah Jazrir im Staub herumkriechen, die Erde küssen und »Heimat! Heimat!« rufen. Der Moslemführer ist unverkennbar, dieser langbärtige Ayatollah-Verschnitt in der Aufmachung eines schwer gerüsteten Guerillakämpfers. Das unwürdige Schauspiel zu seinen Füßen geht noch eine Zeit lang weiter, bis ihm der selbst ernannte Mahdi ein Ende bereitet und die unterwürfige Bande mit einer Handbewegung dazu auffordert, sich auf die Knie zu erheben.

»Haaaaacklhuber!«, ruft die unbekannte Stimme. »In drei Tagen findet die Wahl statt. Was glaubst, wie du abschneiden wirst, wenn wir den Leuten *das* zeigen?«

»Aaaaahhhh!«, kreischt der Hacklhuber und drischt mit beiden Fäusten auf den Holo-Projektor ein. Das Bild zittert, erlischt aber nicht. Man sieht, wie der Jazrir und der kniende Hacklhuber miteinander konferieren, wobei anscheinend der Kameramann als Dolmetscher fungiert.

»Die hunderttausend Polen sind kein Problem, die brennen wir weg wie nix!«, hört man den jungen Hacklhuber in der Projektion sagen. »In sechsunddreißig Stunden ist der Weg frei für die Truppen meines Gebieters! Ich möchte meinen Gebieter allerdings in aller Bescheidenheit noch einmal um eine Bestätigung bitten, dass meine Wenigkeit nach der Befreiung des Landes vom Joch der ungläubigen Hunde sein Statthalter sein wird.«

»Aaaaahhhh!«, kreischt der alte Hacklhuber immer noch, und versucht erneut, den Ausschaltknopf des Projektors zu ertappen.

Das flimmernde Bild in der Luft zeigt den Mullah, der irgendwas auf Arabisch sagt, dann laut loslacht und sich vor lauter Gaudi auf die Schenkel klopft. Kaum, dass sich der Heerführer der arabischen Gotteskrieger wieder eingekriegt hat, legt der Dolmetscher los. »Seid ihr auch bereit für den letzten Schritt eures Verrats? Seid ihr bereit ...« Hier schreien nun mehrere der Anwesenden los – alle, die damals beim Mullah Jazrir dabei waren –, sodass man nichts mehr hört von dem, was der Dolmetscher sagt. Nur den Schluss seines Satzes kriegt man noch mit: »... wie sagt ihr doch gleich dazu? *Tschuschen?*«

Die Projektion zeigt den Hacklhuber und seine Konsorten, wie sie eifrig nicken und dann wieder damit anfangen, mit hündischer Ergebenheit den Boden zu Füßen des Moslemführers zu küssen.

»Sechsunddreißig Stunden haben die Polen damals noch zu leben gehabt, und sechsunddreißig Stunden kriegst nun du, Hacklhuber, und deine Bande, um mir die Kleinigkeit von dreihundert Millionen Euro zu beschaffen. Hörst du, Hacklhuber, dreihundert Millionen, und keinen verschissenen Cent weniger! Denn ansonsten flimmert das Video im Hauptabendprogramm über den Äther, und glaub mir, die anderthalb Tage, die dann noch bis zur Wahl verbleiben, reichen den anderen Parteien locker, um die Echtheit des Videos von unabhängigen Experten bestätigen zu lassen. Dann bist du erledigt, du mieses, drekiges Arschloch!«

Kurz und bündig werden die Überweisungsformalitäten für das Geld erläutert, dann erlischt der Projektor, das Licht springt wieder an, und in der Stille, die in dem Renaissancesaal herrscht, könnte man eine Stecknadel fallen hören.

Mit kreidebleichem Gesicht steht der Hacklhuber da und starrt seine Hawara an. Keiner kriegt ein Wort heraus, auf allen Gesichtern zeichnet sich Schock und Ratlosigkeit ab. Klar, dass sie alle geschnallt haben, dass es so ausschaut, als ob nun der Drek ans Tageslicht gezerrt würde, den sie allesamt am Stecken haben!

Einzig und allein die Lady hat sich noch unter Kontrolle, die weiß, was nun zu tun ist. Hastig bellt sie mit ihrer glockenhellen Stimme eiserne Befehle in die Kommlink-Einheit, die sie an ihrem Handgelenk trägt. Sie befiehlt den Wachposten vom Schutzbund und ihren eigenen Bodyguards, das Gelände rings um das Schloss weiträumig abzuriegeln, ordert die Magier heran und fordert die Decker auf, sich gefälligst hinter ihre Computer zu klemmen und dem Hacker nachzuspüren, der sich da so dermaßen dreist in ihre Orgie eingemischt hat.

In der Versammlung des Club 65 kommt Unruhe auf, die paralytische Wirkung des Schreckens lässt nach, alles schreit durcheinander, und nicht wenige der Anwesenden versuchen rasch ihre Garderobe in Ordnung zu bringen und sich möglichst ungesehen auf Italienisch zu verabschieden.

Mit der eisernen Willenskraft, die die schiere Panik dem Hacklhuber verleiht, ringt er die Lähmung nieder, die ihn paralysiert, und röhrt aus vollen Lungen los: »Ruhe! Ist hier endlich Ruhe! Jeder bleibt, wo er ist, kein Schwein rührt sich, ist das klar?«

Blitzartig wird es mucksmäuschenstill, die Augen aller Anwesenden richten sich auf ihn, er hat ihre ungeteilte Aufmerksamkeit.

»Wir stecken da alle mit drin, jeder einzelne von unserer Loge, egal, wer damals alles mit von der Partie war und wer nicht. Wenn's uns das Genick bricht, ziehen wir euch allesamt mit runter, dass sich nur ja keiner falschen Hoffnungen hingibt! Wenn unsere Partei«, ein rascher Seitenblick auf die Frau Santori, dann korrigiert sich der Hacklhuber eiligst, »wenn unsere *Parteien* die Wahl verlieren und ihre Macht und ihren Einfluss einbüßen, dann hört's sich mit den lustigen Spielereien unseres Clubs schlagartig auf. Und wenn wir keinen Einfluss mehr haben, was glaubt ihr, wie lang werden uns die Konzerne, die Medien, die Gewerken und die Russenmafia noch beschützen?«

Erregtes Murmeln, das eindeutig nach Zustimmung klingt. Der Hacklhuber fährt fort: »Aber noch ist das letzte

Wörtchen in dieser Affäre nicht gesprochen, wir kriegen das in den Griff, wir haben keine andere Wahl. Eines ist allerdings ganz wichtig: Zu niemandem ein Wort, es darf kein Sterbenswörtchen von dem, was hier grad vorgefallen ist, nach draußen dringen!«

Mit zitternden Händen hält der Hacklhuber inne. Obwohl er recht zufrieden ist mit der Wirkung seiner improvisierten Rede, geht ihm doch ganz schön das Muffensausen. Er glaubt sich selbst kein Wort von seinem Gerede, er weiß, dass er ganz tief im Drek sitzt und schleunigst eine Lösung finden muss. Nur: Woher, in drei Teufels Namen, kriegt man dreihundert Millionen Effektive? Selbst wenn sie alle ihre Privatvermögen zusammenlegen, all das unterschlagene und geerbte Geld, das sie noch nicht verprasst haben, würde es nicht reichen! Nein, er hat nicht vor, auch nur einen einzigen Cent zu zahlen. Wer auch immer glaubt, sich so einen Scherz mit ihm erlauben zu können, der wird demnächst ziemlich deppert dreinschauen, wenn die Schläger vom Radikaldemokratischen Schutzbund an seiner Haustür läuten!

Sechsunddreißig Stunden hat er, der Hacklhuber, aber er muss schnell feststellen, dass es nicht seine sechsunddreißig Stunden sind. Telefonisch trommelt er zusammen, was an Parteiagenten und Schutzbündlern gerade aufzutreiben ist, und hetzt sie raus in die Nacht. Doch leider, weder die Parteiagenten noch die Schläger vom Schutzbund, ja, nicht einmal die Spitzel der Gewerken haben auch nur den Hauch einer Spur gefunden, die zu ihrem Feind führen würde. Auch die Lady steht vor einem Rätsel, und die verfügt doch über ziemlich raffinierte Mittel und Wege, sich Informationen zu beschaffen.

Seine offensichtlichsten Gegner, allen voran die Partei für das Erbe Österreichs, dieses Wahlbündnis aus den Christlich-sozialen und den Freiheitlich-nationalen, sowie die Grünen, scheinen allesamt auszuscheiden, von denen hört man keinen Mucks, auch eine verschärfte Überwachung ihrer Aktivitäten erbringt keinen Hinweis. Aber immer noch ist er sich ganz sicher, dass er nicht einen einzigen Cent an diesen impertinenten Erpresser zahlen wird!

Seine Einstellung ändert sich so gegen sechs Uhr morgens, als plötzlich der Fernseher, neben dem er gerade steht, wie von Geisterhand zum Leben erwacht. Lange Reihen fremdländischer Soldaten marschieren über den Bildschirm, wieder mit diesen seltsam eckigen Schirmmützen am Kopf. Einer von ihnen trägt eine weiß-rote Fahne.

Wütend springt der Vizekanzler auf und hämmert wild auf das Trid ein. »Aufhören! Aufhören! Aufhören!«

Irgendwann hört der Spuk tatsächlich auf, Hacklhubers Schläge waren wohl zu viel für das Gerät, das knisternd seinen Geist aufgibt. Das erste Mal addiert der Hacklhuber die geschätzten Vermögen seiner Kumpels zusammen, allen voran die fetten Bankkonten vom Dechant Gusti und vom jungen Schreyerl, diesen beiden Konzernerben. Reicht aber bei weitem nicht, zu viele Anteile gehören noch ihren Alten, zu wenige hat man ihnen bislang überschrieben. Also besteigt der Vizekanzler seinen Hubschrauber und macht sich im Morgengrauen auf, anderswo um Geld anzufragen. Noch glaubt er nicht daran, dass es wirklich nötig sein wird, die dreihundert Millionen zusammenzubringen, aber schön langsam will er auf Nummer sicher gehen.

Der Erste, an den er sich wendet, um ihn um Geld anzupumpen, ist sein ehemaliger Parteifreund und Genosse, der Andrositz Tschonni. Der Herr Andrositz, das ist so ein stinkreicher Industrieller. Aber nicht self made, vom Tellerwäscher zum Millionär, fleißig im Schweiße seines Angesichts. Nein, nichts da! Johann ›Tschonni‹ Andrositz, das ist einer von der ganz linken Art. War lange Jahre Finanzminister und einer der führenden Köpfe der Partei, der Lieblingsschwiegersohn der Nation, von MediaSim gehätschelt und verwöhnt, ja, am Höhepunkt seiner Politkarriere hat er sogar den aufstrebenden Hacklhuber überragt und an Beliebtheit weit hinter sich gelassen. Während dieser Zeit hat der gute Herr Andrositz ohne irgendwelche Skrupel so an die hundert Millionen Euro an Steuergeldern unterschlagen und auf seinen geheimen Konten in Liechtenstein und auf den Jungferninseln geparkt. Das hat dem beleidigten und vor Neid glühenden Hacklhuber den nötigen Ansatzpunkt für den entscheidenden Schlag gegeben, mit dem er seinen lästigen Konkurrenten aus dem Rennen geworfen hat. Ein anonymer Hinweis an die Presse, ein paar geheime Unterlagen aus den tiefsten Datenspeichern der Partei, und schon ist die Sache ins Rollen gekommen. Der Andrositz ist vor Gericht gestellt worden und auf typisch österreichische Art zu einer bedingten Geldstrafe von zwotausend Euro verurteilt worden. Weil so ist das in diesem schönen Land: Wenn ein rumänischer Ork einen Schokoriegel aus einer Tankstelle fladert, dann ans Kreuz mit der miesen Sau! Aber ab einer gewissen Summe wird Diebstahl zum Kavaliersdelikt, über das man lachend hinwegsieht, und wenn's zudem noch so ein beliebter Promi ist, von dem man ja weiß, dass er sozial eingestellt ist, dann begnügt man sich damit, mit dem Zeigefinger zu wedeln und die Medien ein ernstes Wörtchen sprechen zu lassen: Böser, böser Bub, so was Schlimmes darfst aber nicht mehr tun, gell!

Ein paar Jahre lang hat sich der Andrositz daraufhin ins Privatleben zurückgezogen, während der Hacklhuber langsam aber sicher die Partei in seine Macht gebracht und den Chefsessel erklommen hat. Etwa zeitgleich ist der Andrositz ins Rampenlicht zurückgekehrt und hat angefangen, sich allerlei Firmen zusammenzukaufen, um sein eigenes Imperium aufzubauen. Die MediaSim-hörigen Österreicher haben getobt vor Glück und der gute Tschonni Andrositz ist zum Retter heimischer Paradeunternehmen und dem Erlöser vor der Schurkerei ausländischer Kapitalisten hochstilisiert worden. Aber kein Mensch hat sich je gefragt, woher der Andrositz denn das Geld für all die Firmenkäufe hat ...

Und jetzt, wo der Hacklhuber auf die Schnelle einen dicken, fetten Berg an Effektiven von ihm bräuchte, will der Andrositz nicht zahlen, krümmt und windet sich, vertröstet ihn auf später. Gerade mal eine halbe Million würde er springen lassen, diese Sau, und so was will ein Genosse sein! Es bewahrheitet sich wieder einmal das alte Sprichwort, wonach der Sozialismus genau dort aufhört, wo die eigene Geldtasche anfängt.

Es ist kurz vor zehn am Morgen, als der Hacklhuber beim Herrn Karl Blechmann auftaucht. Der Karli ist ebenfalls ein ehemaliger Mitstreiter vom Hacklhuber, den der Vizekanzler auf seinem Weg nach oben ausgebootet hat. Der Blechmann war Innenminister und hat sich seine Apanage mit allerlei Spionagetätigkeit für die unterschiedlichsten Geheimdienste der Welt aufgebessert. Da war es natürlich nicht schwer für den Hacklhuber, an seinem Sessel zu sägen. Als genug Beweismaterial beieinander war, ist der Blechmann rechtskräftig für seinen Vaterlandsverrat verurteilt worden und hat zur Buße die stolze Summe von zwohundertfünfzig Euro zahlen müssen. Unnötig zu erwähnen, dass die Partei auch während der Gerichtsverhandlung ihre schützende Hand über den Blechmann gehalten und ein wenig Druck auf die Medien und den Richter ausgeübt hat.

Hinterher musste der ehemalige Innenminister aus optischen Gründen allerdings ins zweite Glied zurücktreten. Nicht wegen der Spionage – so eine Bagatelle ist doch nicht der Rede wert –, nein, die Genossen waren sauer, weil er der Parteikasse keinen Cent von diesem seinen Zusatzeinkommen zukommen hat lassen. Nach ein paar Jahren, als genug Gras über die Sache gewachsen war, hat er seine soziale Ader wiederentdeckt und ist zum Obmann des Pensionistenverbands gekürt worden, einer aufgrund der demografischen Situation des Landes nicht bedeutungslosen Institution. Jetzt verbringt er seine Zeit damit, sich lautstark für die finanzielle Sicherheit der Pensionisten einzusetzen, deren sonstige Sicherheit ihm als Innenminister herzlich egal gewesen ist.

In kurzen Worten schildert der Hacklhuber dem Blechmann die Lage, kaum dass ihn der ehemalige Innenminister völlig schlaftrunken die Eingangstür seiner Villa aufgemacht hat, und gähnend gefragt hat, was denn um diese frühmorgendliche Zeit so dringend sei.

»Karli, du musst mir die Pensionsfonds anzapfen! Du hängst da genauso mit drin wie ich. Bist genauso bei der Partei, bist genauso beim Club 65. Also, tu was!«

Aber der Blechmann zuckt nur phlegmatisch mit den Schultern. »Ich steh nicht mehr in der Schusslinie, mir kann's egal sein, was mit dir und deiner Partie passiert. Und die Idee mit den Pensionsfonds kannst vergessen, die sind komplett leer, du weißt doch genau, dass die schon längst für andere Zwecke entleert worden sind. Wir Pensionisten pfeifen genauso aus dem letzten Loch wie du im Moment!«

Ja, ganz genauso sieht die Villa vom Blechmann aus! Der Hacklhuber glaubt, für einen kurzen Augenblick ein hämisches Grinsen über das schlaftrunkene Gesicht vom Blechmann huschen zu sehen. Das macht den Vizekanzler wütend, mit donnernder Stimme macht er den Blechmann zur Schnecke. Bringt zwar dreihunderttausend Effektive, aber das ist nur ein Tropfen auf den heißen Stein.

Tja, Undank ist der Welten Lohn! Wieder ein altes Sprichwort, das sich bewahrheitet. Aber es kommt noch schlimmer für den Hacklhuber. Für Punkt zwölf Uhr wird er in die Platte zitiert, in den Konferenzraum 37A, mit dem Hinweis, er soll gefälligst pünktlich sein. Ein Canossagang vor die unbarmherzige Inquisition des Konzernrats steht ihm bevor. Unsicher schält er sich aus dem Fond seines fetten Dienstmercedes, als er bei dem Glasturm vorfährt, in dem der Konzernrat die meisten seiner Sitzungen abhält. Sein bedrückter Gang und die unsicheren Bewegungen, mit denen er sich über die strahlenden Marmorböden schleppt, erinnern mehr an einen gescholtenen Schulbuben als an den Souverän eines ganzen Landes. Und obwohl er diesmal vorgesorgt hat und nicht allein am Weg ist, weil er sich vom Dechant Gusti und vom Schreyerl Junior begleiten lässt, kommt er sich doch ziemlich allein und ziemlich nackt vor, als er das Konferenzzimmer betritt und darin einzig und allein den Herrn Brackhaus vorfindet, der schon ungeduldig auf ihn zu warten scheint.

O, das ist gar nicht gut! Der Herr Brackhaus, dieser Obermotz von Saeder-Krupp, dem größten Konzern der Welt, hat sich in höchsteigener Person von Essen nach Wien begeben, das ist kein gutes Zeichen!

»Ich kann alles erklären! Es ist nicht so, wie es aussieht!«, schnattert der Hacklhuber los, aber der Brackhaus schneidet ihm mit der knappen Geste einer Hand das Wort ab und bringt ihn zum Schweigen. Darin ist er ein ganz großer Meister, der Herr Brackhaus, weil der hat so eine Art, der kann man sich einfach nicht widersetzen, verstehst schon. Und er hat es außerdem gar nicht nötig, dem Hacklhuber erst lang und breit den Grund für diese Besprechung zu erklären.

Stattdessen macht er dem schlotternden Politiker klar, wie die Konzernwelt des Landes – in deren Namen der Brackhaus spricht – die Sachlage sieht.

Jahrelang haben die Konzerne den Hacklhuber unterstützt, zu gegenseitigem Vorteil, versteht sich. Sie haben seine Eskapaden geduldet, die Kriegsspiele á la ZUM oder die abgedrehten Sexspielchen mit der Lady, sie haben mitgeholfen, all die kleinen Skandale unter den Teppich zu kehren, die sich der Hacklhuber in seiner Amtszeit bisher geleistet hat. Aber damit ist jetzt Schluss. Für die Konzerne steht zu viel auf dem Spiel. Nicht zuletzt für Saeder-Krupp, dessen bislang unangefochtene Position an der Spitze der österreichischen Wirtschaftswelt im Moment durch die Umtriebe Mitsuhamas ganz schön durchgeschüttelt wird. Sollte das Video – o ja, der Konzernrat weiß bereits davon –, sollte es also tatsächlich ausgestrahlt werden, so würde die politische Landschaft in diesem Land komplett über den Haufen geworfen werden. Und gerade jetzt, so kurz nach der SURGE-Hysterie, werden die Konzerne eine Änderung des Status Quo keinesfalls dulden, Hacklhubers Partei muss in der Regierung bleiben. Das Letzte, woran den Konzernen liegt – vielleicht mit Ausnahme von Mitsuhama –, ist eine Alleinregierung des rechten Parteienspektrums. Wer weiß, was da dabei rauskommt. Man kennt ja die Einstellung der FNF zum Thema Metamenschen und SINlose Flüchtlinge. So etwas wie eine Neuauflage der Nacht des Zorns oder der Mündelhatz oder gar Bürgerkrieg ist inakzeptabel, ist schlecht für die Wirtschaft, würde bloß Unruhe in die steten Geldströme zu bringen, die auf die Bankkonten der Konzerne fließen.

Mit tödlich ruhigem Blick starrt der Brackhaus nun den Hacklhuber an, mit seinen schrecklichen, unmenschlichen Augen, diesen brennenden schwarzen Löchern, die sich in dein Innerstes bohren und deine tiefsten Geheimnisse zu sehen scheinen.

»Herr Hacklhuber, wenn Sie es nicht schaffen, das Problem aus der Welt zu schaffen, dann sieht sich die Konzernwelt leider dazu gezwungen, noch rechtzeitig vor Veröffentlichung des kompromittierenden Bildmaterials Ihren Abgang herbeizuführen und einen neuen Spitzenkandidaten ins Rennen zu schicken.«

Nach einem kurzen Seitenblick hinüber zum Dechant und zum Schreyerl wird der Brackhaus noch einen Deut deutlicher: »Und natürlich ist auch der Abgang Ihrer Getreuen unerlässlich, die an Ihren Rockschößen hängen. Eine radikale Umgestaltung der Spitze Ihrer Partei ist dann zur Wahrung des Status Quo leider unumgänglich.«

Geschocktes Schweigen.

»Übrigens, Sie können jetzt gehen«, meint der Brackhaus nach einer kurzen, aber durchaus effektvollen Pause.

Auf der Fahrt zurück in die Innenstadt fängt der Schreyerl Junior plötzlich an zu flennen. »Ich will nicht sterben! Ich will noch nicht sterben!«

Genervt von dem Gewinsel verpasst der Dechant dem Erben des Wunschkind-Vermögens eine schallende Ohrfeige. »Gib Ruh, du Depp! Dein Gewimmer nützt uns gar nichts. Was wir jetzt brauchen, ist ein Plan, wie wir schnell zu Geld kommen. Wie wär's mit einer kleinen Linken? Damit kennen wir uns doch aus! Zufällig weiß ich, dass im Hafen von Triest ein schrottreifer Seelenverkäufer aus Mombassa vor Anker liegt. Die *Luc...* hm, *Lucomba*, oder so. Oder war es doch eher *Lumbona*? Egal, ein schwimmender Sarg halt, mit lauter Negeranten drauf! Ich stell mir vor, wir laden das Scharnickel mit altem Schrott voll, die Fracht deklarieren wir als Fusionsreaktor und versichern sie entsprechend, und bevor das Ding in See sticht, platzieren wir eine kleine Bombe im Kielraum und kassieren die Versicherungssumme. Klingt das nicht brauchbar?«

»Aber was, wenn uns jemand auf die Schliche kommt?«, fragt der eingeschüchterte Schreyerl, dem die Wange immer noch von der Ohrfeige brennt. »Wenn sie uns dabei erwischen, geht die Wahl erst recht den Bach hinunter!«

Der Dechant brüllt schallend los vor Lachen. »Geh, du Depp! Wie naiv bist du eigentlich? Glaubst wohl noch an den Osternhasen, hm? Also bitte, ja, jetzt bleiben wir mal schön sachlich, auf dem Boden der Tatsachen. Wegen einem kleinen Massenmord an ein paar Negeranten verliert man in Österreich keine Wahl! Als ob die Leut so etwas interessieren tät, also echt, du bist schon ein bescheuerter Vollkoffer, kein Drek! Glaubst, das wär das erste Mal, dass die Partei Schifferl versenken spielt? Nein, ist alles schon einmal dagewesen! Und auch als die Sache damals aufgeflogen ist, hat das niemanden gestört, die Leut haben weiterhin fleißig die Partei gewählt, ein paar abgesoffene Matrosen aus der Dritten Welt auf oder ab, das juckt niemanden!«

Ein bitteres Grinsen huscht über das Gesicht vom Hacklhuber. Ja, da hat der Dechant Gusti schon Recht, trotzdem ist sein Plan für die Fische. »Nein, Gusti, vergiss es, das haut nicht hin. Es würde zu lang dauern. Wir haben nicht so viel Zeit.«

»Und was sollen wir stattdessen machen?«

Der Hacklhuber zuckt mit den Schultern. »Unsere Hawara anhauen und Geld auftreiben.«

Was leichter gesagt als getan ist, wie ein Kartenhaus bricht das Netzwerk an Freunderlwirtschaft, gegenseitiger Protektion und Beziehungsspiel, das er sich in all den Jahren mühsam erarbeitet hat, in sich zusammen. Auch die Übereinkunft mit seinen Logenkumpels, über das Geschehen im Schloss Ambras Stillschweigen zu wahren, ist völlig für die Katz, die Ärsche plappern drauflos, dass es eine Freud ist. Sie hätten auch nicht mehr Aufmerksamkeit erregen können, wenn sie's gleich in der Zeitung annonciert hätten, kein Drek. Der Hacklhuber kann förmlich zuschauen, wie sich die Affäre herumspricht, wie quasi im Minutentakt neue Leute davon erfahren. Jeder, der kann, seilt sich von ihm ab und zeigt ihm die kalte Schulter. Und Stunde um Stunde verrinnt, und so gegen acht Uhr am Abend kriegt es der Hacklhuber wirklich mit der Angst zu tun. Er rotiert förmlich, haut jede erdenkliche Connection an, aber auch nach Stunden hat er noch immer keine Idee, wo er die Effektiven herkriegen soll, die er so dringend für sein Überleben braucht. Er ist völlig fertig, kann förmlich hören, wie all die Leute, die er je in seinem Leben angepisst hat, anfangen, ihre Messer zu wetzen. Und das Schlimmste ist, dass es mittlerweile auch innerhalb der Partei brodelt. Es ist schon erstaunlich, wie schnell sich die Opposition sammelt, wie schnell seine so genannten Hawara von ihm abrücken.

Lang wird's wohl nicht mehr dauern, bis er einen tödlichen Autounfall erleidet, einen Stromschlag in der Badewanne kriegt oder etwas in dieser Art. Der Brackhaus hat keinen Zweifel an den Absichten der Konzerne gelassen.

Als dann die Nacht anbricht und die letzten Hoffnungsschimmer schwinden, kommt dem Hacklhuber eine verzweifelte Idee: Der Iwan soll helfen. Ja, genau, der Iwan. Die Vory v Zakone, die Russenmafia.

Kapitel 42

Die Musik hämmert und stampft wie ein aufgescheuchtes Tier durch die Dunkelheit, die alle paar Sekundenbruchteile einmal vom Stakkato der abgehackten Lichtblitze der Lasershow erhellt wird. *Myrrha Damasque*, *Sexual Jihad*, *Concrete Dreams* und *The Bitches* – die ohrenbetäubenden Beats vibrieren im Rhythmus unhörbarer Infraschallimpulse, die dich vom Sockel reißen, die dich aufputschen und dich raus auf eine der kreisrunden Tanzflächen treiben, wo du dich zwischen den grotesk zuckenden Leibern abreagierst, bis dein Fleisch schwach wird, der Belastung nicht mehr standhält und du dich völlig fertig zu einem der mit grellem Neon nachgezeichneten Tische zurückziehst, die sich an die fluoreszierenden Wände schmiegen. Huren beiderlei Geschlechts und jedes erdenklichen Metatyps, in minimalistischer Bekleidung, sind entlang der vielen Bars aufgefädelt, stellen ungeniert ihre körperlichen Vorzüge zur Schau, während sie genüsslich an ihren Drinks nippen. Gegen harte Effektive bieten sie an, bei jedem Spiel und jeder Abartigkeit mitzumachen. Aber die Effektiven sind gar nicht immer nötig, ein paar der anwesenden Sexobjekte bieten dir ihren Service sogar gratis an.

Das *Sissy Sissi*, Wiens irre angesagter Tempel der Dekadenz, eine Weihestätte des Lasters, wo sich die Konzernschlipse und Vorzimmerdamen unter die Gossenpunks, Nutten, Chipheads und Schattenfreaks mischen, um den Hauch des Lebens am Abgrund zu erschnüffeln und teilzuhaben am wilden Treiben, das unter der aalglatten Oberfläche der Sechsten Welt brodelt.

Die Szenerie hat etwas Mitreißendes, aber auch etwas Bedrohliches. Genauso, wie es der Wladimir mag. Er steht auf fetzige Stimmung, und mit Gefahr kann er umgehen. Hier fühlt er sich wohl, das ist seine Welt.

Die breitschultrige Phalanx seiner Leibwächter gerät kurz in Bewegung, als ganz in der Nähe seines Tisches der Streit zweier Tänzer eskaliert und in Handgreiflichkeiten ausartet. Eine Frau, die nicht viel mehr anhat als rot fluoreszierende Netzstrümpfe und ein nietenbesetztes Hundehalsband, geht mit zerschlagener Fresse zu Boden, Leute jubeln und grölen, der Sieger des kurzen Kampfes, ein bis über beide Ohren zugedröhnter Pinkel, wird von der herbeigehasteten Security des Tanzschuppens gepackt und in Richtung Hintertür davonbugsiert.

»Bist spät dhran, mein Frheund!«, begrüßt der Wladimir mit heiserer Stimme den athletisch gebauten Kerl mittleren Alters mit dem erstaunlich kleinen, eiförmigen Kopf, der sich durch das schier undurchdringliche Gewusel zuckender Körper und Körperteile hindurchgekämpft hat und von den Bodyguards zu Wladimirs Tisch durchgelassen wird. Die beiden Leibwächter des Neuankömmlings müssen allerdings außerhalb des Bannkreises rings um den Tisch vom Wladimir stehen bleiben. Damit wäre auch schon die Hackordnung geklärt.

»Chab schon auf dhich gewartet, mein Frheund. Dharf ich dhir meine charmante Begleitung vorsthellen: Natascha, Tatjana und Jekatarina.«

Der Wladimir deutet auf die drei heiß gebauten Mädels, die sich neben ihm ins dick gefütterte Kunstleder des Sofas kuscheln und dem Neuankömmling mit leerem Blick entgegenglotzen.

»Zhombies, nathürlich, mit Wahrnehmungsfilthern, die sie eben erst in Sewastopol implanthiert gekhriegt chaben. Wir khönnen frei rheden, mein Frheund.«

Die Schnepfen sehen zwar zu dem eierköpfigen Mann hoch, im nächsten Augenblick haben sie ihn aber schon wieder vergessen und widmen sich wieder lachend dem Russen. Das hat nichts mit Unhöflichkeit zu tun, sie können gar nichts dagegen machen, ihre Cyberware sorgt dafür, dass sämtliche Wahrnehmungen ihres Körpers für die Dauer dieser Unterredung ihr Hirn zwar erreichen und dort auch bearbeitet werden – sie können also auf die Reize ihrer Umwelt reagieren –, dass der ganze Input allerdings nicht im Gedächtnis abgespeichert wird. Solang die Wahrnehmungsfilter aktiviert sind, leben die Mädels ausschließlich im Hier und Jetzt.

»Ich weiß, warum du gechommen bist, Chacklchuber, mein Fhreund!«

»Du weißt es schon?« Dem Hacklhuber bricht der Schweiß aus allen Poren, als er sich zum Wladimir setzt. Zu dem Mann, der ihm aus der Patsche helfen soll. Wladimir Nikolaijewitsch Petrov, genannt ›der Fuchs‹, so ziemlich der mächtigste Vertreter der Russenmafia in Österreich. Wobei der Ausdruck *Russenmafia* nicht mehr ganz up to date ist, offiziell nennen sich die russischen Gangster in letzter Zeit *Vory v Zakone,* was so viel heißt wie ›Diebe des Kodex‹. Aber solch ausländisches Gebrabbel kann in Österreich doch kein Mensch aussprechen, also bleibt man lieber bei der traditionellen Bezeichnung und sagt weiterhin auf gut Deutsch Russenmafia zur Russenmafia.

»Aber natürlich weiß ich es schon!«, lacht der Fuchs dem Vizekanzler ins Gesicht. »So was spricht sich schnell cherum. Du steckst in dher Scheiße, mein Frheund, und jetzt chommst du zu mir, dhamit ich dhir chelfe, nicht wahr?«

Nun ja, das wär' dem Hacklhuber sehr recht. Erwartungsvoll schaut er den Wladimir an, der sich vorbeugt und das Kinn auf die perfekt manikürten Hände stützt. Dann winkt er plötzlich eine der Kellnerinnen zu sich, die sich am Schildwall seiner Leibwächter vorbeizwängt. »Wodka! Wodka für meinen Frheund!«

Der Fuchs schäkert kurz mit einer seiner Begleiterinnen, dann wendet er sich wieder seinem Gast zu. Bevor er etwas sagen kann, werden zwei Gläser und eine Flasche Wodka auf dem Tisch abgeladen. »Otschin charascho!«, meint der Russe und steckt der Kellnerin einen Credstick zu.

»Mein Frheund, leidher muss ich dhich enttäuschen. Ich khann dhir bei dheinem Problem nicht bechilflich sein.«

»A-a-a-ber, a-aber«, stottert der Hacklhuber los, »du kannst mich doch nicht einfach so im Regen stehen lassen! Denk doch einmal daran, was wir alles für dich getan haben! Was du wegen mir verdient hast! Du, ich brauch das Geld!«

»Dhas weiß ich. Aber selbst whenn ich es chätte, ich khönnte es dhir nicht geben.«

Ungläubig starrt der Hacklhuber seinem Gegenüber ins Gesicht.

»Schau, mein Frheund, dhu musst das Ganze aus unserer Perspektive sehen. Wir wollen kheine Änderung der Dhinge, wir wollen, dass alles so bleibt, wie es ist, verstehst du? Aber dazu brauchen wir dhich nicht. Wir khönnen auch mit dheinen Gegnern zusammenarbeiten. Also, wozu sollten wir dhir so viel Geld geben, mehr Geld, als du dhir überchaupt vorstellen channst!« Mit einer Handbewegung deutet der Fuchs auf die beiden Gläser und die Flasche, die vor ihnen auf dem Tisch steht. »Trink, mein Frheund, trink! Wodka ist gut für die Seele.«

Ohne zu zögern, aber auch ohne groß darüber nachzudenken, greift der Hacklhuber nach der Flasche, füllt sich ein Glas voll und kippt den Alk in einem Zug runter, unbeteiligt wie eines der drei Zombiemädchen, die sich eng an den Fuchs schmiegen.

»Kannst mir nicht wenigstens sagen, wer hinter mir her ist? Dann kümmere ich mich selbst darum!«

Laut und schallend lacht der Fuchs los. Seine Zombies schauen irritiert zu ihm empor, dann fallen sie mit ihren glockenhellen Stimmen in sein Gelächter ein.

»Wie chommst du darauf, dass ich wüsste, wer chinter dir cher ist?«

»Na ja, ich mein, du ...«

»Und wie chommst du darauf, dass es in meinem Interesse wäre, dir zu sagen, wer chinter dir cher ist?«

»Dann weißt du es also? *Du weißt es???*«

Wieder bricht der Russe in schallendes Gelächter aus, sehr zur Erheiterung der Schnepfen an seiner Seite.

»Nein! Ich weiß, dass ich nichts weiß«, gibt der Wladimir zum Besten, »aber ich gebe zu, dass ich einen Verdacht chabe. Vielleicht auch mehrere. Es gab da in letzter Zeit eine gewisse Unruhe in den Schatten, die mir bekannt vorchommt, verstehst du?«

»Sag mir, wer's ist! Sag's mir!« Erregt schnellt der Hacklhuber vorwärts und packt den Mafiapaten am Kragen. Ein schwerer Fehler! Beinahe im selben Augenblick explodiert die reglose Reihe seiner Leibwächter, erwachen die eben noch statuenhaften Schläger zum Leben. Waffen erscheinen plötzlich in ihren Händen, und eine erkleckliche Menge an roten Pünktchen zuckt über den Körper vom Hacklhuber, aber auch über die Körper der beiden Leibwächter, die er mitgebracht hat, vorzugsweise über ihre Brust und ihren Kopf.

Begütigend bedeutet der Wladimir seinen Gefolgsleuten, Ruhe zu bewahren. »Mir! Mir!«, ruft der Russe seinen Män-nern zu, »Friede, Friede!« Dann entfernt er vorsichtig Hacklhubers Hände von seinem Kragen und richtet seine Kleidung wieder zurecht.

»Chacklchuber, mach das nicht noch einmal! Das chann ins Auge gehen. Im Übrigen glaub ich nicht, dass es in meinem Interesse ist, wenn du die ... *Fraktion* ausschalten whürdest, die ich verdhächtige.« Ein gieriges Glitzern funkelt in Wladimirs Augen, als er auf besagte Fraktion zu sprechen kommt.

Für den Hacklhuber stürzt ein Weltbild zusammen. Der Wladimir zieht ihm seine Feinde vor, unterstützt lieber die

Arschlöcher, die ihn fertig machen wollen, als ihn, seinen langjährigen Geschäftspartner!

»Trink, mein Frheund, trink dheinen Wodka, und lass den Khopf nicht chängen. Ich will nicht, dass Mitsuhamas Marihonetten zu schtark werdhen bei dher Wahl, das bringt uns bloß die Yakuza ins Lhand. Ich meine, du solltest versuchen, dhich gütlich mit deinem Feind zu einigen. Ich whürde dir dabei chelfen, so weit es in meiner Macht steht.«

O, der Hacklhuber kennt diesen Tonfall. Der Russe schlägt ihm ein Geschäft vor. »Lass hören!«

»Was du brauchst, ist Geld, viel Geld. Wir chönnten dir Geld leihen. Zu chewissen Zinsen allerdings. Dreiunddreißig Komma drei Prozent. Ich weiß, das ist recht choch, aber es ist auch eine riskante Vheranlagung, du verstehst.«

»Scheiß auf die Zinsen, ich mach alles, ich mach echt alles für das Geld!«

Der Zinssatz ist der reinste Wahnsinn, aber das ist dem Hacklhuber im Augenblick völlig egal, solche Kleinigkeiten kümmern ihn längst nicht mehr. Wenn der Dechant Gusti seinen Anteil am MediaSim-Vermögen flüssig macht und der Schreyerl Junior seinen Anteil am Wunschkind-Konzern und der Hacklhuber seine paar Millionen in die Waagschale wirft und der Fuchs den Rest drauflegt – dann wird der Brackhaus die Killer zurückpfeifen, die sich bestimmt schon auf den Weg gemacht haben.

»Aber dha ist dhann noch etwas. Ich whill deine vollständige Chooperation, sobald dhu in der Rhegierung sitzt, wirst dhu genau das tun, whas ich dhir sage. Nicht so wie bisher, kheine Gheschäfte, kheine kleinen Deals, khein Eine-Chand-wäscht-die-andere. Ich befehle, und dhu führst meine Befehle aus. Sofort und ohne Widerrhede, ist das chlar? Ansonsten ... nun, mein Frheund, ich muss dhir wohl die Konsequenzen fhür einen Vertragsbruch dheinerseits nicht extra erchlären, oder?«

Hacklhuber schluckt schwer. Schon kapiert. Aber nicht, dass er momentan eine Wahl hätte ...

Ein paar Telefonate später taumelt der Vizekanzler wie betäubt durch den Tanztempel hindurch ins Freie hinaus. Jetzt ist er bettelarm, total abgebrannt, praktisch bis auf den letzten Cent blank. Aber immer noch besser, als sich vom Brackhaus das Fell über die Ohren ziehen zu lassen. Sein Mund ist staubtrocken, seine Kehle ist wie zugeschnürt, als er zu seinem Schrecken erkennen muss, dass er grad dreihundert Millionen Effektive in den Orkus geblasen hat und seine Seele dafür endgültig an die Russenmafia verkauft hat.

»Do swidanja!«, ruft ihm der Wladimir Nikolaijewitsch Petrov hinterher, den in den Schatten alle Welt den ›Fuchs‹ nennt. Aber der Hacklhuber hört das gar nicht mehr. Der ist vollauf damit beschäftigt, darüber nachzugrübeln, wie er möglichst schnell wieder zu Geld kommt, und zwar zu einer Menge Geld, um den Russen bezahlen zu können – und seinen gewohnten Lebensstil wenigstens ansatzweise aufrechterhalten zu können.

Wie hat noch einmal das Schiff geheißen, das der Dechant Gusti versenken wollte? *Luconba* oder so ähnlich.

Kapitel 43

Am Wörthersee, 11. Feber 2063

Zeit spielt in seinem Leben keine Rolle mehr. Wie spät es ist – wen interessiert's? Ob es Tag oder Nacht ist, wie lang er schon hier herunten eingesperrt ist – wen kümmert's? Ob er überhaupt noch lebt oder ob das schon die Hölle ist – spielt doch überhaupt keine Rolle!

Mit dem mörderischen Gestank sind die Träume gekommen, hat sich die Realität aufgelöst und ist zu einem verschwommenen Kaleidoskop bruchstückhafter Erinnerungsfetzen geworden. Total abartige Szenen, die in abgehackter Reihenfolge vor seinen Augen vorbeizischen. Er sieht sich grell erhellte Gänge entlangrennen, so schnell er kann, auf allen vieren, kann die weißen Kacheln im Schein der Neonleuchtröhren glänzen sehen. Die wilde Jagd geht quer über den holprig gepflasterten Vorhof des Anwesens, hinaus auf die Schotterwege im winterlichen Park, panische Angst sitzt ihm in Nacken, aber dann spürt er die Gier, spürt den Hunger des Raubtiers nach frischem, blutigem Fleisch, und die Panik schlägt um in pure Mordlust, die wie Feuer in seinen Adern brennt. Er rast weiter, der grausliche Gestank ist überall, aber das macht ihm jetzt gar nichts mehr aus, ganz im Gegenteil, das spornt ihn nur noch mehr an. Rings um ihn herum Geschrei und der wilde Kampf halbnackter Leiber. Mit Gebrüll stürzt er sich mitten rein ins Gewühl, in seinem Maul der metallische Geschmack von Blut. Fleisch, das er mit bloßen Händen zerfetzt und mit gierigen Bissen runterschlingt. Und über all dem dröhnt diabolisches Gelächter, schallend laut und so richtig gemein.

Keuchend kommt er wieder zu sich, der Gonzo, und findet sich vollkommen verschwitzt am Boden seiner Zelle wieder. Vom Tulpenstingl, seinem Doktor Nowak, fehlt jede Spur. In seinem Bauch rumort es, er spürt, wie sich der Druck aufbaut, und dann rülpst er auch schon kräftig los. Laut, befreiend und ziemlich grauslich. In seinem Mund bemerkt er irgendwas, das er zwischen den Zähnen stecken hat, fummelt so lange mit der Zunge daran herum, bis es sich gelockert hat und er es in seine Hand spucken kann. Er verdreht die Augen und baut einen Bobby, als er das letzte Fingerglied einer menschlichen Hand vor sich sieht. Deutlich kann man noch die Reste des roten Nagellacks erkennen, mit dem der Fingernagel gefärbt worden ist.

Wieder hetzt er auf allen vieren durch weiß gekachelte Gänge, mit vollem Karacho, so schnell ihn seine schmerzenden Gliedmaßen tragen können. Der bestialische Gestank hüllt ihn ein, und er spürt eine Präsenz neben sich. Weißes, zotteliges Fell, messerscharfe Krallen, knallrote Augen, aus denen purer Hass lodert. Eine übermenschlich große Gestalt, die geifernd neben ihm herrast und ihn unter teuflischem Gelächter zu immer noch größerer Geschwindigkeit antreibt.

Da! Irgendetwas huscht vor ihm durch den Gang, sein Jagdinstinkt bricht durch, füllt sein Bewusstsein aus, und schon nimmt er mit allem, was seine Muskeln hergeben, die Verfolgung auf. Rasche, zuckende Bewegungen eines halbnackten Körpers vor ihm, er schließt auf, die Beute bemerkt ihn, schlägt einen Haken nach links, in einen schmalen Gang hinein, aber er kann mithalten, kracht zwar schmerzhaft gegen die weiß gefliste Wand, aber dann hat er auch schon sein Raubtiergebiss in das Fleisch der Beute geschlungen, zerfetzt mit bloßen Fingern die Haut und schluckt in gierigen Zügen das Blut hinunter, das er plötzlich in seinem Mund schmeckt. Sein lautes Triumphgebrüll hallt durch die Gänge, der Triumph des Raubtiers über seine Beute. Und dann schallendes Gelächter, das aus allen Richtungen durch die Gänge schallt, bösartig und vollkommen unmenschlich.

Alles tut dem Gonzo weh, als er wieder zu sich kommt. Drek, sein Bauch brennt wie die Hölle! Im letzten Moment erreicht er das betonierte Loch im Boden, das ihnen in dieser Zelle als Toilette dient, da kotzt er auch schon dicke Ströme Blut und eitrigen Schleim hervor. Das E7 meldet sich zurück, und zwar nicht zu knapp.

Als die Seuche von ihm ablässt, rollt er sich vollkommen geschlaucht auf den Rücken und versucht, wieder zu Atem zu kommen. Zunächst fällt es ihm gar nicht auf, aber dann bemerkt er leises Wimmern. Rasch blickt er um sich und erkennt den Tulpenstingl, der in einer Ecke der Zelle am Boden hockt, zusammengekauert wie ein Baby, und leise vor sich hin flennt.

»Was geht hier vor? Was machen die mit uns?« Mehr als ein heiseres Flüstern bringt der Gonzo nicht zusammen.

Der Tulpenstingl reagiert zunächst gar nicht, aber dann schreit er plötzlich los und hält dem Gonzo beide Hände entgegen. Die rotblau geschwollene Hand, die ihm der Schläger der Bürgerwehr gebrochen hat, und den zerfressenen Stumpen blutigen Fleisches, an dem man noch ganz deutlich die Abdrücke eines menschlichen Gebisses erkennen kann ...

Der Gestank hüllt ihn ein, bestialisch wie eh und je, raubt ihm den Atem, brennt sich seine Luftröhre hinunter, legt aber auch seinen Jagdinstinkt frei. Und die Gier auf rohes, blutiges Fleisch, und die diabolische Freude an Agonie und Todesangst. Neben ihm die übergroße Monstergestalt in dem weißen, zotteligen Fell mit den roten, mörderisch glimmenden Augen. Zusammen rasen sie durch die Gänge, über steinerne Treppen hinauf, raus ins Freie. Er fühlt sich gut, so verdammt gut, wie der Wolf, der durch die Tundra prescht und seine Beute niederhetzt. Da spürt er die eiskalte Verachtung, die das Wesen neben ihm für ihn empfindet, merkt, dass er keineswegs ein Raubtier ist. Beute, mehr ist auch er nicht, nur Beute.

»Kranke, grausig kranke Beute!«, kreischt das Ding neben ihm, oder bildet er sich das bloß ein?

Ein turmhohes Feuer züngelt Funken sprühend in den Himmel, halbnackte Leiber rennen und tanzen und springen in einem irren Tanz ringsherum, und er schließt sich dem wilden Reigen an. Springt und tanzt und hüpft und drischt wild um sich. Hinter dem Feuer erkennt er einen steinernen Altar, hinter dem mit emporgereckten Armen drei übergroße Gestalten stehen, mit weißem Fell und roten Augen. Zwei davon eindeutig männlich, eines weiblich. Tierisches Geheul, das wie eine Sirene durch die Nacht dröhnt und die tanzenden Leiber aufstachelt und anspornt. Wie auf einen Befehl hin stürzen sie sich aufeinander, fallen wie die Bestien übereinander her. Der Gestank ist kaum noch zum Aushalten.

Das Erste, das er spürt, als er wieder zu sich kommt, ist der kalte, schwabbelige Körper vom Doktor Nowak, der quer über ihm liegt. Mühsam quetscht er sich darunter hervor, stemmt die massive Leibesfülle vom Tulpenstingl zur Seite und befreit sich von seiner Last. Dabei fallen ihm die blutigen Striemen auf, mit denen sein Zellengenosse über und über bedeckt ist.

Drek, was geht hier vor? Ist das, verdammt noch einmal, nicht genau so wie bei diesem einen Machwerk aus Hollywood, wie heißt der Film noch gleich, ›Der Fluch des ... Dingsbums‹ – wie heißen diese verflixten Monster nochmal? Weißt eh, der Film, wo der eine Teenie-Star die Hauptrolle gespielt hat, der Wappler, auf den die ganzen Mädels so abfahren, dieser Vicco di Lamino.

Ächzend stemmt er sich in die Höhe und setzt sich auf die schmale Pritsche. Spindeldürr wie ein Biafra-Kind ist er geworden, seine Arme schauen aus wie Zahnstocher und zittern um die Wette, und er kommt nicht umhin, all die Stellen an seinem Körper zu bemerken, an denen seine Haut wegfault und in Fetzen herabhängt. Lang wird er's wohl nicht mehr machen, das steht fest.

Gurgelnd kommt der Tulpenstingl zu sich und spuckt einen schwarzroten Schwall Blut aus, dem Gonzo genau vor die Füße. *Wendigo* – so heißen diese Monster! Dem Gonzo ist wieder eingefallen, wie der Film heißt. »Der Fluch des Wendigo«. Vor ein, zwei Jahren war das der Blockbuster schlechthin, nicht weniger als elf Oskars, absoluter Zuschauerrekord bis dahin und etliche Milliarden Nuyen Umsatz.

Die Ironie der ganzen Sache entlockt dem Gonzo ein bitteres Lachen. Wendigos sind doch angeblich die vampirische Form von Orks, die sich zu hochgradig magischen Wesen verformt haben, die sich perverse Kannibalenzirkel halten und ganz versessen sind auf Menschenfleisch. Also sitzen mutierte Orks an der Spitze der FNF und herrschen über die Heerscharen hirnloser Metamenschenhasser in diesem Land. Der Gonzo schüttelt den Kopf. In der Sechsten Welt gibt's einfach nichts, was es nicht gibt!

Aber der Gestank, der sich wieder in der Zelle ausbreitet, verhindert jedes weitere Grübeln vom Gonzo. Stattdessen taucht er wieder ein in die nebelverhangene Scheinwelt aus Jäger und Gejagten, in die wilde Hatz, die in den Gängen, Korridoren und Zimmerfluchten des Anwesens tobt. Ein blutroter Schimmer füllt sein Blickfeld aus, neben ihm rast wieder eine übergroße Gestalt mit weißem Pelz und spornt ihn mit ihrem spöttischen Geheul zu immer neuen Anstrengungen an. Aber diesmal scheint die Rechnung nicht aufzugehen, so sehr er sich auch anstrengt, er fällt zurück, im ganzen Körper spürt er unmenschliche Schmerzen, und irgendwann muss er stehen bleiben, weil sich sein Magen umdreht und ihn Blut und Galle kotzen lässt.

Draußen im Park lodert wiederum eine meterhohe Flammensäule, die von halbnackten Gestalten umtanzt wird.

Irres Kreischen und Heulen übertönt das Krachen der brennenden Holzscheite, in der Luft hängt deutlich erkennbar der Geruch von frischem Blut. Vor dem übergroßen Scheiterhaufen sind drei hohe Korbsessel aufgebaut, darauf thronen die drei weiß bepelzten Gestalten mit den rot glühenden Augen, zwei eindeutig männlich, eines weiblich. Voller Hass und Verachtung überblicken sie das chaotische Treiben, dann hebt der größte von ihnen den Arm und stößt einen schrillen Pfiff aus. Sofort stoppt der wilde Tanz rings ums Feuer. Gut vier Dutzend menschliche Gestalten in den unterschiedlichsten Stadien der Verwahrlosung erstarren zu Salzsäulen. Auch der Gonzo rührt sich nicht.

Von irgendwoher wird der Tulpenstingl ins Zentrum geschupft, stolpert ungeschickt und kracht vor den drei Wesen zu Boden. Sein fetter Körper ist mit blutenden Wunden übersät, Striemen, Spuren von Krallen und Fingernägeln und hin und wieder die Abdrücke menschlicher Zähne.

»Tulpenstingl, mein lieber Tulpenstingl!«, hebt das Monster mit grollender Stimme an zu reden. »Alles, was du bist, verdankst du der Partei. Alles, was du in deinem jämmerlichen Leben erreicht hast, geht auf die Unterstützung der Partei zurück. Und du hast nichts Besseres zu tun, als uns zu verraten? Tulpenstingl, mein lieber Tulpenstingl, du undankbares Arschloch, dafür wirst du jetzt büßen. Dafür werden wir dich heut Nacht vernaschen!«

Das Monster – der Wendigo? – dreht sich um und wendet sich dem Gonzo zu, der immer noch reglos dasteht. »Der da ist ungenießbar, so was Grausliches mögen wir nicht, also bringt ihn weg, irgendwohin, wo's niemand sieht, und macht ihn finito!«

Als der Gonzo wieder zu sich kommt, liegt er am Boden seiner Zelle, und alles tut ihm weh. Er ist allein, vom Tulpenstingl keine Spur, außer einem Nachhall von grässlichem Geschrei, das dem Gonzo die ganze Zeit über durch den Kopf geht, dazu noch ein paar Bilder von Armen und Beinen, die von weißbehaarten Armen mit übermenschlichen Kräften aus den Gelenken gerissen werden.

Vor ihm liegt ein Bündel Kleider. Er erkennt sein Zeug wieder, das zerschlissene Papier des Pov. Von seiner Panzerjacke fehlt aber jede Spur. Außerdem fehlen seine Schuhe. Es dauert ewig, bis er es mit seinen zitternden, kraftlosen Gliedmaßen schafft, in seine Sachen zu schlüpfen.

Kaum steckt er wieder in seiner Hose, springt die Tür auf und einer der Parteischläger in voller Kampfmontur stampft in die Zelle. Ein Tritt mit seinen schweren Stiefeln in die Seite raubt dem Gonzo den Atem, und noch ehe er sich von dem Angriff erholt hat, sind seine Arme auch schon mit Handschellen hinter seinem Rücken gefesselt.

Aber das ist schon interessant, jetzt, wo es absolut kein Entrinnen mehr für ihn gibt, erwachen plötzlich wieder die Lebensgeister im Gonzo. Wo er doch schon mit seinem Leben abgeschlossen gehabt hat und sich nichts mehr gewünscht hat als ein schnelles, schmerzloses Abtreten, da gewinnt plötzlich wieder der Wille zu überleben die Oberhand in seinem Denken. Nein, alles, bloß nicht sterben! Er wirft sich vor dem Parteisoldaten zu Boden, krallt sich mit seinen splittrigen Fingernägeln in die Fugen zwischen den Fliesen, bettelt mit weinerlicher Stimme um sein Leben und verspricht seinem Häscher das Blaue vom Himmel, wenn dieser ihn bloß verschont.

Die Antwort ist ein weiterer Tritt mit den schweren, stahlkappenbewehrten Kampfstiefeln, diesmal direkt in Gonzos Fresse. Mehrere Zähne halten dieser Beanspruchung nicht stand, Mühsam keuchend spuckt er die zertrümmerten Beißwerkzeuge aus. Benommen kriegt er mit, wie zwei grobe Hände ihn packen und die Gänge und Korridore entlangschleifen. Vor dem protzigen Eingangstor wartet ein Wagen, eine unauffällige Familienkutsche, die mit laufendem Motor dasteht. Der Gonzo wehrt sich, so gut es geht, aber es nützt nichts, die Handschellen halten seine

Hände eisern hinter dem Rücken zusammen, seine Beine sind kraftlos, und nach einer kurzen und extrem sinnlosen Rangelei landet er schlussendlich doch im Kofferraum.

Von der Fahrt kriegt er kaum etwas mit. Eine Mischung aus schierer Panik und Todesangst legt sein Denkvermögen lahm, er bemerkt bloß, dass sie gewundene Bergstraßen entlangschleichen, hin und wieder kriegt er einen Schlag auf den Kopf, wenn der Wagen in ein Schlagloch kracht und er sich am Kofferraumdeckel den Schädel anhaut. Nach einer scheinbar endlos langen Zeit bleiben sie stehen. Klickend springt der Kofferraum auf, und grelles Licht sticht dem Gonzo schmerzhaft in die Augen. Ein dunkler Schemen beugt sich zu ihm runter und zerrt ihn mit brutaler Gewalt aus seinem Gefängnis hervor, ohne jede Rücksicht darauf, ob er sich den Kopf an den Kanten der Karosserie wund schlägt oder nicht. Mit ruhigen, bedächtigen Bewegungen öffnet der Schläger die Beifahrertür des Wagens und kramt einen Spaten sowie eine Pistole mit Schalldämpfer hervor. Im Gonzo flackert ein letztes Mal der Wille zum Widerstand auf, so schnell er kann, rennt er davon, ohne lang zu überlegen, einfach in die erstbeste Richtung davon, so schnell er kann. Seine kraftlosen Beine scharren über den groben Schotter eines Forstwegs, der sich an einen sanft abfallenden Berghang schmiegt. Beiderseits des Wegs strecken sich die zahnstocherdürren Stämme eines dichten Fichtenwalds in den Himmel, man hört nichts als das heisere Krächzen irgendwelcher Krähenvögel. Schmerzhaft bohren sich die Kieselsteine in seine nackten Füße, aber er ignoriert den Schmerz, so gut es geht.

Weg, weg, bloß weg hier! Er will nicht sterben!

Plötzlich wird dem Gonzo schwindlig, die Bäume rings um ihn herum beginnen sich zu drehen, dann geben seine zitternden Knie unter ihm nach, und er sieht, wie der Schotterboden auf ihn zugerast kommt. Wie ein greller Blitz zuckt ein beißender Schmerz durch seine Nase, er spürt heißes Blut, das über sein Gesicht rinnt, dann wird er gepackt und hochgezerrt. Lachend teilt der Vollstrecker dem Gonzo mit, dass sie sich mitten in der Wildnis der Koralpe befinden, ziemlich genau an der Grenze Kärntens zur Steiermark. Er kann ruhig um Hilfe schreien, niemand wird ihn hören, sie sind meilenweit vom nächsten Dorf entfernt.

Mit Tritten und Schlägen treibt ihn der Parteisoldat vorwärts, vom Weg hinunter in den Wald hinein, über verwachsene Wurzelstöcke und kniehohe Steinbrocken hinweg, durch blattlose Dornbüsche und den braunen, vertrockneten Farn vom letzten Jahr hindurch, bis sie zu einer etwa einen Meter tiefen Grube kommen.

»Rein da!«, herrscht ihn der Parteiagent an. Der Gonzo versucht, sich gegen den eisenharten Griff seines Gegners zu wehren, hat aber keine Chance und wird in die schlammige Grube hineingeworfen, in der knöcheltief eine Lacke dunkles, eiskaltes Wasser steht.

»Hinknien!«, wird der Gonzo angemault, dann muss er den Mund aufmachen. Mit schreckensbleichem Gesicht, die Augen sperrangelweit aufgerissen, starrt er auf dem schwarz glänzenden Metallzylinder des Schalldämpfers, den ihm der Killer mit ruhiger Hand in den Mund schiebt.

»Sag zum Abschied leise Servus!«, meint der Arsch noch, entsichert die Waffe, lacht noch einmal hämisch, und ...

... mit einem zischenden *Plopp!* explodiert die hintere Schädelhälfte des Vollstreckers in einer Wolke aus schwarzrotem Blut und gräulich blassem Gewebe. Ein paar Sekunden lang bleibt der Kerl noch stehen, ein Ausdruck von totalem Unglauben im Gesicht, auf der Stirn nicht mehr als ein kleines, rotes Loch mit ausgefransten Rändern. Dann fängt der Sack an zu schwanken und kracht wie ein gefällter Baum zu Boden, mitten rein in den Schlamm. Es dauert noch ein paar Sekunden, bis dem Gonzo die Pistole aus dem Mund fällt und im schlammigen Grund der Grube versinkt.

Kapitel 44

Leoben, 11. Feber 2063

Sechsunddreißig Stunden eingesperrt in der Bude des Türken. Sechsunddreißig Stunden untätig herumlümmeln und nichts tun, das macht die Peperoni fertig. Untätig muss sie zusehen, wie der Click und der Türk die längste Zeit reglos auf den Schaumstoffmatratzen liegen, weil sie stundenlang in der Matrix hängen und sich von dort aus den Hacklhuber zur Brust nehmen.

Die Karo Ass ist auch keine Hilfe, die beharrt zwar auf der Anwesenheit der Peperoni – sollten sie wider Erwarten von irgendwelchen Parteiagenten aufgestöbert werden, dann tut magische Unterstützung Not, frage nicht –, aber ansonsten kümmert sich die Schattenläuferin keinen Deut um die kleine Orkschamanin, die sich langsam aber sicher zu Tode langweilt.

Kaum, dass sie von ihrem Ausflug nach Kärnten zurückgekommen sind, hat sich die Karo Ass vom Topolino nach Graz chauffieren lassen, zu einem Cyberdoc. Seit ihrer Rückkehr sitzt sie die meiste Zeit auf einem Drehsessel, verkehrt herum, mit der Lehne nach vorne, einen Styroporbecher mit Ersatzkaffee in der Hand, und starrt mit unbewegtem Gesicht auf ihren linken Fuß hinab. Der Fuß, der in einem knöchelhohen Gipsverband steckt, der von einer hellblauen Plastikschale umschlossen wird. Hin und wieder führt sie geheimnisvolle Gespräche am Handy, geflüsterte Worte mit einer Unbekannten. Dem magisch geschärften Gehör der Peperoni entgeht es nicht, dass der

Gesprächspartner am anderen Ende der Leitung eine Frau ist.

Aber ansonsten tut sich nichts, ganze sechsunddreißig Stunden lang. Keiner kümmert sich um die Peperoni, keiner sagt ihr, was Sache ist, total arg.

Fad, fad, fad.

Irgendwann einmal stöpselt sich der Türk aus und zündet sich erst einmal ganz genüsslich einen Joint an, ehe er anfängt, fünf Flachbildschirme aufzustellen. Einen in jeder Ecke des Verkaufsraums vor der Theke, dazu einen am Tresen, neben der alten, mechanischen Registrierkassa. Die Vidscreens sind über Glasfaserkabel mit Credstick-Lesegeräten verbunden. »Zahltag«, meint er dann ungerührt zwischen zwei Zügen aus seinem Joe.

Das macht die Peperoni fertig, sie ist ganz schön aufgeregt, so zappelig wie selten zuvor. Klar hat sie begriffen, dass es jetzt ans Eingemachte geht, dass jetzt die Effektiven rübergereicht werden!

Der Click ist immer noch auf Tauchstation, sitzt ganz hinten in einem Eck im Schneidersitz am Boden und lässt den Kopf hängen. Ist immer noch im Stand-by-Modus.

»Dort drüben ist deiner!« Ohne seinen Joint aus seinem Mund zu nehmen, zeigt der Türk auf einen der Bildschirme. »Kannst zuschauen, wie dein Konto wächst.«

Die Peperoni lässt sich in ihrer Ecke nieder und zieht den Bildschirm zu sich heran. Mit ungläubigen Augen verfolgt sie, wie die Effektiven stückerlweise und in unregelmäßigen Abständen auf dem Konto eintrudeln, das der Türk auf den Caymaninseln für sie eingerichtet hat.

»Was läuft da?«, will die Peperoni wissen und deutet auf ihren Bildschirm.

Bedächtig nimmt der Türk einen langen Zug aus seinem Joint, ehe er antwortet: »Geldwäsche. Ein zweitrangiger Mafia-Clan in Sizilien tut jagen deine Effektiven in die total verschlungenen Pfade von Börse und Finanzhandelsplätze auf die ganze Welt.«

»Dauert das noch lang?«

Der Türk verzieht sein Gesicht, dann nickt er. »Ja, kann noch dauern ein paar Stunden.«

»Aber gratis machen sie das nicht, die Nadelstreif-Signori, oder?«

Bis auf den Click, der immer noch reglos in seiner Ecke sitzt, bricht allgemeine Erheiterung unter den Schattenläufern aus. »Worauf du einen lassen kannst!«, bestätigt der Topolino seiner jungen Teamkollegin.

»Kostet uns dreißig Prozent von unserm Zaster«, erläutert die Karo Ass. »Mit dem Geld wird unser Mafia-Clan in die Oberliga aufsteigen. Kannst davon ausgehen, dass es in Sizilien demnächst rundgehen wird. Aber wir haben einen verdammt guten Preis gekriegt, im Normalfall kann das durchaus raufgehen auf über fünfzig Prozent.«

»Wir eben gehabt einen sehr charmanten Unterhändler, hat Mafiosi gehörig um den Finger gewickelt.« Der Türk lächelt versonnen, als er in Erinnerungen schwelgt.

Aha, da schau her, die Peperoni hat also Recht gehabt mit ihrer Vermutung, dass da außer dem Türk und der Karo Ass noch jemand hinter der ganzen Sache steckt. Und dank dieses Hinweises vom Türken hat sie einen ziemlich konkreten Verdacht, um wen es sich dabei handeln könnte. *Charmant* ist allerdings nicht grad der richtige Ausdruck für diese Person, aber die Peperoni hat keine Lust, diesbezüglich mit dem Türken zu diskutieren.

Zweieinhalb Stunden später ist der Transfer von Peperonis Geld abgeschlossen. Auch der Click und der Topolino haben ihre Effektiven erhalten, aber bei der Karo Ass und dem Türken geht der Geldsegen weiter. Das macht nichts, die kleine Rattenschamanin ist mehr als zufrieden mit ihrer Entlohnung, sie hat den vereinbarten Betrag erhalten, in ihren Augen eine schier Verstand sprengende Summe, und nun brennt sie sich die Effektiven geduldig auf einen ganzen Rucksack voll beglaubigter Credsticks. Anonym und nicht zurückverfolgbar, wie's in Schattenkreisen sein soll. »Reich!«, kreischt sie schlussendlich. »Ich bin reich! Stinkreich!«

»Besser neureich sein als nie reich sein«, gibt der Topolino geistreich zu bedenken, und sie brechen in Gelächter aus.

Dann folgt der allgemeine Abschied, man klopft sich gegenseitig auf die Schulter und verduftet dann so schnell wie möglich, um, jeder für sich, im Zwielicht der Schatten unterzutauchen. Nur der Click macht da nicht mit, der hängt weiterhin reglos in seiner Ecke und spielt Stromsparmodus. So ein blöder Depp, denkt sich die Peperoni, als sie mit wieselflinken Schritten die Gassen und Durchschlupfe zwischen den eng stehenden Hütten und Buden hindurchschlüpft. Jetzt will sie einfach nur noch heim, zum Teddy.

Drüben im *Marquis*, dem schwarzen, düsteren Kern des ganzen Slums, treffen sie zusammen. Im luxuriösen Gemach der Lady, über all den verwunschenen Räumen voller Samt, stimulierender Elektrospielsachen, magischer Gimmicks und verdorbener Liebesspielzeuge – sowie den Unmengen an Spielzeug, das mit *Liebe* nichts zu tun hat, verstehst schon –, finden sich die drei ein. Die Lady, der Türk und die Karo Ass. Von der novaheißen Security oder von den ganzen, noch viel heißeren Liebesdienerinnen ist nichts zu bemerken, die Lady hat sie unter allerlei Vorwänden von dannen geschickt.

Es gibt nicht mehr viel zu tun, der Türk und die Karo Ass haben ihr Geld, jeweils sage und schreibe sechzig Millionen Effektive, aber es gilt noch ein paar Spesen zu verrechnen. Ordnung muss sein, und da die Lady den ganzen Rest einstreicht, der übrig bleibt – an die achtzig Millionen – bezahlt sie dem Türken ohne mit der Wimper zu zucken das Cyberdeck, das der Bazooka gekriegt hat.

»Es war mir ein seelisches Fußbad, mit euch beiden Geschäfte zu machen. Aber jetzt werd ich mich vertschüssen«, kündigt die Karo Ass an. »Servas zusammen!«

Und weg ist sie, die Schattenläuferin.

Die Lady erhebt sich aus ihrem Fauteuil und schaut nachdenklich zur Tür rüber, bei der die Schattenläuferin gerade rausgegangen ist. »Jetzt sind nur noch wir beide übrig.«

»Ja, wir beide. Du und ich. Und natürlich Mister Max Power«, sagt der Türk und drückt der Lady ein Exemplar der schweren Pistole dieses Namens ins Genick.

Kapitel 45

Flugplatz Wiener Neustadt, 2. Dezember 2033

Mit dröhnendem Brummen kommen die beiden Turbo-
props der Cessna auf Touren. Ein paar Sekunden später
nimmt der Flieger Fahrt auf und rast über die Startbahn.
Wie jedes Mal, wenn er fliegen muss, kriegt der Schiefer
auch diesmal dieses flaue Gefühl im Magen, als das Flugzeug vom Flugplatz in Wiener Neustadt abhebt und steil
in den Himmel hochzieht. Hacklhubers ganze Truppe ist
an Bord des Fliegers, die ganzen Hawara und Speichelle-
cker, die sich ihm angeschlossen haben. Auch der Schreyerl
Junior, der aber inzwischen dank der Segnungen plasti-
scher Chirurgie schon wieder ganz anders aussieht als
damals, als ihn der Novotny in der Mondscheinklinik vom
verrückten Doktor Spleißmann kaltstellen hat lassen.

Es geht nach Südwesten. Knapp hinter Graz lässt der
Pilot die Cessna absinken, bis sie grad noch zwanzig, dreißig Meter über den Baumwipfeln dahinrast.

»Na, Angst?« Im roten Licht der Innbeleuchtung der
Cessna wirkt das Grinsen vom Hacklhuber irgendwie
wölfisch. »Wir kommen gleich zur Front. Mal sehen, ob
unser kleiner Trick aufgeht, ob wir ungeschoren darüber
hinwegkommen!«

Der Kajetan Schiefer schluckt schwer. Freunderl, das ist
jetzt die alles entscheidende Frage: Funktioniert Hacklhubers Trick? Oder bellt jeden Augenblick unter ihnen ein
Flak-Geschütz los, zerfetzt die dünne Aluminiumhaut der
Cessna und verarbeitet sie zu G'röstl? Für die europäische

279

Luftabwehr sind sie ein geheimes Sonderkommando, das den Auftrag hat, einen Sabotageakt hinter den Reihen der Moslems zu verüben. Und für die Moslems sollten sie ein geheimes Sonderkommando sein, das gerade von einem Sabotageakt hinter den Reihen der Europäer zurückkommt. Man kann nur hoffen und beten, dass der Plan aufgeht.

»Schiefer!«, ruft der Hacklhuber, »kümmere dich um die Magie!«

Sie kommen an der verseuchten Zone vorbei, wie Südkärnten nun genannt wird, einer Gegend, in der die Magie außer Kontrolle geraten ist. Was der Grund dafür ist, dass der Hacklhuber den Schiefer mitgenommen hat. Er braucht einen Magier, der die Manawirbel abwehrt, die wilde Magie abblockt und die toxischen Geister auf Distanz hält, die sich spontan in der Zone manifestieren und irgendwann genauso spontan wieder verschwinden.

Schweißüberströmt kehrt der Kajetan Schiefer vom Astralraum in seinen Körper zurück, kaum dass sie das umkämpfte Gebiet hinter sich gelassen haben und im Luftraum der Allianz für Allah nach Süden brettern.

»Glaubt ihr, dass unser Plan so aufgehen wird, wie wir uns das vorstellen?«, fragt ein blasses Bürschchen im trendigen Vampir-Look, das der Schiefer nur vom Sehen her kennt. Der Sohn irgendeines Ministerialrates in Wien, soweit er weiß.

»Klar! Der Jazrir braucht uns«, meint der Schreyerl Junior, der sich genüsslich in seinem Sitz räkelt. »Die Islamisten pfeifen nämlich aus dem letzten Loch. Schaut nicht gut für sie. Wenn ihnen nicht bald der Durchbruch nach Deutschland gelingt, können sie zusammenpacken und heimgehen. Noch einen Winterfeldzug in den Bergen stehen sie nicht durch.«

Das ist wohl wahr, denn trotz der festgefahrenen Fronten ist der Sieg für die Europäer in greifbare Nähe gerückt. Die U-Boote Venedigs liegen im Marmarameer auf der

Lauer und sperren den Bosporus, und die Partisanen in Jugoslawien haben nach zähen Kämpfen einen großen Teil des Landes wieder unter ihre Kontrolle gebracht.

»Außerdem«, wirft eine junge Frau mit Hundeblick und ausgeprägtem Schmollmund ein, deren Namen der Schiefer schon wieder vergessen hat, »mehrt sich der Widerstand gegen Sayid Jazrir in den eigenen Reihen. Angeblich gab es in Syrien trotz der allgegenwärtigen Spitzel der Allianz für Allah die ersten Demonstrationen, bei denen Frieden und Demokratie gefordert wurde.«

Das ist dem Schiefer nicht neu, das Heeresnachrichtenamt ist über solche Sachen informiert. Außerdem weiß der Schiefer, dass der Mossad in der Liga von Damaskus kräftig mitmischt und allerlei Hebel in Bewegung setzt, um den Jazrir abzusägen.

»Schau, aus diesem Grund *kann* der Mahdi gar nicht anders, als unser Angebot anzunehmen. Wir werden ihm zum entscheidenden Sieg helfen.«

»Und was kriegen wir dafür?«, stellt der Dechant Junior eine rhetorische Frage in den Raum.

Alle lachen sie los, laut, schallend und hämisch.

»Macht. Die absolute Macht in diesem Land!«

Sie landen auf einem Behelfsflugplatz mitten in einem Wald. Ein lang gezogener Streifen Wiese, den man irgendwann einmal zwischen den Bäumen herausgehackt hat. Der Schiefer hat keine Ahnung, ob sie sich noch in Slowenien oder schon in Kroatien befinden. Am Rand der improvisierten Landebahn steht eine große Blockhütte, daneben ein paar mit Sandsäcken verstärkte MG-Stellungen, die allerdings leer stehen. »Und jetzt?«, fragt der Schiefer niemanden im Besonderen, als er seine Schirmmütze tiefer ins Gesicht zieht, um sich vor den Regentropfen zu schützen, die grad anfangen, vom Himmel zu fallen.

»Wir warten«, meint der Hacklhuber ungerührt und deutet rüber zu der Blockhütte.

Es dauert nicht lang, und sie hören Motorenlärm durch das Geprassel des Regens. Eine Fahrzeugkolonne schlängelt heran, vorneweg ein Spähpanzer, dahinter eine lange Reihe gepanzerter Lastwagen, auf denen ganze Legionen schwer bewaffneter Kämpfer aufsitzen. Keine drei Minuten sowie einen gründlichen Waffencheck später steht der Kajetan Schiefer dem Großen Mahdi Jazrir in höchsteigener Person gegenüber. Ein eher unscheinbarer Mann mit Bart und Turban, auf geradezu enervierend stereotype Art und Weise auf Ayatollah getrimmt. Das Einzige, was dieses Bild ein wenig auflockert, ist die schwere Pistole an seinem Gürtel, dazu zwei Patronengürtel kreuzweise über seiner Flakweste.

Zur vollkommenen Überraschung aller Anwesenden lässt sich der Hacklhuber urplötzlich zu Boden fallen und fängt an, den Boden zu Füßen des Islamistenführers zu küssen. »Heimat! Heimat!«, schreit er dabei.

Bald fallen auch seine Kumpels in das entwürdigende Schauspiel ein und tun es ihrem Anführer nach. Nur dem Kajetan Schiefer ist das zu blöd. Er bleibt stehen und versucht, sich irgendwie im Hintergrund zu verkrümeln.

»Genug!«, sagt plötzlich ein Mann, auf Deutsch. »Ich bin Doktor Ibrahim Abbas, der Dolmetscher unseres Großen Mahdis.«

Dem Schiefer fällt auf, dass der Dolmetscher irrsinnig glasige Augen hat, die irgendwie starr und mechanisch in die Gegend schauen. Der Schiefer blinzelt kurz und schaut sich den Kerl astral an. Ähnlich wie beim Novotny zeigt die Aura des Dolmetschers eine Menge seltsame graue Flecken. Der Kerl scheint komplett künstliche Augen zu haben, außerdem kann man eine Leitung erkennen, die von den Augen zur Schläfe führt, wo sich ein weiteres Implantat unter den Haaren versteckt.

Mittlerweile weiß der Schiefer ja, was es mit den Implantaten vom Novoty auf sich hat. Cyberware, die Verschmelzung von Fleisch und Maschine, von Nerven und

Elektronik. Momentan ist in den Laboratorien der Konzerne eine ganz neue Generation solcher Implantate im Entstehen. So hat der Novotny beispielsweise eine Miniaturkamera in seine Augen eingepflanzt bekommen, mit denen er kurze Filmmitschnitte machen kann.

Wie ist das hier, zeichnet der Dolmetscher die Szenerie grad auf?

Nach einer Weile befiehlt der Mahdi dem Hacklhuber mit einer Handbewegung, das demütige Schauspiel zu beenden und sich zu erheben. Auf die Knie wenigstens. Dann geht es ans Geschäftliche, der Hacklhuber verspricht dem Mullah, in genau sechsunddreißig Stunden eine breite Bresche in die Front der Europäer zu schlagen.

»Wie wollen Sie das machen?«, fragt der Dolmetscher.

»Ach, das ist alles schon gedeichselt. In sechsunddreißig Stunden ist ein groß angelegter Bombenangriff der polnischen Luftwaffe geplant, mit dem sie eine neue Offensive ihrer Bodentruppen einleiten wollen. Ich hab die Zielkoordinaten manipuliert und außerdem dafür gesorgt, dass statt konventionellen Bomben etwas verwendet wird, das mehr Pepp hat: DSX. Die Polacken werden weggebrannt wie nix!«

Der Name sagt dem Dolmetscher nichts. »DSX? Was ist DSX?«

»Ein neues blaues Feuer, tödlicher als alles, was bisher davon im Einsatz war«, meint der Hacklhuber grinsend, als er sieht, wie der Dolmetscher bleich wird. O ja, das CSX ist der Albtraum eines jeden Kämpfers der Allianz für Allah, jeder kennt die Schauergeschichten über die blauen Zauberflammen, die die Ungläubigen bei allen großen Schlachten eingesetzt haben!

Sayid Jazrir scheint beeindruckt zu sein, er bestätigt den Hacklhuber in seinem Amt als zukünftiger Statthalter im eroberten Österreich, der völlig nach eigenem Gutdünken schalten und walten darf, solange er regelmäßig Tribut abliefert. Aber irgendetwas fehlt dem Islamistenführer noch. Er redet eine Zeit lang auf den Dolmetscher ein, dann lacht er lauthals los. »Seit ihr bereit für den letzten Schritt eures Verrats? Seid ihr bereit, einer von uns zu werden? Wie sagt ihr doch gleich dazu? *Tschuschen?*«

Der Dolmetscher dreht sich um und packt eine braune Ledertasche, die hinter ihm am Boden steht. »Ich bin Arzt, hab vor vielen Jahren in München studiert«, meint er, als er ein Skalpell aus der Tasche hervorzieht, »Kommen Sie mit in die Blockhütte, Herr Hacklhuber!«

Fragend schaut der Angesprochene den Dolmetscher an. »Beschneidung!«, meint der daraufhin lakonisch.

Der Rückflug soll genauso ablaufen wie der Flug hierher, allerdings müssen sie erst einmal eine halbe Ewigkeit – genauer gesagt etwas mehr als vierundzwanzig Stunden – auf das richtige Zeitfenster warten.

Der Flug selbst ist eher ereignislos, der Hacklhuber redet nicht viel, schaut ziemlich bleich aus der Wäsche und vermeidet ruckartige Bewegungen mit den Beinen. Eine gute Stunde nach ihrem Abflug steigen sie wieder in Wiener Neustadt aus. Kaum angekommen, kriegt es der Kajetan Schiefer ziemlich eilig. Er hat noch ein paar Stunden Zeit, den Plan vom Hacklhuber zu vereiteln. Hastig versucht er, sich möglichst ohne Aufsehen von der Bande abzusetzen und Kontakt mit dem Novotny aufzunehmen.

Im Nachhinein muss man sagen, dass es ganz schön Pech war, dass sich der Kajetan Schiefer vom Hacklhuber überreden hat lassen, ihm hintern Hangar zu folgen. »Muss dir was zeigen«, meint der Typ, und der Schiefer fällt drauf rein und folgt ihm, als er steifbeinig um das Gebäude herumstelzt, bis sie niemand mehr sehen kann.

»Der Magier hat seine Schuldigkeit getan«, grinst der Hacklhuber dem Schiefer bösartig ins Gesicht. »Der Magier kann gehen. Ich brauch dich nicht, will nicht mit dir teilen, du Arsch, und ganz ehrlich gesagt, trau ich dir nicht. Drum werd ich dich jetzt abknallen!«

Der Kajetan Schiefer glotzt mit weit aufgerissenen Augen auf den Schalldämpfer der Pistole, die ihm der Hacklhuber vors Gesicht hält. Keine Zeit mehr, einen Zauber vom Stapel zu lassen, keine Zeit mehr, sich zu wehren, der Finger des Hacklhuber krümmt sich bereits um den Abzug.

Mehr aus Instinkt als aus bewusster Überlegung heraus macht der Kajetan Schiefer in diesem Moment das Einzige, das ihm noch übrig bleibt. Er blinzelt einmal kurz, als er in den Astralraum überwechselt. Sekundenbruchteile, bevor die Kugel sein Gesicht zerfetzt, schießt sein Astralleib aus seinem Körper.

Ganz weit weg fühlt er einen kalten Stich, als die Kugel in seinen Schädel fährt und seinen Körper zu Boden schmettert.

O Gott, o Gott, er hat sich grad bei seinem eigenen Tod beobachtet!

Er ist tot.

Tot!

Tot-tot-tot!!!

SCHEISSE!!! Noch hat er seinen Astralkörper, noch ist er nicht ganz gestorben, er hat noch ein paar Stunden, aber im gleichen Tempo, wie die Lebensströme in seinem leiblichen Körper verblassen, erlöschen auch die gleißend hellen Farben seiner Aura. Er wird dahinschwinden, im Minutentakt werden seine Kräfte schrumpfen, bis er schließlich ganz vergehen und die letzte Reise antreten wird.

Ein paar Stunden hat er noch.

Und er ist nicht gewillt, sie ungenutzt verstreichen zu lassen. Er wirft einen letzten Blick zurück auf seinen toten Körper, auf den Hacklhuber, der lachend danebensteht und die Pistole wegsteckt, dann schießt er davon. Er muss den Plan vom Hacklhuber vereiteln, er muss die Polen warnen, er muss den Novotny finden!

Im Astralraum spielen Entfernungen praktisch keine Rolle, schnell wie ein Gedanke huscht der Kajetan Schiefer durch die magische Parallelwelt, fetzt ungesehen durch das

Land und klappert alle Lokationen ab, an denen er den Novotny vermutet.

Nichts, absolute Fehlanzeige. Und die Zeit verrinnt.

Er sucht weiter, fetzt durch die Kasernen in Graz, die Söldnercamps und Munitionsdepots in Kärnten und der Steiermark, er sucht die Abhöranlagen und Radarstationen ab, auch die geheimen Kommandobunker, aber es ist wie verhext, vom Novotny keine Spur. Also fängt er an, blindlings nach dem Kerl zu suchen – viel Hoffnung macht er sich nicht mehr, es ist schier unmöglich, all die Auren abzuklappern, die sich in einem Land dieser Größe tummeln.

Schließlich findet er ihn – ganz zufällig – auf einer Toilette in einem Cafe in der Innenstadt von Graz. Mit letzter Kraft zwingt der Schiefer seinen Astralkörper dazu, sich auf der physischen Ebene zu materialisieren und sichtbar zu werden. Seine Stimme ist kaum mehr als ein ätherisches Flüstern, als er seinem Kollegen erzählt, was vorgefallen ist. Es klingt wie ein Windhauch, der durch ein leeres Haus säuselt, als er dem Novotny mit aller Kraft zuheult: »Halten Sie die Bomber auf!«

Der Novotny klemmt sich zwar sofort hinter sein Mobiltelefon, aber so einfach ist es gar nicht, eine militärische Operation zu stoppen, auch nicht, wenn du ein Geheimagent bist. Er kriegt einen Oberst Sowieso an den Apparat, der ihn nicht kennt, ihn für einen depperten Idioten hält und wieder auflegt. Ein Major Irgendwas verspricht ihm, dem General Soundso davon zu erzählen. Na, bravo!

Dem Schiefer zerrinnt die Zeit unter den Fingern, schließlich schießt er davon, einfach so durch die Wand der Toilette hindurch, und jagt nach Süden, nach Kärnten, an die Front. Er kommt genau rechtzeitig, um zu sehen, wie die grauschwarzen Schemen der Jagdbomber ihre tödliche Last abwerfen, wie die blauen Zauberflammen in den Himmel lodern, wie zigtausende Seelen im letzten Todeskampf aufschreien, wie sich das Mana verändert, wie es dunkel wird, giftig wird, wie es anfängt, den Schmerz und die Agonie zu absorbieren, die Todesangst und schließlich den Hass. Den Hass, der sich unweigerlich einstellt, als die gepeinigten Seelen in ihren letzten Augenblicken erkennen, dass sie von den eigenen Leuten, vom eigenen Feuer weggebrannt werden.

Und knapp bevor der Kajetan Schiefer aus dieser Welt entschwindet, erkennt er voll Schreck den gewaltigen Schattengeist, der sich in den düsteren Himmel über Südkärnten erhebt, der das Mana Woge um Woge aufsaugt und immer stärker und stärker wird, ein Hurricane des Hasses, der mit abertausenden Stimmen nach Rache und Gerechtigkeit schreit.

Dann hebt sich das Ungetüm von dannen, vielleicht zieht es aus, um ein geeignetes Werkzeug für seine Rache zu finden, wer weiß. Aber das betrifft den Kajetan Schiefer nicht mehr.

Kapitel 46

Leoben, 11. Feber 2063

Eisig kalt spürt die Lady das Chrom der Waffe an ihrem Hals.

»Hähä, jetzt werden wir zwei beide noch ein bisserl Spaß miteinander haben, und dann werd ich mich mit deiner Kohle absetzen. Wenn du brav bist, wenn du's mir *wirklich* gut besorgst, lass ich dich vielleicht sogar am Leben!«

Interessant, dass der Türk nun plötzlich glasklares, sauberes Deutsch spricht, von seinem üblichen Radebrechen ist nichts mehr zu hören. War wohl nur Show. Genauso wie seine Zusammenarbeit mit dem Team. Vorsichtig hebt die Lady die Arme.

»Ausziehen!«, befiehlt der Türk, dem man die Erregung in der Stimme deutlich anmerkt. »Weißt du, seit ich hier in diesem Kaff bin, war ich scharf auf dich. Teufel noch eins, du warst der einzige Grund, warum es mich hier gehalten hat. Aber man kriegt dich ja nicht, jedenfalls nicht so, wie ich's gern hab.«

Die Waffe vor sich ausgestreckt tritt der Hightech-Schieber ein paar Schritte zurück. »Los, das Top! Runter damit! So ist's gut, und jetzt der Rock!«

Die synthetischen Pheromone, die aus den aufgemotzten Drüsen der Lady strömen, nebeln den Türken ein, umgarnen ihn wie samtweiche Seidenfäden, aber der gerissene Wappler hat vorgesorgt, der hat die Szene hier von langer Hand geplant, und für einen Hehler wie ihn ist es überhaupt keine Problem, sich einen temporären Nanopartikelfilter in die Nase und den Rachen kleben zu lassen. Die Augen erwartungsvoll aufgerissen, ein bösartiges Grinsen im Gesicht, steht der Türk breitbeinig wie ein Westernheld da und zwingt die Lady, ihren BH zu öffnen. Es muss wohl auch zu einem gewissen Teil an dem prachtvollen Anblick liegen, der sich ihm bietet, dass der Schieber nichts davon mitkriegt, als sich die Tür in seinem Rücken so leise wie ein Windhauch öffnet. Aber das kalte Metall des Schalldämpfers der Glock, die ihm die Karo Ass ins Genick presst, bemerkt er schon. Kunststück aber auch.

»Weißt du, Türk, du bist zwar in dieser Geschichte einer der wenigen, die sich mit einer Schusswaffe bewaffnet zu einer Schießerei mit mir einfinden, aber trotzdem bist echt deppert. Zielst damit in die falsche Richtung!«

»Mach keinen Scheiß, du!«, kreischt der Schieber, der offenbar grad dabei ist, die Nerven zu verlieren. Aber jetzt einmal ehrlich: Wer von uns würde nicht nervös werden, wenn ihm ein Drachentöter in den Nacken gepresst wird? »Ich knall sie ab, du, ich mein's ernst, ich knall sie ab, kein Drek!«

Ganz ruhig, fast schon ein bisserl gelangweilt, schnaubt die Schattenläuferin in seinem Rücken durch die Nase. »Probiers!«, meint sie nur und presst ihm den Drachentöter etwas fester ins Genick.

Der Türk kämpft eine Weile mit sich, seine Augen zucken panisch hin und her, die Hand mit der Browning Max-Power, die er immer noch auf die entblößte Brust der Lady richtet, zittert wie Espenlaub. Er weiß, dass er's vergeigt hat. Drückt er ab, ist er tot. Ergibt er sich, kommt er vielleicht mit dem Leben davon.

Eine simple Rechnung.

Die Browning poltert zu Boden, die Karo Ass packt den Schieber, presst ihn zu Boden, dreht ihm die Arme auf den Rücken und legt ihm Handschellen aus Plastik an.

»Du depperter Blödmann, glaubst, wir haben dir vertraut? Einem schmierigen Wappler wie dir? Noch dazu bei dermaßen viel Geld? Wir haben uns schon gedacht, dass du uns verscheißern wirst!« Dann wendet sich die Karo Ass an die Lady. »Alles in Ordnung bei dir?«

Die Angesprochene nickt und boxt der Schattenläuferin spielerisch gegen den Oberarm. Dann schlüpft sie in aller Seelenruhe wieder in ihre Sachen, während die Karo Ass den Türken zu Boden drückt. Seine Credsticks nimmt sie dem Schieber ab, einen Teil übergibt sie der Lady, den Rest streift sie selbst ein. »Ist das Überraschungspaket bereit?«, will sie dann von der Lady wissen.

»Drüben.« Die Lady deutet auf die Tür zum Nebenzimmer.

Die Karo Ass verschwindet dort und kommt nach einer Weile ächzend zurück, den leblosen Körper der Lady hinter sich herschleifend.

Dem Türken gehen die Augen auf. »Was ist hier los?«

Die beiden Frauen lachen. »Ein Klon. Nicht perfekt, aber das muss auch nicht sein, für diesen Zweck ist die Qualität der geklonten Zellen völlig ausreichend. Weißt du, Türk, die Lady wird heut sterben. Die Spurensicherung der Kiberer wird das einwandfrei feststellen. Und weil du so dumm warst und dich mit uns angelegt hast, wirst du der Mörder der Lady sein. Dummerweise wirst du ebenfalls sterben, nachdem du das *Marquis* in Brand gesteckt hast.«

Es dauert nicht lang, bis die beiden Frauen den leblosen Körper des Klons und den gefesselten Körper des Türken in einen der Kellerräume des *Marquis* geschleift haben. Der Schieber wehrt sich zwar verzweifelt, aber was soll er mit seinen gefesselten Händen schon großartig machen?

Vorsichtig drapiert die Karo Ass den Klon in der Mitte der Kammer am Boden, dann kommt der Türk dran, der genau auf der Türschwelle zu liegen kommt. Mit einem übergezogenen Latexhandschuh nimmt die Karo Ass die Waffe des geschockten Schiebers und schießt dem Klon mehrmals in den Kopf. Dann lässt sie die Waffe neben den reglosen Körper fallen.

In der Zwischenzeit hat die Lady eine Reihe Kerzen rings um den Klon aufgestellt und angezündet.

»Du hast es mit mir ein letztes Mal bei Kerzenlicht getrieben, am Boden, ganz wild und leidenschaftlich, dann hast du mir ein paar Ladungen Flechette verpasst, hast dir meine Effektiven geschnappt und wolltest davonrennen. Dummerweise warst du so weggetreten von all dem Stoff«, die Lady wedelt mit einem halben Dutzend Stimulanzpflastern, die sie scheinbar aus dem Nichts hergezaubert hat, »dass du auf der Türschwelle zusammengebrochen bist. Dass eine der Kerzen umgefallen ist und den ganzen Laden in Brand gesetzt hat, hast du nicht mehr mitgekriegt, mein lieber Türk!«

»Nein, tu's nicht! Lass mich am Leben, ich hab's doch nicht so gemeint! War doch nur ein Scherz, hey, ehrlich, du, ich hätte dich doch nie ... Lady! Lady! LADY!!!«

Doch die Lady presst dem Schieber ungerührt die Pflaster auf die Haut. In den Nacken, auf die Innenseite der Unterarme, auf die Halsschlagader.

Für die Kiberer wird damit alles klar sein, die Lady ist zwar landauf, landab bekannt, hat aber dennoch keine SIN. Lang wird die Untersuchung dieses Todesfalls daher nicht dauern. Mal davon abgesehen, dass bestimmt auch ihre Klientel etwas dagegen hat, wenn die Kiberer ihre Nasen allzu tief in diese Angelegenheit stecken, also werden die Bonzen schon dafür sorgen, dass die Ermittlungen rasch und zügig abgeschlossen werden.

Der Türk merkt bereits, wie die Drogen anfangen zu wirken. Er weiß auch, dass er keine Chance mehr hat, hier lebend rauszukommen. Die Kerze ist umgestoßen worden, der Samt rings um den Klon herum schwelt bereits.

»Lady!«, schreit der Türk hinter seinem Todesengel her, »ich weiß alles über dich, ich weiß, wie du in Wirklichkeit heißt! Ich weiß, weshalb du den Hacklhuber abgezogen hast! Willst Rache nehmen für die Polen, für den Vater, den du nie kennen gelernt hast. Aber weißt, was ich nicht versteh: Warum hat der Hacklhuber eine solche Angst vor dem Video gehabt? Meine Güte, einhunderttausend verreckte Polen, Lady, wo liegt da das Problem? Und Verrat am eigenen Land, das ist doch bei euch kein ernsthaftes Vergehen!«

Die Lady hält kurz inne und kehrt dann noch einmal zum Türken zurück. Mittlerweile steht der Kellerraum mit dem Klon bereits in hellen Flammen.

»Stimmt, Türk, einhunderttausend Polen sind in Österreich scheißegal, nicht mal diese Sache würde den Hacklhuber Kopf und Kragen kosten. Schließlich ist er ein Kriegsheld, nicht wahr? Aber weißt, nicht das Verbrechen, das er begangen hat, würde ihm das Genick brechen, nein, viel schlimmer ist die Lächerlichkeit, der er sich auf dem Video preisgibt.«

Verständnislos starrt der Türk zur Lady hoch. Die Drogen haben ihn schon völlig eingenebelt, er kriegt nichts mehr mit.

»Weißt, wie sich die Leut hierzulande zerfetzen würden vor Lachen, wenn rauskäme, dass der Hacklhuber sich freiwillig zu dem gemacht hat, was man so landläufig als *Tschusch* bezeichnet? Glaubst, die würden einen *Tschuschen* wählen?« Sie macht sich noch schnell die Mühe, den weggetretenen Türken von seinen Handschellen zu befreien, um die letzte Spur zu verwischen, dann rennt sie hinter der Karo Ass her ins Freie.

Der Morgen dämmert, die ersten bleichen Sonnenstrahlen brechen zaghaft durch die Smogschicht über der Stadt. Die Smogschicht, die wie ein schmieriger, braungelber Wattebausch zwischen den rußgeschwärzten Wänden der dicht gedrängten Häuser wabert. Mit den ersten, diffusen Sonnenstrahlen zieht sich die Dunkelheit in die Hintergassen und Drekslöcher zurück und enthüllt mit schonungsloser Grausamkeit die ganze Hässlichkeit der Stadt, eine Hässlichkeit, die die Nacht gnädig verschleiert hat.

»Drek, wie hast du es hier bloß so lang ausgehalten?« Die Karo Ass zieht fragend eine Augenbraue hoch und schaut zur Lady rüber, die neben ihr durch den verfilzten Wald des Galgenbergs stapft. Die Geister der Gehängten haben sich im Zwielicht zwischen den Bäumen verkrochen, aber sogar ein völlig unmagisches Chrommonster wie die Karo Ass kann ihre Präsenz deutlich fühlen.

»Na ja, andere Städte sind vielleicht größer, aber sauberer sind sie auch nicht, glaub mir. Hier hab ich wenigstens meine Ruhe gehabt. Leoben war überschaubar.«

Überschaubar ist der richtige Ausdruck für das Kaff, frage nicht.

Hinter dem umgestürzten Wurzelstock eines uralten Laubbaums gehen sie in Deckung und legen eine kurze Rast ein. Vorsichtig spechteln sie aus ihrem Versteck hervor und schauen auf die Stadt runter. Deutlich kann man die gewaltige Rauchfahne sehen, die mitten in der Bahndammsiedlung in den Himmel steigt, genau dort, wo bis vorhin noch das *Marquis* der Lady gestanden hat. Mittlerweile ist die Feuerwehr eingetroffen, zwei Löschzeppeline schweben über dem Slum und spritzen dicke Strahlen Wasser und Löschschaum auf die lodernden Flammen des Brands hinab. Eine Zeit lang sagt keine der Frauen ein Wort. Dann unterbricht die Lady die Stille. »Was wirst denn jetzt machen?«

Die Karo Ass denkt eine Weile nach, dann zuckt sie mit den Schultern. »Keine Ahnung. Zahl bei der Yakuza den Rest meiner Cyberware ab, mit den Russen bin ich eh schon quitt. Dann werd ich mich aus den Schatten absetzen und ans Tageslicht zurückkehren.«

»Und du glaubst, die Yaks werden dich einfach so ziehen lassen? Dich? Eins der allerbesten Pferdchen in ihrem Stall?«

Die Karo Ass zuckt bloß mit den Schultern. »Sie kriegen das Geld für die beiden Rundum-Updates meiner Cyberware in der Delta-Klinik, aber falls ihnen das nicht reicht, können sie mir ja ruhig ein paar ihrer Ninjas auf den Hals hetzen. Wenn die Yaks gern wollen, dass diese Schläger ins Jenseits befördert werden, dann sollen ruhig probieren, mich aufzuhalten.«

Das ist natürlich ein einleuchtendes Argument. *Wähle deine Feinde mit Bedacht*, wie es das allseits bekannte Schattensprichwort so schön zum Ausdruck bringt, und es wird wohl hoffentlich kein Oyabun so blöd sein und sich vorsätzlich eine abgebrühte Chromgöttin wie die Karo Ass zum Feind machen.

»Und was machst dann?«, bohrt die Lady weiter.

»Keine Ahnung, ich setz mich halt zur Ruhe. Vielleicht such ich mir einen Mann.«

Die Lady prustet los. »Was, *du???* Komm, hör auf!«

Die Vorstellung von der Karo Ass als liebevolle und treu sorgende Gattin an der Seite eines Ehemanns ist auch wirklich zu komisch.

»Nein, im Ernst, du, ein Mann und zwei, drei Kinder. Vielleicht ein Hund, wer weiß.«

»'tschuldigkeit, aber das glaub ich erst, wenn ich's sehe!« Die Lady wischt sich Tränen aus den Augen.

Der Karo Ass dagegen ist nicht zum Lachen zu Mute. Das Gesicht der Schattenläuferin ist todernst, als sie fortfährt: »Man zahlt einen Preis dafür, nichts auf der Welt ist gratis, und ich will jetzt sehen, wie viel von mir noch übrig ist.«

Die Lady ist sich nicht sicher, was die Karo Ass damit sagen will. Fragend schaut sie die Schattenläuferin an.

»Die Cyberware. Brennt dich aus, macht dich zur Maschine, kein Drek. Ich will wissen, wie viel Gefühl ich noch übrig hab. Ob ich noch so was wie ein Herz hab.«

Darauf weiß die Lady nichts zu sagen, aber sie fühlt, dass es im Augenblick besser ist zu schweigen und die Schattenläuferin vor sich hinbrüten zu lassen. Aber es ist schon lustig, dass sie solche Töne spuckt, wo sie vorhin noch ganz ungerührt den Türken hingerichtet haben. Okay, zugegebenermaßen, der Kerl hätte die Lady auf jeden Fall kalt gemacht, also läuft das vielleicht noch unter Notwehr.

»Komm, reden wir doch einmal Tacheles. Für Schattenläufe werd ich langsam zu alt. Wir werden demnächst dreißig, das ist in deinem Gewerbe kein Alter, aber in den Schatten gehörst damit zum alten Eisen, frage nicht. Vielleicht ein Jahr noch in der Spitzenliga, aber dann wird's rapide bergab gehen. Cyberware, die veraltet, Reflexe, die nicht mehr das sind, was sie einmal waren, Wunden, die nicht mehr so gut heilen wie ehedem. Es fängt ja schon an«, die Karo Ass deutet auf ihren eingegipsten Fuß. »Ermüdungsbruch an der Ferse, hat der Doc gemeint. Zu viel Belastung über die letzten vierzehn Jahre, zu wilde Stunts, zu wilde Sprünge, zu wilde Tritte. Wenn wir's mit einem richtigen Konzern zu tun gehabt hätten und nicht mit den zurückgebliebenen Halblappen von der FNF, dann hätte ich schön tief im Schlamassel dringesteckt.«

Zornig schnaubt die Schattenläuferin durch die Nase. »Ermüdungsbruch. Und in der Tonart würde es weitergehen. Das will ich mir echt nicht antun. Außerdem: Finanziell hab ich's wirklich nicht mehr nötig, ganz besonders nicht nach diesem Megahit.«

Hämisch grinsen sich die beiden Frauen an. Nein, finanziell haben sie alle beide absolut nichts mehr nötig, um Geld brauchen sie sich nie wieder Sorgen zu machen. Ihr Anteil an der Beute ist mehr, als man in einem Menschenleben auf den Kopf stellen kann.

»Und du?«, fragt die Karo Ass nach einer Weile.

»Na ja, die Lady ist tot, es lebe die Natalja Tomaszewski! Ich hab noch keine Ahnung, was ich machen werde. Vielleicht geh ich nach Polen.«

Schweigend verharren die beiden nebeneinander, schauen sich das Spektakel an, das sich unter ihnen abspielt. Winzig kleine Gestalten, gerade mal so groß wie Insekten, fliehen in Scharen aus der Bahndammsiedlung. Offenbar aus Furcht vor einer Ausbreitung des Feuers, was angesichts der verschachtelten Bauweise des Elendsviertels, der Knappheit an Hydranten und Wasserleitungen und der Tatsache, dass es darin keine Wege gibt, die man mit Fahrzeugen befahren könnte, auch nicht ganz unverständlich ist. Fluggeräte wie die beiden Zeppeline der Feuerwehr sind beinahe die einzige Möglichkeit, den Brand zu löschen.

»Du weißt aber schon, dass der Konzernkrieg angefangen hat, weil Renraku-Aktien im Wert von zwohundert Millionen Effektiven den Besitzer gewechselt haben.«

»Hast jetzt Angst, dass ich Scheiße bau, weil ich mehr als die Hälfte dieser Summe hab?«

Die Karo Ass schaut der Lady geradewegs in die Augen: »Wär' schon möglich. Du spielst gern mit Leuten, umgarnst sie, machst sie hörig und lässt sie dann hilflos in deinem Netz zappeln. Mit dem ganzen Geld vom Hacklhuber würden sich dir diesbezüglich ganz neue Spielfelder auftun.«

Die Lady, die Natalja Tomaszweski, schüttelt lachend ihren Blondschopf. »Hab doch gesagt, die Lady ist tot.«

Nun ist es an der Karo Ass, zu lachen: »Und diesmal glaub ich das erst dann, wenn ich's sehe! Du wirst dich nie ändern! Komm, gehen wir weiter, bevor uns die Geister auf die Pelle rücken. Ist nicht mehr weit bis zum Treffpunkt mit dem Nurmi. Ab da können wir dann auf seinem Rücken reiten.«

Schweigend kämpfen sie sich durch den verfilzten Wald.

»Du, wir bleiben in Kontakt, ja?«, fragt die Natalja nach einer Weile.

Kapitel 47

Im Wald auf der Koralpe, 13. Feber 2063

Mit knirschenden Reifen rollt ein wuchtiger, dunkelgrauer Geländewagen mit verspiegelten Scheiben heran und bleibt neben der flachen Grube stehen, in der immer noch der Gonzo kauert und immer noch die Hände hinterm Kopf verschränkt hält. Reglos neben ihm liegt die Leiche des Killers auf der schlammigen Erde, der Wappler von der FNF, der ihm eben noch eine Pistole in den Mund gehalten hat. Langsam versiegt der Blutstrom aus dem münzgroßen Loch in der Stirn des Toten.

Durch den Schleier, den die Schmerzblocker, das E7 und die Tränen über seine Augen gelegt haben, sieht der Gonzo undeutlich verschwommen, wie ein alter Mann aus dem Wagen steigt. Haare hat er praktisch keine mehr am Kopf, der Gonzo würde ihn glatt auf achtzig Lenze oder so schätzen, aber die Augen hat er hinter einer verspiegelten Sonnenbrille versteckt und sein Nadelstreif sitzt perfekt, wie bei einem Mafia-Paten aus dem Trid. Er geht etwas ungeschickt, im Grunde humpelt er, und lehnt sich schwer auf ein altertümliches Scharfschützengewehr, das ihm grad als Gehstock dient.

»Du bist der Gonzo, nicht wahr?«

Der Gonzo ist viel zu eingeschüchtert, um irgendwas zu antworten. Schließlich kann er sich doch zu einem Kopfnicken durchringen.

»Na, da bin ich ja wirklich im allerletzten Augenblick gekommen!«

»Wer ... ?«

»Du möchtest wissen, wer ich bin? Nun, mein Name tut überhaupt nichts zur Sache, aber wenn du willst, kannst mich Novotny nennen. So, und jetzt komm raus hier und steig in den Wagen ein, ich hab mit dir zu reden. Du wirst mir jetzt alles erzählen, was du über die Damen und Herren Schlegel, Ostenberger und Werrhoff weißt! Bin schon seit Jahren hinter deren Geheimnis her, und diesmal kommen sie mir nicht mehr aus!«

»Aber ich ...«, stammelt der Gonzo unbeholfen, »ich hab doch mit denen überhaupt nichts am Hut, ich wollte doch bloß den Kurier ... Und die Daten ... Hey, ich brauch das Geld, verdammt noch mal, ich will leben, ich will nicht verrecken wie die Leut in Afrika! Ich will nicht am E7 krepieren, verschissener Drek!«

Heulend bricht der Gonzo zusammen und kauert sich schluchzend wie ein Baby in die schlammige Grube.

»Nein, nein, keine Sorge, mein Junge, du musst nicht sterben, ich kann dir helfen!«

»Echt?«, fragt der völlig verzagte Gonzo mit weinerlicher Stimme. »Und ... und Sie können mir wirklich helfen, ja? Ich muss nicht sterben?«

»Aber nicht doch! Ich kenn da ein paar Spitzen-Ärzte, die renken alles wieder ein.«

»Aber ich hab E7, und lang halt ich echt nicht mehr durch. Drek, vielleicht ist eh schon alles zu spät!« Wimmernd lässt der Gonzo seine Faust in den Boden donnern, dass der Schlamm nur so spritzt. Ein Zitteranfall stoppt seinen Wutausbruch, noch ehe er richtig in Fahrt kommt.

»Und das alles nur wegen den depperten Negeranten in Afrika, und ihren verschissenen Affen!«

»Na-na-na, was soll denn das!« Kopfschüttelnd tätschelt der Novotny Gonzos Kopf. »Darfst nicht alles glauben, was das Trid sagt. Die Seuche kommt überhaupt nicht aus Afrika, die kommt von hier, aus Kärnten!« Mit einer ausholenden Geste deutet der Fremde auf die Landschaft hinter ihm, hinter der Landesgrenze der Steiermark. Kärnten, verbrannte Erde.

»Hä? Aber es weiß doch jeder, dass das Zeug zuerst bei den Negeranten ausgebrochen ist, weil sich die das irgendwie von irgendwelchen Affen eingefangen haben. Und dann hat es sich in alle Welt ausgebreitet.«

»Blödsinn! Zuerst ist der C-Strang hier im Krieg gegen die Moslems eingesetzt worden. Der Doktor Schiefer, ein tapferer Freund – Gott hab ihn selig –, und ich, wir haben versucht, das zu verhindern. Aber umsonst, wir waren halt nicht gut genug, so was kommt vor, echt. Tonnenweise haben sie das C3, C4 und C5 auf Südkärnten und Slowenien runtergekippt. Schließlich war ihnen das nicht effektiv genug, und sie haben den C-Strang zum weit reaktiveren D-Strang mutieren lassen. Bist du deppert, so etwas hat die Welt noch nicht gesehen. Wieder haben wir versucht, den Einsatz des Zeugs zu verhindern. Der gute alte Schiefer ging bei dieser Aktion drauf, genauso wie die Hunderttausend Polen, die das D5 abgekriegt haben. Danach hab ich die Produktionsanlagen und sämtliche Unterlagen über das Zeug vernichtet, hab's mit ein paar Dutzend Tonnen TNT in den Orkus geblasen. Hat aber nichts genützt.«

»Wieso?«

»Schau dich um, Freunderl, schau dich um. Irgendwie hat das Virus überlebt. Ist zum E-Strang mutiert, der seinen Wirt nicht augenblicklich umbringt, sondern langsam verrecken lässt. Das hat den E-Strang weit gefährlicher gemacht als die vorherigen Stränge, weil die haben sich durch das blitzschnelle Ausrotten des Wirts ständig selbst den Ast abgesägt, auf dem sie sitzen.«

»Und was hat das mit Afrika zu tun?«

»Grundsätzlich gar nichts, Gonzo. Aber weißt du, damals, nach dem Krieg, da hat unser Land ganz dringend Geld gebraucht, für den Wiederaufbau. Du weißt ja, wie sehr wir vom Tourismus abhängig sind. Was glaubst, wie viele Leute hätten ihren Urlaub noch in Österreich verbracht, wenn rausgekommen wär, dass das E5 in Wirklichkeit aus unserem schönen Land kommt?«

»Vermutlich nicht allzu viele ...«

»Eben. Also hat man den schwarzen Kontinent als Sündenbock gebraucht. Einige meiner Kollegen haben dafür gesorgt, dass ganze Landstriche in Afrika mit E5 verseucht wurden. War ja kein Problem, ging ganz nebenbei bei ein paar groß angelegten Impfprogrammen der UNO. Und wieder einmal war ich zu langsam. Als ich Wind von der Sache gekriegt hab, war es längst zu spät, um noch irgendwas dagegen zu unternehmen. Tja, was soll ich noch groß sagen, mit der Zeit breitete sich die Seuche in viele Teile der Welt aus, und aus dem E5 ging das E6 hervor und daraus dann das ...«

Der Novotny kommt nicht mehr dazu, den Satz fertig zu reden. Ein Zittern befällt den Gonzo, dann muss er wieder kotzen, in schmerzhaften Wellen erbricht er Blut und zermatschte Eingeweide.

»Aaaah, ich sterbe, ich halt's nicht mehr aus, die Schmerzen! Ich sterbe, aaaahhhhrrg!«

»Aber nein, du wirst nicht sterben! Sagt dir der Ausdruck *Cybermantie* etwas? Nein? Na, das macht auch nichts, mein Junge, macht gar nichts. Vertrau mir einfach, alles wird gut. Ich, äh, ich weiß schon, was ich tue. Um den Tod brauchst dir so schnell keine Sorgen mehr zu machen, frage nicht. Und jetzt kommst mit mir mit, steigst in den Wagen ein, und zwar pronto!«

Mühsam ringt sich der Gonzo zu einer sitzenden Haltung hoch, über und über ist er mit Schlamm, Blut und seinem eigenen verrotteten Gewebe beschmutzt. Der Novotny greift in die Innentasche seines Nadelstreifanzugs und zieht ein Päckchen Papiertaschentücher hervor, das er dem Gonzo zuwirft.

»Wer ... wer sind Sie? U-u-und für wen arbeiten Sie?«

Ein kaltes, bitterkaltes Lächeln breitet sich über dem maskenhaften Gesicht des alten Typen aus. Mit betont langsamen Bewegungen zieht er einen Ausweis aus der Innentasche seines Anzugs und hält ihn dem Gonzo vor die Nase. »Heeresnachrichtenamt, Gonzo. Also Geheimdienst, Gonzo. Willkommen im Club, Gonzo, du wirst ab sofort für uns arbeiten. Aber tu mir einen Gefallen, ja?«

»Was? Welchen Gefallen?« So fertig wie der Gonzo ist, würde er echt alles machen, um nicht krepieren zu müssen.

»Bitte, um Himmels Willen, denk dir einen anderen Decknamen aus. *Gonzo* ist ja wirklich das Allerletzte!«

EPILOG I

Graz, 3. Dezember 2033

Ein Sieg muss genossen werden, muss vollständig ausge-
kostet werden, denkt sich der Hacklhuber. Drum lässt er
sich zurück nach Graz kutschieren und begibt sich mit seinen Kumpanen ins Hauptquartier der europäischen Truppen. Dort will man dabei sein, wenn der Jazrir durchbricht
und die Front der Europäer aufrollt. Ha, das wird lustig
werden – vielleicht kriegen sie sogar die schreckensbleiche
Visage von dem blöden Feldmarschall Danek zu sehen,
wenn ihm seine Tschecheranten-Divisionen der Reihe nach
unterm Arsch weggeballert werden!

Der Hacklhuber als Stabsoffizier hat keine Probleme am
Eingang des Kommandobunkers, aber die dortigen Wachposten wollen seine Kumpanen zunächst nicht reinlassen,
ohne Passiercode am Credstick ist das völlig unmöglich.
Aber mit ein wenig Überredungskunst und ein paar Euro
Taschengeld gelingt es dem Hacklhuber am Ende doch,
seinen Freunden den Zutritt ins HQ zu ermöglichen.

Im Inneren des Bunkerkomplexes herrscht panische
Hektik. Fürchterliche Gerüchte machen rasend schnell die
Runde. Von einem fehlgegangenen Bombardement ist da
die Rede, von einer verheerenden Niederlage mit zehn-
tausenden Toten, von CSX, und, obwohl die Lage in letzter
Zeit so vielversprechend ausgesehen hat, auch von der
Möglichkeit, den Krieg zu verlieren.

Ordonanzen hetzen herum, drängen sich vorbei an den
lamettaschweren, goldverbrämten Schulterstücken der

Herren Offiziere. Irgendwie gelingt es dem Hacklhuber und seinen Hawara in dem chaotischen Trubel, der allenthalben ausbricht, sich in den großen Kartenraum zu schmuggeln. Dort haben sich die Granden der europäischen Armeen versammelt, die Generäle, die Kommandeure der Konzerntruppen und die Söldnerführer. Mit schreckensbleichen Mienen lauscht man den eintreffenden, katastrophalen Meldungen.

Auf der elektronischen Generalstabskarte kann man die Geschehnisse in Kärnten bis ins kleinste Detail verfolgen. Die blaue Linie, die die Front der Europäer darstellt, weist mittendrin ein großes Loch auf. Wie ein spitzer Keil rammt sich ein unüberschaubarer Schwall roter Pixel durch dieses Loch und windet sich nach Norden. Ein Keil, der alles symbolisiert, was die Islamisten für diese letzte große Offensive noch an Reserven zusammenziehen konnten.

Hektisch werden Befehle ausgegeben, kommen neue Funksprüche rein, auf Ungarisch, Deutsch, Französisch, Flämisch, Polnisch, Slowakisch, Italienisch, Tschechisch und weiß-der-Kuckuck-was, der Hacklhuber hört gar nicht richtig hin. Er glotzt weiterhin auf die Karte, beobachtet den roten Keil, der langsam aber stetig nach Norden wandert.

Aber was ist das?

Plötzlich macht der rote Pfeil Halt, aus heiterem Himmel materialisiert sich ein blauer Punkt über der roten Spitze. Ungläubig starrt der Hacklhuber nach oben, auf die Karte. Ein kurzer Blick rüber zum Dechant Gusti, der reglos wie eine Statue dasteht, einen Finger in der Nase stecken hat, aber im Augenblick sogar zum Nasenbohren zu paralysiert ist. Mit einem Ohr hört der Hacklhuber das abgehackte Telefongespräch, das ein General neben ihm führt: »... Drache? Aber woher ... Wer ist Novotny? ... Saeder-Krupp? ... welche tschechischen Panzertruppen in Marsch gesetzt, ich versteh nicht ganz ... was, um alles in der Welt sind Thunderbirds? Hä, was soll das sein, ein Schwebepanzer? ... Hey, kommen Sie mir nicht mit experimenteller Technik, ja! Wieso haben die Tschecheranten so etwas und wir nicht?«

Und dann taucht da plötzlich wie aus dem Nichts dieser blaue Pfeil auf, der im rechten Winkel herangerast kommt und sich in den Schaft des roten Keils bohrt.

Das schrille, entsetzte Kreischen vom Hacklhuber und seinen Freunden geht im allgemeinen Jubel unter, als der rote Keil unter der Wucht des Gegenangriffs in viele kleine Punkte zerbirst, die in den nächsten Minuten nach und nach erlöschen und verglimmen.

Die Stimmung im Kommandobunker schlägt um. Eben noch zu Tode betrübt, jetzt himmelhoch jauchzend. Nach und nach tröpfeln die Meldungen herein und vervollständigen das Bild der Lage. Die Niederlage von Mullah Jazrir ist perfekt, seine Verluste horrend, stellen sogar die Meldungen von angeblich hunderttausend toten Polen in den Schatten. Sektkorken knallen, der Schampus fließt in rauen Strömen, aber der Hacklhuber stelzt geknickt, mit steifen Schritten nach draußen.

»Und was jetzt?«, fragt der Dechant Gusti kleinlaut, der wie ein angepisster Zwergpinscher hinter ihm herzockelt.

»Bloß gut, dass es keine Zeugen gibt. Super, dass du den depperten Zauberfritzen ums Eck gebracht hast, Hacki. Hätte uns grad noch gefehlt, wenn rausgekommen wär, was wir vorgehabt haben!«

Ruckartig dreht sich der Hacklhuber um und faucht mit zorniger Röte im Gesicht: »Und ich komm doch noch nach oben! Ich werd's euch allen zeigen – eines Tages steh ich an der Spitze und schaff' an! Ha!«

EPILOG II

Leoben, 21. Feber 2063

Straße sagt, der Türk und die Lady seien tot. Umgekommen bei dem Brand, der das *Marquis* bis auf die Grundmauern eingeäschert hat. Straße sagt außerdem, dass der Türk die Lady gekillt haben soll, bevor er selbst ein Opfer der Flammen geworden ist. Warum er das allerdings getan haben soll, ist der Peperoni ein Rätsel.

Aber kaum, dass das Gerücht über das Ableben vom Türken in den Schatten die Runde gemacht hat, haben sich die ersten Geier und Grabräuber aufgemacht, um den Unterschlupf des Schiebers aufzuspüren, seine Bude zu plündern und die sagenhaften Elektronikschätze zu bergen, die der Kerl gehortet hat. Ha, da gab's dann gleich mal ein Dutzend Tote, diese Wappler haben sich gewaltig in die Finger geschnitten, weil die Selbstschutz- und Verteidigungssysteme, mit denen der Schieber seine Wohnstatt zur Festung ausgebaut hat, arbeiten autonom und völlig selbstständig. Und verdammt effizient.

Allerdings haben diese Typen – im Gegensatz zur Peperoni – nicht Rattes unbeschreibliche Macht auf ihrer Seite gehabt, was ihr klägliches Scheitern durchaus erklärt. Die kleine, graue Kanalratte mit dem zerzausten Fell, die gerade mit flüsterleisen Trippelschrittchen durch die morschen Abwasserkanäle unterhalb der Bahndammsiedlung huscht, stößt ein paar fiepende Laute aus, die mit ein wenig Phantasie an ein hämisches Lachen erinnern. Was auch immer der Türk – Gott hab ihn selig – seiner Festung an

Schutzmaßnahmen zukommen hat lassen, die Peperoni ist sich sicher, dass sie es umgehen und austricksen kann. Aber natürlich geht sie nicht beim Haupteingang rein. Sie wettet Stein auf Bein, dass der Schieber nicht auf einen unterirdischen Fluchttunnel verzichtet hat, für den Fall der Fälle, verstehst schon. Und wo glaubst, wird so ein Fluchttunnel hinführen, wenn nicht ins Kanalsystem unterhalb der Siedlung? Die Peperoni hat also allen Grund, optimistisch in die Zukunft zu blicken, schließlich gibt es auf Gottes weitem Erdenrund niemanden, der sich so wie sie im Kanalnetz dieser Stadt auskennt. Wenn man einmal von der Gegend hinterm Sammelbecken Nummero sieben absieht, wo die Peperoni nicht mehr hingeht, seit das *Ding* dort hinten haust.

In Gedanken malt sie sich den Geldsegen aus, der ihr ins Haus steht, wenn sie die Hightech des Türken an Quid Pro Quo verscherbelt. Unvorstellbare Summen, frage nicht. Dabei hat sie es in all der Zeit immer noch nicht übers Herz gebracht, ihrem Ziehvater, dem Teddy, von dem vielen Geld zu erzählen, das sie letztens zusammen mit dem Click, dem Topolino und der Karo Ass ergaunert hat. Mein Gott, der arme Kerl würd ja glatt einen Herzkasperl kriegen, wenn er erfährt, dass sein mageres, zerzaustes Ziehtöchterchen eine schöne, runde Million Effektive besitzt!

Er war ja ohnehin eine Zeit lang grummelig wie nur was, weil die Peperoni so lang von daheim weggewesen ist und kein Sterbenswörtchen von sich hören hat lassen. Wahrscheinlich bildet er sich schlimme Dinge ein, dass sie mit einer vollgedröhnten Jugendbande abhängt oder so. Da zermartert er sich jetzt vermutlich das Hirn darüber, was er bei ihrer Erziehung falsch gemacht hat und wie er sein Sorgenkind wieder aus der schlechten Gesellschaft rauskriegt. Nun, ein bisschen schlechtes Gewissen hat sie schon, die Peperoni, sie liebt ihn ja, den Teddy. Deshalb hat sie sich fest vorgenommen, ihren nächsten Ausflug nach Salzburg, zu Quid Pro Quo, etwas besser zu planen, damit der

Teddy wirklich nichts davon spitz kriegt. Es kann doch kein Mirakel nicht sein, den Tuareg dazu zu bringen, seinen nächsten Besuch auf einen Tag zu legen, wo der Teddy für längere Zeit außer Haus ist. Weil ihr Ziehvater fährt eh alle paar Monate einmal für ein paar Tage nach Wien, um dies und das zu erledigen. Manchmal fragt er die Peperoni, ob sie mitkommen will, aber sie lehnt jedes Mal ab. Wien kennt sie schon, da war sie schon mal. Und sie ist echt froh, dass sie es wieder zurück hinter den Semmering geschafft hat, weil Wien ist nix für schwache Nerven.

Weißt du, da heißt es doch in diesem bekannten Oldie: *Es lebe der Zentralfriedhof und alle seine Toten.* Ja genau, du, da kann die Peperoni auch ein Lied davon singen, so was hätte sie nicht für möglich gehalten! Da bist ja froh drum, wenn dir des Nachts bloß ein Ghul entgegenkommt und nicht was Schlimmeres, weil die Ghulies sind in doch etwa so was wie extrem grauslich stinkende Tiere. Und damit kann die Peperoni umgehen, schließlich gibt's auch genug normale Metamenschen, die im Grunde genommen auch nichts anderes sind. Aber am Zentralfriedhof gibt's noch ganz andere Sachen, kein Drek.

Und die Kanalisation ist auch so ein Thema für sich. O, sie ist riesig, das wohl, aber jeder einzelne Fleck ist schon besetzt, und die Chipheads, Schmuggler, Methylsäufer und Giftschamanen haben keine Freud an Neuzugängen, frage nicht.

Und dann die Szene, weißt eh, Wien bei Nacht: Da hat sie sich gedacht, wenn sie schon einmal da ist, schaut sie natürlich auch im *U4* vorbei. Weil das *U4*, das kennt man ja, das ist berühmt. Einer *der* Tanztempel eben. Und um nicht negativ aufzufallen, sich nicht gleich als steirisches Landei zu outen, hat sie sich wollen an die lokalen Gepflogenheiten anpassen, also schwarze Lippen und grüne Haare. Und was war dann? Lauter Yuppies in dem Schuppen, in Anzug und Krawatte, da kannst ja Angst kriegen, wirklich wahr.

Nein, da bleibt sie lieber hier, in diesem Kaff, wo nie etwas los ist, wo sie sich aber auskennt und wo ihr niemand die Kanäle streitig macht, wenn man von dem *Ding* hinterm Becken Nummero sieben und den Wartungstrupps der Stadtwerke einmal absieht. Und auf flinken Pfoten huscht die kleine, magere Kanalratte durch die stinkende Unterwelt, ein gieriges Flackern in den Augen. O ja, Ratte wird echt zufrieden mit ihr sein, wenn sie dieses Ding durchgezogen hat.

Die Sache mit ihrem ganzen Geld kann sie dem Teddy später einmal erzählen. Ja, genau, irgendwann einmal, wenn sich eine gute Gelegenheit ergibt. Aber darüber macht sie sich ein andermal Gedanken.

EPILOG III

Flüchtlingslager Bertha von Suttner, Köflach, 1. Mai 2034

Alles neu macht der Mai, so sagt man, und tatsächlich fühlt sich die Frau Babinetz von der 4er Baracke ziemlich frisch und munter an diesem 1. Mai 2034. Nicht grad wie neu geboren, aber doch deutlich besser als in letzter Zeit. Sie fühlt, wie die Lebensgeister zurückkehren, Frühlingserwachen sozusagen.

Das liegt zum Großteil an den neuen Batterien, die sie am Vortag bei der Güterzuteilung der Caritas ergattern konnte. Jetzt funktioniert nämlich ihr Vibrator wieder, was seit dem Heldentod ihres Göttergatten im Krieg gegen die Moslems keine unwesentliche Sache im Leben der Frau Babinetz ist.

Außerdem veranstaltet die Partei heut im Flüchtlingslager einen Maiaufmarsch– *Es lebe der Tag der Arbeit!* und *Hoch die internationale Solidarität der Werktätigen!* Ach, wird das schön werden, die roten Fahnen, die Transparente und die schmissige Blasmusik! Wie früher, wie vor dem Krieg, da ist die Babinetz mit ihrem Göttergatten auch jedes Jahr zum Maiaufmarsch gegangen, weil es schon wichtig ist zu zeigen, dass man sozial eingestellt ist.

Vor der 7er Baracke, so einer windschiefen Konstruktion aus Wellblech und geteerter Pappe, wartet bereits die Frau Perchtold auf sie, ihre beste Freundin hier im Elend des Lagers für Ausgebombte und Vertriebene. Sie haben gleich auf Anhieb zueinander gefunden, die beiden Schnepfen, jede von ihnen eine Tratschtante wie aus dem Bilderbuch und beide trotz der Not und des Mangels hier im Lager verzweifelt darum bemüht, die Auswirkungen des Alters zu verwischen und nur ja nicht so auszusehen, als wär' man schon vierzig – oder gar noch älter!

»Ja, Grüß Gott Frau Babinetz! Na, haben's schon das Neueste gehört? Die Polackenhur' von der 2er Baracke hat heut Nacht geworfen!«

»Asso?« Das überrascht die Babinetz und erregt sofort ihre Neugier: »Na, was ist es denn geworden?«

»Na eh Wurscht! Ein Polackeng'schrappen halt, ist doch egal, was es worden ist. Meiner Seel', ich frag mich bloß, wo das noch hinführen soll. Jetzt muss unsereins schon wieder für ein Ausländermaul mehr aufkommen!« Die Perchtold tut grad so, als ob sie arbeiten und Steuern zahlen und nicht genauso von der Wohltätigkeit anderer leben tät wie der Rest der Leute hier im Lager.

»Ja, aber liebe Frau Perchtold, hat die alte Nawratil von der 10er Baracke nicht angeboten, das Wurm wegzumachen?«

»Na sicher doch! Aber sie wissen ja, wie stur die Polackenhur' an ihrem G'schrappen hängt. Schließlich war der Vater ein Polack, so was muss ja abfärben, nicht wahr, und wir wissen ja, dass dieses Katholengesocks jedes Mal Zinnober macht, wenn's ums Abtreiben geht.«

»Ja, eine Schand' ist das, nicht wahr? Und das in unserer aufgeklärten Zeit, also wirklich!«

Mittlerweile haben die beiden Pomeranzen wie durch Zufall die 2er Baracke erreicht, ein genauso windiger Bau aus Wellblech wie der Rest der Buden im Flüchtlingslager ›Bertha von Suttner‹, das während des Kriegs am Stadtrand von Köflach in der Weststeiermark aufgezogen worden ist. Im Winter kriecht die Kälte durch die dünnen Blechwände ins Innere der Baracken und sorgt dafür, dass du glaubst, du sitzt in einer Gefriertruhe. Und im Sommer lädt sich das Bauwerk wie ein Backofen in der glühenden Sonne auf.

»Na, wenn wir schon einmal hier sind, meinen's nicht, wir sollten vielleicht einmal kurz nachschauen gehen? Ob eh alles in Ordnung ist, mein ich, schließlich will man doch helfen, wo man kann, nicht wahr.«

»Ach, Frau Perchtold, sicher doch! Wenn wir schon einmal hier sind ...«

Im Inneren der Baracke herrscht ein diffuses Zwielicht. Es riecht nach Schweiß, Urin, Zigarettenrauch, ungewaschener Wäsche und der dünnen Kohlsuppe, die es gestern zu essen gegeben hat. Im Hintergrund läuft irgendwo ein Radio. Zu hören ist ein Interview mit Eveline Slamik, der Parteivorsitzenden der Grünen. Der Verlauf der Eurokriege habe die Richtigkeit des Friedenskonzepts der Grünen bestätigt, legt die Slamik den Zuhörern dar, und fordert vehement die Abschaffung des Bundesheers.

Zielstrebig drängen sich die beiden Frauen durch die engen Gehwege zwischen den Stockbetten und bauen sich breitbeinig vor einer Bettstatt im hintersten Winkel des Notquartiers auf, die Arme energisch in die ausufernden Hüften gestemmt. Eine abgemagerte junge Frau mit blassem Gesicht und verschwitzten blonden Locken liegt vor ihnen und stillt gerade ein neugeborenes Baby, das in ein altes Herrenhemd gewickelt ist.

»Ach, Kind, was machst denn!«, fängt die Babinetz an. »Was denkst dir denn dabei?«

Die junge Frau im Bett scheint die Babinetz nicht recht verstanden zu haben. »Gell, sie ist eine ganz schöne, meine kleine Prinzessin! Gell?«

Aus dem eingefallenen Gesicht der jungen Frau strahlt ein Glück, das weder die Babinetz noch die Perchtold zur Kenntnis nehmen.

»Ach!«, seufzt die Babinetz und schlägt in einer dramatischen Geste die Hände zusammen. »Kind, jetzt denk doch einmal nach! Willst dir doch dein Leben nicht verpfuschen, oder? Was soll denn bloß aus dir und dem Wurm da werden?«

»Eine richtige kleine Prinzessin ist sie, mein Engel, mein kleiner, nicht wahr?«

Die Perchtold lacht schrill auf. »Eine Prinzessin? Dass ich nicht lach'! Der G'schrappen von einem dreckigen Polacken ist's, Kind! Wieso hast es denn nicht für ein paar Euro von der Frau Nawratil wegmachen lassen?«

Die junge Frau schaut völlig ungläubig zu den beiden aufdringlichen Weibsbildern hoch.

Die Babinetz hakt sofort nach: »Für ein bisserl mehr Geld würd' die Frau Nawratil es bestimmt auch jetzt noch wegmachen!«

Das Gesicht der jungen Mutter verzieht sich vor Abscheu. »Aber wieso sollt ich so was Grausliches tun? Sie ist doch alles, was mir noch vom Oleg bleibt!«

»Schau, Kind, mir meinen's doch nur gut mit dir! Aber jetzt überleg doch einmal, was aus dem Wurm werden soll, ohne SIN?«

»Was soll das heißen, ohne SIN? Ich hab meinen Oleg rechtmäßig geheiratet, in einer richtigen Hochzeit, mit Priester und Trauzeugen und allem! Ich bin jetzt die Frau Tomaszewski. Leider halt verwitwet.«

»Papperlapapp, gib doch deinen schönen deutschen Namen nicht auf! Und vergiss den Pfaffen und seine Zeremonie, das nützt doch heutzutage nichts, amtlich müsst es sein, sonst gilt's nicht!« Die Perchtold schüttelt bloß den Kopf vor so viel sturem Unverstand.

»Na, was kann ich denn dafür, dass alle Standesbeamten in Südkärnten vor den Moslems geflohen sind. Nur der polnische Militärpfarrer ist dageblieben, der ist nicht davongerannt!«

»Ach, du dumme Trutsch'n! Wegen so was wie dir wird unser armes Kaiserreich Donau noch vor die Hund' gehen! Was glaubst, wie wir sie alle stopfen sollen, die hungrigen Goschen der ganzen Ausländer und Flüchtling', die in Österreich hängen geblieben sind? Und da kommst du jetzt daher mit deinem Polackenbastard!«

»Was fällt Ihnen ein, so zu reden, Sie alte Hex', Sie! Mein Oleg hat Österreich verteidigt, wie unsere eigenen Waschlappen längst schon davongerannt sind! Er und seine Kameraden haben ihr Leben verschenkt, damit wir hier alle in Freiheit leben können! Sie und ich genauso wie meine kleine Prinzessin hier!«

Oje, das hat die Babinetz jetzt aber tief in ihrem Stolz getroffen. Weil ihr Göttergatte ist trotz all ihrer großspurigen Beteuerungen nicht in treuer Pflichterfüllung bei der heldenhaften Abwehr der Horden vom Jazrir gestorben. Der ist noch am Weg zum Ausbildungslager im Vollsuff ausgerutscht, ein bisserl dumm hingefallen und hat sich das Kopferl gestoßen. Schädelbasisbruch. Aber gestorben ist er, weil ihm plötzlich schlecht geworden ist, wie er sein eigenes Blut gesehen hat. Dann ist ihm das Gesöff hochgekommen, und er ist an seiner eignen Kotze erstickt. Also nicht grad das, was man im Allgemeinen unter einem Heldentod versteht. Wohingegen der Polack von dem dummen Mädel hier nicht nur schneidig ausgesehen hat in seiner Offiziersuniform, nein, der hat auch eine ganze Batterie Orden an seiner Brust stecken gehabt, Abzeichen für besonderen Heldenmut aus dem Krieg gegen die Russkis. Und er ist tatsächlich an der Front gefallen, im Kampf gegen den Feind.

Diese Schmach wird sie der Polackenhur' nie verzeihen, denkt sich die Babinetz grollend, nein, bestimmt nicht! Wo nimmt dieses billige Flittchen denn die Impertinenz her, ihren Göttergatten schlecht zu machen, der ja bestimmt auch Heldenhaftes vollbracht hätt', wär' er doch nur nicht so tragisch frühzeitig aus dem Leben gerissen worden! Der Zorn treibt die Babinetz an, als sie die junge Mutter anfährt: »Jetzt werd ich dir was sagen, du depperte Gans! Weißt, was aus deiner *Prinzessin* werden wird, so ganz ohne SIN, ohne Recht auf eine Schule und Ausbildung? Weißt, was aus ihr werden wird? Eine billige Nutte! Eine miese Straßenhur', eine abgehalfterte Josefine Mutzenbacher, und sonst gar nichts! Von grauslichen alten Perversos wird sie sich durchpudern lassen, abgezockt von ihrem Strizzi wird sie in der Gosse sitzen, wenn sie alt und verbraucht ist und keinen Groschen mehr in der Tasche hat! Weil ohne guten österreichischen Namen gibt's auch keine Pension und keine Sozialhilfe – so schaut's aus!«

Die junge Frau im Wochenbett ist still geworden, todernst schaut sie mit käseweißem Gesicht zur Babinetz und zur Perchtold hoch. In ihren Augen funkelt es eisig, als sie den Kopf schüttelt und mit tödlich ruhiger Stimme meint: »Nein, nein, meine Prinzessin wird keine billige Straßenhur' werden, egal, ob sie eine SIN hat oder nicht. Stolz wird sie sein, o ja, eine stolze Dame wird sie sein, eine richtige Lady, hören's das? Eine Lady, die sich von niemandem unterkriegen lassen wird! Und wenn ihr wirklich nichts anderes übrig bleiben sollte, als sich für Geld mit grauslichen Perversos einzulassen, dann wird sie trotzdem ihren Stolz nicht verlieren, das werd ich ihr schon beibringen. Ausnehmen wird sie sie, die Perversos, ihnen das Geld hinten und vorne aus der Tasche ziehen, aber ich werd ihr schon beibringen, dass sie sich nie, nie, nie von irgendwem demütigen lässt! Herrschen soll sie über die Arschlöcher, hören's mich? Merken Sie sich meine Worte: Herrschen wird sie, die kleine Natalja Tomaszewski!«

Angewidert und völlig baff stehen die Perchtold und die Babinetz da. Es dauert eine Weile, bis sie die Sprache wiedergefunden haben.

»Also, das ist ja die Höhe! So eine Frechheit, kommen Sie meine Liebe, das brauchen wir uns nicht bieten zu lassen!«

Auf dem Absatz machen die beiden kehrt und stampfen grimmig in Richtung Ausgangstür. Knapp bevor sie den Ausgang erreicht haben, packt die Perchtold ihre Freundin plötzlich beim Arm und hält sie zurück. »Da, schauen's dort rüber, meine liebe Babinetz! Die Zigeunerin hat ebenfalls geworfen!«

»Ja, wirklich! Na, so was aber auch. Wissen's, Frau Perchtold, vielleicht sollten wir rüberschauen. Man will ja schließlich helfen, nicht wahr?«

Aber wenn sich die beiden Schreckschrauben gedacht haben, sie könnten bei der Zigeunerin die gleiche Schau abziehen wie bei der Frau des gefallenen polnischen Offiziers, dann haben sie sich allerdings schwerstens getäuscht. Die Zigeunerin ist eine abgebrühte Frau, gestählt vom Leben als Ausgestoßene und Verachtete. Die lässt sich nicht einschüchtern von zwei aus dem Leim gegangenen Vorstadtpomeranzen aus dem Gemeindebau.

»Schleicht's euch, ihr zwei miesen Schlampen, oder ihr könnt's was erleben!«, faucht sie ihnen mit zusammengekniffenen Augen entgegen und drückt ihr Neugeborenes mit einer Hand fest an sich. Mit der anderen deutet sie das Zeichen des Bösen Blicks genau auf die Babinetz und die Perchtold. Die stürmen davon, so schnell es ihre fetten Ärsche erlauben. Schaut ein bisserl aus wie zwei Bisons bei einer Stampede, kein Drek.

Kaum, dass die beiden aufdringlichen Schnepfen davongestoben sind, legt sich die Zigeunerin ihr Baby vorsichtig auf den Bauch, greift mit einer Hand in den ungeordneten Stapel ihrer paar mageren Besitztümer, der neben ihrem Bett herumliegt, und zieht ein Päckchen Spielkarten hervor.

»Nun wollen wir mal sehen, was die Zukunft für dich bereit hält, mein Schnuckerl. Tarotkarten sind's zwar keine«, flötet sie ihrem Baby zu, »aber zur Not tun's die hier genauso.«

Ohne hinzusehen mischt sie die Karten mit flinken Fingern durch, hebt einmal ab, mischt erneut und zieht bedächtig eine beliebige Karte aus dem Stapel.

Sie nickt zufrieden, als sie das Bild auf der Karte sieht.

Die Karo Ass ist definitiv keine schlechte Karte, o nein!

Glossar

Bloß weil man beiderseits der deutsch/österreichischen Grenze offiziell die gleiche Sprache spricht, heißt das bekanntlicherweise noch lange nicht, dass man deshalb auch tatsächlich die gleiche Sprache spricht. So soll es ja nicht wenige Leute auf der Welt geben, die bis dato immer noch nicht wissen, dass man zur Marmelade richtigerweise Marmelade sagt, und nicht Konfitüre. Selbiges gilt natürlich auch für Semmeln und Brötchen, Knödel und Klöße, et cetera, et cetera, et cetera.

Aus diesem Grund sei hier für den geneigten, aber unkundigen Leser eine kleine Übersetzungshilfe geläufiger Austriazismen angeführt.

ArbeitsAmt: die berüchtigte österreichische Bürokratie macht auch vor den Schatten nicht halt, deshalb darf es einen nicht wundern, dass hierzulande auch die Schattenläufer und Schieber gewerkschaftlich organisiert sind. Und wie bei jeder Gewerkschaft gilt auch beim ArbeitsAmt: Leg dich besser nicht mit diesen Typen an, mit denen ist nicht zu spaßen!

Blunze/Blunz'n: Blutwurst; auch im Sinne von ›egal‹ verwendet (»Das ist mir Blunz'n«)

auszucken/den Zuckaus kriegen: ausrasten

damisch: närrisch

Feber: Februar

fesch/Feschak: schön, schick/Schönling

G'frast: Schimpfwort für ein schlimmes Kind o. schlechte Leute.

Grantschüppel: schlecht gelaunter Mensch; Kombination aus *grantig* (zornig, missmutig) und *Schüppel*, was so viel wie Bündel heißt.

G'spaßlaberl: nach was klingt's denn, Schlaumeier? Umgangssprachliche Kombination aus Spaß und Fleischlaibchen. Klingelt's jetzt?

Hawara: Freund, Kumpel, Chummer
Hockn: Arbeit, Job, Auftrag, Run
Jänner: Januar
hudeln: übereilt, schlampig arbeiten
Kataster: Grundbuch
Kiberei/Kieberer: Polizei/Polizist
Krawattel: Kragen
leiwand: gut, super
Lupinen-Börger: österreichische Variante des Soyburgers.
Die Lupine wird in Österreich seit etwa 2010 anstelle von
Soja zur Nahrungsmittelproduktion verwendet.
MonoMed: alpenländisches Gegenstück zu DocWagon
Nackerpatzerl: verniedlichend für Nackedei, daher vor
allem für Kinder gebräuchlich
(Doktor) Nowak: Auftraggeber für einen Schattenlauf; in
Amerika häufig Mr. Johnson, in Deutschland Herr Schmitt.
Packerl: Paket
Powidl: Zwetschgenmarmelade; auch im Sinne von ›egal‹
verwendet (»Das ist mir Powidl«)
Sandler: Penner
am Sand sein: am Ende sein
Schilcher: Roséwein aus der Steiermark, nicht Weißwein,
nicht Rotwein, und, wie manch böse Zunge behauptet,
eigentlich überhaupt kein Wein. Solche Aussagen sollte
man in den klassischen Anbaugebieten allerdings nicht
allzu laut in die Welt hinaus posaunen, der Steirer lässt
sich nämlich nicht lumpen und weiß mit schlagkräftigen
... äh, *Argumenten* zu kontern.
Schlagobers: Sahne
tachinieren: faulenzen, sich drücken
Topfen: Quark; wichtiges Vokabel für kulinarische Fein-
spitze, weil einen Quarkstrudel oder Quarkcreme wirst in
Österreich halt schwerlich finden ...
Tschapperl: Dummerchen, Kind, ungeschickter und
schutzbedürftiger Mensch
Tschick: Krebsstick, Zigarette
überreißen: kapieren, schnallen; auch ›gneißen‹
Wappler: abschätzig für ›Typ‹, ›Kerl‹
zutzeln: lutschen, saugen

Bei Fanpro erschienen bzw. erscheinen folgende Titel:

ISBN 3-89064-

Matrixfeuer	Hrsg. Beck / Hallmann	63. Anth.	587-9
Born to Run	Stephen Kenson	64. Roman	564-x
Im Namen des Herrn	André Wiesler	65. Roman	594-1
Quickshot	Lara Möller	66. Roman	595-x
Giftmischer	Stephen Kenson	67. Roman	565-8
Wiedergänger	Maike Hallmann	68. Roman	593-3
Feuerzauber	André Wiesler	69. Roman	519-4
Im Fadenkreuz	Petra Prinz	70. Roman	543-7
Kettenhund	Alexander Wichert	71. Roman	548-8
Fallen Angels	Stephen Kenson	72. Roman	549-6
GmbH	Christian Riesslegger	73. Roman	463-5
Machtgelüste	Jason M. Hardy	74. Roman	484-8
Cash Flow	Christian Riesslegger	75. Roman	483-x
Böses Erwachen	André Wiesler	76. Roman	i. V.

Classic BattleTech

Schrapnell	Hrsg. M. Immig	Anth.	551-8
Wahnsinn & Methode	Michael Diel	1. Roman	592-5
Clangründer: Abkehr	Randall N. Bills	2. Roman	596-8
Das Schwert und der Dolch	Ardath Mayhar	3. Roman	425-2
Über dem Gesetz	Michael Diel	4. Roman	517-8
Clangründer: Traum	Randall N. Bills	5. Roman	597-6
Die Albatros-Akte	Reinhold H. Mai	6. Roman	526-7
Warrior: En Garde	Michael A. Stackpole	7. Roman	545-3
Warrior: Riposte	Michael A. Stackpole	8. Roman	546-1
Warrior: Coupé	Michael A. Stackpole	9. Roman	547-x
Früchte voll Bitterkeit	Ritter &Schreiber	10. Roman	458-9

Dies ist eine Bibliographie und kein Verzeichnis lieferbarer Titel. Es
ist leider nicht möglich, alle Titel vorrätig zu halten.
Sollten Sie Fragen haben, kontaktieren Sie uns bitte unter

Fantasy Productions GmbH
Postfach 1517
40675 Erkrath
www.fanpro.com

SHADOWRUN™
Die 4. Edition!

"Willkommen im Jahr 2070. Die Welt ist nicht nur erwacht - sie ist vernetzt. Cyber- und Bioware verbessern dein Fleisch und die kabellose Matrix erweitert deine Wahrnehmung um ein Vielfaches. Deine Verhandlungen führst du eher mit Feuer, Schwert und Maschinenpistole denn mit Worten und Werten, und dein Erfolg bewegt sich oftmals auf Messer's Schneide. Kreaturen aus Sagen und Legenden begegnen dir auf offener Strasse und treiben den Bedarf nach erstklassigen Zauberern in die Höhe. Über alldem schweben die allmächtigen Megakonzerne und halten die Welt in ihrem Würgegriff, während sie sich untereinander mit Sabotageaktionen und Schattenaktivitäten bekriegen.

Du bist ein Shadowrunner, ein Schattenläufer, der auf den gnadenlosen Strassen des Sprawl zu überleben versucht. Du bist ein Mensch, Elf, Zwerg, Ork oder Troll. Ein tödlicher Strassensamurai, ein gewitzter Informationshändler, ein Sprüche wirkender Magier oder ein codebrechender Hacker. Du bist ein Profi - eine von den Megakonzernen abstreitbare Marionette -, und du sorgst dafür, dass der Auftrag erledigt wird."

Shadowrun 4.01D bietet ein völlig neues Regelsystem, das einfach, übersichtlich und zugänglich ist. Gleichzeitig hat sich die Technologie weiterentwickelt, was zur Einführung einer neuen Stufe der erweiterten Realität, neuer Ausrüstung und neuen magischen Entdeckungen geführt hat. In diesem Buch sind alle Regeln enthalten, die Spielleiter und Spieler benötigen, um Charaktere zu erschaffen und spannende Abenteuer im Shadowrun-Universum zu erleben.

Jetzt erhältlich!